向人民报告——中国脱贫攻坚报告文学丛书

中国作家协会脱贫攻坚题材报告文学创作工程

山海闽东

许晨 ◎著

天津出版传媒集团

百花文艺出版社

图书在版编目(CIP)数据

山海闽东 / 许晨著. -- 天津 : 百花文艺出版社, 2020.12
(向人民报告 : 中国脱贫攻坚报告文学丛书)
ISBN 978-7-5306-8007-0

Ⅰ. ①山… Ⅱ. ①许… Ⅲ. ①报告文学-中国-当代 Ⅳ. ①I25

中国版本图书馆 CIP 数据核字(2020)第 239164 号

山海闽东
SHAN HAI MINDONG
许晨 著

出 版 人: 薛印胜　　**选题策划:** 汪惠仁
责任编辑: 徐福伟 李 跃　　**装帧设计:** 郭亚红
出版发行: 百花文艺出版社
地址: 天津市和平区西康路 35 号　**邮编:** 300051
电话传真: +86-22-23332651(发行部)
+86-22-23332656(总编室)
+86-22-23332478(邮购部)
网址: http://www.baihuawenyi.com
印刷: 天津新华印务有限公司
开本: 710×1000 毫米 1/16
字数: 270 千字
印张: 20.75
印数: 1-42000 册
版次: 2020 年 12 月第 1 版
印次: 2020 年 12 月第 1 次印刷
定价: 65.00元

如有印装质量问题,请与天津新华印务有限公司联系调换
地址:天津东丽开发区五经路 23 号
电话:(022)58160306
邮编:300300

闽东是一片饱含深情的土地，闽东有一批兢兢业业的干部，有可爱可敬的人民。我对闽东的发展是充满信心、充满希望的。我们曾经同心同德为闽东地区的兴盛，为闽东人民的兴盛竭尽努力，我们没有理由不做得更好。我们完全有理由相信，"闽东精神"将会发扬光大，闽东各项工作将会一步一步推向前进！

——习近平《摆脱贫困》

闽东事　天下理

（代前言）

◎《光明日报》评论员

一张蓝图绘到底，30 年铸一剑成——福建宁德的脱贫历程，是闽东历史，也是中国故事。

1988 年至 1990 年，习近平同志曾在宁德工作。在主政宁德的两年中，他的足迹遍及闽东各县，数次深入没有公路的偏远山村调研，提出了“滴水穿石”“弱鸟先飞”的脱贫思想，制定了因地制宜的脱贫方针，培育了“把心贴近人民”的干部作风，留下了“四下基层”的工作传统。摆脱贫困的思想，深度雕刻了闽东大地；荡气回肠的故事，至今传诵在宁德的山水之间；久久为功的精神，更是赋予了宁德数十年如一日的战略定力。

这段 30 年写就的中国故事，生动呈现了精准扶贫思想的科学性和实践力量。从闽东大地到中国大地，从“靠山吃山唱山歌，靠海吃海念海经”到今天的精准扶贫，从“把心贴近人民”到今天的坚持以人民为中心，人们可以清晰地看到今天扶贫开发战略思想的策源、发展、经由实践锤炼和检验的历程。党的十八大以来，以习近平同志为核心的党中央实施精准扶贫、精准脱贫，实现了 6000 多万人口稳定脱贫的决定性进展，脱贫攻坚力度之大、规模之广、影响之深前所未有，不但筑就了中国扶贫史上的里程碑，也做出了足以载入人类社会发展史册的世界性贡献。从闽东经验到中国实践,历史证明了习近平新时代中国特色社会主义思想立足时代之基、回答时代之问的科学力量。

这段用30年写就的中国故事,赋予了我们打好脱贫攻坚战、决胜全面建成小康社会的定力与信念。闽东的脱贫成果,源自科学的方针、正确的方向,源自习近平总书记的思想、理论和精神财富,也源自宁德人民笃定目标、持久发力的干劲。从现在到2020年,是全面建成小康社会决胜期,越是到了脱贫攻坚决胜阶段,就越要面对“最重的担子”“最硬的骨头”。只有各级党委和政府都坚定信心、勇于担当、把脱贫职责扛在肩上,只有贫困地区群众笃定目标、众志成城、艰苦奋斗,“不能落下一个贫困家庭,丢下一个贫困群众”的目标才能最终抵达。

实践检验真理,历史映照未来。闽东的30年历程,证明的是思想、传递的是力量、增添的是信心、提供的是历史眼光。这块试验田中结出的硕果,不断昭示今人,只要我们不驰于空想、不骛于虚声,高举习近平新时代中国特色社会主义思想的旗帜,坚持以人民为中心的发展思想,就一定能完成在中华民族历史发展上首次消除绝对贫困这一壮举,使全面建成小康社会得到人民认可、经得起历史检验。

(原载于2018年5月31日《光明日报》)

目 录

序章　跨越 30 年

接到电话的时候，老人刚刚在饭桌前坐下。

“老爸，你在家吗？”

“在家，吃饭呢！”

“快别吃了，有大喜事。你等着，我马上去接你！”

“什么大喜事……”没等到回答，只听“咔”的一声，对方放下了电话。

不一会儿，一阵“噔噔”的摩托车声传来，“哧”地停在了“幸福茶馆”前。一个戴着蓝色头盔的年轻人单脚点地，没下车，只是大声地招呼着茶馆主人：“老爸啊，快点出来，咱们走！”

“上哪儿去，这么急？”年逾七旬的老汉走下店门前的台阶，疑惑地看了看满脸是汗的儿子。

“别问了，先上车，在路上我给你说。抱紧我的腰，走了……”

“噔噔噔……”摩托车载着父子俩跃上了乡村公路，一溜儿烟地远去了。

这是 2019 年 8 月 6 日中午，发生在福建省宁德市寿宁县下党乡的一幕。老人名叫王光朝，是下党乡乡政府所在地——下党村的普通村民，在路边开着一间茶馆，门前挂着醒目的红字招牌“幸福茶馆”，接他的儿子则在下党乡乡政府工作。

乡里刚刚接到通知：中共中央总书记、国家主席、中央军委主席习近平给他们回信了！寿宁县委书记汤孔忠正从县城乘车赶来，向乡亲们转达这封珍贵的信件，特别要求前不久向总书记写信汇报的6名人员一定要到场。

王光朝就是写信人之一。所以，他的儿子第一时间、风驰电掣般地来接父亲。弄明白了事情的原委，王光朝又惊又喜地说：

“这是真的？总书记那么忙，国内外大事太多了。我们只是想汇报一下情况，让他高兴高兴，压根儿没想到他会回信啊！”

“当然是真的！县委书记专门来传达，乡里都轰动了，正组织人员欢迎庆贺呢！”

“信上都是怎么说的？你先给我透透……”

“嘿，还没传达呢，一会儿就知道了！”

说话间，他们来到了村头那座古老而典雅的鸾峰桥边。从四面八方拥来的村民、干部们已经把这里围得满满当当，互相询问着、打听着，兴奋喜悦的神情溢于言表。

“总书记真给咱们乡写信了？”

“你看县里汤书记都来了，那还有假？”

“都是怎么说的？”

“别急呀，书记会传达的……”

身穿一件白色短袖衬衣、戴着一副近视眼镜的寿宁县委书记汤孔忠站在前边，挥着手，笑意盈盈地说：“大家静一静，静一静。先坐好了，我再给大家念信！”

“对对，这么重要的喜事，一定要隆重对待！”人们边说边走进廊桥里边，分别坐在几排木凳上，并且特意将那6位写信的人员一一请到前排就座……

半个多月前，曾经是乡干部、现已退休的刘明华与下党乡的村民王光朝、王光满等人聚在“幸福茶馆”里，喝茶聊天，蓦地想到过些天就是7月19日了，这可是下党人永难忘怀的日子啊！

30年前那段温暖的往事，如同电影闪回镜头似的，又清晰地出现在人们的眼前——

县里通知：7月19日，宁德地委书记习近平将带领地区18个部门的负责人，来下党乡现场办公。时任乡党委书记杨奕周、副书记刘明华等人既高兴又犯愁。高兴的是，这个大山里的乡村还从没有来过这么大的“官”呢！一定会帮助解决一些实际问题的。犯愁的是，他们这里太穷了，太偏僻了！怎么接待呢？

下党乡，位于寿宁县西部，山高林密、交通闭塞、田薄地少、贫穷落后，素有寿宁的“西伯利亚”之称，是全省唯一的“五无乡”。哪“五无”呢？说来犹如天方夜谭：已是20世纪80年代了，这里还“无公路、无自来水、无电灯照明、无财政收入、无政府办公场所”。村民们的生产、生活全靠登高爬山、肩挑背驮，人均年收入不到200元……

建乡以来，县里领导都还没来过呢，如今地委习书记说来就要来了，这可是天大的好事啊！杨奕周等人研究了一下，决定先把乡里最宽敞的地方——那座始建于明代的鸾峰桥收拾出来，作为休息、办公点，并且当天要组织人员挑着凉茶到山上迎接。因为正值炎炎盛夏，又是翻山越岭，可别让领导们中暑了。

当时的杨奕周已是中年人，而刘明华还是30出头的年轻人。他们当天一大早就带着镰刀、草帽等物赶到山外了。一是要当好带路人；二是山路难走，需要不时地砍去拦在路上的灌木杂草。而正当壮年的王光朝、王光满等村民则熬好了中药凉茶和绿豆汤，一桶一桶地挑到山路旁等候着。

天上的太阳移到头顶了，一行人穿过密林草丛，沿着一条小路从山上走下来了。走在最前面的那位，个子高高的，头戴着一顶宽檐草帽，脖子上搭着一条黄花毛巾，边走边擦着汗。他就是时年36岁的宁德地委书记习近平。他身后跟着年过不惑的行署专员陈增光、县委书记和30多位地区、县上的干部。大家都跟习近平同志一样，戴着草帽、搭着毛巾，有的还拄着一根竹棍，汗流浃背，气喘吁吁……

难怪干部们很少来下党乡，真是太艰难了！他们一早从宁德乘汽车先到寿宁县城，再换军用吉普车一路颠簸来到相邻的平溪乡上屏峰村，再往前走就不通车了，只能徒步进去。15里路整整走了2个多小时，习近平同志一行人才走进下党乡。

"地府来了！咱们的地府来了！"

"真的呀！快去看看……"

当时，这里的村民管地委书记叫"地府"。说起来也差不多，地委行署一级，不就是相当于古代的"州府"嘛！

这一次行程，习近平同志后来回忆道："异常艰苦、异常难忘"，"下党，是我一辈子也忘不了的地方。"

而对于下党乡的乡亲们来说，这更是异常难忘的一天！

这次下党之行所看到的困难景况，给习近平同志和地直干部们极大震动，他们当场决定翻箱倒柜、千方百计地筹措资金，解决燃眉之急。继而，习近平同志又在几年间先后两次来到下党乡，具体帮助乡亲们解放思想、摆脱贫困，书写了一段"习书记九到寿宁三进下党"的佳话……

星移斗转，沧海桑田，整整30个春夏秋冬过去了，这里发生了翻天覆地的变化。下党乡的干部群众牢牢记住习近平同志的嘱托，齐心协力，团结拼搏，以"弱鸟先飞"的志气，以"滴水穿石"的韧劲，在绝壁上修路，在大山中前行，经营茶园、果园，发展现代农业产业和乡村旅游业，这里已经旧貌换新颜了。2018年，下党乡人均纯收入达到了13300元，乡里所有贫困户全部实现了脱贫。

吃水不忘挖井人。

村民们每每想起习近平同志跋山涉水，步行2个多小时，来到下党乡现场办公，带领大家脱贫致富的情景，总是激动不已、感恩不尽。2019年是中华人民共和国成立70周年，也是习近平同志首次来下党乡30周年，咱们应该写封信向总书记汇报一下：如今的下党乡早已脱贫致富，今非昔比了。

于是，6位曾亲历过习近平同志现场办公的干部群众，聚集在王光朝开办的"幸福茶馆"里，你一言我一语，由刘明华执笔，写成了一封给习近平总书记的汇报信。

信不长，只有两页信纸。主要内容是：尊敬的习近平总书记，我们是宁德寿宁县下党乡的村民代表。今天是7月19日，距离您第一次来现场办公整30年了，回想当年我们这里不通公路，您是步行山路走进来的，指导我们摆脱贫困，至今让我们非常感动。现在我们这里发生了巨大变化，已经全部脱贫了，路通了、村美了、民富了，乡亲们都过上了好日子，这些都是您和党中央领导得好啊！我们代表全体下党乡人表示衷心的感谢！请您有时间再来下党乡看看……

他们反反复复地修改了两遍，最后分别郑重地签上自己的名字：刘明华、王光朝、王光满、王光拔、陈大辉、王金花。这位王金花是当年迎接习近平同志调研的下党乡党委书记杨奕周的妻子，杨奕周积劳成疾，已病逝了，而今她是满怀深情地代表丈夫出面的。

第二天，刘明华特意起了个大早，乘车赶到寿宁县县城邮局，寄给了北京中南海中共中央办公厅，转交习近平总书记收。藏在心底多年的愿望完成了，几位写信人满足地舒了一口气，回归平静的生活了。他们就是想向习近平总书记表达一下心意，仅此而已。

实在是没有想到，仅仅过了十几天，习近平总书记就写了一封热情洋溢的回信，由中共中央办公厅发给福建省宁德市，请他们转交寿宁县下党乡的写信人。

这封回信引起了省委、市委的高度重视，因为习近平总书记的回信不只是回复下党乡的，而是对整个宁德、福建乃至全国扶贫开发事业都具有指导意义。寿宁县委书记汤孔忠一拿到原文，立刻驱车前往下党乡，隆重向大家传达信件内容。

还是在那座古廊桥——鸾峰桥上，还是一个炎炎的夏日，下党乡干部、群众代表，满满当当地坐在“地府”当年现场办公的地方，平心静气地聆听习近平总书记的回信。汤孔忠站在前面，双手捧着信纸，一字一顿地高声念道：

寿宁县下党乡的乡亲们：

你们好！

来信收悉。得知下党实现了脱贫，乡亲们的日子越过越红火，我非常高兴。向大家致以衷心的祝贺！

“车岭车上天，九岭爬九年”。当年“三进下党”的场景，我至今还历历在目。经过30年的不懈奋斗，下党天堑变通途、旧貌换新颜，乡亲们有了越来越多的幸福感、获得感，这生动印证了弱鸟先飞、滴水穿石的道理。

希望乡亲们继续发扬滴水穿石的精神，坚定信心、埋头苦干、久久为功，持续巩固脱贫成果，积极建设美好家园，努力走出一条具有闽东特色的乡村振兴之路。

习近平

2019年8月4日

好啊！欢呼声、鼓掌声，刹那间激荡在青山绿水之间，久久地回响着。

人们兴奋异常，奔走相告，从四面八方拥到桥头小广场上。一条临时赶制的红色横幅被拉起来了：习总书记给我们回信啦！背后石壁上镶嵌着习近平同志说过的那句话：下党，是我一辈子也忘不了的地方！现场犹如过节一样，大家挥舞着五星红旗，载歌载舞，“感谢习总书记！”“感谢党中央！”的口号声不绝于耳，幸福喜庆的笑容洋溢在每个人的脸上。

“真没想到，习近平总书记这么快就给我们回信了！”61 岁的刘明华，捧着函件，反反复复、认认真真地看了 5 遍，说，“非常激动，非常感动！”作为最早受命筹建下党乡的 4 名干部之一，他对下党乡当年的困顿有切身之痛，也见证了下党乡的幸福嬗变。此次给习近平总书记写信，他是发起人之一。

如今退休了的刘明华，又被返聘担任了“难忘下党”主题馆的讲解员，每天为慕名来此接受党性教育的团队和游客一遍一遍地讲述下党乡的红色故事、人文故事、生态故事，继续发挥着余热。

72 岁的王光朝，是习近平总书记当年“第一次进下党”的见证者，也曾为他们挑上一桶解暑凉茶。2016 年，下党乡创建红色旅游地，他在自家开起了“幸福茶馆”。如今，茶馆每日客流量多则四五十人，少则也有十多人。他自制的手工茶很受大家喜爱，日子也越过越殷实。

面对记者的采访，他说：“习近平总书记在回信中说，‘车岭车上天，九岭爬九年。’习近平总书记连我们当地这句俗语都还记得，他真的一直惦记着我们。看到我们能脱贫，他就很开心。”

王光拔曾因工作落下残疾，退伍后生活一度困难。后来，在组织的关怀下落实了相关补贴，生活有了保障。如今随着下党乡的发展，老宅被乡里改造成下党乡青少年实践基地，王光拔也有了一笔固定收入，满意而激动地表示，“下党乡能有今天的面貌，要感谢习近平总书记的关心。习近平总书记在回信里勉励我们，饱含了对我们的殷切期望。下党村一步步发展到现在，我们对未来充满信心。”

60 岁的王光满，在习近平同志第一次来下党乡时，任下党村支部书记，亲历了习近平同志在下党村访贫问苦的一幕幕。“家乡发展得这么好，我们感到很骄傲。习近平总书记的回信，也让我们格外亲切，真想请习近平总书记再回闽东走一走。”

“有习近平总书记牵挂，我们要好好努力，好好过日子。”67岁的陈大辉，以前是下党乡的炊事员，曾经给习近平同志做过“乡下饭”。下党乡翻天覆地的变化，让他那“掌大勺”的手“握”起了写信的笔。

现今在家做家务的王金花不善言辞，习近平总书记的回信让她忆起那段奋斗的岁月。当年，正是她的丈夫、下党乡首任党委书记杨奕周在宁德地委工作会议上站起来“放炮”，促成了习近平同志不久之后的践诺之行。“我们一定珍惜现在的好时光，让习近平总书记放心。”

下党乡党委书记叶忠强，牢记着前辈们的奋斗历程，听完了传达，又把信件要过来仔细地看着，感慨地说：

“习近平总书记30年来的关心和牵挂是下党乡发展的动力源泉。依靠党的好政策，下党全乡118户(504口人)贫困户已全部脱贫。今后，我们要以学习习近平总书记的回信为新起点，带领全体党员、干部、群众发扬‘弱鸟先飞、滴水穿石’精神，放开手脚干事、甩开膀子创业，巩固脱贫成果，推动乡村振兴……”

当天晚上，中央电视台《新闻联播》节目，向全国报道了习近平总书记给下党乡村民回信的消息，字里行间饱含着对脱贫乡亲们的深厚感情，寄托着一位老领导、老朋友的殷切期望。

这就像是一颗炽热燃烧的火种，瞬间在宁德、在八闽、在华夏大地上传播，点燃了干部群众奋进的激情，为脱贫攻坚决战决胜、全面建成小康社会吹响了冲锋号角。

福建省委迅速召开常委会扩大会议，传达学习贯彻习近平总书记的回信精神，强调要增强信心、坚持不懈、全力以赴、埋头苦干，持续巩固脱贫成果，坚决打赢脱贫攻坚战，走好乡村振兴之路。

会上，省委书记于伟国深有感慨地说：

"习近平总书记在福建工作17年半,足迹遍布八闽大地,对福建的山山水水、一草一木充满感情,与福建广大干部群众结下了深厚感情。习近平总书记始终心系人民群众,以百姓心为心,与人民同呼吸、共命运、心连心,始终把人民放在心中最高位置,同人民想在一起、干在一起,给我们树立了光辉榜样……

"我们要认真贯彻落实习近平总书记回信的重要要求,坚定信心、埋头苦干、久久为功,大力实施好精准扶贫、精准脱贫方略,紧盯'两不愁三保障'标准,下好'绣花'功夫,持续巩固脱贫成果,落实好支持老区苏区脱贫奔小康的各项政策措施,确保如期高质量完成脱贫目标任务,确保脱贫成果经得起历史检验,与全国人民一道进入全面小康社会。"

随后,寿宁县所在市,也就是当年习近平同志担任地委书记的宁德,召开宁德市委四届十次全会,专门就学习贯彻习近平总书记回信精神展开部署。对于如何系统推进脱贫攻坚、乡村振兴,如何继续传承"弱鸟先飞、滴水穿石"的闽东精神等课题,此次全会"干货满满",给出了自己的答案。

市委书记郭锡文在会上说:"习近平总书记的回信,是寿宁县和下党乡乡亲的福气,也是350万闽东人民的荣光。面对着城乡发展不平衡的现状,我们宁德要积极贯彻中央精准扶贫政策要求,加大基础设施建设,发挥优势,将乡村振兴的工作重心放在产业振兴、人才振兴、文化振兴、生态振兴、组织振兴这'五大振兴'上,持续念好'山海田经',在闽东特色的茶业、蔬菜、水果、中药材、食用菌、畜牧业、渔业、林竹花卉和乡村旅游的'8+1'产业上持续发力,构建和完善各具特色的产业格局。"

全会同时审议通过了《中共宁德市委关于深入学习贯彻习近平总书记回信精神　努力走出一条具有闽东特色的乡村振兴之路的决定》。这份决定对"五大振兴"的方略进行了细致阐释和部署,各项目标稳、高、远,提出了要因地制宜打造乡村振兴的"宁德模式"。

为此,宁德市委副书记、市长梁伟新专门做出说明。他说:"在产业振兴方面，宁德决心要在2022年前打造2000亿元的乡村特色产业全产业链;在人才振兴方面,要在2020年,使服务乡村振兴的人才数量达到10000人以上;推广‘古村落+文创’‘摄影+民宿’‘白茶+文化’的新业态,以推进文化振兴;生态振兴把牢底线,在2022年前全市‘绿盈乡村’占比要达到80%以上;组织振兴要着力抓好基层党建,培育万名乡村振兴‘领头雁’。”

一封信跨越了30年,犹如一根金线,将下党、寿宁,包括全闽东扶贫开发、乡村振兴、全面建成小康社会的闪光历程,串联起来,化成了一条熠熠生辉的珍珠项链,装点着八闽乃至神州大地的山山水水。

事实上,下党乡乡亲们的来信,得到习近平总书记的高度重视和热情回应,只是我们扶贫开发事业的一个小小缩影。在960万平方公里的国土上,还有成千上万个下党乡这样“山乡巨变”的故事……

30年风雨坎坷,30年滴水穿石,30年沧桑巨变。

可以说,这条具有闽东特色的乡村振兴之路,是一条“爬雪山过草地”的新长征之路,也是改革开放以来扶贫开发的“星星之火,可以燎原”之路,其中闪耀着时任宁德地委书记的习近平同志深入实践、深刻思考的思想火花。

作家采访札记:

2019年11月,我作为一名以反映现实、紧贴时代为己任的作家,深为闽东人民脱贫攻坚决战决胜的精神所感动，怀着崇敬和探究的心情,前往寿宁县下党乡乡政府所在地下党村,去探寻那“天堑变通途,旧貌换新颜”的传奇。

今非昔比,从县城通向下党乡的路,再也不是30年前习近平同志带队徒步下乡的羊肠小道了,而是一条宽阔平坦的盘山公路。俨然毛泽东主席在《登庐山》诗中所写的那样:“一山飞峙大江边,跃上葱茏四百旋。”

此时，北方正是黄叶飘零的深秋季节，而这里的山山岭岭还是一片郁郁葱葱。闽东特有的榕树、翠竹亭亭玉立，山间溪水清亮亮地奔流着，唱着叮咚清脆的歌曲奔向远方。公路蜿蜒曲折，随着山势时而高峰时而低谷，从车窗看出去，简直就像是民族舞蹈《红绸舞》演员手中的红绸带，上下翻飞，左右盘旋，令人眼花缭乱。

我们乘坐公务车沿着山路奔驰，穿过一条长长的隧道，不一会儿就到达下党乡了。远远望去，下党乡宛如油画一般：一湾清澈的溪流泛着白浪花穿村而过，沿岸隔着一条平坦的柏油马路，由低而高排列着一座座黄墙黛瓦的民居，鳞次栉比、错落有致，掩映在绿油油的树荫里，村头上那座著名的木拱廊桥横跨溪上，形成了“廊桥、流水、人家”的美景。

走近细观，路旁建有“难忘下党”主题纪念馆，旁边竖立着“滴水穿石”的意象石雕，不远处建有题写着“下党，是我一辈子也忘不了的地方！”标语的小广场，还有村民开办的民宿农家乐以及“百口食堂”“幸福茶馆”等富有特色的商铺门店，桥边欧式的路灯柱上悬挂着一串串红灯笼，上写“难忘下党，清新福建”“下乡的味道”等字样……

乡里干部群众热情地前来迎接，领着我们边参观边介绍。虽说时隔习近平总书记来信已有3个月之久，但他们说起来依然难掩兴奋，我能够强烈地感受到他们那幸福喜悦的心情。

尤其当我坐在村民王光朝的“幸福茶馆”里，听他操着带有闽东腔的普通话，朴实而又亲切地讲述30年前的情景，又如何一步步脱贫致富，以及怎样与其他5人一起商量写信向习近平总书记汇报的过程。言谈话语间，充满了欣喜、满足与自豪。

“太好了！老王大叔，在你这里聊天，可真是‘幸福茶馆话幸福’啊！”我品了一口他特意沏好的自产香茶，真切地说道。

“对！好多人都这么说，我们这都是托习书记的福啊！”

瞧，他还是用当年习近平同志任宁德地委书记时的称呼，亲切而自然。

蓦地，如同电光石火照亮了我的脑海一般：我找到了这部长篇纪实作品的源头……

第一章　大山的呼唤

一　这里是闽东

在辽阔壮丽的中华人民共和国的土地上，东南部沿海一带，有一个面向浩瀚太平洋的省份。它依山傍海，西北高东南低，90%陆地面积是山地丘陵地带，被称为“八山一水一分田”。这就是福建省，省会驻地设在福州。

《山海经》有言：“闽在海中，其西北有山。”是指那时为闽越族人地，直至秦始皇兼并天下，南平百越，置闽中郡，中央政权始达于此。西汉中期，闽越叛乱，汉武帝平息后迁闽越人于江淮流域，隶属于会稽南部都尉管辖。自晋宋至齐梁，初属于扬州，至陈代永定时（557—559 年），陈武帝设“闽州”，这是此地历史上第一个省级建制。

唐代初年，设泉、建、丰三州，下辖 10 县，属江南道。开元十三年（725 年），闽州都督府改称福州都督府，后设立军事长官经略使，从福州、建州各取一字，名为福建经略使，福建之名始现。至清代，设福建布政使司，下辖福州、兴化、泉州、漳州等 8 府及福宁州。康熙二十三年

（1684 年），统一台湾后增设台湾府，属福建统辖。光绪十一年(1885年)，台湾府单独设省。所以，福建省简称为“闽”，又称“八闽大地”。

中华人民共和国成立后，福建与浙江、上海、江西、江苏、山东同属华东区。进入改革开放新时期，福建辖 1 个副省级市(厦门)、8 个地级市(福州市、泉州市、漳州市、南平市、三明市、龙岩市、莆田市、宁德市)。据 2019 年统计：全省辖 29 个市辖区、12 个县级市、44 个县，共计 85 个县级区划，全省总面积 12.4 万平方公里，常住人口 3973 万。

这里，完全可以用一句老话来形容，那就是“物华天宝，人杰地灵”。福建森林覆盖率达 65.95%，居全国第一。海岸线长度居全国第二位，海岸曲折，岛屿众多，由海路可以到达南亚、西亚、东非，是历史上海上丝绸之路、郑和下西洋的起点，也是海上商贸集散地。依山傍海的特点造就了福建丰富的旅游资源，除了海坛岛、鼓浪屿、武夷山、白水洋等自然风光外，还有永定土楼、三坊七巷、安平桥等人文景观。

其中东北部一带，俗称为“闽东”，广义包括福州、宁德两市，因两地方言同属闽东语。近代则特指宁德地区，南连省会福州，北接浙江温州，西邻武夷名山，东与台湾岛隔海相望。现辖蕉城区、古田县、屏南县、周宁县、寿宁县、福安市、柘荣县、福鼎市、霞浦县等县(市、区)和东侨经济技术开发区。共有 43 个乡(其中 9 个民族乡)、69 个镇、13 个街道办事处、195 个居委会、2137 个村委会，人口 325 万。地形以丘陵山地为主，沿海较多滩涂，森林覆盖率 68.65%，属中亚热带海洋性季风气候。

闽东历史悠久，人文璀璨。早在新石器时代，古越族先民就在这里劳动生息。晋太康三年(282 年)设温麻县，是区内最早建立的县一级政区，隶属晋安郡。县治在今霞浦县葛洪山山麓，辖境包括今宁德地区的大部和政和、连江、罗源等县区。隋开皇九年(589 年)，温麻县被撤销，其地并入原丰县，隶属泉州。

唐宋以至明清时期，这里先后改隶建州、闽州、福州等地。清雍正十二年(1734 年),福宁州升为福宁府,隶属福建闽浙总督府,辖福安、宁德、霞浦、寿宁 4 县。民国元年(1912 年),实行省、道、县 3 级地方政制。后来福建省政府实行政督察区制,闽东划为第二行政督察专员公署。

1949 年 10 月之后,闽东迎来了新生,设福安专员公署,隶属中华人民共和国福建省人民政府。1970 年,福安专区驻地由福安迁往宁德县城关,改称宁德地区。1999 年 11 月 14 日,国务院批准宁德撤地设市,成立宁德市人民政府,2000 年 11 月 14 日正式挂牌。驻地在新设立的蕉城区,全市辖蕉城、古田、屏南、周宁、寿宁、福安、柘荣、福鼎、霞浦 9 个县(市区)。

闽东位于长江三角洲、珠江三角洲、台湾省三大经济区的中间位置,东西横距 235 公里,南北纵距 153 公里,陆地面积 1.34 万平方公里,海域面积 4.46 万平方公里。海岸线长 1046 公里,浅海滩涂面积 93400 公顷,可供作业的海域面积是境内陆地面积的 3.3 倍。区域内有大小港湾 29 个,其中三都澳深水岸线长度居全省港口之首。

在漫长的历史长河中,勤劳善良的闽东人民胼手胝足,辛勤耕耘,创造了丰富多彩的人类文明。历代文化名人朱熹、陆游、戚继光、唐伯虎、冯梦龙等,在这里留下了闪光足迹和珍贵文物,许多保存完好的建筑群、石雕廊桥等古迹至今巍然屹立。闽东还是全国最大的畲族聚居地。畲族人民勤劳俭朴、能歌善舞,有着独特的民族传统文化及生活习俗,是中华文化宝库的组成部分。

尤为令人称道的是:1929 年初,老一辈革命家毛泽东、朱德、陈毅率领红四军由赣入闽,播撒革命火种,推动了福建土地革命的深入开展。1934 年 2 月,闽东第一次工农兵代表大会在福安柏柱洋召开,宣告闽东苏维埃政府正式成立,先后下辖福霞、安德、安福、福寿、连江等 10 个县苏维埃政府,800 多个乡苏维埃政府,苏区人口近 100 万,面积达 1.1 万平方公里。从此,柏柱洋有了"闽东延安"的美誉。

闽东苏区的创建,是全国土地革命运动普遍陷入低潮时的一个闪光点，有力地支援和配合了中央苏区第五次反“围剿”。1934 年 10 月，中央主力红军撤离中央苏区开始长征之后，闽东苏区遭到国民党的残酷“清剿”，被迫转入艰苦卓绝的三年游击战争。后来成为开国上将的叶飞，就是当年率领闽东红军独立师坚持游击战争的主要领导人之一。据民政部门调查统计，革命战争时期，闽东被敌摧毁的村庄有 1031 个，被敌杀害 20044 口人，被灭绝 17364 户，被烧被拆房屋 131621 间。烈士 7326 口人，其中畲族同胞 510 口人。

这是一段星火燎原的红色记忆，一幕孤军奋战的腥风血雨；这是一座彪炳千秋的民族群雕，一部气壮山河的英雄史诗。1990 年 7 月，已近八旬高龄的全国人大常委会副委员长叶飞将军，回到阔别 34 年的宁德福安，看望老苏区的父老乡亲。他首先来到闽东革命烈士陵园，面对着高高耸立的纪念碑，深深地三鞠躬……

按说，闽东一带山清水秀，自然风光绚丽迷人，人文历史悠久灿烂，特别是这里的人民具有吃苦耐劳的优秀品质和百折不挠的奋斗精神，完全可以建设好自己的家园，过上殷实富裕的生活。

然而与全国其他革命老区——井冈山、大别山、沂蒙山等地一样，这里山高林密、沟壑纵横，南来北往阻隔难行，虽说处于东海之滨，但没有金沙银滩，也少见缓冲平原，一上岸就是险峰峻岭。

这样的地形和位置，在战争年代适合做革命根据地，进可攻，退可守。而到了没有了血火交织的和平年代，这些地方偏僻闭塞、交通不便，甚至连可供耕种的农田都很少，久而久之便落伍了，成了挂满勋章的“乞丐”。

“老、少、边、贫”地区，这个富有时代特色的名词生动形象地说明了上述现象。凡是处于此等位置的地区，往往历史欠账多，工业基础弱，经济社会发展比较落后。而闽东不仅占全了这几条，还加了一个“岛”字——因其海岛众多，星罗棋布，面对着台湾海峡，长期以来一直是海防前线，难以发展工商业。即使有天然的深水良港——三都澳，也不能很好地开发利用。所以，过去人们说起闽东，就是“老、少、边、岛、贫”5个字。

直至20世纪80年代，宁德地区无论是从工农业总产值，还是人均年纯收入计算，都排在福建省9个地市中的最后一名。贫穷困难，如影随形，牢牢地纠缠着这里的干部群众。经济基础的薄弱，势必影响到教育文化并导致思想观念的落后，最终形成了恶性循环。

全宁德有成百上千个自然村坐落在大山里，耕田极少、物品奇缺，农民长年累月面朝黄土背朝天地劳作着，也仅能收成少量的稻谷番薯，连肚子都填不饱，更别说换钱买东西了。

毋庸置疑，在刚刚结束了10年动乱，党中央召开十一届三中全会，拨乱反正、正本清源，走上以经济建设为中心的改革开放道路之初，类似的贫困落后的乡村不在少数。

当实施了家庭联产承包责任制，乡镇企业也得到快速发展，极大地解放和发展了生产力，农村贫困问题有所缓解时，党和政府的目光关注到“老、少、边、贫”地区的问题，采取了一系列扶贫措施。这其中包括：1980年，中央财政设立了“支援经济不发达地区发展资金”；1982年，将全国最为贫困的甘肃定西、河西和宁夏西海固的集中连片地区作为“三西”专项建设列入国家计划，进行区域性的专项扶贫工作。

1984年，中央有关部门又实事求是，酌情划定了18个集中连片贫困区进行重点扶持。其中，闽东的宁德地区就属于18个集中连片贫困区之一。随着改革开放的春潮奔涌，沿海长江三角洲与珠江三角洲都兴旺发达起来了，唯独位于它们中间的闽东一带还是穷困潦倒，成为我国沿海地区“黄金海岸的断裂带”。

1986年5月14日，国务院贫困地区经济开发领导小组第一次全体会议召开，提出争取在“七五”期间解决大多数贫困地区人民的温饱问题，并提出贫困地区实行新的经济开发方式的10点意见。首次确定国家贫困县标准，将331个贫困县列入国家重点扶持范围。从此，以县为单位使用扶贫资源、开展具体扶贫工作成为中国扶贫开发政策的重要特点。

党中央和国务院痛下决心，在全国掀起新时期扶贫开发热潮，并经过多年探索和实践，逐步形成了“政府主导、社会参与、自力更生、开发扶贫”这样一条符合中国国情的扶贫开发道路。

二 《人民日报》头版上的读者来信

1984年，在中国当代史上，那是一个怎样的年份啊！希望的田野上麦浪滚滚，深化改革的大潮汹涌澎湃。至今回想起来，仍然令人热血沸腾、激动不已。

1月1日，中共中央发出《关于1984年农村工作的通知》，指出当前农村工作的基本目标、方针、政策是正确的，全国继续贯彻执行。这是新时期以来连续第五个一号文件，农村变了，农民富了，农业稳了！

1月22日至2月17日，邓小平同志视察深圳、珠海、厦门3个经济特区和上海，充分肯定试办经济特区和对外开放的决策。

这为改革者吃了定心丸、开通了加油站。

邓小平同志视察广东、福建等地回京后，同几位中央负责同志谈办好经济特区，增加对外开放城市。他指出，……除现在的特区之外，可以考虑再开放几个港口城市，如大连、青岛。这些地方不叫特区，但可以实行特区的某些政策……1984年3月26日至4月6日，中共中央召开沿海部分城市座谈会，建议进一步开放天津、上海、大连、秦皇岛、烟台、青岛、连云港、南通、宁波、温州、福州、广州、湛江和北海14个沿海港口城市,并扩大地方权限,给予外商若干优惠政策和措施。

新时期改革开放的浪潮汹涌澎湃。

9 月 26 日,中英两国政府在北京草签关于香港问题的联合声明和三个附件。声明宣布,中国政府决定,1997 年 7 月 1 日对香港恢复行使主权,英国将在同时将香港交还给中国。

一国两制,统一大业的路线图,日渐清晰。

10 月 1 日,首都举行阅兵式和群众游行,隆重庆祝中华人民共和国成立 35 周年。邓小平同志检阅部队并发表讲话。各界方队数万人高举拥护改革开放、庆祝中华人民共和国成立 35 周年的彩旗通过天安门广场。当北京大学师生队伍经过主席台时,打出了“小平您好!”的横幅,顿时欢声雷动。

10 月 20 日,中共十二届三中全会在北京举行,一致认为:……进一步贯彻执行对内搞活经济、对外实行开放的方针,加快以城市为重点的整个经济体制改革的步伐……全会一致通过《中共中央关于经济体制改革的决定》。一时间,吹响了更加嘹亮的“进军号”……

这一年,中关村科技一条街日益兴旺,已经 40 岁的柳传志带领中科院计算机所十几名科技人员成立了联想公司,不显山不露水,从事开发、制造并销售可靠的、安全易用的技术产品及优质专业的服务,日后成为全球电脑市场的领军企业。

这一年,青岛轻工业局的干部张瑞敏,出任连年亏损的青岛电冰箱总厂厂长,重整山河,制定了第一个发展战略——名牌战略,做出令人震惊的“砸冰箱”行动。张瑞敏说:“我们把残次品都砸了,再也不生产这样的东西! ”历经磨砺,创造出白色家电巨头——中国海尔集团。

这一年,曾经集体累计仅有 1764 元,人均分配 53 元的江苏省江阴市华士镇华西大队,恢复华西村名称,选举吴仁宝为村支部书记,顺应改革开放的大潮,抓住机遇大力发展,农业、工业、商业、旅游业等多种产业并举,一举成为“富得流油”的“天下第一村”。村民们盖小楼、买汽车、坐着飞机满世界地去旅游……

难以忘怀的1984年啊，激情燃烧的1984年，已经深深铭刻在华夏儿女的心扉上，记录在20世纪下半叶人类发展史的史册中。

然而，正像浩瀚的太平洋没有一帆风顺的航程一样，跨入新时期的长城内外、大江南北，并不都是歌舞升平、富甲一方。尤其是在广大农村，尽管实施了家庭联产承包责任制，吃饱了肚子穿暖了衣，但远没有都像华西村村民那样变得有钱了、富裕了。

同样是在1984年的6月24日，一路高歌猛进的《人民日报》头版上刊登了一封不一样的读者来信，大胆却真实地反映了当时农村的另一面：

编辑同志：

实行生产责任制以后，农村发生了巨大的变化。但是，还有一些地方，特别是偏僻边远的山村，至今仍处于穷困落后的状态。

在闽东福鼎县与霞浦县交界的一条深峡谷里，有一个穷山村。这里地名叫下山溪，全村十八户，八十一口人。他们居住的房子十分简陋，耕种的土地全是贫瘠狭小的山坡地，粮食产量极低。他们祖祖辈辈吃番薯度日，偶尔到外地买几斤大米，只能在春节吃两顿，或供妇女"坐月子"吃几天。他们身上穿得破破烂烂，有的人买不起鞋子而光着脚板。他们的文化水平更低。解放三十多年来，这里只出过一个高小毕业生。据了解，在闽东山区尚有一些村庄至今生活仍很艰苦。这些地方大多数是解放前红军和游击队的根据地。

要使下山溪这样的穷地方富裕起来，依靠国家零星的救济见效不大。我认为只有从这里的实际出发，扬长避短，并给予特殊的政策扶持，方可从根本上改变其贫穷落后的面貌。下山溪村拥有一千二百多亩的山场，可以大力发展山羊，每户养几十只，这里就成了一个养羊基地。还可以把现有的灌木林逐步改变为杉木、柳杉混交林;同时大量种植毛竹、棕树,做到长短结合,提高经济效益。这样,要不了多久,这里就能逐渐富裕起来。

实现上述富裕目标,就要实行一些特殊政策。例如,有关部门要舍得花一些投资,帮助他们搞开发性生产,或由有关单位提供资金、种苗,同他们直接联办羊场、林场。要创造条件帮助他们从外地引进人才、技术,并保送一些当地青少年到外地学文化、技术,然后回村领导生产。另外,建议国家能减免粮食征购任务。在最好年景,下山溪全村平均每人占有几百斤粗粮,每年向国家交售之后,口粮往往发生困难。下山溪的群众迫切希望干部到那里去走走。

福建省福鼎县　王绍据

在一片形势大好的赞歌里,突然冒出来这样一封似乎“不合时宜”的来信,而作为党和政府喉舌的《人民日报》,竟然还在第一版上刊登了,这是怎么回事呢?

写信人王绍据,时任福建省宁德地区福鼎县委办公室副主任兼新闻科科长、报道组组长。

自从党的十一届三中全会召开以来,由安徽小岗村 18 户农民按下红手印“包产到户”发轫,很快波及全国农村的生产责任制,一下子改变了过去“出工不出力”“大呼隆”的现象,焕发出了惊人的生产积极性,乡村农民面貌焕然一新,一片喜气洋洋的景象。各地报刊连篇累牍地报道:联产承包好,人人能吃饱。交上国家的,留足集体的,剩下都是自己的。咱村发了棉花财,票子数得乐开怀。昔日“光棍村”,迎来“七仙女”。盖新房,娶媳妇,老农民成了“万元户”……

一时间,广播有声、电视有影,仿佛农民全都告别贫穷,奔上吃穿不愁的小康路了。就连远在闽东的福鼎县新闻科报道组也在挖空心思去寻找脱贫的榜样、致富的模范,评先进,树典型,似乎农村形势一派大好，不是小好，而是到处莺歌燕舞了。

这天，王绍据正在办公室里上班，突然推门进来一位磻溪公社（本来中央于1983年决定全国农村撤销人民公社建制，改设乡镇，要求1984年底改完，闽东各地还在实施中）的干部，是王绍据的老熟人。他说："王科长，忙什么呢？"

"哦，这不正写稿子，咱县里有农民买上电视机了！"

那人接过去看了看，摇摇头放在一边，毫不客气地说："你们新闻单位只知道报喜不报忧，难道现在农民都富了吗？我们那里赤溪村的下山溪，有人家穷得都穿不上裤子哩！"

"啊？"王绍据一怔，不敢相信自己的耳朵，说，"改革开放四五年了，还有这么穷的吗？"

"千真万确！要不你们自己去看看。"

王绍据是个有良知、有责任心的宣传工作者，听了这位乡村干部如此尖锐的批评，内心深处受到震撼。人家告辞走了，他那篇表扬稿自然写不下去了，一直在思索着，忽然自言自语道："不行，我一定要去查一下究竟。"

第二天——1984年5月15日，王绍据多年以后还牢牢记着这个日子，因为对于他来说，印象太深刻了。早晨起来，王绍据给办公室打了个招呼，说："我有事下乡了！"就赶头一班车从县城到达了磻溪公社，再往前走就不通公路了。一打听赤溪怎么走，有人说须走40多里山路，还要攀爬12000级台阶的"蛤蟆岭"才能到达呢！

年富力强的王绍据咬紧牙关，甩开大步上山了。那天刚刚下过一场小雨，空气十分新鲜，山林里鸟语花香，可想到此行的目的，王绍据却一点也轻松不起来，心事重重地迈着步子。一直走了2个多小时，大汗淋漓，口干舌燥。他渴了，捧一把路边的山溪解渴；他饿了，掏出从家里带来的一块光饼啃两口，一路跋涉终于到了赤溪村。

这是一个行政村的名字，在20世纪80、90年代，全赤溪共有12个自然村280户1300口人，其中少数民族畲族群众300多人，如同寥落晨星一般散居在深山密林中，有的小村子只有几户人家。山陡坡险，地狭村偏，如果到集镇上去，只有甩开脚板步行，有的往返一趟竟达到百里之遥。少数薄田产出的稻谷，还不够交公粮的，村民大都靠种在田边地角的番薯、野菜充饥。村里村外到处书写着两个大字：贫穷！

其中，下山溪村就是典型的代表。

顾名思义，下山溪，下山之后才能见到溪水。当地人说：前门听水声，后门听鸟鸣。意思是只能听到几百米外的溪水奔流，难见其形；而紧贴房后则是陡峭的山岭，林鸟往来如入无人之境。全村18户等于挂在半山腰上，岗尾有5户，羊头坑有3户，石壁头有4户，水井面有3户……听听这些小地名，哪里是住人的村庄啊，简直就像"阎王爷"的迷魂阵。

一首民谣形象地道出了人们的困境：昔日穷村下山溪，山高路险足迹稀。早出挑柴换油盐，晚归家门日落西……

王绍据稍微歇了歇脚，再问村人如何去下山溪，人家指了指上边说："只有一条铺满草丛荆棘的羊肠小道。"他深深地吸了口气，弯下腰就往上走去，走着走着，脚下一滑，连忙抓住旁边长着锯齿形的粗茅草，忽然钻心地疼，鲜血顿时从手心里冒了出来。等他走进村子，双手已是鲜血淋漓了。他苦笑着自语："想不到，下乡要流汗又流血！"

站在村头搭眼一望，王绍据不禁倒抽一口凉气：全村看不见什么像样的民居，只有山石边上、树丛缝中立着几间破烂不堪的草棚子、土木房，虽说房顶上罩着青瓦，由于年久失修，瓦残木朽，露着天，透着风，摇摇欲坠，好像来阵大风就能吹倒了似的。

他沿着一条小路向村里走去，沿途碰上几个村民，大都穿得破衣烂衫，补丁摞补丁，青壮男子干脆光着膀子，小孩子则光着屁股，几乎人人打着赤脚，很少看见有穿鞋子的。那情景，用衣衫褴褛来形容一点也不过分。

王绍据随意走进一家农户，打了声招呼没人答应，便推门进去，只见一位妇女面色惨白，披着破棉絮躲在床上发抖。按说时令已是初夏，南方更是早就热了，她这是怎么了？

“你生病了吗？”王绍据连问了几声，对方眼神慌乱，“呜呜”地只是摇头，说不出话来。难道是个聋哑人？他走出来向隔壁邻居老大妈询问。

那人连连摇手，小声说：“太难为情了，她没有裤子穿。她家只有一条裤子，婆婆穿着出去采茶了，回来换给她穿上，才能起来做活呢！”

王绍据闻言，心里像被刀扎一样疼：中华人民共和国成立30多年了，竟然还有人过这样的日子。他脚步沉重地走到灶台边掀开锅盖一看，难闻的气味冲上来，里边黑乎乎的，一半番薯丝一半野菜。他眼眶发潮，差点流出了眼泪……

他默默地留下了10元，转身出来，找到了生产队小队长李先如了解村里情况。这位村干部听说王绍据是县里来了解村民生活的，不由得连连叹气说：“我们村真是太穷了，既无一分水田，又没有大块农地，主粮番薯都是在边边角角‘斗笠丘’‘眉毛丘’种植的。你看看我们住的，遇上下雨天，外面大下，里面小下，外面不下了，里面还滴答。唯一的经济收入是砍些毛竹到山外去卖，每百斤才卖一元钱，半天砍，半天运，累死累活扛着百来斤的毛竹才赚个块把钱……

“更让人伤心的是，就怕生病闹灾，村里远离公社卫生院，缺医少药。那一年，我老婆生孩子碰上难产，来不及抬到山外去，只好由村里老人接生，不料大出血昏了过去。一家人跪在地上求爷爷告奶奶，哭得不行，最后还是只救了孩子，大人却再也没醒过来。唉，要是村里有医院，要是没有大山阻隔，我老婆的命就不会断送了……”

李先如说不下去了，眼圈又红又湿。

即使这样，村里还要按规定交售公粮和统购粮，可粮站只收谷子，不收番薯米。他们只好卖了毛竹换钱买稻谷上交。李先如说：“这是皇粮，宁可饿肚子也要交。”此外，这个村子是少数民族畲族聚居地，还是革命老区基点村，战争年代，叶飞、曾志等老一辈革命家在这一带闹革命、打游击，这里的人们为革命事业做出过贡献。

在中华人民共和国成立时全村有 104 口人，这些年过去竟只剩下 81 口人了，不但没增，反而减少了 23 口人。原因就是女孩长大了赶忙嫁出去，外村姑娘却不愿嫁进来。许多老光棍，死了就是绝户。唯有 6 名能生育的妇女，还要实行计划生育“结扎”。如不改变这种状况，这个村就无人繁衍了。

王绍据听了很难受，心情沉重地返回了。正是太阳落山时分，尽管初夏美丽的杜鹃花盛开满山，他却毫无兴趣瞟上一眼，脑海里蓦然涌上那首古诗词来：“古道西风瘦马。夕阳西下，断肠人在天涯……”

等到疲惫不堪地回到家里，已经是夜里 10 点多了，王绍据简单地吃了饭洗了洗就躺下了。可是，从来不失眠的他，却辗转反侧怎么也睡不着，一天来的所见所闻又清晰地浮现在眼前：那呛人鼻腔的野菜饭食，那面黄肌瘦的男女老少，那难以下床的尴尬妇女。村民们如此贫困，王绍据好似万箭穿心。

尤其想到不少孩子处于失学状态，王绍据更是无法平静下来。王绍据就是农民的儿子，12 岁那年失去了父亲，家中塌了顶梁柱，初中一年级没上完就辍学回家了，边当放牛娃，边参加生产队劳动。小小年纪承担起赡养母亲、抚养妹妹的重担。虽说他还是想方设法抽空自学，可家里贫穷没钱，晚上连煤油灯都点不起，只好抓萤火虫放在鸡蛋壳里照明看书、写作。

多年以后，王绍据回忆起这段日子，还是禁不住潸然泪下。他说：“我家住在台峰，去秦屿镇的四中念中学，要走 50 里路。妈妈缝的鞋子舍不得穿，赤脚走路，到了学校才穿起来。学校要交学费，周六回家上山砍柴，周日挑到海边的南镇村去卖。父亲去世后，只能辍学了……”

艰难生活的记忆，使他对农村有着真挚的情感。下山溪村民曾经为共和国的诞生付出过鲜血和生命，如今怎能让他们还过着这样食不果腹、衣不蔽体的生活呢？应该呼吁全社会给予关注，广大农村并不都是阳光灿烂，要帮助他们尽早摆脱困境。

想到这里，王绍据一骨碌翻身起床，扑到桌子上奋笔疾书，写出了题为《穷山村希望实行特殊政策治穷致富》的稿件。他在文中列举了所见的下山溪贫困情景，还提出了三条亟待解决问题的建议：一是困难的老区村应予减免上交公粮和统购粮；二是计划生育政策要网开一面；三是党和政府要大力帮助穷村发展生产、摆脱贫穷。

写完之后，一看表已是深夜2点多，王绍据仍然毫无睡意，瞪着眼挨到了天亮，马上乘车前往省会福州。他想找一位比较熟悉的省报编辑，请他将文章作为内参材料报上去，希望省领导能重视起来，予以解决。当时还没有高速公路，王绍据在长途汽车上摇晃了近一天，终于在下午快下班时赶到了报社。

谁知，他急切地把这份1000多字的稿件交给接待的老编辑后，老编辑只翻了一下，刚才还很热情客气的脸色，立马变得严肃起来。老编辑忽地站起来，低声问道："小王啊小王，你是共产党员吗？"

这让王绍据不明就里，疑惑地回答："是啊，我1973年就入党了！"

"那你要做好被开除党籍的准备了！"

王绍据脑袋"嗡"地一下，犹如晴天霹雳。他说："怎么啦？我写错了吗？这都是我亲眼所见的现实。"

"现实是改革开放以来，全国各地都在宣传农村富裕的大好形势，你却披露缺吃少穿的阴暗面?!"继而，他沉痛而又关切地说，"赶紧拿回去烧掉，别外传了，搞不好你会被打成现行的右派分子！"

好似被迎头泼了一盆冷水，浇了个透心凉，王绍据不知自己是怎么离开报社的，当晚住到招待所里又是一夜难眠。他想不通为何为老百姓说几句实话，呼吁各级领导重视偏远农村的贫困，尽可能给予解决，怎么就是右派分子呢？事实上，在20世纪80年代初，刚刚从动乱年代挣脱出来的人们还心有余悸，极左的阴影尚未完全消除，那位老编辑代表了相当一部分人的看法,也是出于爱护年轻人才发出警告的。

出师不利,碰了“钉子”,王绍据闷闷不乐地坐车回到了县里。办公室的同事看出他情绪不佳,了解了原委,纷纷劝解道:别整这个事了,谁都愿听好听的,往脸上搽粉而不是抹黑。木秀于林,风必摧之,枪打出头鸟,你犯不着去冒这个险!

有位要好的老同学,特意悄悄地把他拉到一边说:“绍据啊,咱祖宗十八代都是农民,好不容易出了你这么一位吃国库粮的,年纪轻轻就是科长了,要是因此把你打发回农村,那可亏大了!”

王绍据知道大家是为他好,担心他犯错误受到处分,也明白劝说不无道理。信中所写确实与当前形势格格不入,但类似下山溪这样贫穷的状况绝不是个别现象,如果只看到成绩无视存在的问题,那于我们的事业是不利的。作为一名有良心的基层记者,一名以为人民服务为宗旨的共产党员,更不能对老百姓的疾苦视而不见。

那些日子,他寝食难安、坐卧不宁,纠结折腾到了第四天,终于想明白也下定了决心:铁肩担道义,辣手著文章。古人尚且有此担当,我一名共产党员何惧之有?倘若连了解基层情况的记者都不敢面对现实,没有勇气讲真话、实话,那党中央怎能了解下情、解决问题呢?而自己作为一个土生土长的农民子弟,又怎对得起家乡的父老乡亲呢? 豁出去了,哪怕撤职开除,也要向上面反映实情。

王绍据横下一条心, 把这篇稿件又修改了一遍, 抱着试试看的心态,径直寄往《人民日报》编辑部。

读者朋友们,现在看来似乎是一件平常小事,但在当年却是惊天动地的,这是“捅破天”“告御状”,需要极大的胆量! 如果没有“敢为人民鼓与呼”的精神,没有“破釜沉舟削职为民”的准备,那是万万不敢做的。等在前面的不知是鲜花,还是荆棘,甚至还可能是牢狱之灾。从这个意义上讲,年轻的共产党人王绍据忠心可鉴、勇气可嘉。

毕竟，莫道浮云终蔽日，严冬过后绽春蕾。

毕竟，我们党正在拨乱反正，回归到实事求是的路线上来。

本来，全国各地每天寄到《人民日报》的信件成千上万，几麻袋也装不完，此信能否被报社收到、收到后会怎样处理，王绍据心里一点底儿也没有，只想尽到一个基层通讯员的职责，如实向上级反映情况罢了。甚至，他还做好了一旦被认为有问题，挨批判受处分、回家当农民的心理准备。

万万没有想到，这篇来自偏远闽东小县城的信件被一位编辑看到了，不仅没有认为“不合时宜”“有碍观瞻”，还引起了他的高度重视，他立即编成内参上报党和国家领导人。

中共中央政治局一位常委看到这封来信，心情十分沉重，当即做了批示：信中所反映的情况令人震惊，“老少边”地区欠债太多，请福建省委查清汇报，以便中央统筹研究解决。

很快，此信连同中央领导人批示件，传真到了福建省委办公厅。1984 年 6 月 5 日，省委办公厅在《情况简报》第 194 期上全文刊登。这同样得到福建省委领导的重视与关切，省委书记当即在上面批道：“此件所提要求应限期解决，类似这样的边远山区，也应采取类似的措施。我们对不起这些地区的人民。”

雷厉风行。当天省委办公厅将此件传真到宁德地委办公室，进而批转到福鼎县委。恰巧，兼任县委办公室副主任的王绍据首先拿到了此件。他忐忑不安，还以为是上级追查下来了！当他打开文件仔细一看，心中的一块石头总算落地了，百感交集：时代不同了，党的好作风又回来了，老区人民有希望了！

想不到半个月后，《人民日报》居然在头版重要位置发表了王绍据的信件。一时间，全国轰动。对照原稿，王绍据发现基本全文照登，只是计划生育还是国策，删除了建议“网开一面”的第二条。当时《人民日报》每天才 4 个版面，第一版都是重要新闻，字字如金。

同时，配发了本报评论员文章《关怀贫困地区》：

我国农村形势很好，生产显著增长，农民生活改善，大家都是看到了的。实事求是的思想原则要求我们同时看到另一方面，这就是农村尚有局部地区和少数贫困户，在生产、生活上还存在着相当大的困难，有一部分农民的温饱问题还没有得到解决。今天本报读者来信中反映的闽东一个贫困山村的情况，就是一个有代表的例子。

来信里所说的这类贫困现象，多出现在老革命根据地、少数民族地区、山区、边疆地区。其中有些地区过去在战争年代曾经对革命做出很大贡献，解放以后更应得到较快的发展，政府在财政上也给予不小的支援。但在过去一段相当长的时间里，由于政策上"左"的偏差，这些地区生产、交通、文教、卫生、科技落后的历史状况改变不大，不少群众依然过着"吃粮靠定销、花钱靠救济、生产靠贷款"穷困日子。我们共产党人的天职，就是领导全体人民走共同富裕的道路，如果让这些贫困现象长久继续下去，不但会影响整个农村经济的持续发展，也愧对那里曾为革命做出过牺牲的父老乡亲。

少数贫困地区存在的问题，整个说来属于支流问题。但我们决不能因此而忽视它。支流问题拖着不去解决，越积越多，在一定条件下也会造成灾难。我们有些同志，过去那种搞浮夸、搞形式主义、报喜不报忧的毛病，至今没有很好克服，工作上只搞"锦上添花"，不去"雪中送炭"，谁一提到困难，似乎就是给大好形势抹黑。这种毛病如果不克服，势必助长脱离群众脱离实际的盲目乐观情绪，进而导致工作上的失误。

最近中央领导同志提醒各地，在当前农村大好形势下，要重视发现和解决支流问题。这对继续发展农村好形势是极为重要的。让我们在抓好主流，促进农村大部分地区经济继续繁荣兴旺的同时，下决心到那些贫困落后的地区去走一走，实地调查一下那里究竟是什么样子？有哪些困难？应当采取哪些特殊政策和措施？跟那里的干部、群众坐在一起，共同研究治穷致富的门路。能解决的问题应抓紧解决，哪怕是解决一两个问题，总比空发议论好得多。我们深信，既然在党的十一届三中全会之后，多数农村能很快富裕起来，这少数地区只要政策对头，经过努力，也一定能较快改变贫困面貌。

这一来，全国乃至全世界都知道了闽东的贫穷状况，而且中共中央敢于承认某些地方还十分贫困，还需要加倍努力。这与过去极左思潮下的宣传调子大不同，这是一个成熟的大党向人民负责、向历史负责的态度。

王绍据手捧着《人民日报》，激动得热泪盈眶……

一石激起千层浪。来自首都的呼唤，代表了党中央的声音，立即引起了全国各地的强烈反响。赤溪村下山溪不断收到四面八方寄来的慰问信。有工人、干部、解放军战士，也有教师、学生。有寄来现金粮票的，也有寄来衣服被子的。甚至有不少信件只要写上"福建省福鼎县王绍据收"，他就能收到并转交给乡亲们。

"冬天到了，春天还会远吗？"英国诗人雪莱的名句，似乎也适用于这里。而如今，春雷响了，春雨下了，久旱的山野涌现出一片复苏的新绿。和煦的阳光终于照到了偏远的山沟沟，温暖着近乎麻木的山里人。他们感到无比的喜悦和欣慰，同时也有了摆脱贫穷的期盼与渴望。

1984 年 9 月 29 日，在中华人民共和国成立 35 周年的前夕，中共中央、国务院发出了中发〔1984〕19 号文件，开宗明义，帮助贫困地区尽快改变面貌。

这是一份具有里程碑意义的文件，笔者特意找到了原文，摘要转载于此：

中共中央、国务院关于帮助贫困地区尽快改变面貌的通知

党的十一届三中全会以来，全国农村形势越来越好。但由于自然条件、工作基础和政策落实情况的差异，农村经济还存在发展不平衡的状态，特别是还有几千万人口的地区仍未摆脱贫困，群众的温饱问题尚未完全解决。其中绝大部分是山区，有的还是少数民族聚居地区和革命老根据地，有的是边远地区。解决好这些地区的问题，有重要的经济意义和政治意义。各级党委和政府必须高度重视，采取十分积极的态度和切实可行的措施，帮助这些地区的人民首先摆脱贫困，进而改变生产条件，提高生产能力，发展商品生产，赶上全国经济发展的步伐。

一、明确指导思想。

过去国家为解决这类地区的困难，花了不少钱，但收效甚微。原因在于政策上未能完全从实际出发，将国家扶持的资金重点用于因地制宜发展生产，而是相当一部分被分散使用、挪用或单纯用于救济。为此，必须认真总结经验，明确改变贫困地区面貌的根本途径是依靠当地人民自己的力量，按照本地的特点，因地制宜，扬长避短，充分利用当地资源，发展商品生产，增强本地区经济的内部活力。

国家对贫困地区要有必要的财政扶持，但必须善于使用，纠正单纯救济观点。山区要认真重视发展林业、畜牧业、加工业、采矿业及其他多种经营，建立合理的生产结构，密切同城市和平原地区经济的联系，变单一经营为综合经营，变自然经济为商品经济，纠正依赖思想。

解决贫困地区的问题要突出重点，目前应集中力量解决十几个连片贫困地区的问题。要经过调查论证，综合研究，确定具体措

施，逐项予以落实。国家用于贫困地区的资金和物资，不能采取“撒胡椒面”的办法平均使用，更要严禁挪作他用。

二、进一步放宽政策。

对贫困地区要进一步放宽政策，实行比一般地区更灵活、更开放的政策，彻底纠正集中过多、统得过死的弊端，给贫困地区农牧民以更大的经营主动权。

（一）在坚持土地公有的前提下，由群众自主选择最适宜的经营形式。有些地方，有些生产项目群众愿意进行个体经营，应当允许。

（二）耕地承包期可以延长到三十年。允许转让承包权。

（三）牲畜可分到户或作价归户，私有私养，允许自宰自售。

（四）草山草坡应分包到户，由户长期使用。

集体的宜林近山、肥山和疏林地可划作自留山，由社员长期经营，种植的林木归个人所有，允许继承，产品自主处理，可以折价有偿转让，允许卖“活立木”。不便归户经营的远山、瘦山，可以实行合作经营，种树种草，收益按股分红。荒山多的地方，可以独户或联户承包经营，承包期不少于五十年；还可包给平原地区的群众经营，收入按比例分成。集体林场可以折价作股办林业合作社，按股分红；也可以联户承包经营。

（五）国家在贫困地区兴办的企事业单位（国营林场、自然保护区、水库、电站、工厂等）要本着不与农民争利和适当让利于民的原则，处理好同周围社队的关系。水库的发电、水费和水产、林产收入在一定时期内应以一定比例用于安排水库移民的生产。

凡国营企业单位无力经营或经营得很不好的山场、水面、矿藏，可以包给农民经营，收益按一定比例分成；这些单位如需要人力，应尽量从周围农村吸收，或采用和周围农民联营办法，以充分利用资源，增加农民收入。

（六）凡有矿产资源的地方，有关部门要有计划地划定地段，积极组织当地农民集资开采，或者由当地人同外地人合作开采。开采者应按规定交纳国土资源使用费，遵守国家有关法律、法令。

（七）二十五度以上的陡坡耕地原则上要逐步分期退耕，由原耕者造林种草，谁种谁有，长期经营，允许继承。

…………

犹如春雷声声，响彻神州大地。

新时期以来，一场波澜壮阔、旷日持久的有组织、有计划、有目标、有方向的扶贫运动，在全国各地轰轰烈烈、如火如荼地展开了……

三　新来的地委书记

"哗——"

随着一阵响亮的掌声，宁德地委常务副书记林爱国、宁德地区行署专员陈增光陪着一位个子高大、脸庞方正的年轻干部，走进老地委大院二楼会议室。

参加会议的都是时任宁德地委和行署班子的成员，还有几位离退休的老同志。等到人们各自坐好以后，林爱国站起来介绍道："同志们，这就是咱们新来的地委书记习近平同志，今天在这里跟大家先见个面，互相认识一下。"

"是啊，我昨天晚上刚到，以后就跟大家在一起工作了。"习近平同志微笑着接过话头说，"宁德，是革命老区，具有光荣的传统。我会尽快熟悉情况的，大家有什么话尽可敞开了说，也可以找我个别谈。"

一个别开生面的见面会开始了。这是 1988 年 6 月的一天，正值盛夏季节，宁德虽地处东南沿海一带，但还是十分的炎热。面积不大的会议室内没有空调，只有几只吊扇在“嗡嗡”转着。不过，短短几句亲切朴实的话语，一下子拉近了人们的距离，大家顿时有如沐春风之感。

此前已经听说宁德要调整领导班子了，新书记是曾任厦门市委常委、副市长的习近平同志。他原籍在陕西富平县，1953 年 6 月出生在北京，调任宁德时刚满 35 岁。别看他年轻，却经历丰富：7 年下乡知青锻炼、当过大队党支部书记，毕业于清华大学，在中央军委办公厅当秘书，下基层任河北正定县委书记，而后调任福建省厦门市工作。对于这样一位从北京来的老革命家子弟，又是经过经济特区磨炼的年富力强的干部，人们充满了期待。

那是 1988 年 3 月，已过了任职年限的宁德地委书记吕居永在福州参加省两会，这期间省委书记陈光毅找他谈话：省委考虑调他到省人大工作，由厦门市副市长习近平同志接任宁德地委书记，征求一下他的意见。

吕居永是山西泽州人，南下干部，中华人民共和国成立初期就留在宁德任职，已经 30 多年了，现也过了任职年龄，听说有年轻干部来接班，自然很高兴。虽说他那时还不认识习近平同志，但各方面反映都不错，便爽快地说：

“习近平同志到宁德最合适了。因为宁德是革命老区，他是老革命的后代，所以他对老区肯定有很深的感情。他到宁德去，我完全赞同。”

两会之后，福建省委任命习近平同志为宁德地委书记的文件就下达了，同时调任吕居永为省人大常委会委员兼农村经济委员会主任。因吕居永留在福州办理其他事务，没有来得及回宁德交接。习近平同志就由宁德地委常务副书记林爱国和组织部副部长钟安乘车先期接到宁德，安排在地委招待所——对外称“闽东宾馆”住下来。

正如前面所言，由于历史、自然和政策上的种种原因，宁德地区当时在福建省 9 个地市当中，经济社会发展排在最后一位，是全国 18 个集中连片贫困区之一，9 个县(市)有 6 个被列为贫困县，全区财政入不敷出，年年靠上级财政拨款过日子。1983 年底，全区农民人均纯收入只有 330 元，其中人均纯收入在 200 元以下的贫困户达 16.63 万户，占总户数的 31.61%。贫困人口达 79 万，占农村人口的 35%以上。

虽说宁德也靠海，但不像其他沿海地区那样富饶便利。雪上加霜的是，此前因为急于改变面貌，在宁德霞浦县海域发生了以"对台贸易"为名，进行走私的"杜国桢案"。首犯杜国桢被依法判处死刑，有关干部受到处分。这在宁德震动很大，一些干部的工作热情受到影响，情绪十分低落。

当时闽东的状态可以归纳为 5 句话：班子不全，贫困后进，"杜案"影响，人心复杂，期望值高。首先是领导班子不全，老书记吕居永超龄主持工作多年，缺位没有补充。其次是贫困后进，人们对前景感到悲观。宁德干部到省里开会，总是坐在最后一排，说话不敢高声，自我感觉低人一等。大家都憋着一口气，盼望有人带领打个翻身仗!

福建省委基于多方面考虑，决定调整和加强宁德班子建设，分别选派了 4 名干部，2 个月之内先后到位。首先确定习近平同志调任宁德地委书记，而后相继从省委办公厅调李敏忠任福鼎县委书记，汤金华、许美星由省经贸委和省计委调来任行署副专员。

习近平同志率先离开厦门赴任，陈光毅代表省委找他谈话说："福建 9 个地市，宁德经济排老九。派你去宁德，就是让你用特区的闯劲、特区的精神到那儿去冲一冲，把宁德带起来。"

"我明白!"习近平同志沉思着点点头说，"宁德和特区毕竟不一样，去了怎么干我还得掂量掂量……"

应该说，由改革开放的前沿到全省"老末"任职，习近平同志属于临危受命、勇挑重担。同时，也给宁德人带来了热切的期望。于是有的老干部"不客气"地提出了要求："习书记，你来宁德是我们盼望已久的事情，因为你是北京派来的，又是中央领导同志的子弟，我们对你寄予很大希望。我们这里太贫困了，你能不能给我们多弄一点项目、多弄一点资金，把我们的基础设施改善一下？”

当时的宁德人太想一步富起来了，特别是对“三大目标”抱有很大希望：一是修通福温铁路，即福州到温州的铁路，改善困扰多年的交通不便问题；二是开发三都澳港口，这个港湾水深域阔，周边有山岛屏障，口子小肚子大，是良好的深水港，但因长期是对台军事战略要冲，无法全面开发；三是建设中心城市，形成宁德的行政中心和经济中心。

面对广大干部热切的目光，习近平同志没有摆出“新官上任三把火”的架势，而是表现得非常沉稳。他说：“我很高兴也很荣幸能到闽东老区来工作，为老区人民奉献自己的一份力量。我到这里毕竟人生地不熟，还是要靠大家充分献策，你们提出的合理意见，我一定会采纳，也一定竭尽所能，在任期内为闽东多做一些事情。”

见面会很快就结束了，可新书记的首次亮相和表态，给大家留下了深刻的印象：这是一位不尚空谈、注重务实的领导！

走出会议室，习近平同志对地委、行署几位主要负责人说：“我们要把老同志的建议和干部群众的问题放在心上，走出办公室，到基层去寻找思路，到基层去寻找答案。”

果然，没过几天，他就带着地委的干部以及有关委办局的同志到各县乡去调研了。当时，一些机关干部做好了书记谈话了解工作的准备，却一直没接到通知，也没见到人，都很纳闷：新来的地委书记去哪了？

“没有调查，没有发言权。”这是毛泽东同志早年在江西寻乌调查时得出的结论，成为指导中国革命和建设的至理名言。

习近平同志牢牢记住这句话，7 月初就在陈增光等人陪同下，一个县一个县地跑，利用一个月的时间，跑遍了宁德下辖九个县市，这期间还到邻近的温州去考察。他说：“温州离宁德北部那么近，却发展得这么快，到底有什么奥妙，我们应该过去看一看。”

据当时陪同他调研的陈增光回忆说：

“习书记走基层有几个特点。第一，到每个县调研，肯定都要先听各县班子的工作汇报，但他不提倡念稿子。他对县里的同志说：‘你们不要念稿子，了解多少就说多少，记住多少就讲多少，你念稿子上的东西我还很难一下子记住，不如咱们这样脱稿交流效果好。你们放心讲，讲不下去了可以看一下稿子，讲得下去就讲出来。’他后来跟我讲，这就是考核干部的一种方法，看他的精力有没有用在工作上，如果是自己做的事情自己肯定讲得出来，不一定要念稿子，如果是别人做的事情而且又是秘书写出来的，他就离不开稿子。第二，他喜欢看县志。习书记每到一个地方就要调阅当地的县志，他说不看县志就不了解这个县的过去和现在，就难以深入认识县情，光靠我们这样跑了解不够。第三，他注重走访。每到一处，他既走访一些企业，也走访一些村庄和农户，了解群众的生产生活情况，而不仅仅停留于听汇报。他在各个县的讲话也都很简短。”

他们调研的第一站是古田县。

一说到古田，人们往往会联想到我党我军历史上的“古田会议”，那是在闽西龙岩市上杭县古田镇，同名不同地。闽东这个县是因古田溪而得名。时任县委书记的蔡天初，从福安县调来还不满一年，担心吃不透县情，汇报不好，提前召集常委会研究了一份汇报提纲，毕竟第一次见习书记，不了解他的性格和工作作风，心里还是有些忐忑不安的。

那天，习近平同志来了与大家见面，一开场就使人感到亲近而放松了。他说：“我们这个古田是闽东宁德的‘古田县’，不是闽西龙岩上杭县的‘古田镇’，普通话要是发音不准，还会把‘莆田’和‘古田’混在一起。我这次来古田是‘看准了’才来的。”

“呵呵……”在场的人们不由得笑了起来。蔡天初紧张的心情也平静下来，打开汇报提纲准备从头讲起。

没想到，习近平同志开门见山，直奔主题。他说：“我知道古田有一座很大的梯级水电站，是一个库区大县，现在库区移民的生活、生产情况怎么样？”

“习书记，是这样的。”蔡天初感觉习近平同志已经做了很多案头工作，干脆抛开稿子，一五一十地汇报了库区移民的现实情况，而后说：“现在主要存在三个遗留问题，一是沿库后靠定居农民的生产和生活出路，二是县城城关的市政建设和社会配套服务，三是各类移民房屋和土地的补偿等，需要统筹解决，我们县里正在这方面下功夫。”

“民有所呼，官必有所应。我们要正视困难，不要回避问题。新官要理旧账，干部就是要以人民为中心，要敢于担当，发现问题、面对问题、解决问题。班子成员要拧成一股绳，团结带领干部群众，把一个一个问题都解决好。”习近平同志说。

汇报结束，县里原本安排习近平同志一行人上船沿湖游览一下，为此已向古田溪水电站借了一艘大船。习近平同志摆摆手说：“乘船游湖就不去了，我们还是到基层、到库区去走一走。”说着，就由蔡天初带路前往安置库区移民的黄田新镇调研了。

接下来，他们经屏南县又来到了周宁县。此地位于宁德西北，地势由西北向东南倾斜，县城海拔 880 多米，居全省之冠。境内有个鲤鱼溪，景色不错，历史悠久。县领导汇报完情况后，特别讲了关于鲤鱼溪的传说：过去沿岸两个村经常发生械斗，为防备对方下毒，人们就在溪里养鲤鱼，万一鱼被毒死就知道水不能喝了。渐渐地，整条溪里鲤鱼越来越多，就变成了鲤鱼溪。

习近平同志听后感慨道：“鲤鱼溪有文化、有传统，可以发展旅游产业，带动当地发展。”

当得知有位名叫黄振芳的农民，为改变荒山面貌，把整个家都搬到山上，不怕苦不怕累，在山上造了一大片树林时，习近平同志对此十分赞赏，说要到山上看望一下。

在山上，看到硕果满山、郁郁葱葱，有些果树已经成材了，既可观赏又有经济价值。习近平同志非常高兴地对黄振芳说:“你的做法是山区致富的一个方向,你是致富的一个标兵,一定要坚持下去,有什么困难我帮助你。”

后来,习近平同志多次讲到黄振芳这个典型。此外,他还曾特意将黄振芳等几个农民致富典型请到宁德,为地区机关干部介绍经验。

闽东依山傍海,山海相依。这天他们下山来到了海边的霞浦县。这个县虽说没有被列入贫困县,也只是相对而言,同其他沿海地区比起来,还是不能同日而语。用一句形象的话来说,就是“穿着西装的贫困县”。

习近平同志每到一地,必看当地的志书,加深了解县情。这次也不例外,陈增光先让人拿了一本《霞浦县志》给他看。当天晚上,他们住在县招待所里,习近平同志又对他说:“你帮我找一本福宁府的府志吧。”

历史上福建分为上四府下四府,又称“八闽”,现今的宁德地区叫作福宁府,相当于地委行署机构,府衙就设在霞浦。不过,这都是几百年前的事了,一般还真没有这个府志了。陈增光派人到县文化馆,终于找到了一本,连夜送了去并关切地说:“习书记啊,咱们一天到晚跑来跑去,这么辛苦,你还要熬夜看书,能吃得消吗?”

“增光同志,我们这样看情况、听汇报是不够的,还要看历史。一个县的历史最好的体现就是县志,府志则更为全面,里面既写正面人物,也写反面人物,我们一看就知道这个地方发生过什么事,可以从中有所借鉴。”

果然,第二天在县委会上,习近平同志就讲起他在《福宁府志》上看到的内容:霞浦这里有一片官井洋,是“因洋中有淡泉涌出而得名”。老百姓也称“官井洋半年粮”,因为这里一直盛产大黄鱼,是名副其实的鱼米之乡。百姓在这一带搞好生产,等于把半年的粮食都解决了。

他感慨地说:“这是我们闽东很重要的一个资源,既要把它保护好,也要把以养殖业为代表的海上经济带动开发起来，让老百姓都富起来。”如今，这些目标已经成为现实，霞浦海产品闻名遐迩，不但大黄鱼走向了世界，还是著名的“中国紫菜之乡”“中国海带之乡”呢!

这一圈9个县转下来，用了一个多月。回到宁德后，习近平同志潜心思考，认真总结。他感慨地对班子成员说：“闽东脱贫不是那么容易呀……闽东虽然山峦起伏，但林木也少，光秃秃的，没有什么像样的矿产，资源比较贫瘠。沿海四个县也多半是山区，海岛缺电缺水，灾害频繁。所以，我们不能脱离这些实际谈脱贫，不能寄希望于一下子抱个‘金娃娃’。”

而后，在地委行署干部大会上，他系统地讲述了此次调研的感受，以及下一步如何工作的思路。实际上，这等于是他来到宁德后的施政演说。大家既兴奋又期待：习书记终于要做报告了，闽东大发展的号角要吹响了。不过，在会上习近平同志首先指出一点，就是对他期望值不能太高。他说：“我就是我，父辈的光荣，不能作为儿孙辈的老本。”第二点，他指出闽东经济发展不能急躁，不能寄希望于一下子抱个‘金娃娃’，一口吃成个胖子。第三是强调要树立“功成不必在我”的精神，几任班子一本账，一任接着一任干。他言辞恳切，鞭辟入里地说：

“毫无疑问，在发展商品经济的海阔天空里，目前很贫困的闽东确是一只‘弱鸟’。我六月到闽东上任，七月初至八月初，偕同地区几位领导同志，走了闽东九个县，还顺带走了毗邻的浙南温州、苍南、乐清等地。大家边走边调查、思考、研究，思绪始终集中在一个问题上：在‘海阔凭鱼跃，天高任鸟飞’的发展商品生产经济的态势下，闽东这只‘弱鸟’可否先飞，如何先飞？

“闽东，交通闭塞，信息短缺，是小农经济的一统天下。商品经济的发展较其他贫困地区，显得更为步履艰难。人们说起闽东，便是五个字：‘老、少、边、岛、贫’。处于这么一种弱鸟的境地，有没有‘先飞’这个话题的一席之地呢?我看,不但有一席之地,还有大讲一下的必要。地方贫困,观念不能'贫困'。'安贫乐道','穷自在','等、靠、要',怨天尤人,等等,这些观念全应在扫荡之列。弱鸟可望先飞,至贫可能先富,但能否实现'先飞'、'先富',首先要看我们头脑里有无这种意识。所以我认为,当务之急,是我们的党员、我们的干部、我们的群众都要来一个思想解放,观念更新,四面八方去讲一讲'弱鸟可望先飞,至贫可能先富'的辩证法。这样,既可跳出老框框看问题,也可以振奋我们的精神。

"不少同志希望国家多拨资金,多安排一些计划内原料,总之,韩信用兵,多多益善。一般说来,关照多一点总不是坏事。这心情可以理解,但我们有必要摆正一个位置:把解决原材料、资金短缺的关键,放到我们自己身上来,这个位置的转变,是'先飞'意识的第一要义。我们要把事事求诸人转为事事先求诸己。比如说,可以着眼于挖掘潜力,降低成本;可以通过外引内联,建立稳定的物资协作网络;可以鼓励各县制定一些让利政策。我们完全有能力在一些未受制约的领域,在贫困地区中具备独特优势的地方搞超常发展。也就是说,贫困地区完全可能依靠自身的努力、政策、长处、优势在特定领域'先飞',以弥补贫困带来的劣势……

"要使弱鸟先飞,飞得快,飞得高,必须探讨一条因地制宜发展经济的路子。闽东走什么样的发展路子,关键在于农业、工业这两个轮子怎么转。闽东主要靠农业吃饭,我们穷在'农'上,也只能富在'农'上。小农经济是富不起来的,小农业也是没有多大前途的。我们要的是抓大农业。这就是说,在农业上,'靠山吃山唱山歌,靠海吃海念海经',稳住粮食,山海田一起抓,发展乡镇企业,农、林、牧、副、渔全面发展。'吃山',要抓好林、茶、果。林业是'一封就成林'。周宁县的黄振芳家庭林场搞得不错,为我们发展林业提供了一条思路。茶叶是闽东的一大优势,产量占全省的1/4,现在的亩产比较低,提高亩产应该是一个主攻方向,当前重点要抓好老茶园的改造工作。种果也是很有前景的,特别是具有闽东特色的水果应该大发展，如霞浦、宁德的晚熟荔枝，福鼎的四季柚，福安的芙蓉李，古田的油柰等。‘念海经’除继续抓海洋捕捞外，滩涂养殖也要挖潜力，提高单产；而发展滩涂养殖的关键环节是饲料工业如何与之相适应……

“闽东还有一项重要的工作是脱贫工作。闽东的贫困面比较大，经过三年的脱贫，有了可喜的变化。但应该清醒地看到，现在的脱贫还是处于低水平，还不稳定。脱贫是一项长期艰巨的任务，要有打持久战的思想准备。扶贫先要扶志，要从思想上淡化‘贫困意识’。不要言必称贫，处处说贫。有些本来发展不错的乡镇也把自己列入贫困的范围，这样做只能起消极作用。其次，要有比较明确的脱贫手段，无论是种植、养殖还是加工业，都要推广‘一村一品’（即每个村都要抓一种有特色的产品）。福安县后洋村抓巨峰葡萄种植就使全村人均收入达800多元，摘掉了贫困的帽子。蘑菇、茶叶都是城郊农民脱贫的重要项目，各县有关部门要为农民脱贫致富提供科技服务。第三，要把脱贫与农村社会主义精神文明建设结合起来。寿宁县一些农民住宅人畜混居，卫生状况很差，县里要帮助农民规划农村住宅建设，将人畜分开，改变‘贫困—不卫生—疾病—贫困’的恶性循环状况。第四，扶贫资金要相对集中一部分用于扶持乡村集体经济实体，增强脱贫后劲；对于一些因连年病灾造成的特困户，要给予适当的救济，并扶持他们发展一些力所能及的生产经营项目。

“闽东的畲族人口占全国畲族人口的40%，占全省畲族人口的70%。畲族多居住在山高偏远的地方，生活比较贫困。民族工作是我们一项带有根本性的工作，致力于各民族的平等、团结是我党民族政策的基本内容。民族工作的立足点在于发展经济，只有把经济搞上去，才有可能谈民族的真正平等。要制定一些扶持少数民族乡村发展的特殊、优惠政策，给他们以更好的帮助。要注意培养少数民族干部。还要注意发展、整理民族文化，办好民族中学。

“如此种种，‘弱鸟’的羽翼逐渐丰满，造就了‘先飞’的必要条件。

“对闽东，我是充满信心的，经过我们的不懈努力，我们一定可以创造‘弱鸟’在许多领域先飞的奇迹。”

习近平同志讲了不到一个小时，大家静静倾听，都被深深地吸引住了，大有茅塞顿开之感。讲话实在，言之有物，有的放矢，切中宁德的症结所在，并且指出了今后的努力方向。他脚踏实地，条分缕析，特别是对短期抱“金娃娃”的想法泼了冷水，而是强调要因地制宜，“持之以恒”，这与他日后提出的“滴水穿石，久久为功”一脉相承。

后来，这次讲话被整理成一篇文稿，收入习近平同志在宁德工作文集《摆脱贫困》一书中的第一篇。那些后来在全国倡导的“绿水青山就是金山银山”“扶贫先扶志”“一县一策”“精准扶贫”等理念，早在 30 多年前他任宁德地委书记时就已经在酝酿之中了。

这既来自多年的刻苦读书学习，也有脚踏实地深入调研后的思考，同时不可否认父辈老革命家的言传身教和良好家风的陶冶。宁德人从年轻的地委书记身上，感受到了习习清风，对他更加刮目相看，也更加有了改变面貌的信心和决心。

当然，宁德人敬佩的不仅仅是习近平同志的工作能力和理论水平，还有他那平易近人、廉洁奉公、艰苦朴素的生活作风。他来宁德时新婚不久，爱人彭丽媛同志是人们喜爱的总政歌舞团歌唱家，身在北京，演出任务十分繁忙。习近平同志是单身赴任而来，没有带家属。

地委办公室做了这样的安排：在闽东宾馆为书记腾出一个套间，便于食宿生活起居；行署新进了两部进口小车，专门安排一部给他乘坐，司机由他自己定。不料，习近平同志一一谢绝，说：“车辆还是用老书记退下来的小车，连原司机一起转过来就行了。我也不能住在宾馆，还是搬到机关干部宿舍住，吃在机关干部食堂就可以。”

办公室主任连忙劝道：“这可不行啊！老书记退下来的车已经跑了

20多万公里，车头在一次车祸中碰坏修理过，闽东山高路险，还是换新的比较安全吧！让您住在宾馆，主要是考虑到家属不在身边，生活不方便。”

“我们是贫困地区，不要摆阔气、讲排场，还是过紧日子好。新车就留给接待客人用，要保证客人坐得舒适安全。我是来工作的，不是来享受的，住在机关宿舍，和干部在一起工作生活，各方面才方便。”习近平同志说。

2天后，习近平同志就搬到了机关干部宿舍楼里，一套西头不大的房间，夏天西晒很厉害，屋里大都是原来的旧家具。平常他与干部一道吃在机关食堂，唯有彭丽媛同志来探亲时，才自己用煤气炉子开伙。他的办公室安排在老地委大院办公楼三楼，总共只有20多平方米，里外2间，外面摆放着2张沙发和一张茶几，用来会客；里间是他办公的地方，放了一张办公桌和一个书柜。原本还打算重新装修一下，可是习近平同志坚决不同意，说原样就挺好，来了就直接进去办公了。

在宁德工作的2年里，习近平同志坚持用旧车，连司机也是吕居永老书记留下的。而且他从不公车私用，彭丽媛同志几次到闽东来看望他，都是自己买车票或搭便车来的。宁德电视台记者邢常葆常开车去福州省台送片子，有一次就顺道到车站接彭丽媛同志。

有一次，原书记吕居永和老伴儿乘单位上的车回宁德——虽然他调任省人大工作了，但还有一些事务需要处理。习近平同志十分尊重老领导，听说他回来总是抽出时间访谈，友情颇深。这年，刚好彭丽媛同志也在宁德休探亲假。

过了几天，习近平同志与吕居永谈别的事情，顺便问道：“你什么时候回去？”

“明天，有事吗？”

“回去都什么人坐你的车？”

“没别人，就是我和老伴儿两个人。”

“彭丽媛要回去了，顺路搭你那个车好不好？”

“当然可以。”吕居永一口答应，心里特别敬佩：作为地委书记，爱人难得前来探望，派车专门接送一下，再正常不过了。可习近平同志却不这样做，从不占公家一点便宜。

类似事情还有很多。

下基层调研时，习近平同志每次都是按惯例吃食堂、交伙食费，由秘书跟当地结账，每半个月他再和秘书集中“结算”一次。下乡的伙食标准按规定办，一顿午饭基本就是吃碗面条，如果菜做多了，他不吃，还会提出批评，让他们拿下去。

那年春天，他们一行人去屏南县检查工作，回来经过邻县虎贝乡时已是中午了，顺路在那里吃午饭。乡里干部张罗着去饭店，被习近平同志制止了。乡里干部又想安排食堂多做几个菜，习近平同志还是不允许。他就与大家一样打饭就餐。饭后，秘书照例去交伙食费，乡党委书记怎么也不肯收，来来回回推了好几次。

临走时上车，习近平同志还是没忘了问秘书：“伙食费交了吗？”

秘书说：“去交了，但是他们不要。”

“那怎么行？赶快去交，还要让他开收据，不然口说无凭，有收据才证明人家真收了。”

“好好，我再找他们去，一定交上。”

丁是丁，卯是卯，无论大事小情，习近平同志就是这么“较真儿”。

平常除了工作之外，他最喜爱的就是读书，而且涉猎十分广泛，政治经济、历史人文等都在他的阅读范围里。当年，习近平同志从北京下乡到陕北梁家河大队当知青，背了一包书还到处找书看。如今他到宁德上任地委书记，搬家时带得最大的行李竟然是一大箱子书。

每当调研的时候，经常一忙就忙到中午了，下午还要接着开会，习近平同志往往匆忙吃完饭顾不上休息，抓紧时间到街上的新华书店看看，看到一两本好书，就特别高兴地赶快买下来。此外，他还特别喜欢看县志、府志，晚上住下，往往让当地人找来翻阅。

宁德老地委大院就在署前街，办公室与宿舍楼相隔不远，上一天班下来，习近平同志饭后除了散散步之外，就是躲在宿舍里看书。当时，他与相继调来的几名干部，都没带家属，同住一栋楼，同吃一个食堂，甚至一同“运动”。宿舍楼与宁德军分区一墙之隔，楼下有个小门，推开进去就是军分区院子，比较宽敞。他们时常不约而同地去散步，边走边聊工作，相处得非常融洽，有些人就称他们是“快乐的单身汉”。

在 20 世纪 80、90 年代，社会上兴起了一股跳舞、唱卡拉 OK 的风气，有些会议接待往往也有安排。习近平同志从来不参加这样的娱乐项目，每当晚上散步结束，有人回去休息了，有人参加什么应酬去了，他则在宿舍灯下开始了读书、学习、思考。整个家属楼里，他家的灯是关得最晚的。

时任宁德地委秘书长的林思翔，也住在那栋宿舍楼里，与习近平同志是隔壁邻居。有天晚上，他在外边出差回来已是深夜 12 点了，看到整个宿舍大院里漆黑一片，唯有习近平同志房间的灯光还亮着，就关切地轻轻敲了敲门。

“习书记，我是思翔，这么晚了还没休息？”

“哦，是老林啊！进来吧，有什么事吗？”

林思翔进去一看，原来他还在看书。桌上、椅子上，甚至地上都堆着一摞一摞的书，走路都要绕着走。林思翔深有感慨地说：“书记啊，怪不得你讲话引经据典，视野宽、站位高，大家都爱听，平常太刻苦了，可也得注意身体啊！”

“我什么书都爱看，在农村插队的时候就是这样，白天挑担子，晚上就在小油灯下读书……”

当时，习近平同志兼任宁德军分区党委第一书记，分区每年都开一次工作会议，一般都会给参会代表买点纪念品。这在那个年代比较常见。1989 年那次全区会议时，他们决定买一种“三用收录机”，既可以听广播，又可以录音、播放。分区政委赵文法给习近平同志送去了一台。

“老赵，这个东西我不需要也不能要，你拿回去吧！”

“习书记，大家都有。你是军分区第一政委，理所当然可以收下啊！”

习近平同志十分坚决，说：“你要支持我的工作，在福建干干净净地干事业。”

后来习近平同志调往福州工作，临走之前的那天晚上，赵文法想到反正人都要走了，应该会收下的，借送行机会又拿着这台三用机去给他，可还是被他坚决地拒绝了。

这位地委书记如此严于律己，一身正气、两袖清风，一下子征服了人心。大家都觉得，跟着这样的领导干，他说什么都服气……

作家采访札记：

时光飞逝，岁月如梭，宛如毛泽东主席诗词中所写：“三十八年过去，弹指一挥间。”虽说现在距离习近平同志任职宁德地委书记还不到38年，但也是30多年了。对于一个人来说，早过了而立之年，可谓是“三十功名尘与土，八千里路云和月”。

而今，我从遥远的北方来到闽东，来到习近平同志当年主政一方的地区。根据来时所做的案头工作，以及精心查阅的资料，我主动要求接待单位安排在“闽东宾馆”老楼上。因为，当年习近平同志初次前来就职，最初几天就是住在这里的。

在20世纪80年代，这是宁德地委招待所，对外则名为“闽东宾馆”，是全地区较好的接待场所，上级来人抑或与外商洽谈，都是安排在此处。时代列车在不断前进，如今城区已经有很多座高级酒店，三星四星富丽堂皇，就连闽东宾馆也盖起了新楼，装修得十分舒适漂亮。虽说当年习近平同志住过的楼房已经被拆除了，但还有一座相同的旧楼，没有电梯，窄小简朴……

我走进去放下简单的行装，站在楼道里，遥想当年习近平同志就是住在这样的地方开始他的宁德岁月，不禁感慨万端。一个不大的套间，连空调都没有，在南方的夏天里是很艰辛的。即使如此，他也不愿搞特殊，住在宾馆里让人服务，而是很快就搬到干部宿舍楼了，在大食堂就餐，自己打扫房间卫生。这与某些领导同志到一个地方上任，长年住在豪华宾馆里相比，简直就是天壤之别、判若云泥。

紧接着，我又专程来到宁德老地委大院参观、体验。它坐落在宁德市老街上，大院很深，路面不宽，几排旧楼房矗立着，还是当年的格局。别看现在“门前冷落鞍马稀”，新宁德市委、市政府办公地点早已移到新区了，当年这里可是全地区的中心，设有地委、行署办公室以及干部宿舍等。门前有块牌子，上写：署前路14号，宁德市直机关署前路办公区。

按照指引，在市扶贫办小王陪同下，我们首先来到了地委书记、副书记、秘书长、办公室、组宣部所在地。我们到时，这里因故暂时封闭起来，我没能走进办公室里去，只是站在门口细细观看了一番。

这是一座普通的老式三层小楼，一个小院，院内种植着几棵广玉兰、桂花树，时令虽是深秋，仍然郁郁葱葱、满院碧绿。门外对面则有几丛南方特有的三角梅正在盛开，一片火红的颜色，如同火焰一样。门前是一条细长的柏油马路，勉强可以错开2辆小车。据说原来还是条泥路，习近平同志来后与大家一起拿着铁铲劳动，挖高填低，盖上水沟改造而成。

继而，我们又来到位于下方不远处的干部宿舍，其中有座楼就是当年地委领导们居住的。门卫告诉我，那栋四楼最西头的房间就是习近平同志在宁德的住所。平常不下乡不出差，他就走着上下班，晚上在食堂吃完饭，则穿过那道小门去军分区院里散步。

有时候，他的夫人彭丽媛同志来探亲，两人才自己起火做饭，时常沿着这条小路到外面买菜。那时彭丽媛同志是著名歌唱家，比习近平同志有名，一上街大家认出来，就围着要签名合影。

我站在院子里，久久地凝望着老地委的办公室和家属楼，想到虽说此前习近平同志当过大队支部书记、县委书记和副市长，一步一个脚印，政绩斐然，但宁德是他独立主政的一个贫困地区，山高海阔，经历了艰辛的磨砺，提炼出了“弱鸟先飞、滴水穿石”的闽东精神，走出了一条脱贫致富、全面振兴的道路。我感慨不已。

蓦然间，我仿佛看到年富力强的习近平同志，迈着大步，从院子那头走来了，依然是那么坚定、那么沉稳……

第二章 “中国扶贫第一村”

一 赤溪村

赤溪，原名叫作漆溪，早在400年前就有人居住，因山中盛产漆树而得名。

漆树是我国重要的特用经济林之一，材质坚实，生长迅速，性耐寒，适于高山深谷。漆液是天然树脂涂料，素有“涂料之王”的美誉。漆树类似橡胶树，用刀划破树皮就可流出汁液，将其收集起来煮沸便成漆料，有耐潮、耐高温、耐腐蚀等特殊功能，又可以配制出不同颜色，把它涂刷在木质器具上，经久耐用且闪光发亮。

在中国，从新石器时代起就人们认识了漆的性能并用以制器，历经商周直至明清，中国的漆器工艺不断发展，达到了相当高的水平。因而，漆树吸引了许多善于经营和制造的外乡人，不远千里前来收集漆胶。因感觉“漆”字难写，又与“赤”字发音接近且易写易认，他们便把地名“漆溪”改为“赤溪”。

它位于宁德福鼎磻溪镇东南部，与霞浦县相毗邻，距福鼎城区65

公里，且都是高山大岭，林深草密。从旅游者的角度看，那是山清水秀，景色迷人；可对于 21 世纪之前生活在此的人们来说，却是“蜀道难，难于上青天”，四塞之地，土货不出，百货不入，日子过得比“走蜀道”还难……

全村有 280 户人家，散居在崇山峻岭包围之中的旮旯皱褶里，山陡、坡险、溪弯、地窄、村偏、人穷，是当时赤溪十几个自然村的真实写照。山里通往集镇的路只能徒步攀登，坎坷崎岖，往返达 100 多里。人们所需要的生产和生活物资，全部依赖肩挑手扛。仅有数百亩贫瘠的水田种植的稻谷，全都用于交公粮，而人均 0.5 亩的边边角角种的番薯当主粮，不少人家还得挖野菜充饥。

这些景象岂止一个“穷”字了得！其中的自然村下山溪，最具有代表性了。自从《人民日报》头版及时刊登了王绍据的来信，中共中央和国务院又印发了《关于帮助贫困地区尽快改变面貌的通知》，吹响了新时期有组织有计划的扶贫工作进军号。不用说，宁德地区福鼎县最先行动起来。

当初，在接到中央、省委批转的那封来信后，身为办公室副主任，又是写信人的王绍据立刻上报给县委书记周义务，并建议道：“周书记，中央省里都有批示，咱们应该抓紧贯彻执行。”

“好！你马上下通知，今晚就开个会，你也参加。”这位周书记刚刚从周宁县调来，是个明白人，当即召开县委常委扩大会议，研究落实措施，摸清全县贫困底数，率先展开救急扶贫。

会上，也有人担忧此信暴露了本地的阴暗面，影响不好。周书记明确地说：“这种现象是全国性的。绍据同志敢于反映，引起国家的重视，这是做了一件好事啊！这样，我们就先从下山溪村开始扶贫，明天就去。绍据，你带路！”

“好的，周书记，我熟悉那边的情况，可以给大家当向导。”王绍据站起来，响亮地答道。

1984年6月10日，福鼎县组成了扶贫工作队，由周义务亲自带队，率领农业、粮食、林业、供销、畜牧、民政、老区等部门的负责人，带着救济金、慰问款，还有大米、鱼肉、衣服、棉被等物资，沿着崎岖不平的山路艰难地向下山溪村走去。

不用说，王绍据走在最前面。他来过一次了，引领大家少走一些弯路。即使如此，大家乘车到了公社驻地，再往前还是徒步走了两三个小时，一个个大汗淋漓、气喘吁吁。好不容易来到下山溪村里，大家根本顾不上休息一会儿，立即分门别户地访贫问苦、慰问救济。大家根据每家人口多少，分别送上米面、肉鱼和衣被等物品。

贫困现实远远超过人们的想象。如果不是我党进入新时期，摒弃了极"左"思潮，重回实事求是的路线，那是不敢明说农村的穷困现实的。因为那样反映，有"给社会主义抹黑"之嫌。中华人民共和国成立30多年了，下山溪村竟还有几位上了年纪的老人，从没有吃过白米饭和红烧肉，此时他们激动得老泪纵横：

"白米饭、红烧肉，那是媳妇们生孩子才能吃上几口的，我们男人连沾沾嘴的福气都没有啊！今天吃上啦，吃上啦，死也值啦！"

一句句欢呼，让县里来的干部们心如刀绞，这里可是当年叶飞领导的红军游击队转战的老区，畲族群众曾为革命事业做出过很大的贡献啊！如今还过着这样的日子，怎不让人触目惊心！

写到这里，笔者突然联想起一件异曲同工的往事，主人公也是一位姓周的书记：

那是改革开放初期一个仲春时节，山东菏泽地委书记周振兴同志到曹县革命老区红三村，看望当年冀鲁豫边区杨得志将军的老房东伊巧云老人。此时老人已重病在身，当周振兴握住她那枯瘦的手问还有什么要求时，伊巧云老人犹豫了一下，说："就是想吃半碗肥中带瘦的猪肉。"说完，老人又后悔了，用另一只手拍打着周振兴的手背，说："也就是这么一想，周书记别当事。”

这位周书记闻言一下子泪流满面，紧紧握住老人的双手，说：“怪我，怪我们啊，老人家，对不起您！”他抹了一把脸，掏出自己衣袋中的一沓钱，让人赶紧去办。

在县委汇报会上，面对各级干部，他眼含热泪地讲了一段话：“伊巧云老人今年 83 岁了。抗战时期，她是杨得志将军的房东，为接待来往的将士，变卖了娘家陪送的嫁妆，曾一天做过 9 顿饭。现在，她生重病了，竟吃不上半碗肥中带瘦的肉。同志们，我们还有脸当他们的书记吗？”

说着，“啪”的一声，周振兴突然抬手扇了自己一个耳光，接着说：“我们这些大大小小书记的脸还叫脸吗？”这耳光打得是那样清脆，话说得那样沉重。坐在他身旁的县委书记一下伏在桌上，低声哭出声来，说：“周书记，该打的是我，是我，请地委处理我。”一时间，所有与会人员都低下了头……

这一记震撼心灵的耳光，一直响到今天。

农村贫困，不是哪一个地方的偶然之事。据国家统计局数据显示：全国从 1978 年到 2014 年，虽说累计减贫愈 7 亿人，但直至 2015 年，还有每天收入仅 1 美元的贫困人口超过 7000 万，贫困程度仍然较深，20 万人还用不上电，数千万农村家庭喝不上干净水。贫困人口中因病致贫返贫的比重超过 40%。四川大凉山的农民 10 天才能吃上 1 次大米，一年才能吃上 3 次肉。

由此可见，扶贫攻坚、脱贫致富的任务是多么艰巨啊！

虽然当时的福鼎县委、县政府及时赶来下山溪村，送钱送物，救急困难群众，有落实上级领导批示、临时抱佛脚的因素，但毕竟引起了各级干部重视，亡羊补牢犹未晚也。

半个月之后，《人民日报》正式发表了这封反映福鼎县贫困村的来信和评论员文章，再次鞭策了一时成为焦点的福鼎县。县委、县政府组织有关部门，由分管副县长林立慈带队，又一次携钱带物深入下山溪村进行“输血”式扶贫。

按照各家各户的不同情况，民政局送去一笔救济生活费，粮食局给每户送去一袋大米，畜牧局送去了60多只山羊崽和50多只长毛兔，林业局送去3000多株杉树苗和2000多株水果苗，农业局、卫生局则送去了药材种子和种植资料……

然而，事与愿违，理想与现实大相径庭。下山溪村自然条件太差了，山地过于贫瘠，加之干旱少雨，种下的杉树苗不到一年枯死大半，存活下来的也长不高、长不大，成不了材。一些桃、李果树倒是成活了，后来也结出果实，可还没等到成熟，就让山鸟连吃带叼糟蹋光了。

分到各户饲养的小山羊，因为山里茅草粗硬，啃吃后羊嘴巴容易受伤冒血泡，接着就化脓溃烂，一个个地死掉了。而养殖长毛兔由于缺乏技术，不是患病死亡，就是成了野狗的“盘中餐”。种下一批适应性极强的中草药，原来还有点希望，不料也被山中的野猪拱得一塌糊涂。

正在人们为此头疼之时，党中央和国务院的扶贫文件下达了，实事求是、因地制宜，对于贫困乡村，各地根据实际情况可以灵活掌握，实行特殊规定。福鼎县党政领导认真学习领会文件精神，研究讨论包括赤溪在内的乡村扶贫新办法：鉴于下山溪村没有水田，不产稻谷，有少量农地种番薯都难以自给的情况，特此决定：

一、从当年夏季开始一律免交征购公粮，免售加价粮，一定5年不变。并且，第二年整个赤溪行政村都享受这一新政策。由此，村民们不用再拼死拼活地砍柴伐竹卖钱，买稻谷交公粮，也不用再以野菜充饥省下口粮向粮食部门交统购粮了。

自古以来，种地“纳粮”，老百姓都认为天经地义。“一皇粮（向国家纳税），二功夫（打工的工钱），饿着肚子也要付”。而在20世纪80年代，福鼎县委、县政府就敢于担当地免了，做了“第一个吃螃蟹的人”，实在是难能可贵。用今天的话说，值得为他们点赞！

二、鉴于全村人口逐年减少，娶不上媳妇的光棍汉越来越多，而本村只有五六名育龄妇女还有生育能力，县计生部门也经过慎重研究，大胆地从十分严格的"国策"中网开一面，对青壮男女不再实行计划生育，免做结扎绝育手术。同时与妇联部门开展"献爱心"活动，积极牵线搭桥，介绍山外姑娘嫁到村里来。

三、针对村小学因无教师而停办的状况，县教育局从邻近的小溪村聘请一位回乡知青，免费给予培训，安排到下山溪村担任民办教师。同时，还报送他到县卫生部门学习，兼当"赤脚医生"，并赠送全部的医药器械，建立了村卫生室，解决缺医少药问题。

如此一来，特殊政策特殊扶持，犹如给一个奄奄一息的病人输入了新鲜血液，濒临绝境的下山溪村起死回生了，面黄肌瘦的村民脸庞上泛起了红晕，双目无神的眼睛开始有了亮光……

作为改变下山溪村贫困面貌的第一个呼吁者，王绍据已经把下山溪村的村民们看作自己的亲人，心中装着这里的一山一水、一草一木。尤其习近平同志上任地委书记之后，选派他来做《闽东日报》的复刊工作，他更是从全区角度关注扶贫事业了。

《闽东日报》创刊于 1952 年 4 月，前身叫《新农村报》，1958 年 7 月改版为《闽东日报》，曾被评为全国三家先进地方报纸之一。1961 年，因经济困难改为周三出版的《闽东报》。1969 年在"文化大革命"时期停刊，一停就是 20 年。

习近平同志来到宁德任地委书记，感觉这里交通不便、信息不畅，指导基层开展工作有困难。为此，他提出："宁德应该有一张报纸。"指示宣传部研究恢复《闽东日报》。可当时人、钱、物什么都缺乏，怎么办报？他说："只要真想干成事，办法总比困难多。"

第一件事就是物色合适人选。有人提议要么请《福建日报》帮助复刊，要么花大价钱请外面的人来办。这两种方案均不切实际。一是省报兼顾不过来；二是财政上无钱高薪聘请外援。最后决定就地取材，在宁德本地寻找办报人才。于是还在福鼎县当县委办公室副主任兼新闻科科长的王绍据，进入了选人视野。

习近平同志有每天看《人民日报》的习惯，不但自己看，也提倡机关干部读书看报。当时宁德财政比较困难，给常委们只订了一份《人民日报》，大家要分头到会议室去看，很不方便。习近平同志上任时发现办公室没送报纸，就问秘书长林思翔："我的《人民日报》呢？"得知为了节省开支没有专门订时，他就说："《人民日报》一定要订，不看《人民日报》怎么了解国家大事，怎么能当好领导干部？"

当年，习近平同志就曾在《人民日报》上看到了宁德福鼎县王绍据写的那封读者来信，深受感动。如今来到一个地区工作了，使他感到王绍据是个难得的有担当、懂业务的好干部。

1989 年 8 月 26 日，习近平同志的秘书给王绍据打来电话，说："老王啊，你明天 11 点半前到地委来一趟，习书记找你谈话。"

"啊！好好，我一定按时到。"王绍据心里忐忑不安，不知道发生了什么事。

第二天早上 7 点多，王绍据就动身出发了。当时的公路等级很低，汽车跑不快，从福鼎到宁德走了 4 个小时。临近中午了才赶到地委大院，他热得气都喘不上来。习近平同志正在办公室里一边看文件一边等候，听秘书通报人到了，马上走出来亲切地与他握手，说："绍据同志，你辛苦了！"

看到王绍据满身是汗，习近平同志赶紧从橱子里拿出一条崭新的毛巾递过来，又端了一杯茶，让他坐在沙发上先歇一歇。王绍据本来有些拘束，见到书记如此亲切自然，一颗紧张的心慢慢平复下来。

两人攀谈了几句，习近平同志转入了正题，说："这次我们研究准备办一张报纸，想请你来负责复刊的具体工作，尽快把《闽东日报》重新办起来。你有什么困难,都可以跟我说。”

这句话吓了王绍据一大跳,他一时没反应过来,脱口讲了三句大实话:“习书记,我一没有文凭,小时候家里穷,13 岁就辍学了;二没有办过报纸,毫无这方面经验;第三,现在宁德地区财政这么困难,要办一份报纸谈何容易啊!”

习近平同志听了以后,稍微思考了一下,说:“文凭不是问题,关键是有敢于担当的责任心。我看到你 1984 年在《人民日报》上发表的读者来信,当时你敢于揭露宁德贫困状况,为广大群众疾呼,引起广泛讨论。就冲这一点,就说明你对闽东有感情,对党的事业有担当,我相信你。关于经验问题,你毕竟在基层写过新闻稿,在复刊工作中还可以边实践边学习,不断积累经验。经济上,现在我们财政确实非常困难,但地委决定从‘牙缝’里挤出 10 万块钱给你作为‘起家本’,相关人员由你组织,用两个月时间把报纸拿出来。”

既善解人意,又干脆果断,坦诚相见且充满信任,这使王绍据深为感动,顾虑打消了,不再犹豫了,站起来坚定地说:“感谢书记和地委的信任,让我干就一定尽最大努力干好! 我马上回去交接一下,抓紧来上班。”

一切从零开始,王绍据在地委隔壁军分区租了 4 个房间,开始“招兵买马”,考虑到从事新闻工作要有一定的学识素养,就先从中小学爱好写作的教师里选了 7 个人,准备调过来。不料,这引起了一场轩然大波。

当时老师的工资不太高,工作又累,许多人想调出来,《闽东日报》复刊带来了机会。这一下,惹恼了地区教育局局长。在一次地委工作会议上,他当场向习近平同志提意见,说:“习书记,我这局长没法干了,现在都巴望着到报社当编辑、当记者,很不利于教师队伍的稳定,会影响教学质量的。”

教育是关系千秋万代的大事,这话不无道理,大家面面相觑,都看着习近平同志怎样回应。关键时刻，就看出一个人处理问题的艺术来了。习近平同志微笑着说:“局长你从本职工作出发,提得很对。不过办党报也很重要,咱们只能就地取材。这样吧,我同你商量,要不你去当报社总编辑,让王绍据来当教育局局长,你们换换怎么样？”

会场上笑出了声,看似沉重的话题被轻松化解。那位局长刷地红了脸,认识到自己本位主义了,连忙表态,说:“哎,我当不了总编,该调人就调吧！”

看得出来,习近平同志办报的决心坚定不移,全力支持筹备《闽东日报》复刊。王绍据他们也是拼上命地干,没黑没白地连轴转。好在就住在军分区院里,没有上下班之分,经常工作到深夜。

有一天晚上近12点了,没有休息的习近平同志看到王绍据房间还亮着灯,就走来看望,说:“绍据还在干哪！怎么样,有什么困难吗？”

“哦,书记好！”王绍据一边让着座,一边答道:“按时出报没问题,就是房子很贵,一个月要600多块。我们就这10万块钱,想方设法省着花,可光房租这一项就要用掉好多钱,我是真心疼啊！”

习近平同志听了之后,点点头说:“不要急,这事我来解决。”

第二天,习近平同志把军分区赵有法政委找到办公室谈事,最后话锋一转,说:“闽东报是大事,你们提供了办公用房,也是一个贡献啊！”

“当然了,军民一家亲,办报也对我们工作有利啊！”

“说得好！不过,他们经费有限,你一年收去7000多元的房租,咱就不那么亲了。”

赵政委不好意思地呵呵一笑说:“我们开会商量一下，尽量减免不收房租了！”

王绍据心无旁骛地做着复刊工作。两个月时间,他瘦了20斤,终于完成了这项有意义的大事。1989年11月1日,《闽东日报》复刊了。开始是一周一期,叫《闽东报》,直到1993年办成了日报。

习近平同志十分高兴,亲自拟定了办报宗旨和编辑方针,提出要大力宣传本地区各条战线的新成就、新人物、新典型、新经验，探讨新问题。还要帮助广大干部群众了解信息、拓宽思路、增长才干，促进闽东经济振兴，推动社会主义各项事业向前发展。

他还为《闽东报》撰写了题为《坚定方向　弘扬正气　振兴闽东》的复刊词，热情洋溢又铿锵有力："期望《闽东报》重展当年雄姿，紧扣时代脉搏，在坚持四项基本原则、坚持改革开放、建设社会主义新闽东的宏伟大业中奏出时代的强音。"

此后，《闽东报》成为宁德地委、行署指导全区工作的有力武器，也是习近平同志高度重视的舆论阵地。当时他住在地委宿舍，与报社所在的军分区办公地点很近，晚上常到军分区院里散步，有时候找到王绍据闲谈聊天，其中就有一些办刊的想法。

最多的是这样三条：一是新闻工作要把握时代脉搏，既要结合当前形势传达好、宣传好、贯彻好中央的各项方针政策，又要着眼闽东实际，为振兴闽东服务；二是报纸要形成一面旗帜，成为地委的喉舌，发挥正确的舆论导向作用；三是报纸内容要接地气，要反映群众真实的心声和呼声。习近平同志曾引用过毛泽东主席的一句话："一个报纸既已办起来，就要当作一件事办，一定要把它办好。这不单是办的人的责任，也是看的人的责任。"

由此可见，他对办好《闽东报》、对做好闽东的新闻工作有很深入的研究，也有深刻的思考。他在宁德提炼出来扶贫开发、乡村振兴以及经济社会全面发展，要发扬"滴水穿石、久久为功"的精神，首次系统写成文章，就是发表在1990年3月份的《闽东报》上，全文引用如下：

滴水穿石的启示

习近平

滴水穿石的自然景观，我是在插队落户时便耳闻目睹，叹为观止的。直至现在，其锲而不舍的情景仍每每浮现在眼前，我从中领略了不少生命和运动的哲理。

坚硬如石，柔情似水——可见石之顽固，水之轻飘。但滴水终究可以穿石，水终究赢得了胜利。

喻之于人，是一种前仆后继、勇于牺牲的人格的完美体现。一滴水，既小且弱，对付顽石，肯定粉身碎骨。它在牺牲的瞬间，虽然未能看见自身的价值和成果，但其价值和成果体现在无数水滴前仆后继的粉身碎骨之中，体现在终于穿石的成功之中。在整个历史发展进程，在一个经济落后地区发展进程，都应该不追慕自身的显赫，应寻求一点一滴的进取，甘于成为总体成功的铺垫。当每一个工作者都成为这样的"水滴"、这样的牺牲者时，我们何愁于不能造就某种历史的成功契机?!

喻之于事，则是以柔克刚、以弱制强的辩证法原理的成功显示。我以为"水滴"敢字当头、义无反顾的精神弥足珍贵。我们正在从事的经济建设工作，必然会面临各种错综复杂的局面，是迎难而上，还是畏难而逃，这就看我们有没有一股唯物主义者的勇气了。战战兢兢，如临深渊，如履薄冰，那就什么也别想做，什么也做不成。但仅有勇气还是不够。一滴滴水对准一块石头，目标一致，矢志不移，日复一日，年复一年地滴下去——这才造就出滴水穿石的神奇！我们的经济建设工作又何尝不是如此。就拿经济比较落后的地区来说，她的发展总要受历史条件、自然环境、地理因素等诸方面的制约，没有什么捷径可走，不可能一夜之间就发生巨变，只能是渐进的，由量变到质变的，滴水穿石般的变化。如果我们一说起改革开放，就想马上会四方来助，八面来风，其结果，只能是多了不切实际的幻想，少了艰苦奋斗的精神；如果我们一谈到经济的发展，就想到盖成高楼大厦，开办巨型工厂，为追求戏剧性的效果而淡漠了必要的基础建设意识，那终究会功者难成，时者易失！

所以我们需要的是立足于实际又胸怀长远目标的实干，而不需要不甘寂寞、好高骛远的空想；我们需要的是一步一个脚印的实干精神，而不需要新官上任只烧三把火希图侥幸成功的投机心理；我们需要的是锲而不舍的韧劲，而不需要“三天打鱼，两天晒网”的散漫。

我推崇滴水穿石的景观，实在是推崇一种前仆后继，甘于为总体成功牺牲的完美人格；推崇一种胸有宏图、扎扎实实、持之以恒、至死不渝的精神。

文章不长，但简明扼要地阐述了一个重要思想，至今闪耀着真知灼见的光彩。由此，“弱鸟先飞”“滴水穿石” 成为习近平同志在宁德实践与思考的成果之一，也是有力指导当地经济社会发展的思想武器。

赤溪村，包括所有宁德脱贫攻坚的县市区和乡镇村，都是在这种意识和精神的鼓舞下，一步步地走向新生……

二 “输血”与“换血”

按说从国家、福建省到宁德地区、福鼎县都给“以贫出名”的下山溪村很大的扶持，送粮、送钱、送物，还给予了政策倾斜，免交公粮和不限生育，这个村子应该改变贫困面貌，人们吃饱穿暖不成问题了。

谁知，好景不长，这种“输血”式扶贫只能治标无法治本，输入再多的血，也是一时的“回光返照”，还是不能从根本上解决问题。当地的自然条件太差，村民文化不高又没有技术，种植经济树苗成不了材，养殖山羊、长毛兔活不了，等到把救济款花完了，粮食吃完了，就又返贫了，只得再要救济。

如此往复,成了一个恶性循环。

早在1988年8月4日,习近平同志上任不久,就在陈增光等人陪同下,来到福鼎县检查工作,从山上到海边,整整调研了3天。他指出:福鼎有山有海,“靠山吃山唱山歌,靠海吃海念海经”,稳住粮食,山海田一起抓,发展乡镇企业,农、林、牧、副、渔全面发展。抓山也能致富,把山管住,坚持10年、15年、20年,我们的山上就是“银行”了。

实际上,这就是因地制宜、根据实际情况扶贫的理念。

一任任地区、县乡干部们按照这个思路抓扶贫,才能跳出“年年扶贫年年贫、年年贫困年年扶”的怪圈。还是以下山溪村为例,已经当上《闽东日报》总编辑的王绍据,人脉资源和眼光视野更广阔了,可他的心始终牵挂着那个小山村。

那一年初秋,王绍据约上宁德地区民政局局长缪耕山等人,专程再去探访下山溪村。正值“秋老虎”发威的季节,还是那条坎坷崎岖的山路,还是一身的大汗淋漓,这些都不在话下,只是满怀希望看到扶贫的成果。不料,涛声依旧,展现在他们面前的仍然是一副贫困的景象,房子破旧不堪,村民难得有开心的模样。

带着满面愁容和疑虑,王绍据找到了上次来时访问的生产队队长,后为村民小组组长的李先如。他说:“老李,你好啊!现在生活好些了吗?”

“王科长(还在叫他10年前的称呼)来了,你看看,好不了多少呀!”他的脸色还是那样蜡黄,而且衰老了许多。

与10年前一样,他们让李先如带领着挨家挨户地看粮仓、开菜橱、掀锅盖。现实让人感到震惊:如今村民们的口粮难见白米饭,还是番薯、野菜当主粮,腌咸笋为主菜。最好的一户人家的菜橱里,也只有几条食指宽的咸鱼干。

当王绍据一行人走到一处岩壁下,看到两个小女孩闲坐玩耍时,便蹲下身子问道:“小朋友,你们多大了,怎么没有去上学啊?”

孩子们抬起头来,眼神躲闪着。一个回答:“我12岁,家里没钱让我去读书!”另一个则说:“我 9 岁了,爸爸妈妈在外面打工寄钱来,可村里没处去上学……”

怎么回事?前几年不是给村里聘请了一位民办教师兼赤脚医生吗?面对王绍据疑问的目光,李先如解释说:“由于报酬太低,山里又闭塞,他连对象都找不到,早就辞职跑到山外去了。”

事实证明:“输血式”扶贫如同一针兴奋剂,只是起到一时的提神作用,等到钱花完了、物品用光了,一切又都回到老路上去了。就像一首歌里唱的那样:“星星还是那颗星星哟,月亮还是那个月亮,山也还是那座山哟,梁也还是那道梁……”

下山溪村,简直就是闽东大山里扶贫的一个缩影,10 年扶贫 10 年没变样,穷根子到底在哪里? 经过深入实地调查研究,宁德人发现了一个切肤之痛的原因:此地不适合人类生存。说白了,先天不足,条件太差。这里既没良田沃土,又无清水灌溉——下山溪、下山溪,下山才能看见溪水……

古语说:“一方水土养一方人。”比喻一定的环境造就一定的人才。不同地域上的人,由于环境的不同、生存方式不同、地理气候不同,导致思想观念不同、人文历史不同、为人处世不同,文化性格特征也不同。靠山吃山,靠水吃水。然而,在包括下山溪村等一些地方在内,由于大自然的吝啬和偏差,一方水土养不了一方人!

“迷迷瞪瞪”上山,稀里糊涂过河;再也不能这样活,再也不能那样过”。必须釜底抽薪,从源头上拔“穷根”,挪“穷窝”,全村整体搬迁到山下合适的地方生活,把“输血”改成“换血”。

此时,习近平同志已由宁德地区调任福建省委常委、福州市委书记了,可那种“弱鸟先飞”的意识、“滴水穿石”的精神永远地留了下来,并且开枝散叶了。接任地委书记的陈增光、专员汤金华牢记老书记的嘱托,一任接着一任干,把闽东扶贫开发事业推向前去。

1994 年，陈增光在霞浦县三沙镇看到有个受到风灾的农户，在政府帮助搬迁修建的新家门上，贴着一副对联：造出一番新天地，福到农家感党恩。他很受启发，说："上下联的第一个字，不就说明了大搬迁的意义嘛！今后我们可以把这项工作叫作'造福工程'。"

"对啊！这说出了农民的心里话，也更生动形象，一说就明白。"

由此，宁德地区将不适宜生存的山区农户、连家船民、畲族聚居区等地的人们有计划地搬迁安置，称为"造福工程"。这一工程在取得显著成果之后，被推广到全省乃至全国同类地区。

万事开头难。最初这项造福村民的工程，并没有得到下山溪村村民的理解和赞同。当准备搬迁的消息传到村里时，好比油锅里掉进了一颗水珠，"哗啦"一下就炸了"锅"。特别是有些祖祖辈辈居住在这里的老年人，无论如何想不通：

"全村都搬下山？这不是不要祖坟了吗?!"

"搬到哪里去?天不是我们的天，地不是我们的地，死了都没地方埋呀！"

"不去不去，祖宗几百年前就定居在这里，我们习惯了山里生活，哪里也不想去！"

"是哩是哩，搬到新地方，人生地不熟，老老少少过不惯哩！"

甚至有个名叫雷成皆的村民，还扬言说："如果政府硬是让搬家，全村都走了，就我一家也要留在山上。"

一时间，村民不明真相又不听劝解，搬迁受阻了。这也难怪，千百年来形成的老观念，就是"金窝银窝，不如自己的土窝"。因为外面再华美富贵，终究是别人的；土窝虽简陋清苦，却实实在在地属于自己的。穷也穷得自在快活。

下山溪村村民一年到头没几天真正从事农业生产，要么砍些天然的毛竹、杂木，扛到山外换点油盐、衣物，要么养头猪卖点钱用于红白喜事。不少时间游手好闲、不思进取，或打牌猜拳消遣日子，或坐在门口晒太阳等着政府发救济。个别人还把救济的衣被，发展生产的山羊、长毛兔等换酒喝了。这种思想上的贫瘠、精神上的困窘，比生活的贫困更可怕、更悲哀。

扶贫先扶志，治穷先治愚。换血，首先要换思想，换观念。

于是，地区、县、乡、村干部四位一体，开展了一系列春风化雨般的说服动员、解放思想的工作。尽量消除村民的种种顾虑和陈旧观念，激发他们内心的变革愿望和主观能动性，从根本上摆脱贫困落后的束缚，改天换地地走上新生。

首先打通思想的还是村民小组长李先如，不但带头搬家，还陪着乡镇干部给村民做工作。他说："我原本也不想搬，几百年都这样过来了，苦就苦些吧！可是想想那年我千辛万苦地娶个老婆，孩子刚出世，她就因难产走了。要不是窝在这个山旮旯里，哪能那么早过世呢！现在政府号召搬迁，是帮助咱们挖穷根啊！不然的话，村里还会有女人像我老婆一样惨哩！"

现身说法、苦口婆心，深深地打动了大家的心……

按计划，下山溪村集中搬迁到赤溪行政村所在地。故土难离，新家难建！一个22户、88口人，并且分散在六七处山角角的小村子，要在人家的地盘上重建家园，不是一件容易的事情。

宅基地怎么征用？建房资金哪里来？

新家的生产用地在哪里？新老村民怎样和睦相处？

一个个现实的问题，摆在宁德人面前。地委、行署十分重视下山溪这个典型，希望从中总结出一套切实可行的异地搬迁、换血扶贫的办法来。为此，他们经过充分准备，适时地召开了地区、县、镇、村和自然村的五级干部参加的联席办公现场会。针对其中存在的新课题，逐条加以解决。

宁德市市民政局局长缪耕山表态：村民建房，政府补助，从地区"造福工程"基金中给予支持。

福鼎县委、县政府也表示：从县财政拿出一部分资金，同时要求民政、民委、老区办、扶贫办等部门都安排专项资金支援下山溪村的搬迁工作。

蹯溪镇党委书记许文贵、镇长赖思宋发动镇干部职工集资捐献，并且当场兑现：领导带头纷纷解囊，有的拿 300 元、500 元，也有掏出 100 元、200 元的，多少不限，现场即筹集了近万元。

赤溪村村委会主任发言，说，经过村“两委”班子讨论，征求村民同意，挪出最理想的场地建设新村，还划出一片 40 多亩的溪滩地，供给搬迁户耕种。同时帮助开辟生产门路，让新老村民尽快融合成一家人，安居乐业。

自然，这里面少不了各级政府的政策性安排和经济补贴。现场对话会收到了良好的效果，为成功搬迁奠定了坚实的基础。下山溪村村民小组组长李先如看到政府如此关怀备至，感动得热泪盈眶。

他起身代表村民说：“谢谢政府！谢谢各位领导！我们下山溪村一定不辜负领导们的期望，凡是能自力更生做到的，就要尽量去做，减轻国家负担，要出大力流大汗，尽快建成自己的家园。”

会后，磻溪镇专门成立了下山溪村“造福工程”领导小组，具体抓异地搬迁工作。俗话说：人心齐，泰山移。不到半年时间，两排 22 溜的砖木结构的二层新房，就在赤溪村村委旁的空地上拔地而起了。

1995 年早春 2 月，乍暖还寒，村民们的心头却早已热乎乎的了。连日来，家家户户忙忙碌碌，收拾房子捆扎家具，有的肩扛，有的手抬，还有头顶的、背挎的，三五成群地沿着羊肠小道向山下走来。嗬，下山溪村划时代的一幕上演了——乔迁之喜！

回想数百年前，弱小穷困的畲族人为了躲避官府的奴役、恶霸的欺凌，跑到人迹罕至的荒山野岭求生，艰难度日。如今，在我们党和国家的关怀下，离开了不适宜生存的荒蛮之地，走向高远宽阔的天地，建设自己新的家园。

这是一场意义深远的大迁徙，是当地村民与传统观念决裂、思想解放的可喜行为，同时也开创了一种闽东人扶贫开发的新模式、新路子。

新生事物值得赞叹，但并不是十全十美的。毕竟从老祖宗传下来的生活习惯，已经延续了千百年了。换个地方、换种方式，需要时间来适应和磨合的。比如，由于赶工期，考虑不周，规划不细，建筑质量有些瑕疵，22 户人家都没有化粪池，厕所不好用。年老多病的老人担心不是本村人，死后无处埋……

小事不小，处理不当，"造福工程"就造不了福了。各级领导积极帮助解决。不用说，下山溪村的老朋友王绍据也责无旁贷了。

一天晚上将近 11 点了，王绍据从报社处理完夜班事务回家，正准备上床睡觉，忽听到房门被敲得"咚咚"响。他赶紧披衣开门，原来是下山溪村村民小组长李先如和在村里当过民办教师的沈朝连来访。

"路上堵车不好走。太迟太迟了，打扰您了！"原来，他们从福鼎乘车 200 多公里赶到宁德，辗转打听着才找上门来。

"没关系，我还没休息呢，快进来。"王绍据把他们让进门坐下，各倒了一杯水，说，"这么晚了，肯定有急事，说吧。"

"哎，老麻烦你，真是不好意思。可我们跟你熟啊，就想向你反映反映。搬迁下来比原来房子好多了，不过没有安上玻璃，贴张报纸不管用，风一吹还挺冷的。"

"啊?! 我以为搬完家就没啥事了，就没再过问。不好意思的应该是我呀！你们别急，现在村里有难处，我想想办法通过其他渠道解决。"

这一说，两位村民放下心来，把特意带来的一大捆笋干留下就告辞。王绍据哪能要呢，反复推辞不下，只好先收下。第二天，他让爱人上街买了 22 床新被套，让他们带回村里分给各户，一家也不能少。

随后，王绍据四处奔波，得到地区民政局的大力支持，争取到一笔资金，不到 20 天时间就给所有搬迁的人家都安上了玻璃门窗。太阳照进房间，满屋里亮亮堂堂，村民们心里也亮了。

好一个王记者、王总编，不仅仅是为他们写稿反映情况，还成了村民的亲朋好友，大家有事愿意给他讲，他也诚心诚意地帮助他们。一次，他在村里了解到孩子们上学费用有困难（当时还没有实行义务教育），认为这可是不容耽搁的大事。扶贫扶志，更要扶智。村民先人久居深山，没有文化，缺少智慧，成为世代贫困的重要原因。要想彻底拔掉穷根，下一代再不能失学辍学了。

恰巧，这年王绍据采写的一篇通讯《50 万元贷款落户记》，获得了第六届中国新闻奖，颁发给他证书和 6000 元奖金，相当于他一年多的工资。他征得深明大义的爱人同意，全都拿出来，专程来到赤溪小学，给 18 名适龄入学的搬迁户子女分别交了从初小到高小的全部学费。

下山溪村的村民终于融入了赤溪村，大家眼界开阔了，天地宽广了，积极寻求摆脱贫困的致富之路。有的经营小本生意，有的跟着能人打工，如同闷了一冬的土地沐浴着春雨，麦苗返青了。

过去，别看赤溪村是个行政村，可村子里是没有街道的，90 多户人家的 400 多口人都是散居。而下山溪村 22 户新搬迁来的，有关部门沿着 15 米宽的道路两侧规划建设，逐渐形成了一条大街。

下山溪村已经成为历史，这个名字也就不存在了。那么，集中住的新址叫什么好呢?大家一起议论:我们下山就是为了刨穷根，长住久安。再说，北京天安门广场还有个长安大道呢，咱多亏了国家的好政策，山里人有了“造福工程”，才能过上好日子，能不能叫“长安街”呢!

“好! ”领导们听到汇报，都大声叫好，一致同意:“这条新建的大街就叫‘长安新街’! ”

1995 年的“五四青年节”，古老的赤溪村变得更年轻了。长安新街上锣鼓喧天、爆竹声声，一个隆重庆祝下山溪村村民乔迁新居的仪式正在举行。村民们披红戴绿，喜气洋洋。宁德地委书记陈增光、行署专员汤金华和人大工委主任钟雷兴等地直有关部门领导以及福鼎县党政机关负责人专程前来出席，与数以百计的汉、畲族群众共同庆贺。

福鼎县首个“造福工程”落成了！来自地区、县镇的领导们在一片掌声中剪彩揭幕，而后走家串户参观新居，心潮澎湃。在随后召开的乔迁新址座谈会上，大家一致认为，异地搬迁是“换血”刨穷根的产物，是宁德人10年来扶贫开发的创举。

会上，陈增光感到没有辜负习近平同志的委托，内心十分喜悦和激动，当场赋诗两首，“幸甚至哉，歌以咏志”：

一

昔日特困下山溪，山高路险鸟迹稀。
早出挑柴换油盐，晚归家门日落西。
流尽汗水难饱腹，依靠救济富不起。
男儿满腔空怀志，女儿出嫁忘故里。
贫穷村史三百载，借问苍天何道理？

二

今日搬迁长安街，新房成排满庭芳。
一溪清水环门过，千亩村林郁苍苍。
人人向往此福地，乔迁新居家业昌。
鞭炮声声颂造福，红联高挂感谢党。
百年长梦今有果，安居乐业奔小康。

行署专员汤金华也深受感染，挥毫题写了一联，表达美好的祝福和热切的期望：“下山溪上台阶，小康村大文章。”

三　激活“造血”功能

一花引来百花开。

下山溪村的搬迁成功，长安新街的日渐繁荣，极大地鼓舞了渴望改变命运的人们。

不久，在县、镇、村有关部门的协调下，周边的半山、小溪、丘宅、东坪里 4 个畲族自然村，及排头、溪东、旗杆里、赤溪坪等汉、畲杂居的自然村，分 3 期陆续搬迁出山。原本散居的赤溪店、坑里弄、旗杆兜和杜家行政村的南柄畲族村等自然村的村民，也纷纷向赤溪行政村长安新街集中。

人，是群居的“高级动物”，哪里有人气哪里就会兴旺。镇、村领导因势利导，投资建设，有规划地把新街硬化、亮化和美化起来，公路平坦硬实，两边多为三层小楼，一楼是店面，上边是住家。统一规划，每单元均为 3.8 米宽、12 米至 15 米进深，彼此相接，不留间隔。

几年来，各级政府、社会爱心人士累计投入超过 3 亿元，水、电、交通、文化教育、医疗卫生等设施不断健全，倾力打造培育“中心村”。

如今，长安新街就像一块巨大的磁铁似的，不断吸引着周围的村民和南来北往的游客，已经陆续延长到 800 多米了。常住人口由原来的 93 户 400 多口人，剧增到 356 户 1580 多口人，占全村总人口的 86%以上。汉、畲两族融洽相处，和气生财，其乐融融。

尤其是香港爱心人士沈炳麟先生捐赠 16 万元，改造了赤溪小学的旧校舍；内蒙古凯业实业有限公司董事长王孝茂，兴学助教，一次拿出 150 万元，扩建了 560 平方米的教学楼，铺设了操场塑胶跑道，增添了各种体育设施；福建省诚信促进会会长潘心诚一行人赠送了 15 台电脑；福鼎市委宣传部、团市委等部门还帮助建立了校图书馆、阅览室、科学实验室……

一个现代化的农村小学矗立在闽东山区里。

师生面貌朝气蓬勃，教学质量不断提高，2012 年赤溪小学被宁德市评为“农村义务教育标准化学校”。校长杜承砚不无自豪地说：“我们是全镇唯一获此殊荣的小学学校！”

许多新移民纷纷点赞道：“我们就是冲着这所学校才搬来的。老一辈没文化，穷怕了，绝不能让下一代再穷下去了！”

事实证明，异地搬迁、另行安置，效果很好。

让那些条件差、基础弱、无法改造发展的村庄，整体集中到适宜生活的地方，实现人口聚集，促进民族融合，是扶贫方式从“输血”到“换血”的重大改变，也是赤溪村走出的一条成功之路。

然而，仅仅“换血”还不能从根本上摆脱贫困，如果没有从事生产的新门路、持续增收的新本领，一旦新鲜劲儿过去，又会陷入“寅吃卯粮”的怪圈。要想一劳永逸，可持续发展，必须激活他们的“造血”功能，获得源源不断的新鲜血液，才能保持旺盛的生命活力。

“输血”“换血”是前提，“造血”才是目的。可怎样实施呢？我们知道：人类自身的造血系统是指机体内制造血液的整个系统，由造血器官和造血细胞组成。一个集体、一个村庄也是一样，应该结合本地特点，发挥自身优势，开发合适对路的产业。

闽东，包括福鼎一带的山村海滨，最富有特色的就是好山好水好风光。过去，由于山峦阻隔，交通不便，“养在深闺人未识”，而今条件改善、信息灵通，“一朝选在君王侧”，当然这个“君王”不是唐明皇，而是生活在这里的人们以及出现的商机。

尤其赤溪村紧连着邻县霞浦杨家溪。杨家溪于 1988 年 8 月经国务院批准，与太姥山之景并列于第二批国家重点旅游风景区，“山、川、瀑、海、岛”景色兼备，素有“江南第一溪”之盛誉。它原名南洋坪，相传因北宋名将杨文广在此平定南蛮十八洞之一，并留杨家将士驻守而得名。

杨家溪源自柘荣东山顶和目海尖两大高峰，绕太姥山麓，其中下游流域自福鼎乌杯始，至福鼎霞浦交界的湖里，称九鲤溪，从兰兜至渡头为杨家溪。溪水清澈见底，两岸峡谷青山郁郁葱葱，奇花异草色彩纷呈。乘筏顺流全程约需 2 个小时，或飞奔于砾石堆积、浪花飞溅的浅滩，或遨游在碧水潆洄、一平如镜的深潭，瞬间变化万千，令人叹绝。

习近平同志任宁德地委书记来福鼎调研时，曾留下一句话："抓山也能致富，把山管住，坚持 10 年、15 年、20 年，我们的山上就是'银行'了。"

时机成熟，赤溪人举起了开启"山上银行"的钥匙。恰巧，此时出现了一位有缘的"乡亲能人"，助了一臂之力。

他的名字叫吴敬禧，1958 年出生在赤溪坪自然村，曾在赤溪行政村当过文书、会计，后来考上大学学习经济管理专业，毕业后来到霞浦县工作，辗转成为杨家溪景区旅游开发的负责人。不管走到哪里，他心中一直牵挂着家乡。杨家溪的上游就是流经赤溪村边的九鲤溪，如果能够实施联体互动发展旅游，那可是造福桑梓的大好事啊!

于是，他邀请一家旅游公司前来考察，希望介入这里的旅游事业。他们沿着九鲤溪上下的赤溪、湖里等山山水水走了一遍，一下子就被美丽的景色迷住了，决心把这里作为乡村旅游的"试验田"。

当时的九鲤溪，虽毗邻太姥山，沿溪的赤溪村还是中国扶贫事业的发源地，但作为旅游开发的条件相对滞后。路，要取道磻溪镇；溪，两岸杂草丛生；此外，人的思想观念也有待于进一步开放。正当这家旅游公司招聘人才、租用土地准备大干一场时，有些村民却只盯着眼前小利，在征地上漫天要价，一时难以谈拢。

然而，赤溪村要脱贫致富，必须要"造血"，而"生态立村，旅游富民"，就是为山村"造血"的产业。经过镇、村干部反复说服，吴敬禧也以杨家溪旅游业为例，无污染、收入高，是真正的"无烟工业"。村民们终于想通了，全力配合。

热切盼望改变面貌的赤溪村人，把这家旅游公司像迎接亲人似的又迎回来。这家旅游公司陆续投入了近2000万元，从改变基础设施入手，修路、整治河道、建停车场、挖掘亮点、精心设计。2006年，九鲤溪竹筏漂流启动，翌年户外拓展亮相，成为户外运动与观光旅游巧妙融合的旅游项目。

嗬，“回眸一笑百媚生，六宫粉黛无颜色”。尤其秋末初冬，枫林红透，而荻花盛开的时候，九鲤溪千娇百媚越发撩人心魂。坐上竹筏顺流而下，悠闲地欣赏两岸风光，任秋日的暖阳洒在身上，十分惬意。连片绽放的芦荻，或白洁或粉红，在青山绿水的映照下，在古桥老屋的衬托下，人游其间如同行在一幅幅精美的画中。

随着九鲤溪旅游的崛起，景区辐射的赤溪、杜家等村成为直接受益者。且不说旅游开发中的用工劳务收入，公司直接吸纳就业的村民就达160多口人，月人均工资2000多元，并带动200多户村民参与餐饮、住宿、特产等经营，脱贫致富。

“太好了，在家门口就能挣到钱啦!”村民们兴高采烈、争先恐后。许多年轻小伙子当起了撑筏工，“小小竹排江中游，巍巍青山两岸走”，虽用力气，可挣钱不少，走一趟100元，旅游旺季时，一天能往返三四趟，成了让人羡慕的生财之道。

看到乡村旅游红红火火地做起来了，作为赤溪人的吴敬禧十分高兴，锦上添花地谋划、组织建起了“耕乐源”专业合作社，采取股份制形式集资，建起了拥有100多张床位的大白茶坊客栈、木屋别墅和可容纳300人同时就餐的酒楼，并且开发出拓展游、亲溪游、瀑布游、漂流游等项目。

随着游客的日益增多，长安新街也越来越热闹了。市场是只无形的手，不用号召，村民们纷纷开起了民宿、农家乐、小超市、土特产店，还有不计其数的流动饮食摊，现做现吃，热乎乎、香喷喷。

村民杜家立、杜春蓉夫妇，年轻有力气，过去都是跑出去打工，现在也想回来开家民宿饭店，可是苦于没有本钱。正犯愁呢，村、镇领导为他们排忧解难了。镇党委书记郑晋生热心联系市妇联，亲自签字担保，从妇女创业专项低息贷款中，帮他们贷到了 8 万元。如鱼得水，小夫妻俩立即“活”了起来。

他们把自家住房加盖到四层，楼上设有 8 个房间 15 个床位，整洁卫生，设施齐全，取名“天然居公寓”；楼下开办特色餐饮，农家饭菜实惠可口，招牌就是“山里人家美食”，成为村里第一家集住宿、餐饮于一体的农家乐。小两口热情好客，笑容可掬，赢得了许多回头客，年收入达到 15 万元。

好事多磨。

就在赤溪村利用山清水秀的优势，大力发展乡村旅游产业、第三产业服务业，激发本身“造血”功能，有望永远摆脱贫困之时，新的问题又产生了。

日子好过了，不愁吃穿了，有的人腰包鼓了起来，手头有了几个闲钱，便不由自主地飘飘然起来。这也难怪，历史上形成的陈旧观念、小农意识不是一下子就能消除的。村里先后出现了酗酒闹事、聚众赌博、打架斗殴等扰乱社会治安的事件，甚至还有人张罗着修庙建宫，求神拜佛，挑起姓氏宗族之间的矛盾。

曾经名声在外的脱贫致富的典型，一时间成了令人头痛的“乱村”。这样下去，好不容易取得的“造血”成果将会毁于一旦。新任镇党委书记杨祖良和镇长丁一芸看在眼里、急在心里，经过慎重讨论，决定委派副镇长吴敬亮驻村工作。他曾经当过村支部书记，站得正、立得直，不怕得罪人，立即深入赤溪村蹲点调研。

很快，吴敬亮摸到了“乱纷纷”的根子所在：农村党组织建设薄弱，干部不敢管、不会管，对一些歪风邪气听之任之。这种现象再也不能继续下去了。

事实上，习近平同志在宁德工作时，就针对这种情况敏锐地开出了

"药方"。他在1990年1月写的一篇题为《加强脱贫第一线的核心力量》的文章中明确指出：

"党组织必须建设成为带领农民群众为实现党的路线和他们的切身利益而斗争的坚强核心，使广大农民群众从实践中得出共识：'要想脱贫致富，必须有个好支部。'……特别要强调的是，一定要选好党支部书记，没有一个好带头人，就带不好一班人。"

吴敬亮及时向镇党委做了汇报，达成共识后，开始大刀阔斧地整顿村"两委"班子。首先是选拔一个有能力、有干劲、有追求的党支部书记。通过发动广大党员民主测评、投票，选举了年轻能干的杜家住为赤溪村党支部书记，大家都对他寄予厚望。

杜家住精力旺盛、头脑敏捷，曾学过一门修表手艺，自家先富裕了起来。后来他见乡村旅游十分红火，便承包了一片鱼塘，利用赤溪天然水质优势，养殖当地名产光鱼，供给饭店游客食用，仅这一项年收入就达八九万元。自从2009年当上村里的领头人，他把鱼塘交给妻子照管，一门心思地考虑如何擦亮赤溪品牌。

"新官上任三把火"。新支部这把火从哪里烧起呢？思路决定出路，他们经过讨论，决定还是要解放思想、改变观念。首先在党员干部中开展了"赤溪优势在哪里？""我们该怎样摆脱贫困？""当村干部为什么？"等大讨论，摆正了心态，坚定了信念。

而后，杜家住又组织村民代表数十人分头前往浙江、泉州等地参观学习，达成了"要钱要物不如发展好项目"的共识，决定还是在乡村旅游上下功夫，进一步配合万博华旅游公司的工作，新上蝴蝶生态园、台湾九品香水莲等项目，修建休闲山庄，支持和鼓励村民开特色商店……

与此同时，及时制定村规民约，组建乡风文明督导队，扭转大操大办婚丧嫁娶、酗酒赌博等陋习。发挥群团组织作用，完善村里人民会堂、民族团结和谐主题公园、扶贫历史展示厅等文体设施，定期开展积极向上的群众文体活动，引导村民弘扬尊老爱幼、勤俭节约的新风尚。

“好雨知时节，当春乃发生”。赤溪村又变得鲜活水灵起来了。

2011 年，福建省委、省政府实行扶贫新举措，确定赤溪村为“省级整村推进扶贫开发重点村”，由省民族宗教事务厅具体挂钩帮扶。他们选派机关干部杨振伟担任赤溪村党支部第一书记，杨振伟开始了为期 3 年的村支书生涯。

这位原籍漳州的中年汉子，当过农民、当过兵，朴实能干，来到赤溪村后，首先走村串户，全面细致地了解人员构成、经济收入、产业发展、资源分布等情况，逐渐形成了新思路。他与村支书杜家住等“两委”深入讨论研究，确立了“立足当地资源优势和区位优势，东承太姥，南接霞浦，生态立村，旅游兴村，农业强村”的目标，致力打造“中国扶贫第一村”和“生态旅游畲族风情特色村”的品牌，把赤溪村建成具有浓郁畲族文化和民族风情的，融民俗、观光、休闲、耕乐、探险于一体的人文生态旅游区。

蓝图绘就，接下来就是真抓实干，争取早日实现。

赤溪村原有的供电设施陈旧老化了，一遇刮风下雨就有可能跳闸停电，给村民的生活生产带来很大不便，也不利于建设生态旅游村。杨振伟利用人脉关系，发挥熟悉办事流程的优势，约上杜家住不停地跑省市有关部门，前前后后地跑了一个月，终于为村里引来 80 万元专项资金，加装了两台变压器，改造了所有的低压线路。

电力闪耀着文明之光。贫困山村供电正常了，开展各项事业就有了前进的动力。整个赤溪村迎来了“造福工程”大升级的时期。他们再接再厉，在自力更生、团结拼搏的基础上，争取上级政府和社会各界的大力支持，实施了村内道路硬化、自来水厂修建、排污管道改造、家园清洁行动、珍贵苗木示范基地建设等一系列工程。

随着时间的推移，各个设计项目一项项实施，硬件软件建设一项项竣工，赤溪村的面貌也在一步一个脚印、一年一个台阶地变化。有一次，杨振伟发现村民杜大爷在后山上种了一些柚子，长势不错，不亚于自己漳州家乡的特产，便找到他聊天。他说："杜大爷，我看你这柚子挺像闽南品种，是哪儿来的？"

"噢，就是闽南的，学名叫琯溪红心蜜柚。"

嗬！作为土生土长的漳州人，杨振伟十分高兴。这是产自漳州平和县著名的传统名果，至今已有500多年的栽培历史，果皮金黄光滑，果肉柔嫩红艳、香甜可口，清代乾隆年间被列为朝廷贡品，具有极高的经济价值。他立即召集村"两委"会议，说明杜大爷种植成功，可以大面积引进琯溪红心蜜柚。

通过耐心的介绍、发动，村民们开垦荒山荒地200多亩，筹措了资金30多万元。杨振伟亲自往返平和县好几趟，帮助大家选购种苗，邀请技术员前来指导，将10000余株平和琯溪红心蜜柚引到赤溪村。不久就见效了。看着漫山遍野长势喜人的柚子，杨振伟既兴奋又激动地说："每当走到这里，我好像又回到了自己的家乡！"

是啊，第一书记把下派村庄当作家乡一样对待，那就一定会取得不凡的成绩，得到当地村民们的爱戴。赤溪村的人气越来越旺了。

1990年出生的杜赢，是土生土长的赤溪村人，2009年考上了外省大学，这在当时的赤溪村可是首屈一指的"独一份"。2013年毕业后，他放弃在城市工作的机会，回到家乡创业。

杜赢的父亲杜承汉在村里经营一家小茶厂，儿子要毕业了，他也希望儿子回来帮自己一起干，从事福鼎白茶加工销售。杜赢坦承道："上了大学又回村，自己心里也犹豫过，现在看，当时的选择没有错。"

此时，宁德市在福建省率先出台政策：鼓励大学生返乡创业、助力扶贫。杜赢这样的典型，村支书杜家住岂能坐视？他与第一书记杨振伟积极奔走，一口气帮他争取来福鼎市市人社局、市农业银行2笔共20万元创业基金和低息贷款。

"看一个村子有没有生机活力，就看'两个多不多'，一是年轻人多不多，二是在乡的党员多不多。"这是一位领导讲的话，赤溪村党支书杜家住记得很牢。

截至2015年底，在校学生一度仅剩60口人的赤溪小学，学生回升到了120名，全村考上大学的已有60多名。而全村党员数从29名陆续增加到44名，且绝大部分在家务工。像杜赢这样的回乡创业青年，在赤溪村已经不是少数。他们看好家乡的原因都一样——乡村旅游。

如今的赤溪村，不但与旅游公司合作，建立了溪水漂流、户外拓展等旅游项目，又引进乡贤、民营企业家褚朝英投资发展旅游产业，成立赤溪村耕乐源农业专业合作社，引导村民以土地出租入股形式，参与项目开发……

乌杯峡谷运动乐园、真人CS野战基地、下山溪野外探险、竹筏漂流、鱼香家园天然游泳池、畲族风情表演等系列项目精彩纷呈，九鲤溪景区已经成为闽浙边界独具特色的旅游热点。仅据2012年的统计，赤溪——九鲤溪景区接待游客20多万人次，带动300多户村民从事旅游行业，实现旅游收入7000多万元。

赤溪村的发展变化，多次受到福建省、宁德市、福鼎市（县级市）有关部门的充分肯定和大力表彰。2012年10月，宁德市驻村扶贫生产发展现场会全体人员，专程来到赤溪村参观学习。杨振伟先后被评为福鼎市"扶贫工作先进个人""优秀党务工作者"，并荣立宁德市个人二等功一次。

3年期满，杨振伟完成挂职任务，即将返回省城原单位工作了。赤溪村村民们闻信纷纷赶来送行，在村口拉着他的手依依不舍。支部书记杜家住代表村"两委"给他送上一本荣誉村民证书，还有一面鲜红的锦旗。

依依不舍时，一位年逾古稀的老大爷分开人群走上前，递上一个小布包说："杨书记，您这3年好辛苦啊！我没有什么可送的东西，就想到把它当作礼物送给您吧，希望您常回来看看！"

杨振伟打开一看，瞬间热泪盈眶，原来那是一抔泥土。他郑重地点点头，放在随身的旅行包里，高声道："谢谢、谢谢！请乡亲们放心，我永远是赤溪人，永远也忘不了赤溪村！"

加强基层党组织建设，是乡村"造血""活血"的关键所在。青山绿水间，最耀眼最壮丽的是鲜红的党旗。宁德扶贫从驻村第一书记中看到了勃勃生机，一通百通，再接再厉。就在杨振伟完成任务回去不久，福鼎市委研究决定：从市农业局派出干部王纯华继续担任赤溪村第一书记。一任接着一任干。

王纯华曾在赤溪村所在的磻溪镇当过多年的纪委书记，熟悉当地的风土人情，加上一副扑在老百姓身上的热心肠。不用说，他同样干得很好！"家里有啥事，找书记去！"这句话已成为赤溪村人的口头禅。

几任驻村第一书记的辛勤工作，为村"两委"一班人树立了学习榜样，激励他们更加奋发有为，带领大家脱贫致富。杜家住积极奔走联系，采取"村社联建"的形式，与两家农民专业合作社联合建立"产业型"党组织，充分发挥基层党组织在产业发展中的引领作用，以村基础设施投入资本与开发公司合作，不断发展壮大集体经济。

同时，他们还坚持开展"三培两带"的活动，先后把 5 名党员培养成致富能手，把 9 名优秀的致富能手培养成党员，把 6 名优秀党员培养成村干部，使党员种养大户成为"造血"脱贫的示范户。目前，赤溪村在党支部和村委会的带领下，利用丰富的山林和淡水资源，以"公司+专业合作组织+基地+农户"的模式发展生态农业，与乡村旅游业相互融合，呈现出一片红红火火的精彩景象……

四　榜样的力量

生活的哲理告诉我们:“掉进雪窝的羊羔最知道阳光的温暖，在苦水中泡过的人才深晓蜜糖的甘甜。”

历经“输血、换血、造血”扶贫开发三部曲的赤溪村村民,在各级党组织和政府的亲切关怀下,在社会各界热心人士的帮助下,脚踏实地、团结奋斗,终于迎来了化茧成蝶、鱼跃龙门的一天。

昔日穷山村的帽子早已扔到东海里去了，代之而来的是吃饱穿暖有钱花、阳光满屋人幸福的小康日子。吃水不忘挖井人。赤溪村村民——尤其是首批“刨穷根”搬下山的下山溪村村民,万分感激党的好政策以及有关部门的尽力帮扶,真扶贫、扶真贫,那是说多少个“谢”字都无法表达的! 应该想办法让子孙后代都念念不忘、牢牢铭记。

什么办法呢?

立碑! 立功德碑!

自古以来,华夏民族就有为道德模范者、盖世奇功人勒石立碑纪念的传统,通称功德碑。它的特点是内容具有典型性,形式具有个案性。对于碑主来说,是褒奖和颂扬,也是当时和后人的楷模与榜样,既有现实意义又有历史意义。

曾当过下山溪村村民小组长的李先如,已是赤溪长安新街13号的主人,他感受最深,率先发话。他说:“过去日子苦黄连,现在生活如蜜甜。我的儿子儿媳每月收入有4000多元,孙子孙女也都靠手艺挣钱了,一家子越过越兴旺。这要感谢党和政府!我们是全国首先让《人民日报》呼吁扶贫的村庄,也是第一批享受‘造福工程’的村民,应该立一块功德碑,让子孙后代永远都记住! ”

“说得好! 就这么办! ”大家热烈响应道。

碑上写什么字呢?千言万语,怎一个“谢”字了得?!有时候,字越少,含意越多,供人们联想和体会的范围越广。最后大家达成了共识,那就只写 7 个大字：全国扶贫第一村!

按说，这个提法可是很大啊！他们能这么说吗？

当然能！群众自发的情绪非常高涨，理由十分充分：既然新时期扶贫由赤溪村萌发，经过来自北京的春风吹拂，如同火种一样迅疾燃遍大江南北，拉开了全国扶贫开发的大幕，那我们就完全可以宣称为“第一村”了!

这并不是争夺什么头衔，而是铭记改革开放以来，中国共产党人不忘初心的一段历史，以及背后那艰辛探索的扶贫历程。

2008 年，时任村委会主任李信全受全体村民委托，积极筹办，挑选出一块高 1.6 米、宽 0.7 米的青石条，请石匠一笔一画地镌刻上“全国扶贫第一村”7 个鲜红大字，计划挑一个吉日立起来。

这年 1 月 15 日上午，正值隆冬时节，寒风凛冽，可赤溪村村民们却丝毫不觉得冷，早早地拥到长安新街上，举行隆重热烈的立碑仪式。喜悦的鞭炮凌空震响，庆贺的彩球沿街飘舞。曾任宁德行署专员、福建省政协民族和宗教委员会主任的汤金华，宁德市扶贫协会会长，福鼎市市长等省市领导们，以及磻溪镇、赤溪村和周边村数百名群众专程赶来祝贺。

在一阵春雷般的掌声中，汤金华等领导和村民代表们一起揭开了蒙在石碑上的红绸子，村委会主任李信全在仪式上发言：

“我们这个‘全国扶贫第一村’虽然没有上级的命名，但表达了全体村民的心声。目的就是要永远记住党的恩情，记住党和政府的扶贫好政策，记住赤溪村曾经是最早一批的扶贫对象，激励子孙后代永远跟党走。今后我们还要不断奋斗，树立‘致富第一村’的目标，加快实现全面小康的进程！”

伴随着他的话音，锣鼓喧天，喜乐高奏。

“身无彩凤双飞翼，心有灵犀一点通”。或许是受到村民自发热情的感染，或许是查阅历史资料得到相同的认知，2009 年 4 月 30 日，国务院扶贫开发领导小组办公室(简称扶贫办)印发了一份文件,明确要求选送“福鼎市中国扶贫第一村”的有关材料。

太好了！这不就等于国家认可了嘛！从宁德市、福鼎市到磻溪镇、赤溪村无不欢欣鼓舞,抢抓机遇,连夜加班加点,迅速收集有关资料照片,一边上报,一边在赤溪村布置起“第一村”展览室。

2009年5月13日,正是山花烂漫、姹紫嫣红的盛春时节,闽东赤溪村又迎来了一个欢欣鼓舞的时刻,“中国扶贫第一村揭牌仪式暨造福工程回顾展”在这里举行,同时召开了实施“造福工程”15周年座谈会。大家充分肯定“造福工程”的创举与成就,纷纷盛赞赤溪村干部群众“弱鸟先飞”“滴水穿石”的顽强拼搏精神,提出了许多加快发展步伐、建设小康村的有益建议。

这就是“中国扶贫第一村”的由来。

它既是全国贫困农村的代表,也是奋力脱贫致富的榜样。2014年6月24日,是《人民日报》发表王绍据反映赤溪村下山溪自然村贫困状况来信30周年纪念日。

30年来,曾经为它鼓与呼的《闽东日报》一直在密切关注、着力推动赤溪村一步一个脚印地摆脱贫困,书写着地方党报与一个偏远山村长久特殊的情缘。从最初为它撰写人民来信、复刊后首任总编辑的王绍据,到后来的一任任总编辑、记者、通讯员都时常深入赤溪村,用文字、相机见证着、记录着它的每一步。

在这个值得纪念的日子里,《闽东日报》又特派记者前来报道他们在扶贫路上的新举动,进一步促进脱贫攻坚战向纵深发展。果然,勤劳智慧的赤溪人又有创意作为:特意挑选了一块坚实硕大的青石,替换了原先那块立在长安新街上的石碑,并且将碑文由原来的“全国扶贫第一村”改成“中国扶贫第一村”,高高地竖立在村头上。

尽管天公不作美,从早晨到中午一直下雨,但人们的热情丝毫不减,像浇了油似的越烧越旺。应邀参加揭幕仪式的省、市领导们打着雨伞，卷着裤腿，站在雨水中兴致勃勃。有人还饶有风趣地喊道："水就是财啊，这是财水流到赤溪了……"

春种秋收，金风送爽。这年11月1日，新任国务院扶贫开发领导小组副组长、办公室主任刘永富，偕同几位分管各部门的司长，来到福鼎市赤溪村考察调研。

他是湖北随州人，曾在空军某部服役，锻炼了扎实细致的工作作风。履新后，有人就认真地对他说："好啊，选你扶贫选对了，永富永富，希望中国农民早日脱贫，永远致富。"

这天，刘永富同志一行人在福建省扶贫办主任马国林，宁德市委常委、政法委书记林鸿，副市长黄建龙以及福鼎市委书记刘振辉、市长包江苏陪同下，走进了这个声名在外的"第一村"。

查看村容村貌，与脱贫农户倾心交谈，曾当过甘肃省分管农业工作副省长的刘永富，每到一地不满足于听汇报、看材料，而是扑下身子询问调查，前后对比思考。当他了解到赤溪人因地制宜，从"输血"到"造血"，开发旅游产业消除贫困的历程后，欣喜地说了句："你们的路子选对了！"

边走边谈，他们来到了村史展览室。当年给《人民日报》写信的王绍据，已经从《闽东日报》总编辑位置上退下来，担任宁德市关心下一代工作委员会副主任、福建省扶贫开发协会特约研究员，一如既往地情系扶贫。尤其是对他所熟悉的赤溪村，更是责无旁贷、如数家珍。此时，他就为刘永富同志担当了讲解员。

就像初次接触赤溪村扶贫史的人一样，往往会对这个"第一村"的名称不明就里。刘永富同志就职不久，也不太了解，更想理清来龙去脉。他说："你们这个'中国扶贫第一村'是哪儿来的呀？"

"哦，是这么回事。"王绍据一五一十地从头道来，而后加重语气地说，"第一块石碑纯粹是村民们自发竖立的，叫'全国扶贫第一村'。后来有了国家扶贫办文件形成的'中国扶贫第一村'，就改称了，一字之差，就区别了民间和官方啊！”

说着，他又从展柜里拿出一份国务院扶贫办2009年第57号文件复印件，指着当中的一行字迹，请刘永富同志细看。

“好，认了，认了！”刘永富同志笑着说。

作为主管全国扶贫工作的“当家人”当面确认，那就更具权威性了。在场的省市镇村干部和村民代表异口同声，喜笑颜开地说：“认了，就认了啰！哈哈哈……”

不久，人们重新选来一块雄鹰冲天似的巨石做碑体，铭刻上“赤溪中国扶贫第一村”几个金色大字，矗立在村口大路旁，成为福鼎赤溪村的标志性建筑，也是闽东，不，是福建乃至全国扶贫事业的心理坐标。

由此，“中国扶贫第一村”的名号越来越响，慕名前来参观学习的人越来越多。

赤溪村人从来都是昂首欢迎、低头做事，从不张扬。他们深深懂得：所谓“中国扶贫第一村”，只是党和政府在新时期最早有组织、有计划地实施扶贫，并不意味着已经达到多么辉煌的成就了。虽说与过去相比，他们村发生了沧桑巨变，但离成为中国农民人均纯收入第一、建成全面小康第一村还有不小的距离，需要再接再厉、奋斗不止。

新闻媒体推波助澜，人民群众干劲更大。

在纪念全国有计划、大规模展开扶贫30年的前后，赤溪村当之无愧地成为典型之一，省内外报刊连篇累牍地进行报道。首先是《福建日报》刊发了有关报道，题为《中国扶贫第一村　实现“百姓富”“生态美”》。继而，他们又推出长篇通讯《穷村巨变》，全面介绍了赤溪村的脱贫历程，并配发了两张照片，一张是当年赤溪村下山溪自然村的茅草房，一张是搬迁到赤溪村长安新街上的砖瓦楼，形成了前后对比的强烈冲击力。

紧接着，福建人民广播电台、福建电视台、东南网等单位也纷纷报道。有图有真相，有声有事迹。中央媒体也积极行动起来，《人民日报》、新华社、中央电视台、《光明日报》等组成采访团，集中到宁德市福鼎赤溪村采访。这些资深记者深为震撼，“八仙过海，各显神通”，各自拿出绝活推出重磅报道。

《人民日报》发表了题为《下山溪村下山记——三十年前，全国性扶贫攻坚从这里启幕》的长篇通讯，并配发短评《扶贫要因地制宜》，指出30年来一脉相承，真抓实干，今昔巨变；新华社发出通稿《福建宁德：扶贫扶智更扶志，弱鸟要先飞》；《经济日报》以《太姥山下访赤溪》为题，发表了新闻特写。

中央电视台则在晚间《新闻联播》上连续播放《福建宁德：赤溪村的致富路》。《光明日报》以《弱鸟先飞　滴水穿石——福建宁德赤溪村三十年攻坚脱贫纪实》为题，发表长篇通讯。《农民日报》整版刊载了《中国扶贫第一村：大山深处拔穷根》。

尤为令人欣喜的是：国家民委的《民族工作简报》也介绍了赤溪畲族村的扶贫成就。2015年1月29日，习近平总书记看到了放在案头的这份简报，得知当年他工作过的闽东发生巨变，甚为欣喜，当即挥笔做了如下批示：

> 30年来，在党的扶贫政策支持下，宁德赤溪畲族村干部群众艰苦奋斗、顽强拼搏、滴水穿石、久久为功，把一个远近闻名的“贫困村”建成了“小康村”。全面实现小康，少数民族一个都不能少，一个都不能掉队，要以时不我待的担当精神，创新工作思路，加大扶持力度，因地制宜，精准发力，确保如期啃下少数民族脱贫这块“硬骨头”，确保各族群众如期实现全面小康。

这是巨大的鼓舞和鞭策！

习近平总书记的批示，既是对“中国扶贫第一村”的充分肯定，更是再次向全国吹响了扶贫攻坚的号角。

不用说，福建省、宁德市雷厉风行，狠抓落实，把赤溪村的脱贫做法和经验全面推广。福鼎市、蹯溪镇、赤溪村召开三级干部联席会议，确定借此东风，提升标准，实施扩修公路、扶持产业、改善村卫生所、办好农民技术学校等“十五个一”工程，把赤溪村建设得更美更好。

小康路上，一个都不能少。

2015 年 12 月 7 日，时至初冬，北方已是彤云密布、寒风凛冽了，而八闽之地却还是一片绿意盎然，刚刚下过一阵小雨，好像把山山水水洗了一遍似的，显得“中国扶贫第一村”愈加清新迷人了。

中共中央政治局委员、国务院副总理汪洋在福建省委书记尤权、代省长于伟国陪同下，来到福鼎赤溪村考察调研。他精神矍铄、和蔼可亲，参观长安新街上的农家乐、特色超市，与村民拉家常、聊生意；走进村卫生所了解“海云工程”和村民看病情况，不断满意地点着头。

在赤溪村扶贫展示厅里，还是由最初的写信人王绍据介绍这个村子的前世今生。当说到赤溪村脱贫历程由“输血”到“换血”，再到“造血”的 30 年艰辛探索时，可能他的闽东普通话不太标准，汪洋同志听成了“放血”，不解地插话问道：“既然‘输血’了，干吗还要‘放’出来？”

一旁陪同的当地人员连忙解释说：“是更换的‘换’，不是放开的‘放’，意思是换个地方‘造血’。”

汪洋同志听明白了，笑着说：“看，推广普通话很重要，差点闹了乌龙。”

“哈……”大家一齐笑了起来。

当天下午，在宁德召开了东部地区扶贫工作座谈会，汪洋同志出席并讲话。他充分肯定宁德扶贫工作取得的成效，指出“宁德模式”是精准扶贫、精准脱贫的成功实践，是中国特色扶贫开发道路的典范，值得认真总结学习。他说：

“宁德是习近平总书记早期开展扶贫实践的地方。在这里，他系统提出了‘弱鸟先飞’的意识、‘滴水穿石’的精神和‘四下基层’的作风，还有‘以改革创新引领扶贫方向，以开放意识推动扶贫工作’的原则等一系列重要思想。我们要认真学习领会、发扬光大，做好扶贫攻坚工作。

“东部地区是国家发展的‘排头兵’，要以更高标准、更严要求、更实措施，在深化精准脱贫、加快脱贫进度、提高脱贫水平、健全脱贫机制、探索脱贫路子等方面走在前面，为全国脱贫攻坚积累经验。”

榜样的力量是无穷的。

“中国扶贫第一村”诞生在宁德也不是偶然的，名不虚传，堪当楷模……

辞旧岁三阳开泰，迎新春六猴送安。

2016 年 2 月 19 日，正当人们欢天喜地送走羊年、迎来猴年之际，赤溪村的父老乡亲又迎来了一件天大的喜事。

一大早，微风徐徐，细雨蒙蒙，天气还是有些寒意，可在赤溪村扶贫展览厅内却已是春意盎然了。26 位村民代表——有村干部，有家庭妇女，有大学生，还有小朋友。大家都装扮一新，还有几位穿上艳丽的畲族服装，喜气洋洋。

前面是一面硕大清晰的电视大屏幕，来自人民网的技术人员已经调试好了，大家都在耐心等候着。

原来，自从中央媒体集中报道赤溪巨变的事迹，尤其是 2016 年 2 月 1 日，《人民日报》在头版头条刊登了“新春走基层”专题报道《脱贫路上的赤溪村》，在第 10 版用一个整版发表了长篇通讯《“中国扶贫第一村”脱贫记》之后，又在全国掀起了脱贫攻坚的热潮。赤溪村更是窗户上吹喇叭——鸣(名)声在外了。

大年初十，《人民日报》福建分社社长蒋升阳给王绍据打来电话，说：“王总编啊，下午有车来接你，咱们一起去一个地方。”

“好啊，去哪里？”

“现在你不要问，你就跟我来。”

见了面，坐上车，他告诉王绍据：“去赤溪村。”但没说什么事，直到18日下午5点，人民网副总裁唐维红告知是安排同总书记视频连线。

啊，王绍据明白了，心情非常激动：每到春节前后，习近平总书记心里始终牵挂着正在脱贫路上奋战的人们，几乎年年都要到天南海北的乡村去看望父老乡亲。可他太忙了，太累了，难以面面俱到，那就在视频上与赤溪村人见面吧！

总书记要跟我们对话！那我们要怎么说呢？

当天晚上，赤溪村党总支书记杜家住和王绍据等人激动得睡不着觉，连夜做着准备。想想习近平同志在宁德工作时的情景，十分亲切，一定要怀着真诚的感情汇报。

2月19日上午9点30分，习近平总书记等领导人来到了人民网演播大厅里，同时双方画面均清晰地呈现在屏幕上，千里江山一线牵，就好像面对面相会。赤溪村人欢腾了，村民代表像久别的亲人一样欢呼起来。

“总书记好！总书记好！”

站在前排的几个小朋友喊得特别起劲：“习爷爷好！习爷爷好！”

习近平总书记微笑着招招手，回应道：“乡亲们好！”

人民网现场主持人许博喜悦而专业地向总书记简短问候、介绍之后，赤溪村党支部书记杜家住接过话筒，抑制住内心的激动做了汇报：“尊敬的总书记，您好！我是这个村的支部书记，我叫杜家住，去年1月29日，您对我们赤溪村的脱贫工作做出了重要的批示，我们大伙儿都备感振奋，欢欣鼓舞。在这一年来，我们赤溪村又发生了新的变化。新修的杨赤公路已经正式开通了。

“我们现在人均纯收入达到13600元。您当年倡导我们保护下来的绿水青山，如今真正变成了老百姓致富的‘银行’。现在全村的贫困率已从20世纪80年代的92%下降到现在的1%。我相信在不久的将来，我们将完全消除贫困，确保少数民族群众一个也不能掉队。请总书记放心！”

平时讲话有些结巴的杜家住，此时却能够从容而顺畅地发言。

习近平总书记面带微笑，认真听完，带头鼓掌，而后讲道：“很高兴在《人民日报》人民网和你们视频连线，看到宁德的乡亲们，我也是感到很高兴、很亲切，我也是在想念你们。”

接着，他抬手指着展示厅正前方墙上的一行字，说：“你看你们那标头是‘中国扶贫第一村’，这个评价是很高的，但是我觉得这里面也确实凝聚着我们宁德的人民群众、赤溪村的心血和汗水。我在宁德讲过‘滴水穿石’‘久久为功’‘弱鸟先飞’，你们做到了，而且你们的实践也印证了我们现在的方针，就是扶贫工作要因地制宜、精准发力，所以我们现在提出精准扶贫。希望赤溪村再接再厉，在现有取得很好成绩的基础上，自强不息，继续努力。

“扶贫根本还要靠自力更生，还要靠我们的乡亲们内生动力，但是党和国家一直会关心你们和支持你们。我看到这些年轻的孩子们健康、活泼、可爱，我感到很高兴。幸福的生活会越来越好，在孩子未来的，他们的生活会越来越幸福。我祝赤溪村，也祝我们宁德地区各方面的工作蒸蒸日上，事业兴旺！”

“哗——”他的话音刚落，演播室立时响起一片热烈的掌声。女主持人又把话筒递给了王绍据，请他跟总书记说几句话。

“总书记，新春好！请允许我代表乡亲们向您拜个年！今天能够在视频上同您见面，我的心情特别激动，回想您在宁德工作期间的日日夜夜，我们都历历在目、记忆犹新，我们大伙都想念您啊！我虽然退休了，但我经常到赤溪村来走走看看，每去一次都看到这里新的进展、新的变化。赤溪村脱贫致富有如此变化的今天，我想就印证着您在批示中的16个字，那就是‘艰苦奋斗、顽强拼搏、滴水穿石、久久为功’。总书记啊，乡亲们热切盼望您回宁德走走，到赤溪村看看。谢谢您了！”

他讲了一分钟，可为了这次对话，王绍据几乎琢磨了一个通宵，生怕言不达意，生怕声音哽咽沙哑，幸好流畅而准确地表达了心情。习近平同志认真听着，频频点头，继而指着屏幕亲切地说："绍据啊，我看到你也感到很高兴！"

一句话就说得王绍据眼眶湿润了！一个大国领袖，日理万机，不知接触过多少中外人士，居然在相隔多年后，一眼就认出了当年他选定的《闽东日报》总编辑，怎不让人激动万分呢！

"听说你已经退休了，这真是啊，当年还是个小伙子，现在已经退休了。我也记得当年我们一起共同下乡的情况，应该说我们当时下乡还是比较深入的，所以我现在特别注重我们在地方工作的同志能够深入基层，新闻战线的同志也要接地气、深入基层，这样才能了解真实的情况。你几十年前报道的赤溪村的情况，它当时就很有新闻价值。

"赤溪村给我今年写了信，我看了也感觉到很亲切。它的历程是我们全国扶贫的一个历程，我们要很好地总结，而且要不断地向全面建成小康继续努力。绍据同志，你在那边也是当地一个活地图、活字典。一个很好地帮助大家一起，协助大家总结宁德的一些扶贫经验；一个提供一些实际情况，这样为下一步我们全国全面摆脱贫困、建成小康，你还可以发挥余热。好，也祝你们新春愉快，祝猴年吉祥！祝赤溪村、宁德的人民群众生活幸福，事业兴旺！"

总书记的亲切问候、殷殷关怀，犹如阵阵春风吹拂着人们的心田。展示厅内春潮般的掌声经久不息。视频连线结束了，没有一个人舍得离去，大家兴奋不已，还都沉浸在幸福的回忆与憧憬之中。

这是习近平总书记第一次通过网络媒体，与中国一个基层村庄的乡亲们面对面地交流，传递党中央致力脱贫攻坚、全面建成小康社会的决心和信心，影响巨大、意义深远。

赤溪村，已不仅是闽东的赤溪村了，而是走向了大江南北、长城内外，成为中国农村脱贫攻坚路上的一个典型样本……

作家采访札记：

深秋的一天——距离上次视频连线3年后，我在宁德见到了曾在新时期发出“扶贫第一声”的王绍据先生，通过深入交谈，敬佩之心油然而生。

他个头不高，有些谢顶，那是多年做文字工作的“收获”，年纪已逾七旬，却精神矍铄，思维和记忆力都不输给年轻人，谈起往事来历历在目。数年前，王绍据从宁德市委宣传部副部长、《闽东日报》总编辑职位上退休，实则退而未休，仍然担任着一些社会职务，每天忙忙碌碌，主要还是为脱贫攻坚鼓与呼，影响范围也远远超出赤溪村和闽东，遍布省内外了。这些年来，他不仅为到宁德取经的各种培训班讲课达160多场次，还不辞劳苦到宁夏、贵州等深度贫困地区传播扶贫的“宁德模式”。

回过头来看，当年他作为一名年轻的新闻科科长、基层报道员，在一片“到处莺歌燕舞，更有流水潺潺”的氛围里，“冒天下之大不韪”，讲真话敢报忧，上书京都，为民请命，实乃惊天动地之举。这在封建社会里是会有“杀头”的危险，即便在形势一片大好的极左思潮下，也可能会被批倒斗臭、罢官丢职的。好在时逢拨乱反正、改革开放的新时期，王绍据的呼吁得到我们党中央的高度重视，发出号召，从而激起了全国各地的强烈反响，点燃了扶贫的火焰。

从这个意义上说，王绍据的这封人民来信功德无量。难能可贵的是，他没有就此止步，而是一如既往地关心着赤溪村乡亲们的脱贫进程，进而开辟《闽东日报》这块阵地，为全市乡村脱贫致富奔走呼号。并且，他不忘总结其中的经验教训，写文著书、座谈研讨，为其他地方扶贫开发提供有益的参考。2017年，王绍据荣获“全国脱贫攻坚奖奉献奖”。

我们整整谈了大半天，使我加深了对赤溪村和宁德扶贫工作的认识，感觉他真不愧是总书记所说的当地“活地图、活字典”，尤其对于扶贫事业更是如数家珍。

最后，他真诚地对我说："写扶贫，新闻记者来了不少，你是第一位深入体验、多方采访的作家。听说你已经跑了不少地方，这很好，但一定要去赤溪村看一看呀……"

"是的，已经联系好了。我是想先向你这位'活地图'了解一下，会更加全面而深刻的。"

两天后，在赤溪村白墙青瓦的村委会里，我采访了现任村党支部书记杜家住、村主任吴怡国、村委杨海燕等人。他们分别回顾了全村的脱贫历程，衷心感谢党的领导和习近平总书记的关怀。

尤其是在谈到3年前习近平总书记在人民网视频直播间，同2000公里之外的赤溪村民们视频连线时，杜家住一下站了起来，两眼闪着光，说："我当时真的很紧张也很激动，没有想到能跟总书记这样见面对话！我们永远也忘不了，一定努力工作，不辜负大家的期望，建设一个更加幸福美满的新赤溪。"

我也深受感染，好像穿越到当年的视频连线现场，情不自禁地起立，双手用力由衷地鼓掌："真是太好了！祝福赤溪，祝福全国乡村，明天更美好！"

接着我提议合影留念，杜家住欣然同意。由于村委会距那块标志性石碑还有一段距离，他打电话找来一辆面包车，与我一同专程来到了村头，在那块铭刻着"赤溪中国扶贫第一村"巨石前，拍下了一张值得纪念的照片。

望着这片绿意盎然、春天永驻的山水，还有身材高大、信心满怀的年轻支书，我感到"中国扶贫第一村"的称谓只是时代的印迹，是今天赤溪村人的起点。未来，这里必将还会成为一个新的样本，那就是"中国小康示范村"……

第三章 “五无乡”的变迁

一 跋山涉水下党乡

大山深处的小村庄响起一连串的欢呼声，村民们纷纷奔走相告，声音里充满了惊喜和兴奋。1989 年 7 月 19 日上午，宁德地委书记习近平同志率领着地直有关部门和寿宁县负责人，冒着炎炎酷暑，沿着曲曲弯弯的山道，来到了寿宁县下党乡调查研究、现场办公。

古往今来，当地老百姓从未见过这么大的“官”，只知道这与过去的朝廷命官知府差不多，所以通俗而又亲切地称为“地府”。这件堪称“破天荒”的事情，还要从宁德地委召开的一次会议上谈起——

不久前，为了解决贫困乡的发展问题，宁德地委、行署召开了贫困乡党委书记座谈会。地委书记习近平同志亲自主持会议，要求大家不要念稿子，不要有顾虑，有什么说什么。话虽这样说，但开始人们还是面面相觑，不好意思发言。

“好啊，我先讲。”一位中年汉子站起来放“炮”了，他说，“习书记啊，我这个乡的书记难当啊，下党太落后了，您能不能到我那里去看一看？”

“哦,那你先说说,怎么个落后法?”习近平同志愿听实话,用鼓励的目光看着他。

发言人是寿宁县下党乡党委书记杨奕周,他是个农民的儿子,性情直爽,办事认真。他们乡于1988年建立,管理下党村周围10个行政村51个自然村。这些村子全都散落在高山深谷中,耕地不多,工业为零,而且至今不通公路,是全地区4个特困乡之一。

“第一,财政上拿不出钱,干部的工资发不出。第二,教育很落后,落后到什么程度呢?有一天电影队来放《上甘岭》,很多小孩子高高兴兴地就去看电影了。可是看完了都不走,蹲在那个地上找东西,我们就过去问他们,你们找什么?孩子们说‘我们看到他们打仗,想看看地上有没有留下子弹壳’。您看,这里的孩子们这么大了都不懂得什么是电影,教育太落后了。第三,贫困户太困难了,有一对夫妇,穷到什么程度?出门的时候要合穿一条裤子,就是谁出门,谁就把家里那条唯一的新裤子穿出去,回来再脱下来,换给另一个人……”

杨奕周一口气来了个“竹筒倒豆子”,实话实说大倒苦水,简言之,就是信息闭塞、交通不便,进出全靠爬山越岭,群众生活十分困难,是个“无路、无电、无自来水、无经费、无办公场所”的“五无乡”。

习近平同志闻言,神情严肃地说:“这是真的吗?”

“是真的,您不信就来看一下。”

果然,习近平同志把这件事牢牢挂在心上,与行署专员陈增光商量,专门安排了一天时间,带上地区18个相关委办局的负责同志,一共30多人,前往寿宁县下党乡现场办公。

这个乡确实太落后了,偏远闭塞,进出全靠肩挑背扛,“地无三尺平,路无三尺宽,出门要爬岭,开门就见山”,素有寿宁县的“西伯利亚”之称。当地群众有“三怕”。一怕患急病。乡村缺医少药,只有一个小卫生站,头疼脑热还好说,一旦得了急症重病就“抓瞎”了。前两年,村卫生站唯一的医生王金章,出诊时出了一身汗,下溪去洗澡,不慎着凉发起了高烧，自己吃药打针都不管用。大家一看不好，赶紧砍毛竹做了一副担架，连夜往山外抬，半路上人就咽了气。

二怕养肥猪。下党乡人穷，很少人家买得起猪肉吃，杀一头猪好多天卖不出去。冬天还能放几天，夏天很快就臭了，只好抬到山外去卖。如果养得太肥，请人抬出去都请不起。

三怕买氨水化肥。小贩们挑货进山一般不敢进液体货物，万一不小心摔碎，血本无归。因此，这里不少人连酱油都没有见过……

早年下党有个笑话：村里妇女间吵架时，有人为了吓唬对方，竟骄傲地说："你有什么了不起，平溪我都去过了，我怕你?！"平溪是离下党较近的乡镇，那里有集市，比较热闹。

不通自来水，在当年算不得稀奇，这里百姓生活用水就是溪水、井水。不通电，自然也就没有电灯，群众夜晚照明主要靠煤油盏、火篾等。经济极度贫困，建乡时就谈不上乡财政收入，农民人均年收入不足 200 元。

闽浙一带由于天气多雨，且山中溪水纵横，自古以来常建一种廊桥，即上面有屋檐的木拱桥，可以遮阳避雨，供人休憩交流。下党这座廊桥称为鸾峰桥，是寿宁县木拱廊桥中最为壮观的一座，也是国家级文物保护单位。可在当时没有得到很好的重视，里面堆的全是杂草和牛粪。

为了迎接地区领导一行人，需要及时把它清理干净。村民听说要来"大官"扶贫，无不兴高采烈、欢欣鼓舞，纷纷前来帮忙，挑水的挑水，擦洗的擦洗，把整个桥面洗得干干净净。从各自家中搬来桌子、凳子、竹躺椅，一时找不到盛水的工具，不知谁家抬来一个大木桶，俗称"禾楻"(用来洗地瓜和洗米的大木桶)，"禾楻"中盛满水，旁边放着面盆、毛巾，形成了一个临时接待室……

寿宁，地处闽东北部，洞宫山脉南段，东接宁德市下辖的福安，西傍南平市政和，北连浙江温州市泰顺，位居闽浙两省交界，素有"两省门户，五界通衢”之称。全县辖6镇8乡、203个行政村（社区），土地面积1424平方公里。山高谷深，岭陡路险，当地有“车岭车上天，九岭爬九年”的说法，形容行路之难。

几百年以前，那就更难上加难了。明代著名文学家、《警世恒言》的作者冯梦龙曾任寿宁知县。他从老家苏州前来上任，一路乘舟、坐车、骑毛驴，竟走了大半年。他有一首写寿宁风光的诗：“县在翠微处，浮家是锦棚。三峰南入幕，万树北遮城。地僻人难到，山多云易生。老梅标冷趣，我与尔同清。”

中华人民共和国成立后，寿宁虽不断发展，但还是由于种种原因，没能从根本上改变面貌。1989年7月19日，习近平同志率领大家从宁德到了下党乡。

当地人在村口的鸾峰桥里边拉起一块塑料布，围了个小圈，准备了几桶水。习近平同志端起来从头到脚冲下去，而后擦了擦，换了件干净衬衣。大家也都简单地洗了洗。杨奕周问是不是先吃饭休息一下？习近平同志说不用，马上开会，现场办公。

当时下党乡政府没有会议室，就在鸾峰桥对面的小学校找了一间教室开会。中间摆了两张课桌，铺上一条床单，放了三把椅子，临时找了张红纸，写上“会场”二字贴在土墙上。习近平同志对杨奕周说：“你坐中间，我们两个坐在边上，听你讲。”

杨奕周一下子就紧张了，手发抖，说：“您让我坐在那儿，我讲不出话来啊！”

“我们尊重基层同志，你就放心大胆地坐在当中，讲给我们听。”习近平同志反复鼓励，他才平复了一下紧张的心情，坐到中间去讲了。同来的地直18个委办局和县里同志们，坐在下边倾听。

杨奕周文化水平不高，普通话又不准，加上台上台下那么多的“领导”，他非常紧张，黄豆般的汗珠从光光的额顶上接二连三地滚下来，讲两三句就用毛巾擦一把汗。习近平同志坐在他的左边不断地安慰他，说:“老杨,别紧张,慢慢讲。”

天太热了,穷乡僻壤没有什么好招待的,有人找来一瓶水果罐头,打开送到习近平同志的手边。他把里边的水果连糖水倒给村里一位老妈妈吃,开会时就用那个瓶子当起了水杯,一边还不时地摇纸扇子给杨奕周扇风。

汇报结束,习近平同志感叹地说:“大家都听到了吧,下党条件很艰苦,干部们很辛苦,但精神面貌是好的。今天我们地县相关部门都来了,大家想想办法,如何在政策、资金上予以倾斜照顾一下。”

在场的人们议论纷纷:过去听说下党困难,没想到这么困难。我们应该给予力所能及的支持和帮助。

最后习近平同志综合大家意见,确定率先解决通乡公路、水电照明和办公场所这三大迫在眉睫的问题,各部门分头去落实,具体方案回去再研讨确定。

开完会,大家又回到鸾峰桥上吃午餐。“洗澡”的工具早已被撤掉,换上一张张农家小桌。虽然下党条件不好,但老百姓还是竭尽所能地招待远道而来的“地府”,泥鳅、田螺、糯米糍等都是当地土菜,代表着下党群众的一份盛情。习书记他们就围坐在高高低低、长长短短的桌凳前,香喷喷地吃了起来。

饭后,习近平同志特意嘱咐付清伙食费,而后在鸾峰桥上稍事休息,便走村串户访贫问苦,先后看望慰问了烈属代表王光丰、复退军人代表王光拔、老村支书王运厚、特困户代表王明钦的母亲。每到一户,习近平同志都耐心地了解他们的生产生活情况、家庭的成员构成、自身的身体状况,鼓励他们自立、自强。

其中,王运厚拉着习近平同志的手絮絮叨叨了近半个小时,回忆自己任村支书以来的工作情况。习近平同志耐心地听他讲,不时地插话,询问关心的问题,一点也不嫌烦,在场的人都非常感动。

下午3点多,他们离开下党村,走羊肠小道、过独木桥、攀峭壁岩石，途经溪后、大坵下、下屏峰几个自然村，步行 20 多里到达溪源村，晚上 8 点多才回到寿宁县城。

参加调研的寿宁县委常委、常务副县长连德仁在日记中写道："这一天，乘车 5 个小时，步行 4 个半小时，开会座谈、访贫 2 个小时，一路风尘，大汗淋漓，辛苦程度不言而喻……回到县城招待所后，许多干部才发现脚底、脚趾都磨出了血泡。"

习近平同志也没有例外，晚饭后用热水泡了泡，在县里找了个医生简单处理一下。这是他第一次到下党乡，没有马上回宁德，而是立即办公，狠抓落实。第二天，习近平同志在寿宁县政府会议室召集开会，和他同行的 18 个地直部门与县直对应的干部对面而坐，就寿宁县、下党乡的建设工作现场研究、现场拍板。

习近平同志感慨万千地说："寿宁的经济发展比较慢，但这不能说主观努力不够，更不是干部群众不努力，而是受客观条件的制约。闽东是交通断层，国家投入少，寿宁获得的投入更少，这就导致这里发展滞后、经济落后，文化教育上不去，人才留不住；投入少，产出就少，财政就拮据。寿宁虽然经济实力排在后面，但是寿宁干部的精神状态是好的，给我的印象是深刻的。

"我知道冯梦龙在寿宁当过知县，写了一本《寿宁待志》，还留下了很多美名。当年一个封建朝代的官员都能跋涉半年来到这里，我们共产党的干部更要勇于担当，挑战困难。这次大家和我一起到下党乡实地调研，相信都很受教育。以后各个部门都要到贫困地方去调查研究，帮助解决实际困难。任何原因、种种情况，都不能成为不下乡的理由。"

继而，他要求地、县相关负责人对下党乡的发展建设要优先考虑，在资金上给予大力支持，解决群众困难。每个部门的负责人或者代表当即表态，翻箱倒柜地精打细算，你拿多少钱，他拿多少钱，现场就定下来。最后决定支持下党乡建设资金 72 万元，首先解决水电照明和公路建设问题。

如此尽力资助，在宁德史上可谓是前所未有。有位局长拍拍衬衣上的口袋，说了句很形象的话：“习书记啊，这一回，把我们口袋里的毛都拔拉出来啦！”

“哈哈……”大家都笑了起来，深表同感。

看准了就干，是习近平同志历来的工作作风。这72万元到位后，先用32万元修了一条连通外界的公路，下党人可以乘车走出大山了；又用40万元建了一座小水电站，解决村民们照明及生活用电问题。

后来，习近平同志多次说起这次去下党乡的情形：“到下党乡，那真是披荆斩棘、跋山涉水。乡党委书记拿着柴刀在前面砍，我们每个人拿个竹竿，沿着河边走，他说这样走近一点。那个地方，由于过于偏僻难行，上面的干部很少去。地委书记我是第一个去的，县委书记是为了给我打前站才去的。老百姓说，‘县衙’都没来过，‘地府’就来了，他们把地委书记叫‘地府’，也就是知府。一路上，隔上两三里，老百姓就自发在那儿摆摊，一桶一桶的清凉汤，都是用土药材做的，让我们消暑，真是‘箪食壶浆，以迎红军’啊。虽然很累，但我很感动……”

由此，这个偏远贫穷的寿宁县下党乡就装在了习近平同志的心里。他尽力帮助那里的人们摆脱贫困、发展生产。从而，留下了一段“习近平同志九到寿宁三进下党”的佳话。

二　情牵梦萦

仅仅相隔一周后，习近平同志又走进了下党乡。这一次，他是陪同时任福建省省长王兆国来的。1989年7月21日至22日，受9号台风影响，闽东北的南平和宁德两个地区的政和、松溪、福安、寿宁等县暴雨成灾，溪河决堤，损失巨大……

下党乡夹在闽北和闽东的中间地段，洪水滔滔，饱受肆虐，下屏峰村尤其惨重。因为乡村民居大都沿溪而建，离溪水很近。7 月 21 日晚饭后，村民集中在村委楼前观看电影《刘三姐》，外面下起了大雨。电影演完后雨还没停，大家只好在那儿等着。到晚上 11 点左右，雨却越下越大，大家只得冒雨回家睡觉，沿途只听到溪水暴涨时发出轰轰的声响。

村民兵营营长兼会计杨尚利回到家后不敢去睡觉，担心会发生洪灾，在厅堂里走来走去。深夜 2 点左右，他发现暴雨引发山洪，赶紧把两兄弟叫起来，说："不得了，发大水了，赶快起来到对岸去疏散群众。"

杨家三兄弟拿着手电筒，冒着暴雨赶到对岸，一路不停地大声叫喊："发大水了，赶快起来。"同时挨家挨户去敲村民的门。听到叫喊声和敲门声，人们很快爬了起来紧急撤到后山。这时才发现村里的 2 个留守老人和他们的孙女还没撤出来，杨家兄弟马上赶回去救人。洪水已经把他家的前门淹没了，杨家兄弟只好从后门爬进去，一人背一个，把这祖孙 3 人背到安全地带。

没等喘口气，杨尚利突然想到村里的账本和公章还没有拿出来，三兄弟又赶到已被洪水淹没一层的村委楼。他们从后墙的一个缺口游进去，在二楼找到账本和公章并用塑料袋包好，交给老二杨尚标先送到安全的地方。这时，悲剧发生了，被水泡软的土墙轰然坍塌，高压电线掉了下来，杨家老大和老三被电倒，当场牺牲。

下屏峰村在这次洪灾中，有 30 多座民房被冲毁，62 户 332 口人受灾，5 个村民罹难，经济损失 60 多万元。

灾难发生第二天，福建省委、省人民政府向灾区发出慰问电，省长王兆国同志带领民政、财政等部门领导赶赴灾区指导抗灾。7 月 25 日从南平来到宁德，习近平同志向王兆国同志做了汇报，又陪同前去现场视察灾情、慰问灾民。

上午 10 点半左右，他们到达寿宁县芹洋乡的溪源村，就在村支委吴秀强家中听取情况介绍。由于下党乡一时进不去，乡党委书记杨奕周赶到这里，简要汇报了下屏峰村的灾情。汇报会后，王兆国同志和习近平同志一行人即前往下屏峰村现场考察。

天阴沉沉的，雨时停时下。溪源村到下屏峰村虽然只有6里的路，但走起来却非常困难。有的路段被洪水冲成沟壑，要搭上两根木头，再用“码钉”钉住作为简易桥梁；有的路段要手脚并用，前牵后推，才能像猿猴一样攀缘，不时还有流石从山上滚下，十分危险。

有随行人员抱怨说：“怎么能把这么多领导安排到这里来，万一出了问题谁负责？”

习近平同志回答：“是我建议的，前几天我刚来过，那里的人民生活还很困难，省长来了应该去看看。”

除了洪水轰隆轰隆的声音外，一切都显得格外的寂静、格外的沉重。他们沿着溪岸向上游行进，经过一个多小时的艰难跋涉，走过双凤桥，中午11点多，才到了下屏峰村。

整个村子已是一片狼藉，房子被洪水冲得东倒西歪，满是石砾沙土。王兆国同志和习近平同志心情沉重地查看了灾情，当场决定给倒房的32户人家每户1500元补助，给村集体15万元救灾款，用于下屏峰村的灾后重建。

他们特意来到有两人遇难的杨尚标家看望，亲切地握着杨家老父亲的手表示慰问，并送上慰问金。王兆国同志和习近平同志还分别抱了抱杨尚利才6个月的孩子，对杨家老人说：“你培养2个好儿子，是为了抢救村民的生命财产，献出了宝贵的生命，他们是好样的！希望你们尽快从悲痛中解脱出来，把孩子抚养成人。”

紧接着，习近平同志又向王兆国同志汇报了下党乡的“五无”状况，陪同他现场考察了水电、交通等问题，争取省有关部门给予修路、建水电站的支持。归根结底，下党乡已经深深印在习近平同志的心上，不放过一点帮助他们的机会。

时间已过中午了，他们才沿着溪对岸葛垅村门下的一条小路，步行来到溪源村，再乘车回福安部署全区救灾工作。途中饥肠辘辘，大家只在车上啃了几块面包干，喝了几口矿泉水……

1996 年 8 月 7 日，已调任福建省委副书记的习近平同志，又一次带领省交通、财政、民政、老区、扶贫等部门的负责人深入下党乡，检查促进灾后重建和扶贫开发工作。

他们一行人先来到下屏峰村。

当年那场洪灾，这里受灾最重，全村一片狼藉，像是电影里面被飞机轰炸过的村庄一样，房子东倒西歪，满是石砾沙土。经过几度春秋的恢复生产、重建家园，现在这里犹如凤凰涅槃一样，已经完全变样了。

溪边高地上，矗立起一排排砖混楼房，样式新颖，居住方便；原来"晴天一身土、雨天双腿泥"的乡村土路，铺成了坚实宽阔的水泥公路，两旁还竖立起了造型别致的路灯；村头那座被洪水冲垮的廊桥成了危桥，已被全部拆除，新建的石拱桥上桥面还没有完工，连接两岸的凹处，用施工的桥板搭成便道。

习近平同志一行人沿着便道，迈过桥顶，走向对岸。村干部邀请他们去村委办公楼里坐坐说："习书记，这边就是村委会了，请大家来喝喝茶，歇息一下吧！"

习近平同志谢绝了。

习近平同志率先沿着河岸的防洪堤向上游前行，仔细地查看灾后重建的村民住宅和堤坝工程。遇到迎面而来的村民，他都一一握手、点头、打着招呼，像一个慈祥的相熟的友人。

当看到防洪堤坝的上游还有一段没做完，路面也没有全部浇筑水泥，包括那座石拱桥都是暂停状态，习近平同志深入了解，得知是由于资金不足。他当即要求随行的财政、扶贫等部门人员抓紧研究，限期解决。

离开下屏峰村，习近平同志一行人又前往下党乡所在地下党村。好啊，与前两次来最大的不同是：再也不用甩开脚步耗费2个多小时走山路了，公路穿山越岭修过来了，可以乘车前往；并且也不需借用廊桥和小学教室开会了，乡政府有了自己的办公室。

“整整7年之后的今天，我又到了下党。”站在熟悉的土地上，习近平同志十分感慨地说，“7年来，我一直牵挂着下党。”

“习书记，下党人也很想念您啊！在您的关心下，下党变化可大了，都盼望着您再来呢！”下党乡干部和群众代表也激动地说。

过去下党不通公路，寸步难行；如今公路直接通到乡里，从寿宁县县城开车不到2小时就能到达。过去的农家特困户，现在有的脱贫了，有的致富奔小康了，老百姓生活上了一个新台阶。这些新气象，让习近平同志感到十分欣慰。

在随后召开的座谈会上，习近平同志语重心长地说：“下党的发展，主要抓‘做’功，而不是‘唱’功。”他要求，干部要更新观念、拓展思路，把路子摸得更清楚一点，把脚步迈得更扎实一些。要以一村一户一人为对象去想办法，去解决问题，一个项目一个项目地上，才能实打实上一个新台阶。”

此时，首任乡党委书记杨奕周已调往别处工作，可习近平同志一直没忘这位老朋友，在会上深情地说到他：

“地委工作会议的时候，老杨站起来‘放炮’，贫困地区上级要关心要扶贫，我当场跟他订了一个协议，一定要来下党一趟。那天，老杨拿着一把柴刀在前面开路，我们跟在后面，就这么走过来了。后来我离开宁德了，跟下党还有联系，老杨经常来找我，跟我讲下党的情况。所以啊，今天还要发扬你们刚建乡时的精神，天天步行到各处去开展工作，不怕苦累，真抓实干……”

这次下党之行，习近平同志代表省委省政府，专项拨款支持100多万元，用于下屏峰村的桥面建设、“防洪堤”工程建设、亮化美化村容村貌，以及发展全乡生产、改善村民生活。同时，他还协调省交通厅立项，修筑下党至杨溪头村与浙江庆元县的对接公路，让下党再多一副腾飞的翅膀。

一年后，这条公路建成通车。

“无情未必真豪杰，怜子如何不丈夫？”这是鲁迅先生的诗句，反映了真正的英雄也有儿女情长。

我们共产党人威武不屈、富贵不淫，但并非不食人间烟火，也是有血有肉有感情的人。习近平同志就是这样一位情感真挚的领导。多年来，他不但牵挂着下党，同样惦记着杨奕周，与这位外表憨厚、内心质朴的汉子交上了朋友。

用当地话说，他们结成了“草鞋亲戚”。当然，杨奕周是从农村青年成长起来的乡镇干部，已经脱下了“草鞋”，大家这样说是比喻城里大干部与乡下基层群众的情谊深，接地气，连民心。

习近平同志相继调到省城、浙江和上海去工作了，还多次通过秘书打电话给杨奕周，询问下党乡脱贫发展情况，关心他的身体健康。而杨奕周呢，更是把习近平同志看作知心朋友，时常或借出差或专程前去看望，有事没事地拉拉家常。

2007 年 1 月，杨奕周患病住院了，远在杭州的习近平同志得知后，特地嘱咐秘书代他前往医院探望，叮嘱他配合治疗，争取早日康复。不料，由于病情恶化，回天无术，半年后杨奕周病逝了。公务繁忙的习近平同志心情沉重，特地给家属发来了唁电表示慰问。

令人欣慰的是，随着时间推移，下党乡在扶贫开发的路上越走越宽广：打通高山峻岭，修建通往山外的公路；依托当地水利资源，建设带来光明和动力的水电站；发展特色农林业，定制扶贫茶园、果园；引导社会力量与贫困户实行“一对一”帮扶。

以点带面，滴水穿石，使整个寿宁县各个乡镇，都发生了天翻地覆的变化……

三　下乡的味道

如今，当你乘坐着舒适的旅游大巴车，抑或亲朋好友的自驾车，翻过高山峻岭，穿越一条条隧道，来到宁德市寿宁县下党乡的时候，映入眼帘的就是满目青山绿水，流淌着岁月感的百年廊桥——鸾峰桥，以及依山而建的山村民居，黛瓦白墙、错落有致。

那醒目的路标和门店招牌上写着一句充满诗意的广告语：下乡的味道。

顿时，好似心中拨动了悠扬的琴弦，回荡起心向往之的音符与旋律。是啊，我们来这里就是要品味“下乡的味道”，也是生活的味道。那么，这到底是一种什么味道呢？

对于来自四面八方的城里人来说，那是缭绕在民居屋顶上的炊烟，碧绿茶园山庄里的一杯清茶；那是清明时节的细雨霏霏，放飞在蓝天白云间的风筝；那是“农家乐”做的满满一桌饭菜，盛夏路旁瓜棚里泡在一盆凉水里的西瓜……

而在下党村村头上，人们更具体地看到了这种味道的存在：邻街的一排商品店铺里，第一家就叫“下乡的味道”，同时印着“中国扶贫定制第一品牌，网购服务、定制服务、便民服务、生产服务、创业服务”。玻璃橱窗上还有动感十足的图标——一笔画得没有封口的圆圈，“之”字形线条连接着一座小桥，既形象地表示穿山越水的乡村公路，又有下党乡的标志建筑鸾峰桥，同时还包含着“下乡”两个艺术字。设计别致，寓意深长。下面还有一句充满诗意的提示语：下乡去，尝尝下乡的味道。

商店里边更是摆满了丰富多彩的当地特色产品，外包装上印着“下乡的味道”品牌和图标。包括茶叶、脐橙、锌葡萄、笋干等，琳琅满目。既可现场选购,又可电商批发、打包快递。

远望外面山坡上,则竖立着一块块标牌,分别写着:宁德时代新能源科技公司定制茶园,万科集团定制茶园、爱心茶园等。

尤为令人惊叹的是,不管是集体还是个人,定制茶园和茶厂都装上了多角度摄像头,你可在手机上下载可视化 APP 客户端,从管理到品质全公开,用户随时能够看到生产、加工现场的直播,保证质量,完全放心。

好啊!“下乡的味道”成为扶贫开发的著名品牌,定制茶园、定制产品成为闽东一条造血扶贫的新路。那么,这些独具匠心的创意源自哪里呢?

那是 2014 年春天,第二批党的群众路线教育实践活动已经展开,中央政治局常委每人联系一个县。3 月 17 日至 18 日,习近平总书记来到河南省兰考县调研指导教育实践活动。谈到深入群众、深入基层调研时,他再次回忆起当年在宁德任职时,汗流浃背徒步前往下党乡的往事,异常难忘那种艰苦、那份人民群众的情意——翻山越岭送来解暑的草药茶、绿豆汤……

在场的《人民日报海外版》记者听后心里一动,敏锐地抓住了这个细节,将“一路上的披荆斩棘、汗水风尘,百姓自发送来的甘甜的绿豆汤”概括为习近平总书记“下乡的味道”,写成一篇文章,发表在 2014 年 4 月 10 日《人民日报海外版》上。据了解,这是中央媒体里最早对习近平同志在福建宁德市寿宁县下党乡下党村下乡调研细节进行报道的文章。摘要如下:

> 20 多年后,他依然记得那碗绿豆汤的味道。
>
> 那一年,福建宁德市寿宁县下党乡,还没通路。一天,乡党委书记拿着柴刀在前面砍柴草,引着一位风尘仆仆的人,披荆斩棘,顺着河穿过去,因为“这条路还稍微近些”。

一路上,老百姓喊“地府”来了。他们管地委书记叫“地府”。这个“地府”,名叫习近平,时任福建宁德地委书记。老百姓自发摆出各种担桶,一桶一桶都是清凉饮料,用当地土草药做的,还有绿豆汤,说“你们喝吧,路上辛苦了”……

20多年后的2014年春,已身为中国最高领导人的习近平,到河南兰考县联系指导第二批党的群众路线教育实践活动,谈到调研下党乡往事,提及绿豆汤。一路上的披荆斩棘、汗水风尘,百姓自发送来的甘甜的绿豆汤,这是习近平下乡的味道……

焦裕禄有句名言:吃别人嚼过的馍没味道。尝风沙之苦,闻泡桐花香,感百姓之亲,这是自己嚼馍,是焦裕禄尝到的下乡的味道。

在中国的政权结构中,县一级处在承上启下的关键环节。“郡县治,天下安”。中国是农业大国,得农民心方能得天下,几成中国历史演变铁律。

中国2800多个县市区旗,如果每个地方的党委和政府以及广大干部都能密切联系群众,“当县委书记要走遍全县各村”,将是郡县之福,国家之福……

下乡去,尝尝下乡的味道——正成为这个春天的声音。

文章见报之后,立即引起四面八方的关注和强烈反响,特别是在故事的发生地——福建省宁德市寿宁县下党乡。因为大家都知道,这个洋溢着浓浓乡情的味道,就来自这个闽东大山深处的乡村。

机缘巧合,这深深地触动了下党村党支部第一书记曾守福的心弦。那些天,他正在为如何创造扶贫产业寻觅新路,每天翻看报纸、杂志,上网搜索有关资料,看到《人民日报海外版》的这篇文章,如同电光石火一般,瞬间照亮了脑海:可不可以借用这个提法,打造一个农家产品的品牌,就叫“下乡的味道”,把习近平总书记深入基层、为民服务的故事、思想和情怀延续下去?!

古人有“借梯登高”的说法，从而为己所用达到胜利的目标，在扶贫开发的路上，我们也可以学习借鉴这种智慧啊！总书记曾经“三进下党”，体会到了乡亲们纯朴亲情的味道，留下了永远难忘的印象，这是独一无二的资源，应该开发出来为乡亲们脱贫致富服务。相信这也是总书记的期冀。

曾守福想到这里，不由得兴奋起来，立即跳起来去找村“两委”商讨研究。这年他 36 岁，是从福建省委组织部下派到下党村的第一书记。

他上任的第一天，正值 2014 年 7 月 1 日——中国共产党成立 93 周年纪念日，于是在心里暗下决心：为人民谋幸福是党的初心和使命，自己的名字就是守福，一定要好好干，帮助乡亲们守住幸福。

可是，最初下党村的状况让他倒抽一口凉气。虽说经过一二十年的努力，群众生活有些改善，但总体而言还是较为落后的。交通状况差，村民收入低，下党村财政账上负债 7 万余元，曾守福面临着一个大挑战。

“我头一天来就感到山高路陡，路况差，坐在车上，一不小心头就撞到了车顶。那时候真是压力大，就怕做不好。”既要留住这里的绿水青山，又要带领村民们发展经济，对于这位新上任的村领导来说，任重而道远。曾守福白天调研村里的情况，晚上思考发展对策，整宿整宿地睡不着觉。

当地人与闽东其他县乡一样，经历了“输血”“换血”等扶贫方式，已经意识到产业“造血”才是“拔穷根”的关键，应该通过模式创新和品牌引领，走出一条可持续发展之路。

经过一段时间的熟悉和调研，根据下党村的实际情况，曾守福带领村“两委”确定了“创新发展、共建共享”的扶贫发展理念，形成并实践了“一心二叶三推动”的驻村工作思路，带领全村大力发展茶产业与红色旅游产业。

山的这边是茶，那边是海，下党村得天独厚的地理条件为绿色硒锌高山原茶筑起了一道天然保护屏障。巍峨的山岭、清澈的山泉、扶摇而上的海风，生态高山茶正在这样原生态的环境中安静地生长着。外形油润紧结重实，滋味深厚甘甜，带有自然花香，汤色金黄透亮，韵味独特，此乃“高山韵”。

春夏时节的清晨，雾里是茶，茶里是雾，这里拥有独特的自然环境，是天生的好茶园。然而，好园子并没有带来好日子，多年来受制于技术与交通，没有资金和渠道，下党村人祖祖辈辈守护的茶园日渐落寞。“好茶卖不出好价，茶香传不出大山”，高山茶“曲高和寡”，山里人“知音难求”。

“那时候只能等外边的人进村来收，多少钱都是人家说了算。”村民们说，“下党村路远，没人愿意来收，茶青卖不上价。”每斤均价仅为 2 元多，靠种植茶叶难以致富。

曾守福首先与村支书王明祖商量，他说：“我们用‘下乡的味道’作品牌，让大家加入合作社，把一家一户的茶园整合起来，一起改良品种，提高质量。茶厂负责收购茶青，全年均价每斤 7 元保底，比市面上价格还高哩！”

“会有这么好的事？”王明祖顾虑重重地说，“现在我们五六家把村里的茶收起来卖到外头去，一个春季也能挣七八万，要是村里办茶厂，自己饭碗不就砸了？”

“咱是村干部，要为全村人着想啊！省里派我来，你不是说好了要支持工作？再说，以后茶厂的分红肯定比现在收茶挣得多。你带头入个股，于人于己都有好处。”面对曾守福的劝说，王明祖感觉有道理，便点了点头。

而后，他们又拉着其他村干部和党员挨家挨户地做村民的思想工作。好说歹说，终于有 58 户同意了。他们说：“先入合作社一年看看。”

可是，茶厂的技术员还没着落。曾守福、王明祖和村“两委”满村招贤，盯上了全村手艺最好的制茶师傅，满心欢喜地找上门去，却被他一口回绝了。他说："我没钱入股。"

"那算你技术入股，给你3%的股份，每月再另发工资。好吗？"

不料，这位师傅依仗有手艺打起了小算盘，他说："我办过茶厂又会制茶，你们没干过都不懂，我得占30%的股份。另外建厂房、买设备、经营管理也都由我说了算。"

他随后拿出了茶厂基建方案，约70万元的工程费比市场价偏高十几万。曾守福看明白了，这是想浑水摸鱼捞一把，侵害村民们的利益，当场与他翻了脸，说："想在茶厂上搞猫腻，门都没有！你别干了，村里找专业的公司来承包。"

碰了一鼻子灰的制茶师傅不肯罢休，暗地里散布谣言，说："外来的第一书记贪污腐败，有钱不让自己村里人挣。村里办茶厂就是村干部自己捞钱，根本不管老百姓……"

此外，他还匿名给县纪委写诬告信。

身正不怕影子斜。下党村"两委"及时召开村民代表大会，王明祖把前因后果一五一十地摆出来，特别指出第一书记曾守福抛家舍业，从大城市来到山村，一心帮助村民脱贫致富，吃苦耐劳、光明磊落，有人自私自利给他泼脏水，真是丢了咱下党村的人了！

会上，虽然没有点那个制茶师傅的名字，但大家全都心知肚明，一个个义愤填膺地说："咱村怎么会有这样的人！""曾书记费尽心血为咱们做事，怎么能背后造谣！""是谁造谣写黑信，站出来交代交代。"

一片怒不可遏的"声讨"声中，有人坐不住了。那位制茶师傅的亲哥哥站起来，走到曾守福面前鞠了三个躬："曾书记，你是真想为村里干事的好干部。我家父母走得早，我没有教育好弟弟，对不起你了！"

这位老人已年逾七旬，深深地弯腰，让曾守福心里的委屈瞬间化为感动的泪水，随即也起身向对方鞠了三个躬，说："谢谢乡亲们的理解！这些影响不了我干工作，为了大家多增加些收入，我问心无愧，全力以赴。"

“哗——”全场响起一片掌声。歪风就此云消雾散。

2014年9月，他们以“下乡去，尝尝下乡的味道”为广告语，在寿宁县注册了“下乡的味道”多类商标使用权，并得到国家商标总局授权。由此，以“下乡的味道”为品牌，下党村随即探索创新“扶贫定制茶园”项目。

经过一番努力，茶厂赶在2015年春茶采摘前建好了，曾守福又开始愁茶叶的销路：“现在病是找到了，可药怎么下？”他想到了在省里工作时，结识的闽南“明星村支书”李振生——曾带领南安市蓉中村，从一个不靠山不靠海、没什么资源的贫困村，发展成富裕文明的社会主义新农村。

“李书记，大家都想用公道价格喝生态好茶，能不能像你们认购菜地一样认购茶园，将茶园与茶杯直接对接？”

李振生是全国人大代表，针对贫困农户实施了精准创业帮扶，还建有蓉中培训基地，确保参训学员一年内落地创业计划。他听了曾守福的介绍，专程来到下党村考察探究，碰出了火花。他说：“这个办法是可行的。从卖茶叶到卖茶园，旱涝保收，用户还能喝到好茶。”

如此，一个“只卖茶园不卖茶”的消费扶贫模式初步成形。卖茶园不是卖地，而是推出扶贫定制茶园，向全国招聘爱心茶园主。茶园主以每亩每年2万元的价格“买”下茶园，合同定期5年，主人每年获得100斤高质量茶叶，有时间还可以到茶园休假采摘。而茶农呢，每年每亩茶园比原先增收4000元左右，村里以茶叶加工包装费、管理费等形式，增加村财收入10万元以上，一举三得，皆大欢喜。

蓉中村与下党村签订了共建协议，进行结对帮扶，下党村负责产茶，蓉中村负责销售。由村委会、管理人员、村民共同注册了“梦之乡农业开发有限公司”，打造“下乡的味道”扶贫定制品牌，提出“消费扶贫”的扶贫新理念。身为全国人大代表的李振生，除在省内外广而告之以外，还把定制茶园卖到了北京，卖到了 2015 年全国两会上。

“这个定制模式挺新鲜！我支持，尝尝‘下乡的味道’。”

“嘿，正好每年都需要不少茶叶呢，这不是又扶贫又有好茶喝嘛！我也定制一份。”

许多爱心人士、人大代表纷纷自掏腰包，成了下党村茶园的主人。就连国务院扶贫办党组书记、主任刘永富和国家羽毛球队总教练李永波等人，都各订了一亩茶园。全国人大代表、江苏万顺集团董事长周善红一口气订了 30 亩，是目前下党村最大的爱心茶园主。

第一年，下党村就有 260 亩茶园被“卖”了出去。

为了全程保证质量，他们策划实施了中国第一个可视化扶贫定制茶园项目：在茶山上架设 26 个探头，在茶厂安装了 8 个探头，开发可视化预订系统和农产品可追溯系统。合作社为定制茶园量身打造了全套标准，从种植、施肥、采摘都有严格规范。

在此基础上，曾守福带领村“两委”创新思维，开拓“互联网+TV”的品牌营销模式。福建广电网络集团拥有 1300 多万固定用户，下党村人把广告打到电视上，利用互联网开发可视化农产品预订系统。茶园主可以通过 APP，随时监视茶叶的生产和加工，真正喝上放心茶。

磕磕碰碰地走完头一年，眼看到了分红的时候。一算账，合作社社员、茶厂股东和看热闹的村民都开了眼。加入了茶叶合作社，茶青从原来的年均价每斤 2.4 元增加到了 10 元左右，茶农收入翻番；茶厂每卖 1 公斤茶叶给村里交 3 元管理费，村集体也有了固定收入。

茶叶合作社火了！社员数量从 2015 年的 58 户飙升至 2016 年的 128 户。“那 70 户都是自己主动找上门来的！”曾守福笑着说。

如今，通过定制茶园，下党村 31 户建档立卡贫困户已全部脱贫。村民人均年收入从 2014 年的 4200 元增加到 2017 年的 12500 元；村集体经济从 2014 年的欠债 7.48 万元到 2017 年的结余 23.3 万元。“五无乡”早已摘掉了“无”字帽，还插上了光纤通信的翅膀。原先村里的电视只有两个频道，眼下全村都实现了 Wi-Fi 覆盖，走到哪儿都能上网。

很多外出务工的村民返回了家乡，人们到茶厂做工或是开农家乐，既能守着家人也兼顾了生计。他们说："在外面一年挣 10 万不够花，在家一年挣 10 万能存 6 万，老人、孩子还都能照顾到。"

"以前过年头都会痛，没钱买肉。现在不怕了，不用出门打工，在家门口就能挣钱。一想到现在的好日子，别提多开心了！"

"品牌+推广"，让"下乡的味道"火了！

2017 年底，国有企业寿宁县梦龙旅游投资开发有限公司，与大学生创业团队合资成立福建"下乡的味道"电子商务有限公司，由县里对"下乡的味道"品牌进行保护、开发和运营，扩大品牌的覆盖面，让全县农民群众普遍从中受益。品牌以"下党扶贫定制茶园"为重点，逐步向农产品包装、旅游纪念品、电子商务等拓展，影响力不断扩大。

经过 3 年多的发展，目前"下乡的味道"已成为寿宁县在外最具影响力的"扶贫定制农业第一品牌"。省内外许多单位、企业，诸如政法系统、民政系统、宁德时代新科技公司、深圳万科集团、江苏万顺集团等，以及很多个人都在这里定制了茶园、果园。

"只卖茶园不卖茶"的扶贫定制新模式，被国务院扶贫办列为全国 12 则精准扶贫典型案例之一，受到中央领导的关注。2018 年下党乡获得全国脱贫攻坚组织创新奖。

一个品牌改变一个穷村，品牌的价值在内涵。

"下乡的味道"，诉说着一程山水、一份牵挂，对寿宁县而言，则寄托着更为宝贵丰富的精神力量。

这是一种情怀，是习近平同志跋山涉水、披荆斩棘"三进下党"的真实写照，充分彰显了亲民爱民为民的公仆情怀和脱贫致富"一个都不能少"的理念；

这是一种乡愁，既表达了下党人民的热情纯朴，也概括了下党农副产品天然、生态、质朴的特性，记得“那一碗绿豆汤、那一杯草药茶”；

这是一种导向，习近平同志倡导的“四下基层”工作制度，鼓励干部下基层送温暖、办实事、解民忧，体现了“人往基层走、钱往基层投”的政策导向；

这是一种感恩，充分表达了下党人民对习近平同志的感恩之心，生动诠释了“扶贫先扶志”的思想内涵，展示了下党人民脱贫致富路上“弱鸟先飞”的进取意识。

过去，寿宁高山茶和生态硒锌产品虽然独具特色，但没有品牌支撑，好产品卖不出好价钱，如今通过“下乡的味道”品牌的宣传推介，品牌形象逐步深入人心，为农产品销售打开了广阔的市场空间。

过去，寿宁的农业产业经营组织化程度不高，大多自产自销，优质农副产品基本无缘高端市场，如今“下乡的味道”品牌符合原生态农产品的属性，迎合了群众对生态安全食品的消费需求，使大量优质农副产品逐步走出“深闺”，来到许多城市人的餐桌。

通过品牌合作、品牌授权、品牌入股等方式，村集体收入也大大增加。如今的下党乡，通过引进新品种、建设示范基地、组建农业专业合作社等形式，种植发展茶园面积 5700 多亩、脐橙 3000 多亩、锥栗 2000 多亩、毛竹 6000 多亩。逐步形成下党的定制茶园、曹坑的葡萄、杨溪头的油茶、下屏峰的脐橙、上党的高山蔬菜、西山的锥栗等“一村一品”的格局。

在寿宁县采访时，县委书记汤孔忠高兴地说：“‘下乡的味道’品牌的培育打造，对寿宁这类山区如何更好地实施科学扶贫、精准扶贫，具有十分重要的促进作用。下一步，我们将依托‘下乡的味道’，打造全县‘三农’综合服务平台，整合涉农资源，助力乡村振兴。”

是的，近年来寿宁以“下乡的味道”为品牌，探索推广“定制农业”模式。紧抓茶叶和生态硒锌这两个特色产业，重点扶持“下乡的味道”和“寿宁高山茶”等公共品牌，在全县 14 个乡镇建立“下乡的味道”可视化扶贫定制农业平台，促进农产品既卖得出去又能卖好价钱；实施“我+1”产业扶贫计划(即:我+一亩茶、一亩果、一亩菜、一亩水稻、一群鸡……),以2952户12166口人建档立卡贫困户为主要服务对象,建立集技术咨询、管理服务、物资配送、产品展销等为一体的寿宁县三农综合服务平台。引导社会力量广泛参与、服务“三农”,促进农业增效、农民增收、村财壮大。用品牌引领农民干、帮助农民销、实现农民富,促进“乡村振兴”战略实施。

“下乡的味道”继续在下党、在寿宁、在闽东香飘四溢……

下乡,不仅仅是品尝乡村风味和山野风情,更重要的是体味艰苦奋斗、脱贫致富,永远与人民群众手挽手、心连心的感情。

如何发挥好下党的优势,给人以丰富昂扬的精神食粮呢?寿宁县委领导班子深入探索,突出“作风建设永远在路上”这一主题,打造“下党·中国红色旅游新地标”。通过“修缮一条连心路”“升级一批旅游景点”“提升一堂课内涵”“策划一批富民项目”“培育一批新型产业”“完善一批基础设施”6个方面,大力提升下党党性教学基地的层次,高标准、高起点地把下党建设成为党的作风建设展示基地、群众路线教育基地、摆脱贫困实践基地。

按照“看得见山、望得见水、记得住乡愁”的要求,下党村借助入选第三批中国传统村落名录的契机,委托省住建厅编制《下党村传统村落保护性修复规划》。对明清时期古民居和鸾峰桥进行保护性修复开发,积极推进传统村落的保护和发展。

得益于上级的多方支持,下党乡累计投资6000多万元,不仅完成了《下党红色旅游景区总体规划》的编制,建设了“难忘下党”主题展览馆,竖立了“弱鸟先飞”“滴水穿石”雕塑,还拓宽改造斜滩至下党旅游景区公路,使原来从寿宁至下党的90分钟车程缩短为50分钟。同时完成了下党古村民房修复、新村立面改造和旅游购物一条街建设。

人气旺，财源兴。2018 年，下党乡累计接待游客突破 17 万人次，村民直接增收 800 多万元。几年来，下党村继入选第三批中国传统村落之后，又被评为首批“中国千千万万乡村旅游品牌村”“中国乡村旅游示范村”，并入选“全国乡村旅游重点村”推荐名单。

下党乡，已经成为党校教育基地、“四下基层”典型案例和著名的红色旅游景点。“下乡的味道”正在向深处延展。许多党政机关、公司学校等单位开展主题党日，往往来到下党参观、体验、开展活动。走一走当年跋山涉水的下山路，品一品乡亲们熬制的解暑茶、绿豆汤，看一看古老而年轻的鸾峰桥和“难忘下党”主题馆，访一访旧貌换新颜的小山村、农家乐，清风正气扑面而来，红色基因代代相传。

2019 年 7 月下旬，距离习近平总书记初进下党乡 30 年了，往昔那个“五无乡”发生了天翻地覆的变化。当年上山迎接习近平总书记的刘明华、王光朝，还有杨奕周书记的老伴儿等 6 位干部群众，联名给习近平总书记写信，汇报下党乡整体脱贫的喜讯，表达感恩之情。

很快，就收到了习近平总书记的热情回信。

消息传开，下党乡的老百姓奔走相告，纷纷传播这一激动人心的喜讯，感觉就跟逢年过节一般……

作家采访札记：

时隔数月，我来到寿宁县下党乡政府所在地下党村，仍然强烈地感受到村民们那兴奋喜悦的情绪……

陪同前来的县乡朋友们，一边引领我参观一边介绍情况。首先，我们来到“难忘下党”主题馆——它已是远近闻名的福建省委党校、行政学院党性教育教学基地了，许多省内外的企事业单位过党日、上党课、新党员入党宣誓、公务员入职宣誓等活动，往往放在这里举行。

新一届寿宁县委提出了“135”思路定位——“1”，打造“中国红色旅游新地标”；“3”，建成党的作风建设的展示基地、群众路线的教育基地、摆脱贫困的实践基地;“5”,以承接省、市委党校学员入驻培训为突破口,量身定做“五个一”活动内容,即实施重走一段路、重温一段历史、上好一堂党课、举办一个仪式、夜谈一次心的“五个一”工程,着力提升下党党性教育基地的层次和内涵,打造全省全市精准扶贫、精准脱贫典型示范乡镇。

走进主题馆大门,迎面屏风上就书写着习近平总书记所说的那句话:“下党,是我一辈子难忘的地方。”展览即以此为主线,分为“一进下党”“二进下党”“三进下党”“始终牵挂”“摆脱贫困”等6大板块内容。第一部分“地僻人难到”,概括说明了当年下党乡的历史和艰苦的环境;第二部分“异常艰苦、异常难忘”;第三部分“要坚强起来,把孩子培养成才”;第四部分“七年来,我一直牵挂着下党”,则详细介绍了习近平同志三进下党乡的全过程;第五部分“20多年后,依然记得那碗绿豆汤”,深情讲述了总书记对下党乡的关心和牵挂;第六部分“现在,下党乡面貌已经完全变了”,系统地展示了下党乡近些年来日新月异的变化。

此时虽说已近初冬,但来自各地的团体队伍和自驾车游人,还是熙熙攘攘、摩肩接踵。在主题馆里,几位讲解员各自带领着一队队参观者,结合着展板上的图片和文字说明,声情并茂地讲解着。我静静倾听、细细观看、轻轻挪步,心里翻涌着大海一样的波涛:这只是一位国家领导人和一个下党乡的故事吗?不,它是中国共产党奋斗初心和历史使命的体现,见证着一位党的基层干部如何成为大国领袖的历程,也展现了中国扶贫开发所走过的闽东特色之路。

党员干部通过现场讲解、访谈教学、体验式教学、情境教学、互动教学等方式,特别是参观“难忘下党”展览馆,重走“党群连心路”,重温习近平同志当年“异常艰苦、异常难忘”的调研经历,感受到他践诺履约的高贵品质、心系百姓的为民情怀、踏石留痕的务实作风、迎难而上的担当精神,体会到他与下党乡群众之间骨肉相连的深厚感情。

由此,这就远远超出了“脱贫攻坚、乡村振兴”的范畴,而是落实“立党为公，执政为民”，在960万平方公里的土地上全面建成小康社会，为实现中华民族伟大复兴的“中国梦”而不懈奋斗了！

随后，我们来到那座古老而年轻的鸾峰桥头，又是一番感慨万千。它从岁月深处走来，横跨在一湾清清溪水之上……

说它古老，因为它始建于明代，建成于清嘉庆五年（1800年），距今已有数百个春秋了。它是寿宁这个“中国贯木拱廊桥之乡”最为壮观的一座桥。它呈南北走向，长47.6米，宽4.9米，拱跨37.2米，单拱跨度世界第一，堪称是中国古代第一拱桥。

说它年轻，因为1989年习近平同志曾经在此现场办公、开会，甚至用餐、休息，调研思考如何摆脱贫困，酝酿治国理政思路，为其增添了许多传奇色彩，成了具有历史人文意义的“第一桥”。

廊桥上，一群游客围着历史的见证者刘明华老人，正在听他讲着过去的故事。一位游客指着桥上的长椅问道：“总书记当时是坐在这个位置吗？”

“没错，他们从那座山上下来，就是坐在这里休息的。”刘明华答着。

“那我也要坐坐，赶紧帮我拍张相片。”游客们的热情突然高涨起来，争先恐后，都想在这个地方留下永恒的纪念。

我感慨万千地站在这里，眺望着远方：时光回溯至30年前，与鸾峰桥相望的文昌阁边，一群人从荆棘丛生的崎岖山路上走下来。他们头戴草帽，汗透衣背，风尘仆仆。走在最前面的，正是时任宁德地委书记习近平同志……

桥下，这条溪流名叫修竹溪，不知是不是哪位文人从晋代王羲之《兰亭集序》中的“崇山峻岭，茂林修竹”采撷而来，却十分形象地描绘出了此地的山水景致。多少年来，修竹溪奔流不息，鸾峰桥默默挺立，直至今天，这里的老百姓才过上了好日子，才有心情欣赏这大自然的美景。

下党乡这个当年“五无乡”都发生了如此的幸福嬗变，其他乡镇就更不在话下了。虽说这仅仅是闽东脱贫攻坚、乡村振兴的一朵小小浪花，然而却如同报春的蜡梅一样，“待到山花烂漫时，她在丛中笑”。一个众志成城摆脱贫困、奋力奔向全面小康的浩荡大潮，正在华夏大地上排山倒海般地奔涌着……

第四章 “造福工程”

一 水上驶来的村庄

“家在船上，船就是家。他们随风飘荡，逐鱼而居，生老病死、婚丧嫁娶等一切生活都在船上。由于世代在狭窄潮湿的小木船上，过着艰辛的海上漂泊生活，所以他们大多身材矮小，两腿内弯，由此落得一个屈辱的称呼‘曲蹄’……”

这是宁德市霞浦县溪南镇小学四（1）班学生蔡晓萱写的一篇作文——《连家船人》，生动地描绘出过去闽东海边贫困渔民的艰辛生活，还有那居无定所四处漂泊、寄人篱下遭人歧视的辛酸岁月。

自然，作为生在新世纪、长在红旗下的少年儿童，不可能体会到老一辈生活的艰辛与困窘。这些生活细节都是从爷爷奶奶、爸爸妈妈那儿像听故事一样听说来的，实际情况远比她笔下的作文还要悲苦得多。

连家船民，也叫作疍民、游艇子、白水郎等，是生活在中国南方广东、福建等地的渔民。闽江中下游及闽东沿海一带比较多，传统上他们终生漂泊于水上，以船为家。这种船长度多为 5 米至 6 米，宽约 3 米，首尾翘尖，中间平阔，并用竹篷遮蔽船舱为居所。大海那么宽广，可连家船民只能容身于一叶扁舟，算起来10平方米要住一家人，吃喝拉撒睡都在里边，堪称“水上吉卜赛人”。

历史上，连家船民生活条件极为恶劣，收入低微，难以接受系统的文化教育，游离于海边、岛屿，基本与世隔绝并且深受歧视。据清代闽县的旧志记载，福州疍民“其人以舟为居，以渔为业，浮家泛宅，遂潮往来，江干海澨，随处栖泊……闽人皆呼之为曲蹄，肖其形也。视之如奴隶，贱其品也。”

连家船民长年困守海上，极少和岸上世界来往。过一天算一天，他们对未来想都不敢想，是无财产保障、无生命保障、无教育保障的“三无”群体。“一条破船挂破网，祖孙三代挤一舱。捕来鱼虾换糠菜，上漏下漏度时光”。还有更为令人痛心的传言，说船民们上岸遭受欺侮，饱含着屈辱和血泪，“曲蹄爬上山，打死不见官”。

这些都是旧时代连家船民的生活写照。

中华人民共和国诞生了，希望的曙光照亮了连家船昏暗的船舱。党和政府陆续安排疍民们上岸居住，在闽江沿岸和沿海一带兴建了一些疍民聚居村落。然而，由于种种原因，改革开放初期，还是有大批渔民常年漂泊在水面上，蜷缩在难以遮风挡雨的小船里，仅以打鱼赶小海勉强讨生活，一旦遇到台风暴雨则有倾覆危险。

渴望上岸定居，结束流浪生活，是他们几辈人的梦想……

时代的航船一路乘风破浪，驶进了20世纪80年代末，习近平同志来到宁德任地委书记，连家船民的世代心愿终于有了实现的可能。习近平同志上任做的第一件事，就是扑下身子，到基层开展调研。他风尘仆仆地跑遍了闽东的山与海，深入县乡，了解民情，梳理彻底摆脱贫困的路径。

不久，他便根据调研情况，缜密思考，总结出了闽东摆脱贫困，需要确立“弱鸟先飞”的意识，发扬“滴水穿石”的精神。而这些又都是深入基层真抓实干的成果，从而提出了一个具有重大意义的工作方法和制度，那就是“四下基层”。即信访接待下基层、现场办公下基层、调查研究下基层、宣传党的方针政策下基层。

1988 年秋冬时节，习近平同志了解到宁德交通不便，群众要想到地委来反映情况，大半天时间浪费在路上，事情还难说办不办得成。他就想：与其让群众跋山涉水地上访，不如我们干部直接下访，几个干部下去，总比那么多群众上来要方便一些，还能及时了解基层问题，体会群众疾苦。

于是，习近平同志身体力行，第一个“地县领导接待群众来访日”就选定在霞浦县。那一天，他受凉感冒了，一直在打喷嚏、流鼻涕，大家劝他休息一下，等病好了再去。但他还是毫不犹豫地出发了。

当天来访的群众很多，有五六十人。习近平同志热情接访，与每一个人都谈话，然后把问题记下来，有的当场就批，有的向群众承诺带回去办，还有的现场就提出转给某个部门……

有位头发花白的人坐在习近平同志面前，可能走得急了，也可能是见到大领导有些紧张，一张口竟有些结巴。他说：“书……书记啊！请您做……主……”

原来，这是一位小学教师，家里两代人都在边远山村里教书，已经有十几年了。现在他得了风湿性关节炎，病情越来越重，行路困难，在乡里住着看病不方便，希望帮助批一个进城指标。

习近平同志了解情况后，深为同情，感到这位老教师很不容易，两代人都奉献给教育事业，如今身体有了病，政府应该考虑。于是，他让秘书详细记录下姓名地址，过后专门向县里负责同志讲了。不久，这位老人的事情得到了圆满解决。

回到地委机关，习近平同志深入思考：人民群众有这么多来访，我们应该形成一个规范化的制度，既让群众满意，也让群众好找。于是归纳成“四下基层”工作法。他说：“这样把别人找我们，变成我们上门去，也是工作方法的一大创新。”

这种做法，闽东过去是从来没有过的。

习近平同志具有独特的政治智慧，概括能力很强，又非常善于思考，能够把理念性的观点上升为指导实践的理论，再结合实际情况归纳提炼成施政举措。地委行署要求：每个月 20 日，各个县市领导都要安排接待群众来访，了解工作中存在的问题。群众接待日要提前一个星期贴出公告，清清楚楚地告诉群众：某月某日，县里主要领导要到某某镇召开群众接待会，欢迎大家前来反映问题。

一开始，大家只是抱着试试看的心态过来，没想到经过耐心细致地解释、疏导、分析利弊，问题就迎刃而解了，群众对党和政府的信任感大大增强了。干部们把这一天叫作联系群众的“公仆日”；老百姓则把这一天称作“连心日”，觉得这一天像过节或赶圩的日子一样。

那次习近平同志带队调研来到福鼎，得知海岛上渔民生活困难，便决定登岛看望一下。开船时通过《气象预报》了解海况不错，谁知大海像孩子的脸，喜怒无常，很快天气就变了，风浪大作。岛上只有一个简易小码头，机帆船到了岛边靠不上去，只能用小舢板转运。陪同的县委书记杨有志劝道：

“习书记，这么大的风浪，就不要登岛了，太危险了。”

“既然决定要上去，就一定要见到群众才行。”习近平同志坚持上岛。

可是，风浪太大了，舢板在海上像一片树叶似的，时而跃上浪峰，时而跌入波谷。船工奋力搏斗了几个小时，最终还是登不了岛，眼看天快黑了，海风越来越大，只好抓紧返航。

没有完成调研计划，习近平同志批评杨有志对海域气象了解不够。

“是我工作没做好，下次一定注意！”杨有志检讨着，心里为习书记的勇气和心系群众的情怀所深深折服。

认准的事一定要做到底，这是习近平同志的性格特点。不久他在地委办公室主任李金贤的陪同下，又来到福鼎继续上次未完成的调研。这次去的时候还算顺利，风平浪静，终于实现了上岛走访群众的心愿。不料，返回时又突然起了五六级大风，海浪奔涌忽高忽低，小船在浪里不断起伏摇曳，险象环生。

船工是位年轻小伙子，看来缺少经验，顶着风把船摇到机帆船头方向，摇摇晃晃，试了几次始终靠不到大船上去。习近平同志观察了一下说："咱们要背着风上，不要去顶着风，从后面向上靠。"

果然，小船背着风一下子就成功了。随后，他们登上机帆船驶了回来。上岸后，李金贤心有余悸地说："习书记，今天真有点后怕呀，万一靠不上去，船翻掉就麻烦了。您会游泳吗？"

习近平同志就笑了，给李金贤讲他在厦门时游大海的经历。他说有一次游兴正浓，不经意间感到不对劲了，怎么越游离岸越远，原来是退潮了。他认真辨析海水流向，采取侧仰姿势，积蓄力气，终于安全地游回来了。习近平同志说："遇到这样的事情，首先心里一定要冷静，不能慌乱。无论做什么事情，首先不要乱了自己。"

一语双关。既有面对大自然风险的心态，也有从容应对复杂局势的胆识。而这些上山下海、搏击风浪等深入基层的经历，使他深切地了解到人民群众内心之所想、民生之所需，不断地去寻找如何改变闽东面貌的方法。

其中，连家船民困窘的生存状态，已在习近平同志的脑海里留下了深刻印象。只是还没来得及拿出方案和解决办法，他就奉命调到福州工作了，但帮助他们彻底摆脱贫困的念头始终萦绕于心间……

1997 年 5 月，习近平同志任福建省委副书记，分管党务、政法、群团、外事、民族宗教、扶贫开发等工作。这天一上班，他看到福建省政协民族宗教委员会报来的一份调研报告：反映闽东畲乡不少村民还住在以茅草为顶、泥土为地的茅草房里，生存状况很差。霞浦和福安一带沿海沿江的连家船民，终日漂泊在水上，子女读书、老人就医都十分不便，也急需解决……

这份报告深深地触动了习近平同志的心弦。他久久地看着，思考着，萦绕心头多年的那份牵挂又清晰地映在眼前。沉思片刻，他从笔筒里拿出一支签字笔做了批示：此件反映情况很重要，我在宁德工作时就已关注，现在绝不能再拖了……

初夏5月，福建天气已经十分炎热了，习近平同志带队前往闽东一带调研考察。一路上，看到山区有相当部分的农民住的房屋是用茅草做的，没有窗户，又矮又黑又潮湿。沿海、沿江、沿河，还住了相当多的连家船民。他们的木船破败不堪，没有电、没有水，一家几代人挤在一起，靠海为生，上无片瓦、下无寸土。

一天中午，他们一行来到了霞浦县盐田乡海滨，看见渔民杨永雄家的船，停在最靠岸边的地方，提出上去看看。这条连家船长不到10米、宽不到2米，塞了全部家当，容不下几个人。杨永雄就带着家人在岸边等候，由年近八旬的父亲留在船上接待客人。

习近平同志个子高，弓着腰钻进船舱还差点碰到头。杨父拿出平时又当枕头又当椅子的木块，请来客坐下。习近平同志与他亲切地聊了起来，说："老人家，你家一直在船上吗？现在生活过得怎么样？"

"哦，从我记事起就住在船上了，原来日子更苦，新中国成立后分到点滩涂，生活比过去好了。"曾当过村干部的老人答道。

"60年代政府组织过船民上岸，为什么当初不上岸呢？"

"在海上生活习惯了，上岸怕没土地，没法生活啊！"

"那现在想上岸吗？"

"想，很想。现在看到别人上岸后打工、卖海鲜，日子好过多了，有机会当然想上岸……"

习近平同志点点头，转身对随行的干部说："连家船民搬迁，不能把房屋盖起就算完事，更要让他们有生活、有出路、能挣着钱，不能人上了岸，心还留在船上。”

一路走一路看，一路思考一路讨论，习近平同志动了真情，深有感慨地对大家说：“共和国成立都快50年了，老百姓还这么困难，很不应该啊！一定要解决好他们的生活问题。”

当时，宁德地区已经试点异地搬迁拔穷根的“造福工程”——对“山高坡陡石头多、水上漂泊灾害多”的闽东山海来说，身处恶劣环境中的群众难以脱贫。他们尝试将偏远地方的群众迁移并村，效果显著。比如霞浦县三沙镇、福鼎县赤溪村、蕉城区九仙村等，都通过重新安置，焕发了勃勃生机。

习近平同志高度重视这项工作，经过这次进一步调研，使他对“茅草房”和“连家船”的问题有了更全面更深刻的了解。回到福州后，习近平同志立即给省委写了《关于闽东农村扶贫开发与小康建设情况的报告》：建议在政策、资金等方面给予扶持，在全省推广闽东做法，实施大规模的“造福工程”。

实际上，这正是他在宁德工作时倡导推动的：闽东贫困面这么大，扶贫发展很困难，需要有一个具体载体，比如先把分散居住在山上的群众搬迁下来。凡是一方水土养不活一方人的地方，都把群众迁出来，集中到水电等基础条件比较好的地方。宁德历任领导按照这个思路，开始了异地搬迁扶贫。

1998年12月1日，全省造福工程暨连家船民上岸定居现场会，在宁德地区福安县召开。习近平同志首先组织大家看望江边连家船民，加深印象，而后主持会议做重要讲话，强调指出：

“我们要彻底解决连家船民的上岸定居问题，列为全省‘造福工程’的重中之重。没有‘连家船民’的小康，就没有全省的小康。要让所有的‘连家船民’都能跟上全省脱贫致富奔小康的步伐，让他们搬上来、住下来、富起来。”

1956年，当地政府曾在外澳海滩边建起了土木结构双层楼房，6户特困船民成了福安县溪邳村第一批上岸定居者。后来，又有船民零星上岸，建成一批“石头房”。但不久，陆续又有船民回到海上，因为他们除了依靠大海，难觅谋生之路，依然风雨飘摇……

溪尾镇溪邳村地处宁德福安东南沿海之滨的盐田港畔，依山面海。在20世纪90年代以前，这里只有几排破旧的土木房子，大部分渔民以船为家，终日在海上漂泊、动荡不安。

打鱼人最怕大海翻脸无情，可无情的风雨说到就到。溪邳村村民刘明福提起当年的往事，一直心有余悸。

那时，他们一家10口人挤在狭小的渔船上，依靠捕鱼捞虾赶小海，滩涂拾贝抓跳跳鱼“讨生活”。有天晚上，台风暴雨轰然而至，波浪滔天。虽说船民们预先接到天气预报，没有出海，早早靠在岸边，但还是抵挡不住风浪的侵袭，邻居的连家船一下子沉没了，人也没了踪影！

刘明福噙着泪水叹道：“上岸安家，成了我们船民最大的愿望。”

福安是闽东地区连家船民聚集最多的县市之一，主要分布在下白石等沿海沿江11个乡镇、街道的26个村居。当时，共有连家船民1889户8810人，以溪邳村、下岐村最为集中。

痛定思痛，那次现场会开过之后，福建省首先拨付专项资金600万元，开启了一场声势浩大的连家船民上岸定居工程。由政府免费提供土地，负责路、电、水、通信、广播电视信号等“五通”基础设施。

不用说，福安走在前面了，通过吹沙填海、造地安家，一幢幢渔家新院拔地而起。政府比照普通“造福工程”搬迁农户，给予优惠的建房补助，连家船民们久旱逢甘霖，纷纷上岸。

据统计，从1997年开始，宁德除了福安溪邳村、下岐村之外，还有霞浦县浒屿澳、北壁乡北壁村、蕉城区鳌江村、福安甘江村等2万多连家船民陆续上岸定居，到2002年习近平同志调任浙江时已总体完成。2011年，宁德市又出台了《关于实施“船民安居工程”的意见》，列为“十二五”民生工程和为民办实事项目，并通过发展滩涂养殖、捕捞、运输、建筑等产业，使他们有了稳定可靠的收入。

一座座渔民新村从水上驶来了，停泊在岸边成为永不沉没的“宝船”。千百年来搏击风浪的连家船民，以探索的勇气和毅力耕海牧渔，更以创新方式找到新出路，实现了“岸上有房，作业有船”的梦想。

前面提到的那位溪邳村村民刘明福，带头研发出“瓶养章鱼”技术：把一个个空矿泉水瓶钻孔，每个瓶内养一只小章鱼，用涂滩上捕来的潮头蟹喂养。这种方式既方便又安全，章鱼跑不了，成本还不高，开创了人工养殖章鱼的先河，自然也取得丰厚利润。全村 20 多户农家人工养殖了章鱼，数量达 20 多万只。

如今，凭借“造福工程”这项移民扶贫开发项目，许多村民搬进了岸上 200 多平方米的新居，用上了彩电、冰箱。村里依然靠海吃海，但“吃法”升级了：发展养殖业、海上运输业、产品加工业，创办新企业，实现富余劳力广就业。

渔民像耕田一样耕海，织出现代耕海牧渔图。溪邳村人均纯收入、村集体收入分别从 20 世纪 90 年代初的 850 多元、6.6 万元，增长到 2017 年的 18756 元、116 万元，全村“五业”产值达 1 亿多元。村民从船上走到岸上，幼有所养、老有所依，这种变化正是国家精准扶贫的一个缩影，真正实现了他们人生的“靠岸”。

海还是那片海，但连家船民的生活，却早已改变了旧模样。曾经是贫穷、漂泊、落后代名词的连家船和疍民，将从此消失，成为历史……

二　本扬主席的赞叹

海风拂面，春光明媚。

时光列车奔驰到了 2019 年 4 月 29 日，宁德市福安下白石镇下岐村迎来了一位特殊的客人。他穿着一件咖啡色的上衣，戴着一副眼镜，神情庄重，在人们的簇拥下沿着青砖铺就的村街，边听介绍边参观。他就是老挝人民革命党中央总书记、国家主席本扬。

淳朴而热情的村民，早早地聚集在村道两旁，鲜花簇拥、彩旗飘扬，向来自友好邻邦老挝的贵宾献上了热烈欢迎的掌声。

2017 年 11 月，习近平总书记应邀访问老挝时，曾对本扬主席说："农业方面可以成为双方合作的重点领域，中国不仅可以帮助老挝发挥自然优势，还可以帮助更多人摆脱贫困。"

老挝也确定了到 2020 年实现脱贫的艰巨目标。这与中国全面建成小康社会的时间进程遥相呼应。由此，本扬主席一直高度关注着中国扶贫进程。

2018 年初夏，他来中国回访期间，就循着习近平总书记倡导"真扶贫、扶真贫"的足迹，专程赴大山深处的湘西十八洞村考察。冬去春来，今年本扬主席再次来华，又一次选择习近平总书记曾经工作过的地方，学习精准扶贫的中国经验。

下白石镇下岐村，这个闽东面积最大的连家船民集中安置点，就这样进入了外国友人的视野。

由于历史原因和渔民固有的生活习惯，下岐村渔民长期在渔船上生产生活，社会地位低。

直到 20 世纪 90 年代末期，时任福建省委副书记的习近平亲临连家船上调研，首先走访白马江岸边下岐村渔民临时搭建的棚屋，看到棚屋阴暗潮湿，无水无电，心情十分沉重。因为贫穷，岸上流传着"有女莫嫁船上汉"的民谚，而船上的女孩子却千方百计地往岸上跑，结果许多年轻船民只能打光棍……

连续考察了几处连家船民状况后，习近平同志更加坚定了主抓连家船民上岸定居的决心。年底，他主持召开了"造福工程"现场会，出台了一系列优惠政策，发出号召："我们不仅要使他们搬上来，住下来，还要让他们富起来，真正安居乐业过上好日子。"

这从根本上改变了连家船民的命运。

政府通过填海造陆、向邻村征地等多种方式，向船民免费提供土地建造房屋，一举解决了他们上岸没有土地的后顾之忧。从1997年至1999年，采取"分期分批，全面搬迁"的办法，先后投入资金700多万元，为下岐村新建了6个渔民安置点，建房339栋，安置511户2310人。

村党支部书记郑月娥就是连家船民的女儿，提起过去的生活，她仍然心有余悸地说："在我的记忆里，每到台风季节，外面下大雨，船里就下小雨。我和家人晚上不敢睡觉，整宿拿着水瓢把船舱里的水舀出去。那时我还小，就蜷缩在角落瑟瑟发抖，生怕船会沉下去。"

能够上岸落脚安家，让孩子接受教育，让老人医疗有保障，是每一户连家船民多年的梦想。郑月娥是幸运的，家里一直供她到初中毕业，这在船民中就算是高学历了。1996年她回到村里，在老支书培养下做村委会工作，亲历了连家船民搬迁上岸的全过程。他们在政府支持下积极工作，发动村民们搬石头、运沙子，三通一平做基础，不到3年就完成了"造福工程"。

"那是上岸后的第一个夜晚。整个村子灯火通明，无人入睡。一方面是长期在船上摇摇晃晃，上岸睡在床上不适应；另一方面是住上了梦寐以求的有水有电、遮风挡雨的房子，兴奋得睡不着……"

党的十八大之后，郑月娥于2012年接任了下岐村党支部书记，再接再厉、高歌猛进，带领村民们从基础设施入手，成立了打造品牌海鲜的合作社，打好脱贫攻坚战，把习近平同志"搬上来、住下来、富起来"的指示进一步落到实处。

江成财是下岐村土生土长的连家船民，由于长年漂泊在海上晒得很黑，大家叫他“黑哥”。他上岸时已是而立之年，有 3 个小孩，用政府补贴建了一套 60 多平方米的新房子。“黑哥”高兴地合不拢嘴，盘算着以后一边赶小海，养海蛏子，一边打工学些技术，让生活更好一些。

2000 年，已是福建省省长的习近平同志再次来到下岐村，看望上岸的连家船民，首先走进第一排第一户的江成财家。刚刚从滩涂干活回来的他还没来得及洗手呢，连忙在裤子上擦了擦迎了上去。习近平同志亲切地与他握手问候：“你们搬上来，生活习惯吗？”

“我习惯，早就想上岸了，多亏党和政府的好政策！就是我父亲睡不惯这软床，不会用煤气灶……”

习近平同志笑了，说：“慢慢就习惯了。你现在上岸了，要努力做事情，做个样子出来。”

好一个闽东汉子江成财，他牢牢记住习近平同志的话，吃苦耐劳地干起来。他积极要求入党，又在建筑工地学到了技术，自己拉起了一支建筑队，带领 100 多名乡亲承包工程。从没有片瓦的连家船民，到在陆地上为居民盖楼房的建筑商。江成财没有辜负习近平同志的期望，成了远近闻名的致富典型。

冬去春来十几年，下岐村党支部带领村民们大力发展水产养殖、海洋捕捞、商贸服务等多种产业，人均年纯收入从搬迁上岸前的不足千元，增长到现在的 2 万多元。此外，原本走不下船、上不起学的渔民子弟，已经培养出了 200 多名大专以上学历的人才，走向了全国。

下岐村与溪邳村一样，成为闽东连家船民上岸定居的典型村庄，年轻的女支书郑月娥被推选为宁德市人大代表。为了进一步落实好习总书记的指示，建设好心中的家园，她更忙碌了。让我们跟随着宁德网记者赵巧红的镜头，看看她的一天是怎样过的吧——

清晨 7 时整，郑月娥被一阵急促的闹铃声吵醒，她迅速起床，简单整理后，开始了每天的惯例——巡村。

此时的下岐村，寒风刺骨。早起的村民在村口悠闲踱步，郑月娥径直走向几位村民家中。“这几天外出村民大都回来了，得多逛逛，了解群众心声。”她说，为了“找事”，也为了“看人”，她常常在村里“瞎逛”。

“身体好点没？”“儿女都回来了吧？”“这里地势陡，走路要当心些！”简短的几句寒暄，路边晒太阳的老人们都乐开了花。

不仅老人，每位村民的情况郑月娥都了然于心。担任村党支部书记以来，每家每户的情况早已深深印在她的脑海中。翻开笔记本，里面满满记录着群众的需求。“记一下更清楚、更放心，不会遗漏需要帮助的人。”郑月娥说。

随后，记者跟随郑月娥来到船民安居工程安置点，见到村支书，大家都会打个招呼或闲聊几句。“这里是我担任村支书建设的第一个项目。”回想那段日子，郑月娥仍历历在目。

2013 年，为解决低洼地带渔民的搬迁问题，郑月娥硬着头皮接手船民安居工程的建设。为了弄清工程建设的来龙去脉、经费用途、手续步骤等，那时候她连着一周埋头研究图纸规划。短时间内迅速掌握的专业知识让工程队都刮目相看。

这几年，下岐村“两委”帮助村民因地制宜地发展水产养殖业、海洋捕捞业和贸易、物流、餐饮等第三产业，还对有经济头脑的船民提供了培训、贷款担保等帮扶措施。连家船民实现了从“住下来”到“富起来”，过上真正安居乐业的日子。截至 2018 年底，下岐村人均收入 20740 元。

回到村委楼已经是上午 10 时，案头又堆积了许多需要签字和审阅的文件。“我都恨不得一天掰成 48 小时来用。”郑月娥笑着说。

处理完眼前的文件，已经近正午 12 时。家人催促吃饭的电话准点响起。“中午不回去吃了。”简短的回答，家人习以为常并没有多问。“为了利用中午时间，我的午饭大部分都在镇食堂解决。”郑月娥说,尽管办公室离家只有短短7分钟车程。

下午2时,村务会议召开。村"两委"成员你一言我一语,将春节期间的问题一股脑儿抛了出来。"村务说大不大,处理起来却十分烦琐。"郑月娥与村干共同商讨,逐一解决。

会议尾声,窗外爆竹声渐起。在家人的催促下,郑月娥回家简单吃了顿晚饭,便又匆匆出门。"这个时间村民大多在家,要多向大家征集一些乡村建设的意见,顺便看看大家。"郑月娥说着加快了步伐。

天色擦黑,看着渔民广场上村民幸福的笑容,6年的艰辛涌上心头。"6年前我曾告诉自己,一定要把下岐村建设成大家心中的家园。"

伴着流光溢彩的烟花,郑月娥徒步走回家中……

本扬主席一行人慕名前来参观,村支书郑月娥作为东道主自然尽心接待,全程陪同一一做介绍。在下岐村村史展览馆,张张图片、组组数据,展示着解决当地深度贫困问题的努力和成效。

"带领下岐村脱贫致富的关键性政策是什么?"老挝中央政治局委员、中央书记处书记、中组部部长占西·普西坎听得认真,问得具体。

郑月娥说:"最关键的就是,1997年开始实施的连家船民'造福工程'。"

"那村民们现在的主业是什么?"

"有水产养殖、商业贸易、建筑安装,还有的搞起餐饮业,渔村变成了热闹的商埠,南来北往的客人川流不息。"郑月娥如数家珍地说,"22年前,当第一户连家船民上岸时,我们村村民的人均年纯收入不足1000元,2018年,这个数字已经达到2.074万元。"

本扬主席和普西坎部长等人听了后,露出赞赏的微笑。

走进村委会办公室,一张办公桌上摆着几本《摆脱贫困》——这是习近平总书记最早的一部著作，收录了他在1988年至1990年担任宁德地委书记时的讲话和文章，主题就是如何带领闽东人民脱贫。

陪同考察的中共中央对外联络部部长宋涛、福建省委书记于伟国向本扬主席及老挝代表团成员，每人赠送了一本《摆脱贫困》。本扬主席欣喜地接过这珍贵礼物，一边翻看一边听翻译讲解。

之前，在宁德市参观“摆脱贫困之路”主题展览时，本扬一行人仔细地观看每一块展板，已经受到了强烈的震撼：

4个衣衫褴褛的孩童，表情凄苦地站立船头——这是一位记者1984年拍摄的一张照片，照片里是宁德市霞浦县溪南镇虾塘村连家船民林阿柱的几个孩子。此后，这位记者跟踪拍摄这家人，用镜头记录下林阿柱一家翻天覆地的变化：

1998年，林阿柱一家上岸定居后，一家人站在崭新的红色砖房前，笑脸盈盈；2008年，林阿柱开始发展养殖，实现脱贫增收；2018年，林阿柱家中人兴家旺，和乐幸福。

一张柱形图上的数据，印证着这里发生的巨变：1985年，宁德市的贫困人口总数为77.5万人，到2019年初，这个数字降到193人。

“贫困人口几乎消失了。”本扬主席十分感叹地说。

众人在一张照片前驻足停留。这是1989年7月19日，夏日炎炎，时任宁德地委书记的习近平同志戴着草帽、脖颈上搭着一条毛巾，和当地干部翻山越岭徒步前往寿宁县下党乡调研的照片。

老挝中央委员、外交部部长沙伦赛·贡马西说：“习总书记强调中国共产党来自人民、植根人民、服务人民，从这张照片能看出，他正是这么做的。这给我们以很大启示：领导干部必须身先士卒，才能赢得群众的信任。这也是中国扶贫事业取得巨大成功的一个关键因素。”

“是的，领导干部不能光说不做。”老中合作委员会办公厅主任赛沙纳·西提蓬接道，“正如习近平总书记所说，我不主张多提口号，提倡行动至上。他心里始终装着人民，扎扎实实地为民众办实事。”

精准扶贫，需要下足绣花功夫。宁德市对扶贫对象进行细化分类，逐户制订帮扶计划，做到对象精准、计划精准、台账精准。听到主题展览馆工作人员介绍宁德市90%的贫困户都有自己的精准扶贫项目时，老挝外交部礼宾司代司长显乔·本巴迪感叹道：“对老挝农村地区的贫困人口来说，这些举措很有针对性。”

现在又听到下岐村女支书郑月娥的介绍，随行的老挝官员都表示，重视党组织在脱贫中发挥的关键性作用，是“宁德模式”成功的关键。在探索精准扶贫经验的大道上，中老两国携手同心、相互扶持，定会让“幸福之车”驶上“快车道”，百姓日子越过越红火。

参观结束，本扬主席深情地赞叹道：

“今天来到宁德，来到下岐村，看到在习近平总书记精准扶贫理念指引下，村子有了新变化，人们过上了美好新生活。中国同志脱贫攻坚的成功经验十分宝贵，我们要把中国同志的好做法带回老挝去。”

三　畲族人的新生

“啪!”一道闪电过后，响起一声炸雷，滂沱大雨倾盆而下。老天爷仿佛被什么东西捅漏了，一连几天几夜，如注的雨水下个不停。宁德地区霍童溪畔九都乡九仙畲族村的人们，蜷缩在破旧的土木屋里躲避着。

然而，灾难还是降临了。那天晚上，闽东地区由于受到强台风影响，连降暴雨，水土流失，轰然一声巨响，出现了山体滑坡，九仙村15户32位村民不幸遇难……

这个惨痛的事件发生在1987年9月11日。

灾情发生后，从省到县党委、政府立即拨款救灾，慰问群众，给无家可归的村民建设新房，帮助他们分2次搬到了山下。

刚刚到任宁德地委书记的习近平同志，十分关心这个畲族村庄，专门前来视察重建家园的生产生活情况。

他走进村民钟郑英新建的房子里，亲切地看望他们一家。

在那个不堪回首的夜晚，钟郑英失去了10位亲人，自己怀里抱着个吃奶的孩子，坐在一片废墟上，神情恍惚欲哭无泪，是各级政府无微不至的关怀，使她重拾生活的信心。现在虽说她还没有完全从灾难中恢复过来，但希望的春天毕竟降临了。

习近平同志代表地委行署送上慰问品和慰问金，勉励钟郑英："你要坚强起来，好好把孩子养大，要相信政府！"

"谢谢政府，谢谢领导……"文化水平不高的钟郑英接过来，不知说什么好，泪花在眼里打转转。

随后，习近平同志来到村头，遥望着远处高高的山岭，由于滑坡覆盖了绿色林草，如同开膛破肚般地裸露着一片苍黄。他神色十分凝重。陪同的宁德县委书记陈修茂介绍道："这里频发山体滑坡，主要原因是森林水土流失严重，而一些畲族村子大都在偏远山区，地质更差。"

习近平同志若有所思地说："这还是我们的工作没做好。畲族人居住环境差，主要是历史形成的，首先要把九仙这样的村子搬到平整的、不会出现滑坡的地方，在山上大搞植树造林，要多种茶、多种水果，做好环境保护。"

从那以后，在习近平同志的倾力推动下，宁德针对偏远地区的受灾户以及不适合居住的村庄，大规模地实施"救灾搬迁"项目。后来，逐渐发展成为扶贫开发的重要内容——"造福工程"。

不久，宁德市重新选址建立了新九仙村，特意在村头修建了一座富有民族特色的牌坊门，四梁八柱，斗拱飞檐，上面书写着一行大字：九仙畲族村。而村内则大多是白墙黛瓦的民居，临街的墙壁上绘着民族风情的图画……

畲族又自称“山哈”，这与他们的居住环境、迁徙历史有关。

“山哈”是指山里客人的意思，他们是南方的游耕民族，从一座山到另一座山，点一把火，垦荒耕种，开发山林。1000多年来，畲族人民不畏艰辛险阻，从原始居住地——广东潮州四散迁徙到福建、浙江、江西等省份。他们傍山结茅，沿坡而居，搭建起一座座鳞次栉比的木楼茅屋，开辟出一垄垄旱地梯田，耕耘于河谷，纵横于阡陌，驰骋于神话和梦想之中。

“畲”字衍化为族称，始于南宋时期。据刘克庄《漳州谕畲》载：“民不悦（役），畲田不税，其来久矣。”宋末元初，各地畲族人民组织义军，加入抗元斗争的行列。明、清时代，闽、浙各地方志有“畲民”“畲人”之称，也有以“苗族”“瑶民”等称呼的。

史书对畲族的记载比较混乱，称呼也因时因地而异。中华人民共和国成立后，政府对畲族的族称问题十分重视。经过商议，以“畲”为族称（取“人一一小田”的“畲”，意为中华人民共和国每个民族都拥有了那一片小小的天地）。1956年由国务院正式公布确认，畲族是一个具有自己特点的单一的少数民族。其中，福建是畲族的主要聚居地，而大部分又在闽东。他们有自己的文化、服饰，但没有文字，姓氏以蓝、钟、雷、林等为多。

长期以来，为了追求自由、躲避战乱，畲族百姓大都生活在高山峻岭、交通闭塞、外人难以到达的偏远地区。所以，他们的生活状况十分艰辛贫困，但也磨砺了坚韧不拔、勇敢顽强的性格特征。在战火纷飞的战争年代里，畲族人民积极投身革命事业，付出了巨大的牺牲，曾涌现出了“百丈岩九壮士”、柘荣“畲族革命雄鹰”蓝阿嫩、拼死保护红军战士的畲族妇女等英雄人物。

当年曾在闽东从事革命斗争的叶飞将军深情地回忆道：

“这里应该特别提一下闽东地区的少数民族——畲族。这个民族人数不多，20多万人，有一半以上散居在闽东太姥山脉、鹫峰山脉的崇山峻岭之中，自称‘山民’。他们在旧社会历来受到歧视和凌辱，身受几重压迫，在大山上含辛茹苦、饥寒交迫。历史上，他们也曾自发地掀起过几次斗争。闽东党很早就重视民族政策，注意在畲族中进行宣传和组织工作。但在初期，畲族人民对汉族是不信任的，有戒心，工作很难开展。后来，发展了一个畲族党员，在畲族中的工作才开展起来。以后畲族群众有许多人参加了红军游击队并成为骨干。在闽东三年游击战争最艰苦的年代，畲族人民的作用是很大的。他们具有两大特点：第一，最保守秘密，对党很忠实。第二，最团结。在最困难的1935年至1937年对革命斗争支援最大。我们在山上依靠畲族掩护才能坚持。白云山支脉的竹洲山和屏峰山，闽东独立师的后方医院和修枪厂就设在这里。1936年10月至1937年2月，国民党军伙同当地民团曾3次焚劫了这里6个畲村。敌人抓住雷银悌等8位老人和妇女，逼问红军医院和修枪厂的所在，结果只得到‘不知道’3个字。敌人烧了他们的4幢房屋，用马刀砍头威胁，捞到的仍是‘不知道’3个字。敌人以更大兵力合围竹洲山，枪杀了村苏维埃主席雷良俊同志，烧毁全部茅屋，把避在山林的畲胞赶下山，实行并村，编保甲，订连坐。可是共产党员雷成波等同志仍然活跃在怪石嶙峋、灌木丛生的群山之中，掩护着红军后方医院和修枪厂。在这困难的日子里，闽东的群众冒着生命危险保护我们，特别是少数民族，对我们没有一丝隔膜，把我们当自己人，成了我们的依靠……”

据统计：仅在闽东3年游击战争中，被反动派杀害的畲族党员、干部、战士、群众就达5600余人，约占全区畲族人口总数的8%；畲族村被烧毁房屋10500余间，被抢劫掠夺的村庄980余个，约占全区畲族村总数的70%。抚今追昔，令人感慨万千，畲族人民与革命同志感情深厚，甚至不惜付出宝贵的生命，钟日住、雷能鹤、蓝五嫂、雷七妹……

一个个平凡的名字，成为闽东畲族革命斗争进行曲中最美妙的音符；众多优秀的闽东畲族儿女，以大无畏的勇气和对党的忠诚，演绎了一曲曲感人至深的乐章。

“敢做木头不怕钉，敢做笊篱不怕淋；火烧王茅心不死，杀头也要干革命。"这不仅是一首畲族民歌,更是一曲忠诚的赞歌,唱出了畲族人民视死如归的英雄气概,永远回响在历史的长河中……

中华人民共和国成立后,虽说畲族人的生活发生了很大变化,再也不用东躲西藏、担惊受怕了,可由于与许多老革命根据地相同的原因,一些畲族村寨经济社会比较落后,百姓生活艰难困苦,面临着扶贫开发的一场场硬仗。

地处霞浦县三沙镇西部的东山村,共有 5 个自然村 413 户村民,其中畲族人口有 1150 人, 约占全村总人口的 67%。东山主村倚山面海、交通便捷,可散布周边的罗五、胡家山、白岩里等几个畲族村,却都在边远偏僻的深山中,条件恶劣,难有温饱……

1997 年,时任福建省委副书记的习近平同志带队,来到闽东实地调研,不辞劳苦地下海边、上山岭。一天中午,他们乘车前往霞浦县,在路上看到远处山坳有几间草屋子在风中摇晃着, 似乎坚持不了多久就要倒塌。他问随行人员:"那是哪个村子?"

"哦,是三沙镇的东山村。"

"停车! 咱们去看看。"

"习书记,计划里没有这个村子,再说快到中午了,县招待所安排好饭了。"

"晚一会儿吃饭不要紧。走!"习近平同志坚决地摇摇头,带头下车向村庄走去。

正午时分,太阳当空,留在家里的妇女们都在忙着做饭,一缕缕炊烟袅袅升起。他们冒着高温,沿着山坡爬上去,走进半山腰一户茅草屋里,黑咕隆咚,眼睛适应了一会儿才能看清东西,屋内只有几只竹编家具和一个锅灶。

这是典型的畲族人家,女主人头上扎着布帕,围着围裙。习近平同志掀开锅盖看了看,里边煮着黑乎乎的"地瓜米",问了问情况。由于她一口方言，又没什么文化，嗫嚅着说不出什么来。幸亏有当地人“翻译”，才能聊了几句。

调研组了解到：这几家农户生活还算好的，离公路不太远，做活买卖比较方便。其他居住在山坳里的村民，生产力十分低下，日子尤其艰难。最突出的就是他们的住房，大都是黑暗低矮的茅草屋，冬天冷，夏天热。风吹、日晒、雨淋，年头一长茅草会烂掉，顶多 3 年，就需重新更换房顶。

土生土长的钟伏德，就从小住在祖辈留下的茅草屋里，山高、路险、缺水、没电，使他没读完中学就辍了学，跟着父母种几亩薄田勉强度日。长到十几岁，他还从未穿过一件没有补丁的衣服。与海边的连家船民一样，他们最怕的就是刮风下雨，外面大下，里边小下，外边不下了，里边还滴答……

畲族群众的生存现状，深深地触动了习近平同志的心弦。他在宁德工作期间，除了走访九都乡九仙村之外，还集中走访了许多畲族村寨，思考了一些问题。在《摆脱贫困》的第一篇文章中，他就充满感情地写道：

“畲族多居住在山高偏远的地方，生活比较贫困。民族工作是我们一项带有根本性的工作，致力于各民族的平等、团结是我党民族政策的基本内容。民族工作的立足点在于发展经济，只有把经济搞上去，才有可能谈民族的真正平等。要制定一些扶持少数民族乡村发展的特殊、优惠政策，给他们以更好的帮助……”

让十几万畲族群众走出大山，摆脱贫困，成为闽东扶贫的一个基本目标。于是，这就有了后来的习近平同志主持召开的“全省造福工程暨连家船民上岸定居现场会”，与连家船民上岸定居一样，“集中力量解决茅草房改造问题”之战，同时轰轰烈烈地打响了。

从 1998 年开始，宁德采取政府补助、社会集资、村民投工投劳的精准扶贫措施，对贫困户全面调查摸底，根据不同情况，采用不同补助标准。交通方便的本村群众茅草屋就地拆除，在原址上新建砖瓦房，并给予一定补助；对地处偏远的自然村群众，由政府出资，统一安排宅基地建设，集中搬迁至交通便利、生产生活条件较好的村庄。

东山主村，就是这样一个异地搬迁、造福工程的典型。

钟伏德一家所在的湖家山村有 14 户畲族人家，全都兴高采烈地从大山里搬到了东山村，住进了统一规划、统一修建的砖瓦房。时任村主任的林阿瑶也是畲族人，深深理解同胞们的心情，尽管本村土地不富裕，仍然坚决执行政府的安置政策，说服村委干部和村民们，敞开胸怀拥抱周边几个自然村的乡亲们。

他还半开玩笑半认真地说："老祖宗留下的村名就很吉利，不管你是从多么穷的地方来的，在这里都能东山再起，过上好日子！"

1998 年 12 月，福建省委副书记习近平再次来到三沙镇东山村，走进了村民钟伏德的新家。此时，茅草房已经变成了砖瓦房。只是先盖了一层，但地基打得很深，预留以后可以在上面加盖二层、三层。

习近平同志满意地点点头，嘱咐道："住上新房子，要有新气象。下一步要好好发展生产，开始新生活。"

这话并不只是说在口头上，而是早已酝酿并且抓紧落实了。

村民们搬到山下，告别了茅草屋，离开原来的环境，怎么找到生活的新出路呢？这让一直生活在大山里以种地为生的畲族村民发愁了。原先"靠山吃山"，大都是依靠耕种薄田，砍竹挖菜度日，而今来到了海边的三沙镇东山村，那肯定要"靠海吃海"了。可是，他们祖祖辈辈没有出海捕鱼的技能和工具，短时期是不可能学会的。有些老人甚至一度又搬回山里的茅草屋，继续种地瓜和稻谷。

要发展，靠"输血"更要靠自己"造血"。让搬出深山的村民安居还要乐业，关键要有稳定的致富门路。多年后，还是那位心直口快的林主任回忆道："当时在产业方面，考虑到今后的经济发展，这又成了一个问题。在上级领导的重视下，多方联系企业单位，来到我村攻坚扶贫。一加一帮助，资金、技术上面都是他们扶持。”

于是，当地政府因地制宜，适时引进了各种特色产业，这其中就包括海带、紫菜采集和加工。从此，新村民们彻底摆脱了山坳的束缚，走向了广阔辽远的大海……

紫菜，是生长在浅海岩礁上的一种红藻类植物，颜色有红紫、绿紫及黑紫的区别，但干燥后均呈紫色，可做菜吃，所以取名紫菜。它含有高达29%至35%的蛋白质以及碘、多种维生素和无机盐类，味道鲜美。紫菜固着器盘状，假根丝状，生长于浅海潮间带的岩石上。主要有条斑紫菜、坛紫菜、甘紫菜等。

早在1400多年前，中国北魏《齐民要术》中就已提到“吴都海边诸山，悉生紫菜”，以及紫菜的食用方法等。唐代孟诜《食疗本草》则有紫菜“生南海中，正青色，附石，取而干之则紫色”的记载。至宋代紫菜已成为进贡的珍贵食品。明代李时珍在《本草纲目》一书中不但描述了紫菜的形态和采集方法，还指出紫菜主治“热气烦塞咽喉”。

因而，紫菜被称为“海洋蔬菜”，有点像韭菜，长成后可以反复地采割，第一割的叫第一水，第二割的叫第二水，依次类推，其中第一水的紫菜也叫初水海苔，特别细嫩，营养比较丰富。另外紫菜还可以入药，具有化痰软坚、清热利水、补肾养心的功效。坛紫菜生长在浙江、福建沿海，生长地域较条斑紫菜为广。海边人家采收后经过清洗、晒干，可食用……

过去，贫苦人家大都像赶小海一样，等到海水落潮后采集野生紫菜，用以充饥果腹。真正采用人工养殖，还是得益于一位福建人的功劳。他的名字叫曾呈奎，中华人民共和国成立后的中国科学院院士、海洋研究所所长。1929年夏天，原籍厦门的曾呈奎经过努力学习，在厦门大学植物系毕业，留校当了助教。这里是他的老家，又是他工作的地方，自然充满了感情。

教学之余，他喜欢在沙滩上漫步、畅想。眼见贫苦人民在饥饿线上挣扎，他立志改造中国的农业，多产粮食。此时，曾呈奎发现渔民手拿抓钩、铁铲，像挖野菜一样采收礁石上的紫菜、海萝等藻类植物，不由得询问起来："采这东西做什么呢？能吃吗？"

"能吃，回家洗洗，炒菜煮汤都可以的。"

这给了曾呈奎很大启发：人们能在陆地上种植庄稼，也应该能到海上去栽培海植物。由此，他的"泽农"理想就定位在"耕海"上了，决心以海藻研究为起点，开始了"变沧海为桑田"的远征。他说："我要为人们饭桌上添几道菜。"

他确实做到了，紫菜和海带养殖，就是他奉献给人们的两道美味的海菜。为了摸清我国海藻资源的"家底"，曾呈奎跑遍祖国万里海疆，从最南端的海南岛到北方大辽宁，都留下了他不知疲倦的身影。他跋涉在沙滩上，攀缘在礁石中，有时甚至潜入海底寻觅。夜幕降临，他点起蜡烛，整理标本，编写资料直到深夜。这一切努力，铺开了他引导人工养殖海带和紫菜的成功之路。

霞浦，是福建海域和滩涂面积最大的沿海县，拥有480公里的海岸线，693平方公里的滩涂，独特的生态环境，十分适合养殖紫菜和海带。从20世纪70、80年代始，霞浦人就利用滩涂大规模地种植紫菜、海带，这里独有的水温、水质条件，成就了口感滑嫩的高品质紫菜。目前，中国的紫菜产量居世界第一，而闽东海域又是中国紫菜的主产区。2008年，全县海带、紫菜养殖面积11.46万亩，产量17.05万吨，产值13.33亿元，占全县农业总产值的37.8%，居全国沿海县(市)前列。

近年来，当地政府进一步加大海带、紫菜产业扶持力度，提出"实施品牌带动战略，加快培育发展霞浦海带、紫菜产业"，成功注册了"霞浦海带""霞浦紫菜"地理标志证明商标。2009年，霞浦县被中国水产流通与加工协会授予"中国海带之乡""中国紫菜之乡"称号，这是迄今为止全国唯一被授予此称号的县。

毫无疑问，海带和紫菜的种植加工已成为霞浦县的经济支柱，同时也是一个立竿见影的扶贫开发项目。东山村的畲族新居民，大都投入了这种富有特色的产业之中。在政府的帮扶下，钟伏德一家人和乡亲们很快学会了养殖紫菜，并且贷款购置了船只等工具，每天一大早就轰隆隆地去“耕海”劳作了。

通过紫菜养殖，钟伏德的家庭收入越来越多，虽说收获期不是很长，但一个劳动力辛苦干上两三个月，就可以赚到1万多元，两三个劳力那就是很可观的收入了。他家不仅早已解决了温饱问题，还积攒起一笔资金，将住宅加盖成了三层小楼，牢固舒适而又美观。

东山村现有85户紫菜养殖户，14家紫菜加工厂。紫菜已成为当地的“摇钱树”和“聚宝盆”。

那个因山体滑坡整体搬迁的九仙村，更是搬出了一个新天地。

人们来到这里，首先看到一座美观大气的门楼，这是九仙村的标志性建筑，高10米、宽8米，按照明代建筑风格设计，是全区畲族村唯一的仿明代建筑门楼。门楼旁粉刷着畲族武术的宣传墙，散发着浓厚的畲族文化气息。

道路两旁设有畲族标志性宣传牌，形成具有浓郁特色的畲族风情一条街，一幅长6米、宽2米的“畲族习武图”特别出彩。再往里走，只见一座座三层小楼，统一都刷成乳白色，分外整齐。楼房旁孩童追逐玩耍，远处茶农拿着剪刀修剪茶园……

好一幅美丽而惬意的乡村图啊！九仙村现有160户728口人，其中畲族人口478人，占总人口的66%。近年来，在各级党委、政府的关心支持下，以灾后家园重建及贫困户脱贫致富项目为引导，立足本地资源优势，培育茶叶、阳桃等特色经济，村民生活水平不断提高。2013年，通过“美丽乡村财政奖补项目”，争取到了30万元资金，修建了500多米长的村路，改造了5000米的自来水管，使全村人喝上了自来水。

“在各级党委、政府及民族宗教事务部门的大力扶持下，我们有信心将九仙村打造成具有民族特色的少数民族村寨。”看着一天一个样的九仙村，村党支部书记兰珠凑的喜悦之情溢于言表……

近年，随着重点工程宁衢铁路的修建，九仙村部分村民需要二次搬迁，自然是越搬越好了。国家投资巨款，以人为本，把安置房建设作为重要的民生工程、民心工程来抓，圆百姓的“安居梦”。现在第一期安置房已经建成了，命名为“九仙花苑”小区。

一位诗人有感于九仙畲族村变迁，热情洋溢地写了一首名为《新九仙村》的诗歌，摘录几句如下：

关于日子，关于生命，关于半壁江山
家园不再局限于门楣，必须
换一种眼光，在深绿到来之前，调试好
焦距，被洪水融化过的村子
应该重新焊接在什么样的地方，离山体
远一点，还是近一点，离溪水……

茶园、明式门楼、畲家一条街、乳白色的墙，还有
宁衢铁路、白薯粉丝厂、国家森林公园，还有
香瓜、阳桃、葱、冬瓜，还有
膨润土、芒硝、钼、刚玉、绿石、雌黄，还有
拿着剪刀的茶农、楼房旁玩耍的孩子，所有的单词
都指向一个意境，不再忌惮暴雨，您用诗句擦洗的画卷
每一棵树都是索引，最遥远的日子
也最接近，翻过去只凭一枚树叶，最古老的村子
也最年轻，翻过去只凭一枚树叶，最真实的生活
也最梦幻，翻过去只凭一枚树叶，九仙村

已灯火阑珊处，每一滴水

都滴进一枚树叶的幻影……

此外，还有福鼎蹯溪镇市赤溪村、蕉城区金涵乡上金贝村、霞浦县溪南镇半月里村、福安市松罗乡后洋村、周宁县咸村镇云门村、柘荣县楮坪乡湾里村等许多个畲族村寨，一样通过旧村改造、异地重建，彻底改变了自己的命运。

挪出“穷窝”的畲族人民不仅拥有了新居，而且获得了新的经济生活方式。再造家园，安居宜业，闽东的造福工程让畲族群众分享到实实在在的成果，开始了幸福安康的新生活。

如今你走进东山村，最能打动人心的就是那一条条干净平坦的街道，那一排排整齐美观的房屋，以及洁白墙壁上一幅幅描绘畲族风情的图画，还有那一行行醒目的标语大字：幸福家园，美丽畲乡……

作家采访札记：

深秋时节，我在宁德朋友陪伴下来到了福安下白石镇下岐村。

一进村，眼前就为之一亮，渔民新居依山傍海，马路两旁商铺林立。村中墙壁上，醒目地书写着一句铮铮誓言：牢记嘱托，不忘初心，继续前进，努力把下岐打造成闽东沿海船民上岸第一村！

年轻的女支书郑月娥热情接待，不愧是渔民的女儿，性情真诚而爽快，见我对她的名字发生了兴趣，笑着说：“这名字耳熟是吧，只跟香港特首差一个‘林’字。”

“好，人也一样秀外慧中、精明强干！”我真诚地表示道。

她带着我们边参观边介绍，从连家船民的过去到沧桑巨变的今天，娓娓道来，如数家珍，特别提到了半年前，老挝国家主席本扬前来考察的情景，欣慰而自豪。

我连连点头，敬佩有加。

在村委会里，我提出找一位经历丰富的村民采访一下。她表示没问题，正好有人来村委办事。郑支书叫住他来跟我们座谈。他就是前面提到的江成财，50多岁年纪，肩宽体壮，言谈举止有礼貌，要不是脸庞黑黝黝的，真看不出是当年的船民。

郑月娥说："江叔是下岐村的'名人'，拍过电视，上过报纸，那年习近平书记来下岐村看望时，就到他家里去过。"

"是吗，那好好跟我们讲一讲连家船的故事吧！"

江成财会说闽东味的普通话，说明他的人生与那些老船民完全不一样了。一席畅谈，他带领我们走进了往昔岁月——

"我兄妹四人，从小就住在一条破船上，那个船缝很宽，冬天冷风刀子似的，一条被子你拖我拖，很快就拖烂了。我是老大，要传宗接代嘛，父母害怕穷找不上媳妇，八九岁就给我定了亲，需要360元彩礼钱。第一笔先交了20元，直到女方17岁了，我19岁就结了婚，还差120元哩！那时就是靠在滩涂上讨小海，日子没法提了。

"当初政府安排我们上岸，国家补贴，分给我一套房子，有60多个平方米。我和老婆有3个小孩，还有老父亲在一起住，比在船上宽敞多了，开始住不惯，也不知能干些什么。那年习总书记来我们村了……"

"当时还不是总书记，是我们省的省长，专程来福安检查连家船民定居情况的。"一旁的郑月娥补充道。

"对对，习省长走进我家时，我刚从海滩上回来，一身泥巴，就在裤子上擦了擦手。他微笑着跟我握手聊天，嘱咐我上岸了，要努力做事情过上好生活。我到今天都牢牢记在心里，先是承包一块池塘养海蛏子，又去建筑工地打工学技术。后来我联络20多个乡亲成立了一个'晨晖建筑队'，我们有力气不怕苦，干活好，慢慢就发展起来了。我没上过学，自从上了岸，孩子们就都有学上了。我儿子上到高中，叫回来帮我做事，看图纸啊订合同啊，都是他来办。儿媳妇也有文化，挺能干的。一家人过得很幸福！我这普通话还是小孙女教的呢！我常对孩子们讲：过去在船上那么穷，现在这么好了，天上地下的变化，我们要讲出来，要懂得感恩……”

“呵呵，江叔的儿媳妇漂亮又懂事，还当过模特呢！”郑月娥接着介绍道，“现在下岐村青年人再不会打光棍了，其他村的女孩都抢着嫁过来。1998 年时全村 1700 多口人，现在到了 3500 多口人，增长的近一半是外来媳妇。这几年，村里还考出了 200 多个大学生哩！”

时间过得很快，眼看就到中午了，下一个参观点——畲族村“造福工程”联系人来电话催问了。我们便在郑月娥的陪伴下，又抓紧时间去看了村史馆、居民小区。最后，沿着整洁的村街，来到村头的渔民广场。

这里是全村的中心所在，设在一块半山坡上，居高临下，平坦而宽阔。周边是一栋栋漂亮的村居楼房，花坛里盛开着一簇簇红艳艳的三角梅。广场边上横卧着一条渔船模型，几个小孩子在上面嬉笑着玩耍，从船头跑到船尾。

凭栏眺望，远方江海水面上波光粼粼，像是撒了一层金箔。蓦地，我忽然感到这就是真实的现实：昔日的穷滩涂变成了黄金海岸……

第五章　闽东之光

一　山海交响乐

山海相依的大地啊，
你是我魂牵梦绕的地方。
山，镌刻着我的初心；
海，激荡着我的血脉。
你的每一声叹息、每一声笑语，
无不触动我的情怀。
我的每一次出发，每一次归航，
无不牵引你的目光……

慷慨激昂的朗诵，如同浩荡强劲的山风吹拂；深情悠扬的高歌，好似汹涌澎湃的海潮奔腾。此时此刻，如梦如幻，大型交响音舞诗画《山海的交响》把人们带到了永难忘怀的岁月。

2019 年 9 月 19 日晚上，宁德市庆祝中华人民共和国成立 70 周年文艺晚会，在市体育中心综合馆隆重而热烈地上演了。这是由宁德市委宣传部、市文化和旅游局主办，省歌舞剧团、市畲族歌舞团共同演出的一场视听盛会。全场座无虚席，观众热情洋溢。

随着舞台上灯光幻化成缕缕晨曦，背景视频中太姥山之巅云雾缭绕，回音谷回荡着一声声深情问候……晚会在开篇合唱《大地，你好》中揭开了序幕，人们在“最美回音”的聆听中进入一个以12首歌曲为主，融合音乐、舞蹈、朗诵、风光画面等艺术手段，突出闽东“红色文化”“畲族文化”“海洋文化”“精准扶贫”等元素的闽东之光画卷中。

女声独唱《献给水滴的歌》，从一滴滴小小水珠微小的声响中，唱出了闽东人民坚持“滴水穿石”的精神，打赢脱贫攻坚战的宏大乐章；诗歌朗诵《山也记得，水也记得》，以饱满的激情、悲壮的记忆、永恒的缅怀，讴歌了革命老区人民的无私奉献；群体表演《畲家妹子》，富有鲜明特色的服装、歌舞、文化，再现了美丽山寨、幸福畲乡的民族风情；女声独唱《蓝色牧场》则“喊一声，喊一声，你呀东吾洋！比草原、比草原还要丰美的水上牧场”，在观众眼前展现出了蔚蓝而宏大的梦想……

此外，还有《三都澳畅想》《乡诉》《多情赤岸桥》《无名之歌》《多彩的山海》等咏叹赞美新宁德建设者英姿的节目，充分展现了独具特色的闽东风貌、底蕴深厚的闽东文化、“弱鸟先飞、滴水穿石”的闽东精神。由山向海，为梦而歌。最后，在深情壮美的旋律中，所有观众挥舞着手中的国旗，与全体演职人员高声合唱《我和我的祖国》《歌唱祖国》，晚会完美落幕。

这表达了闽东儿女爱国爱乡的赤子情怀，概括总结了几十年来宁德人民团结拼搏、摆脱贫困的奋战足迹，也是一份向中华人民共和国成立70周年的深情献礼。

然而，你可知道，这部大型交响音舞诗画作品的源头是由习近平同志亲自组织策划、倡导推动的。其中表现主题立意的名字《山海的交响》，就是他与大家商讨命名的！

习近平同志在宁德担任地委书记期间，深入基层、广泛调研之后，发现这里比贫穷更为严重的问题是精神层面的落后，无论是抓经济发展还是文化建设，闽东人都显得不够自信，压力比较大。

习近平同志认为必须改变这种精神状态，压力可以使人“穷则思变，知难而进”，但不希望“人们只看到穷，那样就很容易失去信心”。如何提振干部群众的自信心呢？这是他一直反复思考的问题。

习近平同志到任一个多月率先跑遍了全区9个县，而后到地直机关各单位走访，与大家互相熟识一下。那天，负责电视报道的邢常葆，正在办公室里编片子。由于当时电视是个新媒体，各地刚开展不久，他是宁德唯一的电视记者，新闻报道文化专题全是他一个人连拍带编，再往省台送片子。他可谓是宁德电视工作的“先行者”，时年才30多岁，热情很高，乐此不疲……

忽然，门开了，办公室主任陪着一位高个子领导走进来，说：“小邢，这是咱们新来的习书记，看看你的工作。”

“哦，快请进，我正忙着编片子呢！”

“你好啊！编的什么片子，我们可以看看吧！”

“当然可以，正好请书记指导一下。”邢常葆早就听说新书记来自北京，水平很高，夫人还是著名歌唱家，马上腾出几把椅子，打开了监视器。他正在用几年来积累的一些拍摄素材，准备编辑成一部音乐片，题目就叫《太姥情》，借此宣传一下闽东的好山好水。

习近平同志坐下来，饶有兴致地看完了，十分高兴地说：“闽东的山水很漂亮，以后你们要加大宣传。”

得到了地委领导的赞许，邢常葆激动又欣慰，感到这位新来的书记既年轻又亲切，没有大领导大干部的那种距离感。此后由于拍摄报道全区工作的关系，他与习近平同志时常见面，越来越熟。习近平夫妇常以“阿葆”称呼他，像亲人一样。

或许得益于家风熏陶，习近平同志从小就爱好文学艺术，阅读了大量的古今中外名著，甚至到陕北农村当知青插队，也是带着一大包书去的。爱人又是闻名遐迩的青年歌唱家，使他对音乐歌舞充满了兴趣。现在走进宁德，他在大力抓紧摆脱贫困、促进经济社会发展的同时，也酝酿着怎样搞好文化建设、树立崭新形象、提振民心士气。

为此，他十分重视舆论阵地、文化传播载体建设，亲自推动《闽东报》复刊、筹建宁德电视台等新闻媒体的宣传思想工作。同时，他还大力扶持文艺队伍的组织建设和生存发展，从软硬件、体制机制等方面提供保障，为文化繁荣“保驾护航”。

宁德地区文学艺术界联合会，就是在他的关心重视下成立的。

1989 年 9 月 8 日，为筹备成立文联，习近平同志与宁德地区文艺家亲切座谈，明确提出：“文艺与经济有着密切的关系。通过文艺，可以提高闽东的知名度，增强闽东的吸引力，促进闽东的经济建设和对外开放。我一直有个想法，搞一个电视音乐片，利用电视这个现代化的传播工具，展示一下闽东的闪光点……”

1989 年 10 月 8 日，宁德地区文学艺术界第一次代表大会召开。习近平同志代表地委、行署到会做长篇讲话，再次提出要集中力量创作文艺精品、更好宣传闽东的要求：

“闽东各级党政要重视文艺工作，把它摆到相应的位置上，不能认为文艺工作可有可无，甚至认为文艺是纯消费的领域。文艺要在经济建设和改革开放中吸取营养，经济建设和改革开放可以通过文艺得到反映，二者相辅相成。我们有一个明确目标：通过文化建设，弘扬民族文化传统，不仅增强我们的自信心，而且提高外界对闽东的信心。”

会议期间，大家围绕习近平同志的讲话展开了热烈的讨论。时任宁德地委宣传部副部长、首届文联主席王凌，详细介绍了筹备前后的情况，特别提到文艺要为宣传闽东贡献力量。原籍为宁德霞浦的省文联副主席、省音协副主席章绍同与福州籍的省音协艺术创作委员会主任郭祖荣作为特邀代表与会,大受启发和鼓舞。他们都是生在海边、长在福建的作曲家,故乡的海和山是哺育他们成长的摇篮,从童年起就在心中埋下一种雄浑的力量,成为他们生命的特殊气质。海的韵律、山的奇观,珍藏在生命的内核中,充满了深情厚意。

两位音乐大家当场建议:由省音协与地区文联,联合创作一部歌唱闽东的电视音乐片。

会后,王凌向习近平同志汇报了这个想法,当即得到赞同和支持。就在文联开会的闽东宾馆里,习近平同志与章绍同、郭祖荣和文联音协的同志们深入畅谈,气氛十分热烈。

习近平同志高兴地说:"我们真是不谋而合,请省里的艺术家们多支持,做成一部精品。这部电视音乐片要展示闽东的闪光点,有风光画面,有歌曲,形成一个闽东风味。"

"是啊,有地委的大力支持,肯定能拍好。我们闽东有山有水,只是宣传不够,下功夫拍出来会很好看的。"

"好! 我建议,先按商谈的内容起草一个方案。至于叫什么题目,大家可以讨论一下,重点是要突出山海的特色。"

"习书记,我们有个想法,如果请您夫人彭丽媛同志来演唱,那可就增光添彩了!"

这话引起一阵赞同的笑声,与会人员都看着习近平同志。

"没问题! 她现在是宁德媳妇,这也是歌颂家乡嘛! 我去跟她说,再请一些明星歌唱家助阵,还要说明是做公益,不收费。"

"哈……"大家连声称赞道,"行了,这部作品成了!"

经过讨论,电视音乐片的题目定为《山海的交响——闽东抒怀》,由省音协和地区文联组织宁德、福州的作家、音乐家,适时前来闽东采风,精心构思,作词编曲,撰写电视片脚本。

可以说,这是宁德地区文联成立后的第一次重要创作活动,也是宁德历史上第一部大型电视艺术作品，寄托了全区人民和地委领导的热切希望。王凌他们全力以赴地投入进去。经过一番酝酿准备，根据习近平同志“要尊重文艺创作规律、尊重艺术家”的要求，宁德文联与省音协于1990年1月共同召开了创作会议，邀请文艺家观看介绍闽东的电视录像，提供区情特点和创作线索。大家畅所欲言，逐渐形成电视音乐片总体构想：

“通过优美而有特色的歌曲演唱，艺术反映闽东的山海风光，建设风貌和风土人情，尤其是要突出反映闽东人的风格，即改革开放的博大胸怀和滴水穿石的坚韧意志。”

与此同时，习近平同志一直关注的《闽东报》复刊了，电视事业也有了进展。经济贫困，精神不能贫困，他多次提出要在财力有限的困难情况下，尽可能地增加一些这方面的投入，做好文化宣传工作，为人们加油鼓劲。在一次文化宣传工作会议上，他专门发表了题为《闽东之光——闽东文化建设随想》的讲话，深刻指出：在讲“贫穷”的同时，不要忘记讲闽东的光彩；在讲压力的同时，不要忘了讲动力。

他说：“什么是闽东之光呢？我想，闽东的锦绣河山就是一种光彩。闽东的灿烂文化传统就是一种光彩。闽东人民的自强不息、艰苦奋斗、善良质朴的精神就是一种光彩。认识到自身的光彩，才有自信心、自尊心，才有蓬勃奋进的动力。

“一个地区的文化建设内容很多，有一个重要的着眼点就是要弘扬地方的传统文化。从整个国家来说，中华民族的传统文化在民族的延续和发展中起到了积极的作用。在几千年的文明发展史中，我们已经树立了强烈的民族自信心，无论是在民族危亡，还是民族昌盛时期，这种自信心都是我们民族精神中最稳定的成分。正是这种自信心，使中华民族渡过了近代史上许多内忧外患的危机，使中华民族在世界上有了令人敬佩的今天。闽东的文化建设也具有同样的意义。我们有一个明确目标：通过文化建设，弘扬民族文化传统，不仅增强我们的自信心，而且提高外界对闽东的信心。

“这就给我们提出了一个基本的要求——一定要把握住闽东的闪光之处：畲族文化是一个闪光点；闽东是老区，有长期的斗争历程，也是一个闪光点；闽东人民现在正抓紧机遇，脱贫致富，这又是一个闪光点；闽东的山海交融，风景独特，这也是一个闪光点……

“我一直有个想法，搞一个电视音乐片，利用电视这个现代化的传播工具，展示一下闽东的闪光点。有风光画面，有歌曲，视听结合，情景交融，雅俗共赏，形成一个闽东风味。可以设想搞土‘洋’结合。我已同省音协的专家拟定了一个方案，拍一部风光音乐电视片，取名《山海的交响》。我们闽东地区还是有写词谱曲人才的，可尽量发挥他们的作用，歌唱家可以去外地借。这种创作形式本身就可以让人们更好地熟悉闽东。我们应该有信心搞一个能走向全国的电视音乐片。

“如果我们充分认识了闽东之光，并把闽东之光传播开去，使更多的人——外地区、外省市的朋友，海外的朋友，也对闽东之光有所了解，大家就会向往闽东，热爱闽东，把心血汗水浇灌在闽东。”

这些真知灼见，穿越30多年的时光烟云，今天听来仍如洪钟大吕，振聋发聩，具有极其深刻的现实意义。

随后，由省音协组织的著名作曲家章绍同、朱光、郭祖荣、史宗毅、于坤和词作家陈侣白、林澍、王嘉桢等人，与当地的词、曲作家陈孔屏、汤养宗、薛宗碧、李晨、丁献芝等组成“山海的交响”联合创作组，深入宁德蕉城、霞浦、福鼎、福安、周宁等县市，上高山下海岛、进老区走畲村，向工人、农民、干部和老红军、老同志了解情况，与当地文艺工作者促膝谈心，积累了丰富素材，激活了创作灵感。

途中，他们就诗兴大发，创作出歌词21首。词作家林澍写了《多彩的山海》作为《山海的交响》主题歌，应邀专程前来的著名作曲家陆在易（上海乐团艺术指导）当场表示，愿为此歌谱曲。《闽东报》和《闽东乡讯》用专版选载歌词，深受群众喜爱。《福建日报》也选登了一些歌词，时任省委宣传部副部长兼省文联主席许怀中，发表署名文章热情推荐，大家深受鼓舞。

1990 年 2 月 27 日，乍暖还寒，闽东特有的大榕树一片葱茏，三角梅一片红艳，春暖花开的时节到来了！习近平同志专门在闽东宾馆会见了各位艺术家，与大家亲切座谈。创作组一行人详细汇报了深入生活的情况，畅谈了采风感受，提出了具体的艺术构思。

习近平同志始终微笑着倾听，而后动情地说："生活是文艺的源泉，诗歌为心灵的抒唱。大家辛苦了！《山海的交响》立意概括得很好，这是山与海的交响，山海风光与闽东精神的交响，是历史、现实与未来的交响，是力与美的交响。"

说到这里，他稍微停顿了一下，目光炯炯，语气加重了："这也是艺术家与人民心灵的交响！我希望，这些来自生活的歌曲，再回到群众中去接受检验。"

"哗——"掌声如雷。

经过 3 个月的潜心创作、反复修改与选择，在近 40 首歌词和 20 首作曲中，选定 12 首词曲，由专人送往北京请名家演唱和录制。果不其然，已是深受全国人民喜爱的总政歌舞团歌唱家彭丽媛同志热情有加，全力帮助，还邀请了演艺界一些朋友倾情参加，使这项高水平的艺术创作活动顺利进行。

优秀青年作曲家吴少雄进行配器，中国电影乐团伴奏，中央广播电视艺术团合唱团伴唱。主题曲《多彩的山海》由青年歌手张也演唱；抒发闽东人民通过改革开放改变命运之心声的《乡诉》，由范琳琳演唱；吟诵开发潜力无限的深水海湾三都澳的《三都澳畅想》，由李静娴演唱；描写畲族人民生活的《畲家妹子》，由孙丽英演唱。而对宁德感情深厚的彭丽媛同志，一人就唱了 2 首——讴歌闽东海洋事业的《蓝色牧场》与赞美闽东水电发展的《星光摇篮》，并且一分演出费也不收。中央人民广播电台著名播音员虹云和付成励朗诵歌词，录制成录音带。这对于一个地区综艺节目来说，堪称大腕云集、群星璀璨。

此后，福建省电视台摄像师史宗毅、许松青等人，在宁德地区曾力、吴霏、黄秀拱、宋春晖的陪同和协助下，花一个月时间，先后深入闽东九县市及地直有关单位，日夜兼程，行程近万里，拍摄数百个景区及素材25盒，也参考了过去邢常葆拍摄的风光片，精心进行四度创作。当年国庆节前后，后期加工制作顺利完成。

1990年12月24日，长达50分钟的《山海的交响——闽东抒怀》在福建省电视台演播厅举行隆重的首映式。时任省委常委、宣传部部长的何少川，已经调任福州市委书记的习近平同志，以及数百位宣传文化界人士应邀出席观看。音乐旋律悠扬壮美，词曲演唱相得益彰，配以秀丽雄奇的闽东山海风光，一下子就吸引住了观众的眼睛，获得了极大成功。

本身是作家的何少川盛赞道："这部电视音乐片，融思想性、艺术性、趣味性于一体，词、曲、演唱、画面都不错，是文艺界一次成功的合作和实践。"

"是的！大家的心血结出了美好的成果，我向同志们表示热烈的祝贺！"习近平同志堪称是此片的幕后总策划，尽管已经离开了宁德，但已与这片热土结下了深厚感情。此时他掩抑不住内心的激动，高兴地说："这部片子弘扬正气、弘扬民族文化，使大家看到信心、前途和力量，弘扬了闽东的风格和精神，激发了群众的热情！"

不久，福建省电视台在黄金时间多次重播。广播电台"歌海明珠"节目中，也连续用6周时间，反复播放《山海的交响》中的12首歌曲。《福建日报》《福建广播电视报》《福建侨报》及全国著名的音乐刊物《音乐创作》《上海歌声》等都先后报道此消息或刊载歌曲。1991年2月，中央电视台也播放了电视音乐片《山海的交响》，闽东山水乘着歌声的翅膀飞向了全省全国。

是金子总会发光的。后来，这部作品荣获福建省第四届电视文艺一等奖、全国电视文艺最高奖“星光奖”。《福建日报》在头版报道中称：“以一个地区为主组织这种活动并获全国电视文艺最高奖，在全省还是第一次。”

祖籍福州的著名作家冰心先生，收到了宁德文联主席王凌寄去《山海的交响——闽东抒怀》录像带、歌曲集和信件，观看后同样高兴而激动，欣然寄来了题词，给予了高度评价：“颂赞家乡海山的歌声是最壮美的！”

30 载寒暑过去了，这部贴近生活、立意高远、悠扬壮美、雅俗共赏的艺术精品，仍然富有旺盛的生命力，在各地各种文化节中广泛传唱，深受群众欢迎。

岁月流金，经典永恒。为弘扬“闽东之光”，献礼“改革开放 40 周年”，2017 年 7 月，由福建省音乐家协会副主席张锦华任总导演，宁德市畲族歌舞艺术传承中心策划创作，并联合蕉城、福安、福鼎合唱团队排演，以电视音乐片《山海的交响——闽东抒怀》为核心，改编创作了大型音舞诗画《山海的交响》，并把它搬上了舞台。

重新创作之初，主创团队先后走访了宁德白水洋、下党、赤溪等地，体会闽东大地的发展变迁，激发出了新的创作灵感。在原有 12 首经典歌曲的基础上，穿插了《滴水穿石》《畲族婚礼》《红色闽东》这 3 个舞蹈节目，展现出更为丰富多彩的闽东文化。全剧以一位当年参与创作的艺术家重返闽东为视角，用镜头记录下闽东的山山水水、人文风情，闽东人民始终秉承的“滴水穿石”“弱鸟先飞”的精神震天撼地。熠熠闪耀的“闽东之光”，如今愈加绚丽灿烂。

在 2018 年第七届福建艺术节上，这部重新演绎的《山海的交响》隆重登台：舞台灯光里，背景视频中，太姥山巅，曙光初现，云雾缭绕，回音谷回荡着深情问候……在观众如潮的掌声中和音舞诗画完美配合下，各个篇章陆续上演，闽东丰富的山海旅游资源、深厚的区域文化底蕴、雄壮的红色历史一一展现。最终,作品荣获了剧目二等奖、导演一等奖和编剧奖、表演奖等 8 个奖项。

时光如流,转眼迎来了中华人民共和国成立 70 周年,宁德市人民群众以最隆重、最崇高的盛会,庆祝伟大的祖国 70 华诞,以及新宁德的辉煌成就,宁德市特邀福建省歌舞剧团与宁德畲族艺术团联袂演出大型音舞诗画《山海的交响》,再次大获成功,深受欢迎。

这仅仅是一部文艺作品吗?不,它是宁德人民牢记习近平同志的嘱托,不忘初心,摆脱贫困,全面奔向小康社会的生动展示;它是“扶贫先扶志、治穷先治愚,功成不必在我、功成必定有我”的形象缩影。正如艺术家在节目中所朗诵的那样:

拔掉穷根,是我们曾对这方山海许下的誓言!

如今,弱鸟先飞,精准扶贫,我们兑现着诺言,我们昂首大步向前!

二 画里屏南

人人都是艺术家,嗬嗬,大家来上公益课;

四季屏南如画里,龙潭请你来赴约……

几名男女青年伴随着欢快的节奏,在村中临时搭起的舞台上又说又跳,动感十足、活力四射。紧接着,一位个子不高的农民歌手拿着话筒唱着歌走来:“我静静地听那溪水的乡音,我远远地眺望朦胧的山影;啊,龙潭,你总是让我着迷;啊,龙潭,你总是那么美丽……”

台下,来自四面八方的宾朋游客兴致勃勃地观看着,不时地爆发出一阵阵热烈的掌声。青山簇拥、碧水环绕的小山村沉浸在热烈而深情的氛围中。2019 年 10 月 12 日，同样是在庆祝中华人民共和国成立 70 周年之际，金风送爽、硕果飘香，福建省宁德市的屏南县“闽东之光·四季屏南乡村有约”文化旅游创意活动月开幕了。

这项由宁德市委宣传部，宁德市文化和旅游局，屏南县委、县政府主办的“文创集市、艺术体验、民俗展演、风味美食、乡村旅游”系列活动，特意选在古老而年轻的熙岭乡龙潭村举办启动仪式。主办单位致辞之后，就上演了一台载歌载舞、说唱俱佳的大型音乐剧《美哉龙潭》。整个龙潭村的村民——包括原住民和新村民，都参与其中成为演员，现身说法，把一个过去破败凋零的古村落，怎样通过文化扶贫变成了日益繁荣、远近闻名的网红村，生动形象地搬上了舞台。

尤为令人称奇和赞叹的是：这部音乐大戏的编剧和导演，竟是香港著名导演招振强。并且，他不是临时高薪聘请来的特邀导演，而是一位居住在龙潭村的新村民。这位招导可是来头不小，当年一部由他编导、周润发主演的《上海滩》轰动一时，那首“浪奔、浪流，万里滔滔江水永不休……”的粤语主题曲，广为流传，至今仍脍炙人口。

那么，在华人圈如此赫赫有名的“影视大咖”，是怎样的机缘巧合，使他和许多天南海北的文朋画友落户在闽东屏南的龙潭村？又是经过怎样的潜心努力，一举改变了已经破败不堪、人去屋空、几乎消失在大山皱褶里的这个小山村的命运呢？

这一切，要从宁德市屏南县的脱贫攻坚、乡村振兴说起，尤其与一个名叫林正碌的文化人有着密切关系。值得一提的是，这位人们尊敬有加的“林老师”，并不是屏南本地人，也是一位入住仅仅 5 年的“新村民”……

屏南县山高林密、溪水纵横，因位于翠屏山之南，故名“屏南”。中华人民共和国成立后，相继归属南平、闽侯、宁德等专区管辖，现有 11 个乡镇，153个行政村。战争年代是革命老区，有“红旗不倒县”之称。同时，生态环境良好，鸳鸯溪、白水洋等景观名闻遐迩，亦是“鸳鸯之乡”“风景名胜县”。

大自然如同神奇的画师，给屏南描绘出雄浑俊美的山水画卷，使其像是彩绢屏风一样，矗立在闽东大地上。然而，险峰风光无限，却也隔绝了世外，交通闭塞、信息不通，加之经济总量小、历史欠账多，这里长期戴着“贫困县”的帽子。那时，人们往往利用谐音说：“屏南屏南，又贫又难。”

1989年夏天，时任宁德地委书记的习近平同志深入全区调研、探讨脱贫致富之路。来到屏南时，他得知石牛头村有个“能人”张纬诵，带领村民开荒种茶，修公路、建学校，改变山村面貌，十分高兴，特地去他家看望。见面后，习近平同志与张纬诵亲切交谈，勉励他再接再厉。

张家主妇拿出艾叶冲蛋招待习近平同志——用艾草熬出热乎乎的汤汁，冲进打散的生鸡蛋，再加些白糖搅拌一下，这是当地招待贵客的“最高礼节”。工作人员担心习近平同志喝不惯想阻止，习近平同志却二话不说，端起碗来喝了下去。过后，他对大家说：“要是不喝，人家就觉得你是官，你和老百姓就有距离了。”

一直谈到下午4点多，习近平同志总结道：“这里有一种精神，石牛头精神，也是闽东精神。虽然现在经济不发达，但我们不能把它讲成‘又贫又难’，而要看到它是大有潜力、大有希望的，多讲振奋人心、鼓舞士气的话，不能自己把自己看扁了……”

由此，这为屏南人，也为宁德人扶贫开发指明了方向、奠定了基础。历届屏南县委、县政府领导班子实事求是、因地制宜，带领全县人民一张蓝图绘到底，一任接着一任干，终于发生了可喜的变化。特别是党的十八届五中全会以来，吹响了2020年全面建成小康社会的号角，屏南与全国各地一样，打响了轰轰烈烈的脱贫攻坚战。

作为省定扶贫开发工作重点县、全国农村改革试验区，他们勇于探索创新，着力推行强化统领、精准管理、健全保障、体系创新的“强筋健体”工作法，走出一条富有特色的精准扶贫路子。正如宁德市副市长、屏南县委书记吴允明所说：“我们始终把脱贫攻坚作为最重大的政治任务、最重要的民生工程，扎实推动精准扶贫、精准脱贫各项政策措施落地生根，开花结果。”

2015年仲春时节，一位戴着近视眼镜，脖子上围着浅色围巾的中年男人，走进了屏南县委宣传部。他的名字叫林正碌，之前因开展美术公益教学活动而闻名，可对于圈外人来说，还是比较陌生的。他是福建莆田人，操着一口闽南味的普通话，说：“我走了一些地方，很喜欢屏南的山水村落，想在这里做做文创产业，希望得到政府的支持。我可以免费教农民画画，帮助他们脱贫。”

接待人员客气地为他倒了一杯热茶，但对他的话半信半疑：这个主动上门做公益的人是不是个骗子？接待人员便思忖着说：“你这个想法很好，不过我们领导去开会了。你先回去，我们汇报一下再答复好吧！”

第二天，宣传部部长回来了，问明情况之后，敏感地意识到这与县里精准扶贫措施十分吻合，及时向县委、县政府做了汇报，得到了书记、县长的积极支持，委托县政协主席周芬芳具体商洽。周芬芳是土生土长的屏南人，当过中学教师、县委宣传部部长，熟稔本县的风土人情和历史人文，曾为保护古村落、古廊桥四处奔走。她得知有外地文创团队看中屏南，十分高兴，立即约见林正碌，同时通过各种渠道加深了解其人其事。

2003年，林正碌在泉州一家生产数字画的工厂悟到了经营之道，从此投入行画生意（油画工艺装饰品），一干就是10年，其间有过4次大起大落，巅峰时期，创造年进出口额1.5亿的商界传奇，当然也有“败走麦城”亏本的经历。

富有人文情怀的林正碌心中总在思考着一个哲学命题：人生怎样

才有意义？在长年累月的“行画”往来中，他耳濡目染，自学成为别具一格的油画家。从2008年起，林正碌依托现代心理学研发而成“启发性艺术教育法”，在各地开展“人人都是艺术家”公益绘画教学活动。

这种方法有效地激发人们的平面归纳能力，使人们能充分地把情感诉求表达出来。哪怕是自认为最没有艺术天分的人，也能够在很短时间内成功画出关系合理的画作。仅仅几年，他的学生就达到了上万人。2014年4月，上海532艺术产业园专门举办了林正碌艺术教育实践展，展示了许多绘画零基础的人经过一两周的现场免费绘画教学，已经画出了相当有创造性的作品。

然而，钢铁水泥筑就的现代都市，车水马龙行色匆匆，难以使心灵安静下来。林正碌把目光投向了更广阔也更需要他的农村。2015年春夏时节，他四处寻求志同道合的合作伙伴。从广西、浙江、江西一路走来，看了20多个县市上百家乡镇，最终在来到屏南时，眼前一亮，发现这青山秀水间珍藏着许多古老的村落，非常适合发展文创产业。

“这是好事啊！林老师，我们文化扶贫正好需要，两全其美。”周芬芳拍手称快道。

“那好，我们先选一个村子实践一下。不是吹牛，做好了，许多外出打工的农民就会回来，既能脱贫，也能实现就地现代化。”林正碌信心满怀地说。

经过实地考察，甘棠乡漈下村入选了。

这个村子已有六七百年的历史，位于屏南县南部龙漈溪畔，是福建省历史文化名村之一，清代戍台名将甘国宝的祖居地。走进村子可以感受到浓浓的明、清遗风，其中有一座完好的明代古城楼，两层石木结构，块石弧拱的城门上横书“漈水安澜”4个大字。

长期以来，由于交通不便、信息闭塞，仅靠高岭薄田难以摆脱贫穷，村民们纷纷外出打工，原本1700多人的村庄，只剩下不到500人，还大都是老人、妇女、儿童。古老的村庄日渐衰落，曾经的古建筑破败不堪。

林正碌团队来了，在村里实施“人人都是艺术家”公益项目，为村民免费提供油画教学。起初人们并不买账，连连摇头说：“画画能顶饭吃吗？我们总要种田、打工才会赚一点钱，哪有闲工夫学这个？”

“是的，画画不能吃，但这是一门艺术，也是技术，画好了自然会有人买，不就有钱了，会比打工挣得多。”

林正碌不厌其烦、苦口婆心地说服劝慰，县上乡里干部也帮助做工作，终于有了转机。村里开小卖部的黄余清有些见识，先是把孩子送去学画，后来自己也有了兴趣，抽空学习。没过多久，她就能画出有模有样的作品来。林正碌及时鼓励支持，将这些似乎顶着清清露水的画作发到网上去，得到赞赏还有人购买。

“第一张画的是草帽，刚开始，笔都拿不稳。第二张画簸箕，后来被客户花 200 元买走了。”黄余清看到自己的艺术劳动得到了认可，颇有些得意，积极性更高了。超市里一边是货柜，一边放着画架，没有顾客时她就专心画画。其他村民也受到了鼓舞，有样学样。

初战告捷！屏南县县领导十分欣喜而振奋，高度评价林正碌团队所做的工作，认为这是一条富有特色的文化扶贫之路，正确而有效，风景如画、历史悠久的屏南非常适合，并当即开会做出决定：在交通较为便利的双溪镇成立安泰艺术城，作为文创基地。

近年来，文创已经成为大家耳熟能详的热词，但究竟什么是文创，很多人其实只知其大概。文创其实就是文化创意产业的简称，是一种在经济全球化背景下产生的、以创造力为核心的新兴产业，强调一种主体文化或文化因素依靠个人（团队）通过技术、创意和产业化的方式开发、营销知识产权的行业。文创产业主要包括文学艺术、动漫、音像、表演艺术、工艺设计、广告装潢等方面的创意群体。

“文创扶贫”这个说法，也是在《“十三五”时期文化扶贫工作实施方案》中提出来的，旨在落实国务院“十三五”脱贫攻坚规划，进一步强化任务落实，加大对文化扶贫工作的指导，充分发挥文化在脱贫攻坚工作中的重要作用。实践证明，文化扶贫既能保护环境，又能保护传统文化，可以让贫困山区的资源在艺术管理，以及文创产业之后，得以焕发出崭新的活力。

双溪，历史上是屏南县衙所在地。临街都是店面，大多是单间单层或双层的木质房，间或有几座土房，高高矮矮，连成一片。屏南两大旅游胜景——鸳鸯溪和白水洋离此不远。在这里设置安泰艺术城，是十分合适的。

双溪镇政府牢牢抓住这一机遇，将一个新建小区一二层——2000多平方米全部租下来，免费提供给林正碌做“公益艺术教育中心”。小区外部立面重新装修，清一色的流线型马头墙，黛灰色线条，古色古香。当地人的积极支持，给林正碌团队增添了信心，积极探索文创扶贫模式，着力将贫困对象、残障人士就地转型为农民画家或农民创客。他说：“我们这里面向全国各地，但更关心本地的农民、残障人士和弱势群体。本来他们都是生活难以自理的，靠政府低保过日子，学画画以后，一般七八天到一个月，就能画得一手好画，生活是没问题的。我们免费提供绘画材料，如果卖出去，就扣除成本，其他收入交给作者……”

走进“安泰艺术城公益艺术教学中心”，宽敞明亮的大教室里，一排排地摆满了画架，一位位男女老少有的穿着工作服，有的戴着套袖，聚精会神地坐在画板前认真地涂抹着各色颜料。跟着林正碌学绘画真是别开生面，独树一帜，完全颠覆了传统的课堂教学。请听听他上课时的经典语录：

“画画是教人‘敢’，敢于提笔，敢于观察，敢于归纳，敢于表达，敢于担当。这是一种态度。只要生活的态度对了，就没有错误的人生。

“教育的使命，是让人的生命自由地去拥抱这个世界。对人来说，抛弃那些所谓神圣的艺术吧，你所要做的，是用内心的生命去表达这个世界。你每走一步，每画一笔，都是你生命的感悟……”

好啊，这不仅仅是教画了，简直就是在阐述一种人生哲学。不知油画为何物的农民、文盲、对生活失去信心的残障人士竟然于此树立了信心，拿起画笔面对画布，画出了颇有创意的作品，更重要的是增强了面对生活的勇气。

当然，林正碌也丝毫不回避网上批评他的言论：“很多人都说，我自己的画，还有学生们的画都不能被称为艺术画作，这一点我不在乎的。我在乎的是，他们通过这种艺术行为感动了自己，让生命更加有意义。”

其中，双溪镇上的沈明辉，父母从小给他起了个好名字，却是既不明也无辉。他因患侏儒症变成了小矮人，早年丧母，家贫无钱，仅上到初中就辍学了，与聋哑父亲相依为命。出去打工没人要，想学技术没人教，只能在街头扮小丑卖气球为生。一天，林正碌看到了他，便问道：“小伙子，你愿跟我学画画吗？画好了，会有人买的。”

沈明辉不敢相信自己的耳朵，说：“你……你是说我吗？我从小没摸过画笔，能行吗？”

“行！一定行！只要你敢画！”

都快要饭了，还有什么敢不敢的，28 岁的沈明辉摇晃着矮矮的身子，跨进了公益艺术教学中心二楼的大教室。由此，他的生命才真正名副其实地迎来了明亮的光辉。经过一段辛勤刻苦的学习实践，他得心应手，成了小有名气的画家！

通过微信朋友圈售卖他的作品每月可收入四五千元，甚至有一幅身临其境的画作《生命之树》，被一位爱好艺术的客商以 12000 元高价收购了。2017 年，沈明辉的作品还入选了法国里昂双年展。2019 年夏天，中央电视台社会与政法频道，以“农民绘画的引路人林正碌”为题，报道了林正碌的事迹，沈明辉也被请到了演播室现身说法。

在安泰艺术城，许多当地农民、残障人士像沈明辉一样，通过学习油画摆脱了贫困，尽管许多人此前并未接触过绘画，这不能说不是一个奇迹！而创造这一切的“林老师”既是他们的贵人，又是一个另一种意义上的奇人！

微信时代，佳音飞传。双溪镇成为屏南、闽东甚至全国的艺术圣地。许许多多来自四面八方的贫困农民、残障人士、退休后寻找精神家园的老年人，还有一些有闲有钱的富裕人群，如同千万朵小小浪花一样地汇涌到双溪来，现场学画、观摩文创等。

如此一来，天南海北，包括一些国外人士，怀着各种各样的想法和目的，租房买屋在“沙家浜扎下去了”。从而，带动了双溪镇的民宿、餐饮、旅游等多种行业的发展。双溪镇成为屏南县文化扶贫的孵化器、发动机。可是，林正碌并不满足。他还在寻寻觅觅，想要打造一个现代社会里全面实现文创脱贫、乡村振兴的典型村落……

“你们这么好的一个村子，天下最好的水，在你们龙潭，怎么就扔掉不要了？”

“青年人都走了，只剩下老人。再过 20 年，我们都死了，这个村子就一个人也没有了。”

“那把这个村子送给我，我过来陪你们，行不行?! 我说真的，我教你们画画……”

“行啊！呵呵……”

这是 2017 年 2 月的一天，林正碌一行人来到屏南县熙岭镇龙潭村，与几位在村头闲坐老人的对话。答者无意，以为只是路人的调侃；问者有心，感觉找到了实现理想的地方。

是的，他们被这个隐藏在闽东大山里的古村落深深地吸引了：一条长达 6000 多米的山溪奔流而下，碧波清清，流水潺潺。明、清风格的民居、廊桥、古厝、庙宇等依岸而建，黄墙黛瓦，历经数百年的风雨洗礼，依然生动。被岁月打磨得圆滑发亮的石径，泛着青苔，似乎引领着人们走进了时光隧道……

龙潭村地处熙岭乡东南部，也叫作龙潭里，因流经村中的西溪上游有个深潭而得名，形成于明代成化年间。它距离屏南县城50多公里，山清水秀，人文底蕴深厚，房屋建筑风格鲜明，还是非物质文化遗产“四平戏”的源发地。可惜长期以来，由于贫穷闭塞，年轻村民纷纷选择出去打工，这里出现了空心化的现象。

原本1700多人的村庄，现今只剩下不到200人，许多老房子人去楼空，“舞榭歌台，风流总被雨打风吹去”。曾经的120多栋明清建筑，用旧村复垦置换土地补充指标，拆除了许多栋，剩下的也大都断壁残垣，岌岌可危。留在村里的只有那些不愿丢下记忆的老人，与失修的老屋相依为伴……

怎样挽救它们呢?需要脱贫的不仅仅是农民，还有这些留着民族记忆的乡村。龙潭村历史上有过繁华，以及天生的“丽质”，只需下功夫细细打磨一下，或许就可重现昔日的光彩。林正碌他们看中了这个村子的潜力，向县领导提出了引入文创产业、提升村民素质、恢复传统古村落的建议。

漈下村、双溪镇等地文创扶贫的成功，使屏南人充分认识到了林正碌团队的能量和价值。不谋而合，这也完全符合习近平总书记关于新农村建设所强调的“注意乡土味道，保留乡村风貌，留得住青山绿水，记得住乡愁”。

2017年5月，传统村落文创产业项目指挥部成立，由县委书记吴允明、县长王旭东和县政协主席周芬芳担任正副总指挥，以传统村落文化创意为发轫平台，发展文化创意产业，促进文创与传统产业融合，推动全域旅游发展、文创扶贫脱贫和农村经济转型，实现农民精神富足和生活富裕。

为此，县里出台了《屏南县促进文化创意产业发展的实施意见》《文艺精品扶持奖励办法》等一系列指导性文件，明确战略目标、产业布局、政策支持等事项。积极争取上级扶持，加之自己筹措，每年安排预算资金达 1000 万元，力争 10 年内引进国内外和培养本地文创人才 2 万人，把屏南打造成历史建筑群活态博物馆，艺术、文学、影视、动漫的创作地与输出地，年旅游人次达千万以上的国际性文化创意硅谷和文化旅游胜地。

宏图绘就，愿景喜人，关键是要有人才。他们聘请林正碌为“屏南传统村落文创产业总策划”，率先放手让他带领团队，以龙潭村为试点开始实施。犹如一幅现代版的“清明上河图”，屏南文创扶贫、乡村振兴的精彩画卷徐徐展开了。

那些天里，林正碌就像他的名字一样，“正”是特别“忙碌”的时候：一方面在乡村干部的支持下，组织村民前往双溪镇安泰艺术城免费学画，改变人们的思维观念；另一方面则利用原有的自然条件，将传统民居与现代生活结合起来，重新设计，修旧如旧，恢复传统村貌。

万事开头难。许多村民一辈子没走出过大山，更没拿过画笔，一听说要去学油画，手直打哆嗦。林正碌和他的助教们循循善诱地鼓励着：“没什么可怕的，就跟你们做农活、做家务一样，按我们说的，想怎么画就怎么画，慢慢就会了。”

年近不惑的村民陈小兰性情直爽，率先站出来，说：“我报名！反正学习不要钱，大家一起来试一下嘛！”

在她的带动下，第一批 20 多人来到了双溪安泰艺术城。他们就像前面说到的黄余清、沈明辉等人一样，从最初的茫然、困惑到安静地坐住了，拿起了画笔，全身心地投入进去，一点一点地描绘着新的人生。

与此同时，村里将一些老房子集中起来，交给林正碌统一规划，结合山林、溪流，分门别类地进行设计，启用村中及周围村落的匠人，沿用传统的工艺，大兴土木地干了起来。而后邀请各地艺术家、爱好田园生活的人士前来认租，可以优惠租金 15 年，按照自己的心愿进行装修。他时常带着朋友们参观，满怀信心地说：

“你看这些都是明、清时代的建筑，上游要做博物馆、美术馆，下边可做艺术空间、高端民宿等。这个村周边1公里到3公里之内，还有两三个千年古村，在这里打造完后，我们再跟它关联起来，也就是说在这个区域里面，可能会形成一个几千外来移民的地方，真正实现村民脱贫、乡村振兴……”

这不是画饼，更不是吹牛，而是摆在眼前的现实。

年轻的曾伟是江西吉安人，爱好绘画、文学，十分向往拥有一片艺术的净土。2017年春天，他跟随林正碌团队来到龙潭村考察，一见钟情，认为这里正是他想要寻找的梦中桃花源，当即租下村里一幢有100多年历史的老房子，改造成以读书为主题的“自用+分享”艺术空间。“这里的水接近上游源头，甘之如饴。水上的菖蒲，原始古气。这里的四平戏，唱腔原始，耐人寻味。古画般的感觉竟然在人居环境中出现了……”

随后，他动员爱人小丹辞去城市的工作，一起成为龙潭村的新村民，创办了“随喜”书屋、咖啡馆，从事网络图书经营，顺便将龙潭的特产介绍给外地的朋友，闲时则写诗、画画。小丹还兼任了龙潭小学的教师，与志同道合的朋友一起，使濒临关闭的小学同山村一起复苏了。如今他们在龙潭新居里，推窗望山，一片春色入怀来；开门见溪，水声相伴读书声……

来自北京的何素珍，是一位退休工程师，一次旅游使她认识了屏南，认识了林正碌，先是学习油画，进而决心放弃都市生活，来龙潭村定居。她租下村中已经废弃多年的老院落，请林老师帮助设计，改造成有品位的文创空间：三层木结构楼宇，前后天井错落有致，除自用外还有七间客房，按照陶渊明“采菊东篱下，悠然见南山”的意境，取名为“悠然之家”。

她把自己的新居发到网上，自我推荐：“我是悠然之家的女主人，因着神奇的机缘，来到美丽的龙潭古村，本以为是匆匆过客，却触动了自己的田园梦想和对书画艺术静心生活方式的追求，毅然决然留下来，开始了新村民生活。在这里，不必行色匆匆，不必光芒四射，不必成为别人，只须做自己。”

2018 年 10 月 23 日，何素珍第一个收到了公安民警送来的居住证，这是她在龙潭村的新身份。与她同时获得的还有曾伟、小丹，以及来自中国北京、台北、香港，甚至英国、美国的新村民。当地政府特意发放了“屏南绿卡”，让他们享受到本地人同等待遇。这些新村民的到来，使一座座颓废老宅，以书吧、咖啡屋、民宿的形式破茧重生，沉寂多年的四平戏又飘荡在村巷里……

外地人都如此热爱，本乡本土的老村民也开始重新审视自己的家乡。最先送到双溪镇学画的村民回来了，他们如同注入新能量的种子选手，有了见识，学到本事，一边从事艺术劳动，一边带动大家发展乡村旅游。林正碌把公益美术教学中心办到村里，吸引了大量前来学习的人和参观的游客。龙潭村越来越热闹了。

多年来，村民陈孝干、毛小云夫妇都在外地打工，家里只留下老父母看着几间破旧的老屋。那年春节回来过年，看到村子发生了这么大的变化，他们怦然心动，决定不再出去跑了，把老宅子改造成民宿、农家乐和教室。自己学画卖画，还酿造黄酒，网上出售，在家门口就赚到了钱。

曾经不知绘画为何物的毛小云，已经成为远近闻名的农民画家、美术助教了。他们家的美术大课堂，每天都坐满了周边乡村和来自各地的学员，人人面对着画架认真地描绘着、创造着。四周墙壁上，挂满了大大小小、各种各样的油画作品，有人物、有风景、有家具，还有茄子、南瓜等等农作物。真是琳琅满目、美不胜收。

如今，许多村民陆陆续续地回乡创业，加之一些在此安家落户，“此心安处是吾乡”的新村民，龙潭村已有 600 多人常住了。村里的美术馆、博物馆、艺术工作室，以及茶室、酒吧、咖啡厅，还有不定期举办的音乐会、画展、读书会，让人仿佛置身都市里。昔日的“空心村”摇身一变，成为艺术硅谷的“网红村”，这不能不说是一个发生在闽东大山里的奇迹。

不仅仅是林正碌团队,也不仅仅是在龙潭村……

随着时间的推移，青山绿水、古意盎然的屏南如同巨大的磁铁一样,吸引了来自各地的艺术人才。

在有竹编传统的前洋村,复旦大学张勇教授团队修缮恢复古民居,开辟竹编、陶瓷博物馆,邀请印尼、美国的竹编艺术家与村民共同创作大型竹编装置艺术品,推动竹艺复兴,打造以竹文化为主题的“竹韵前洋”。

在田园诗境的厦地村,著名批评家、瑞典籍华人艺术家程美信牵头实施“人人都是电影家”公益教学活动,开展电影培训、古村摄影写生等活动。

在曾是县治所在地的双溪镇,还是程美信团队历经一年时间,完成了古建筑薛府的修缮和运营。由此掀开了古镇以保护和开发并重为原则,有效整合自然生态、文创旅游等各种资源,不断提升旅游产业化的大幕。

在棠口村，中国美术学院艺术管理与教育学院设立了社会实践基地,高校学子纷至沓来写生创作,秀美山水入画来……

为了不断壮大文创人才队伍,以点带面辐射全县,用文创助推脱贫攻坚和乡村振兴,屏南人摸索出一条“党委政府+艺术家+农民+古村+互联网”的文创发展模式。具体则概括为“三引三创”:

“三引”,一是创新人才政策引进“高人”:不拘一格引才用才,采取“一人一议”“一事一议”方式,引进林正碌、张勇、陈子劲等专家团队驻村主持实施文化创意项目,保障基本经济待遇,给足才华施展空间;二是改善创业环境引回“亲人”:改善村落基础条件和生活创业条件,复办乡村小学、提升医疗设施、优化人居环境、落实创业奖补等,吸引大批外出人员回乡创业;三是构建新型社区引来“新人”:发挥“人人都是艺术家”公益艺术教学平台作用,根据人群分化特征,引导城市居民到村里认租修缮房屋长期定居，打造具有相同特质的新型乡村社区。

“三创”，一是创新老屋流转机制，全面推行“老屋认租15年或20年”模式，以村级组织为中介进行老屋流转，避免出现哄抬租金、权益纠纷等无序现象，也解决了闲置民居“保”与“用”难题；二是创新老屋修缮机制，建立“‘新村民’出资、驻创专家设计、村委会代为建设”运作模式，既便利租户，又实现技艺传承和老屋保护；三是创新项目管理机制，试行乡村建设项目“工料法”计算工程成本管理机制，由村级组织自行购料、聘请工匠、组织施工及全程监督，提高工程效率，节约工程成本，增加农民收入。目前，全县累计完成老屋修缮改造近300栋。

栽下梧桐树，引得凤凰来。

招振强，一代影视大咖，曾任职香港无线电视（TVB）监制、导演，制作了多部家喻户晓的电视剧——《上海滩》《倚天屠龙记》《绝代双娇》等，捧红了不少明星。后来他辗转来到北京、上海等地，希望把电影艺术的薪火传递给更多的人。

2019年春天，他经人介绍来到了龙潭村，认识了文创总策划林正碌，一连3天的参观、交谈、思考，使他对这个小山村产生了浓厚的兴趣，尤其是对这里的人们——新村民来自四面八方，带有各自的艺术追求；回归的老村民长了见识，得到了艺术启蒙；还有不断前来学画的、旅游的。加上周边绝美的山光水色和当地干部的倾力支持，使这位招导感觉十几年的梦想，有可能在这里实现。

当然，林正碌和县、乡干部都希望他留下来，只是没有明确说，而是领着招振强四处观看，畅谈未来的规划设想。转到了第四天，林正碌指着一处掩映在树荫里的古屋说：“招导，你看那个地方怎么样，山水相映，天人合一。你要不要在这里设个工作室？”

“好啊！”招振强脱口而出，说，“事实上，青山绿水的地方很多，但有一个这么好的氛围很难得。我更看好的是你那‘人人都是艺术家’的理念，这与我不谋而合。我也想这样做一下。”

“完全可以！而且我敢保证，你这样做一定会受到大家欢迎的！绘画、文学、音乐、影视等，都可以在龙潭村发展起来，我们短期帮助山村脱贫致富，长期争取做一个中国的‘艺术硅谷’。”

“一言为定！”

由此，招振强落户龙潭村，成了一名新村民。他不但很快建起了自己工作室，还立即投入了“人人都是电影人”的公益教学。在2019年5月中旬开办了第一期培训，连续3天讲授“编、导、演”基本知识，果然赢得了龙潭人的追捧，每天晚上3个小时，场场爆满。

紧接着，他就开始了艺术实践，编导了一部颇有先锋派风格的话剧《假面》，演员、舞美、音乐全都是龙潭村的新老村民。演的人、看的人都兴致勃勃，其乐融融。

当中华人民共和国成立70周年纪念日临近的时候，屏南县筹备“闽东之光·四季屏南乡村有约”文化旅游创意活动月，确定将开幕式放在熙岭乡的龙潭村，并要求村里拿出一台自编自演的节目来。责无旁贷，这个重任落在招振强身上。同时，也给他出了一个难题：短短一个多小时，怎样反映古村巨变呢？

会者不难，招振强创作设计了一个大型音乐剧，融说唱、小品、歌舞于一体，以自然环境为背景，发动全体村民做演员，甚至让林正碌现身说法，再现龙潭村过去的衰败和改造的情景。最为别出心裁的是，安排部分村民顶着“房顶瓦片”，身上写着饭店、书屋、美术馆等字样，分别站在台上做道具。

排练时，已是花白头发的招振强跑前跑后、气喘吁吁地指导、调度。这可能是这位大导演最费劲，也是最难忘的一次导演生涯了。他把此活动命名为“跃动龙潭”。村民们你看看我，我瞧瞧你，乐不可支却也十分踊跃。不用说，演出十分成功。

开幕式这天，宁德市委常委、宣传部部长谢再春，宁德市副市长兼屏南县委书记吴允明，屏南县县长王旭东等人，与来自各乡镇的有关负责人和许多旅游者都坐在台下，饶有兴趣地观看着，不时地爆发出一阵阵欢笑声和掌声。

在他们身后，是一串坚实而令人喜悦的数字：截至2018年底，屏南全县农民人均收入增长9.9%；9年义务教育巩固率94.49%；农村集中式供水覆盖率98%；综合贫困发生率降至0.01%；36个建档立卡贫困村各项指标，均达到省级扶贫开发工作重点县退出标准。一句话，屏南经过多年攻坚，顺利实现脱贫"摘帽"！

当然，这是多年来凭借着"滴水穿石"精神，一代代人不断努力达到的成果！文创扶贫、振兴乡村只是其中的一支方面军。在龙潭、四坪、漈下、厦地、双溪、熙岭、棠口等村镇，处处可见新颖别致的文化旅游产业：古老村貌修缮改造，颓废老宅破茧新生，化为书吧、咖啡屋、民宿、音乐厅、美术馆等文旅空间，一批批驻村创业者纷至沓来，一群群老村民回归家乡创业……

三　霞浦影像

这是哪里啊？是天上人间，还是奇幻仙境？

晚霞映照的海面上，波光粼粼、宁静安详，一排排竹木搭建的渔屋整整齐齐，犹如八卦阵一般；几条升起风帆的小船从中悠然穿过，恰似翅膀上背着暮色回巢的归雁；远方矗立着几座小岛沐浴着落日的余晖，在海天的背景上留下了一道道朦胧而美丽的剪影……

这真是"落霞与孤鹜齐飞，秋水共长天一色"。

此情此景，不由得让人联想起唐代大诗人白居易的诗句："忽闻海上有仙山，山在虚无缥缈间。楼阁玲珑五云起，其中绰约多仙子。"确实，这绮丽动人的景色还真是来自"九霄云外"。不过与神仙玉帝无关，而是

2012年6月29日10时，我们的神舟九号飞船胜利返回，航天员景海鹏、刘旺、刘洋带上太空的摄影图片。

这是经国家特别批准随“神九”上天、由我国香港著名摄影家简庆福精心拍摄的一组6幅作品，上述即为其中之一，名为《霞浦风光》。随着航天员顺利出舱，向公众一一展示遨游太空的物品，这张展现中华大好河山的风景照片迅疾传向全世界。霞浦，这个华夏大地的海滨县域也就更为世人所知了。

然而，真正把美丽的霞浦发射到天外的“推手”，是一位名叫郑德雄的霞浦人。他现为中国摄影家协会会员、宁德市文联副主席、霞浦县摄影家协会主席。可以说，在他和朋友们发现并大力推介家乡的美景之前，霞浦还只是闽东海边的一个普通穷县，海阔滩多，风雨无常，连家船民蜷缩在小船上四处漂泊……

直到有一天，郑德雄和他那些喜欢摄影的朋友来了，“杨家有女初长成，养在深闺人未识”的景色，通过照相机的镜头传遍天下，达到了“回眸一笑百媚生，六宫粉黛无颜色”的效果。

由此，人们认识到了这里的自然之美，其独特的滩涂及海岸线，吸引了全国各地的摄影师和游客。他们趋之若鹜，纷至沓来。国内外摄影界赞誉它为“中国最美丽的滩涂”，2010年7月这里被《数码摄影》杂志评为“摄影人必去的10大风光摄影圣地”之首，也随之带动了一批新兴产业。霞浦县与屏南县一样，走出了一条独特的文化扶贫之路。

霞浦，这是一个富有诗意的名字。霞，朝阳或夕照的景观；浦，江河流水入海的地方，合称即为朝霞或晚霞的栖居地。嗬，一派诗情画意，令人心向往之！可是多年以来，这里并不像它的名字那样美好。

霞浦建城1700余年，是闽东最古老的县份之一。早在3000多年前，黄瓜山一带就有先民居住。随着历史风云改朝换代，县治不断变化，据《霞浦县志》，“清置霞浦县，县境西南有霞浦江，东流入海。又有霞浦山，海中有青、黑、元、黄四屿，日出照映，江水如霞彩，这是山以江名，县以江名。”清雍正十二年（1734 年），以原福宁州地置霞浦附郭县至清末，素为闽东政治、军事、经济、文化中心。中华人民共和国成立后，霞浦县建制不变，今隶属宁德市。

它地处福建省东北部，陆地面积 1489.6 平方公里，海域面积 29592.6 平方公里，是中国东南沿海海峡西岸经济区东北翼港口城市。东南港湾众多，主要有“两洋三湾四港”（东吾洋、官井洋，三沙湾、福宁湾、牙城湾，三沙港、东冲港、吕峡港、盐田港）。海岸线长度 480 公里，浅海滩涂面积 104 万亩，大小岛屿 196 个，均居福建省各沿海县（市）首位。

按说，这里山海资源十分丰富，海域占全省海域面积的 21.76%，海洋渔场 28897 平方公里，浅海、滩涂分别占全省的 30.17%和 23.76%，适合养殖紫菜、海带、大黄鱼等海产品，生活应该不差，但由于种种原因，老百姓无论是山民还是船民，都曾经长期在温饱线上挣扎。

20 世纪 80 年代末期，习近平同志担任了宁德地委书记，提倡“弱鸟先飞”的意识、“滴水穿石”的精神，带领人民群众实事求是、因地制宜，大打摆脱贫困之战。霞浦县人吃穿没有问题了，可那独具特色的山光海景，远没有被人们认识到……

渔民早出晚归，辛勤劳作，只是在海边滩涂捕鱼、捞虾、铲紫菜，根本不知道霞浦县的美是世界性的！“不识庐山真面目，只缘身在此山中”。因此，在 21 世纪初，霞浦县尚无省旅游局批准的旅游景点，也极少有人专程来霞浦县旅游观光。

此时，霞浦县出了个郑德雄，有意无意间闯出了一条新路。

他的家乡长春镇大京村，就是霞浦县东南沿海的一个小渔村。这里位于东冲半岛近陆端，属亚热带季风性湿润性气候，有一片迷人的大京海滩，沙子雪白雪白的，吸收了阳光的热量，踏上去温而不烫。沿着斜坡慢慢往下走，沙子渐渐潮润，沙地坚实起来。

小时候，郑德雄放学之后，时常跑到这里与小伙伴们戏水玩沙，赶小海挖蛤蜊，听涛声拍岸，看潮涨潮落。他对家乡的海充满了热爱，就像一首歌里唱得那样："大海啊大海，是我生活的地方；海风吹海浪涌，随我飘流四方……"

尤其是夕阳西下的黄昏，晚霞把海面染成了金黄色，远方归航的渔船轻轻驶来，宛如飘摇在亮晶晶的镜子里，使郑德雄迷恋不已。记得有一次，他将鞋子埋在沙里，做好记号，光着脚爬到海边礁石上铲紫菜，一抬头又看到落日余晖，竟长久地发起呆来。不知不觉，潮水渐渐涨了上来，有人看见了急得大喊："涨潮了，快跑啊！"他这才猛然发现大事不好，立即跳入水中往岸上跑去。好不容易"逃"过了海水的追赶，可慌乱之中早忘了沙滩上的记号，那双心爱的球鞋再也找不到了。回到家，郑德雄被妈妈狠狠数落了一顿。不过，家乡海岸那迷人的风景，却深深地印在了他幼小的心扉上。

长大之后，郑德雄爱上了摄影，跑到霞浦县县城里从事商业摄影，每天"啪啪"地按着快门，把爱好与谋生结合在一起，自得其乐。可时间一长，看看"作品"大多是"到此一游，朋友留念"之类，他感到不满足了，幼年看海的情景时常浮现在眼前。2002年，他在一些摄影大赛上看到有海滨风光的影像作品，不禁怦然心动：霞浦县的海滩别具特色，也可以拍照参加比赛啊！

想到这儿，他兴奋地跳了起来，约上汤大为、郑忠夫、夏林海等志同道合的朋友，找时间就出去转转，拍摄家乡的风景。他们沿着海岸线行走，翻越一块块礁崖，寻找绝佳的摄影取景点。老实说，在众多文艺创作活动中，摄影是个需要吃苦耐劳的活，登高上坡，风来雨去，有时还得冒点风险。那回，郑德雄看到一块峭壁位置不错，便想跳上去拍照，不料脚下一滑，"啪"地一下摔了下去。

"完了，完了，德雄、德雄！"

朋友们一阵惊呼，胆小的还闭上了眼睛。可不一会儿，山崖下传来了回音："我在这儿呢，没事……"原来，下边是一片松软的沙滩，郑德雄掉到上边并无大碍，只是在滚落的过程中擦破了点皮。他手中的相机还被他紧紧抱在怀里，丝毫没有"受伤"。郑德雄爬起来拍拍身上的沙子，又继续寻找取景点了。

功夫不负有心人。经过漫山遍野扫雷式的寻觅，郑德雄和朋友们把霞浦县可以拍到滩涂风光的地点摸了个遍，拍出了许多独树一帜、风景绝美的好照片：蓝色的海水，金色的沙滩，种海带的竹竿依序林立，满载的渔船停泊在静静的港湾，赶海人背着沉甸甸的鱼篓走在金色沙滩上……

这些作品发表后一炮打响，引起了摄影界的喜爱和关注。《大众摄影》杂志评选郑德雄为2004年度"十佳优秀摄影师"。郑德雄和朋友们摄影交流的范围一下子扩大了，一发不可收，他们随后在各种摄影大赛中获得一项又一项荣誉。郑德雄的《心中那片海》获得第七届台湾郎静山纪念摄影奖最高奖，何兴水的《海上渔村》获得第四十七届香港国际摄影展金奖，夏东海的《故乡的海》获首届当代国际摄影双年展学院奖……

美的感召力是巨大的。从2007年开始，在大家的口耳相传下，各大专业杂志竞相推动，霞浦县的滩涂被冠上了"最美滩涂"的称号。正在扶贫开发、乡村振兴路上，奋力前行的霞浦县委、县政府，从中敏锐地意识到了"滩涂摄影"具有打造成国际性旅游品牌的底子，做好了，可以成为文化扶贫、旅游兴业的创新项目。于是，霞浦县毅然投资100万元，与《中国摄影》《大众摄影》联合举办了《霞浦：我心中的那片海》摄影艺术大赛，效果极佳，全国各地及海外近万人参赛，一举将霞浦县的滩涂摄影推上了国际舞台。

用好山海资源，打响文化旅游品牌。霞浦县尝到了甜头，更加积极推进。此后霞浦县每年都会举办国际摄影大赛和摄影文化旅游周活动，组织策划以畲族风情、美丽乡村和传统村落、海洋滩涂等为内容的"全民随手拍”手机摄影大赛，朝脱贫致富、乡村振兴的目标努力。

霞浦县的影像火了，霞浦县人的观念和生活方式也发生了变化。祖祖辈辈辛勤劳作的滩涂，没想到有一天竟然名满天下，带来了令他们喜出望外的财富。

据不完全统计，从2010年开始，前来霞浦县进行滩涂采风、创作的摄影爱好者和观光游客，年均约20万人次。霞浦县变身为全世界摄影师云集的“最美”之地，每到拍摄旺季，不少摄影点挤得连三角架都放不下。

往日默默无闻的小县城，如今遍地是旅馆民宿，福宁大道、东吾路、长溪路等城区新路段，酒店一家挨一家，最密地段几十米距离内就有10多家。许多酒店还挂起“摄影创作基地”的牌子。每到黄金周，酒店常常客满，有些摄影爱好者只好在车上过夜。

霞浦滩涂摄影声名鹊起，还催生出“导摄”这一新的职业和新的商业模式——即当地人特别是熟悉环境的渔民，为滩涂摄影爱好者提供接待服务。他们主要提供机场和车站间的接送、餐饮住宿以及摄影辅导等“一条龙”服务。许多世代劳作的村民，就此吃上了“摄影旅游饭”。

王建设，就是这样一名业务娴熟的“导摄”人。

2018年国庆节期间，一天凌晨4点30分，天还没有亮出鱼肚白，他就在霞浦县一家酒店楼下，坐在车里等待约好的客人。不到10分钟，一些带着三脚架、端着“长枪短炮”的人员集合完毕，在他的带领下奔向海滨景点。

“坐好了，咱们走！”

接上客人，王建设熟练地打着方向盘，在郊区公路上奔驰。

这天，他的商务车里坐了5位摄影“发烧友”，都是从网上了解到霞浦县的，趁着几天假期，特地坐飞机再转动车，来这里拍照。

“怎么样？师傅，现在去能有个好位置吧？”有人问道。

“还行！霞浦县就是来玩摄影的人多。都是这个点出发，去抢好位置拍照呢！”

土生土长的霞浦县三沙人王建设，出生在一户渔民家里，祖祖辈辈风里浪里讨生活。虽说温饱早已解决，可家里也没有多余的钱一直供他读书，他上完初中就辍学了，跟着长辈出海打鱼捞虾。时代进步了，王建设从电视上、画报上看到了外面的世界，不愿意复制老辈人的生活，跑到县城打工，后来又学会了开车，成了一名出租车司机。

在这样东奔西跑的奔波中，他过上了与村里人不一样的日子，隔三岔五地回趟渔村老家，还没到村头就“嘀嘀”地按着喇叭，实际上并没谁挡着路，王建设是想告诉大家：我开车回来了！这喇叭声时常引得一些半大孩子出来看热闹，也有一块长大的玩伴投来羡慕的目光。

然而，没过多久，他再这样回去就没有人稀奇了，村头村尾的高坡上、海滩上来了一群群外地人，有的胸前挂着照相机，有的肩上扛着铁架子，还有的戴着遮阳帽、撑着太阳伞，举着手中的“家伙”眯眼瞄着前方。一打听，原来本村和周边都开发了摄影点，过去见惯的海滩渔船成了“宝贝”，村民们纷纷去当引路者，开饭店、办民宿，忙着挣钱呢！

王建设是个不安于现状、脑瓜灵活的人，回到县城出租屋，他便四处打听，得知如今的霞浦县不一样了，是全国风光摄影基地，许多人吃上了摄影饭，催生出“导摄”这一职业。他粗粗地一合计，比开出租车挣得多，还不那么辛苦劳累，心想：嘿，家乡的海我熟啊！这样的好事我也能干！

第二天，他就跑到一家培训“导摄”的公司报了名，从摄影知识学起——因为要带人去拍好照片，自己不能是个外行，什么选景、构图，什么光线、角度，好在有初中的知识底子，学东西挺快，又有开车的手艺，具备成为一名好“导摄”的条件。没几天出了师，王建设租了一辆车“单挑”干了起来。

首先，他开车在全县“踩点”，掌握特别火的几条线路、几大景点，熟悉早晨、傍晚的光线变化，春花、秋月的色彩变幻，到时候能为拍客们说出个“四五六”来。加上王建设这几年跑出租车，迎来送往，去车站、跑码头，懂得与人打交道，很快就成了小有名气的“王导摄”。

每逢节假日，他们这一行特别忙碌。有的“扫街”满城转，看到扛着摄影器材的，主动上去介绍情况揽活，说通了拉上就走。有的“包团”全套服务，从接站到住宿，再到陪同上摄影点：这里拍朝霞，那里拍余晖，一两天不歇脚，最后开车送站才算完。坐下还没把气喘匀，手机铃声又响了，又一拨“包团”来了。人家过节休息的时候，是他们忙得“四脚朝天”的日子，不过真应了那句话：累并快乐着。一名“导摄”一天的报酬在 300 元至 500 元之间，多的有 1000 多元。不用说，王建设就在那“多”者之列。

几年下来，在业内人士的眼里，王导摄倒过来叫成了“导摄王”。他不但自己忙得痛快，还带出来几个村里的“穷哥们”，组建了一个专为摄影人服务的小公司，干得风风火火。

霞浦县形成了新的文化产业，不少村民就靠它扔掉了贫困帽子。风光摄影不仅带来了赏心悦目的心情，也带来了财富和尊严。霞浦县最初的崛起来自于摄影家的贡献，霞浦县委、县政府的快速反应能力同样值得赞叹。他们抢抓机遇、乘势而上，让霞浦县的发展走上了“快车道”。

近年来，霞浦县委、县政府先后编制完成《霞浦县摄影基地景观规划》《霞浦县摄影旅游发展规划》等文件，发挥重要引领作用。一批摄影点和旅游地得到改造提升。霞浦县三沙光影栈道对外开放后，迅速蹿升为“网红”景点。栈道总投资 1500 万元，总长 2.3 公里，沿三沙镇古桶村至虞公亭村海岸线而建，设置了“错层摄影平台”“渔矶观景台”等 12 个摄影、休闲观光平台，极大地优化了滨海休闲体验空间和摄影环境，吸引了大量拍客和游人。

开拓者郑德雄已成为霞浦县的一张亮丽的艺术名片。十几年来，他矢志不移、呕心沥血，在各级领导和朋友们的大力支持下，积极用镜头记录家乡，提升家乡美誉度。他与志同道合的朋友们结合“滩涂与渔耕文化”等活动，举办摄影培训班，进行摄影前期、后期创作指导，组织赛事交流，使霞浦县人和霞浦县风光走向了天南地北……

好一个梦幻般的闽东霞浦县啊！四季潮汐、山海交融，那奇妙诡谲的滩涂竿影，那仙境般的海上家园，变幻莫测的天光云影，色彩斑斓的神奇海域，犹如颗颗璀璨珍珠，镶嵌在广袤的东海之滨。全世界都有滩涂，而霞浦县滩涂摄影的兴起，在于它有制高点。因为只有在制高点下，滩涂的线条、色块才能被表现得更清晰、纯美。

旅游与摄影的结合，是霞浦县旅游的最大辨识度与卖点，也是最成功的“跨界组合”。作为霞浦县摄影协会主席、霞浦县滩涂摄影发起人，郑德雄把发展的目光投向更远处：一要注重海洋资源的保护；二要在现有的基础上进一步挖掘渔耕文化；三要对消失的景点进行再造、再现；四要整合特色海洋资源，形成“大霞浦”摄影旅游的概念，即将周边县市的摄影资源融入，向东冲半岛南部延伸，打造“两小时”摄影旅游圈。

一个文化“大霞浦”呼之欲出……

文化扶贫，除了霞浦县的摄影，在远离海边滩涂的偏远山村，还走出来一支农民油画队，他们携带着画笔和笔下的山光海色、民风乡情走向艺术的殿堂。

2018年11月16日，第二届中国（福州）世界遗产主题文化博览会在福州海峡国际会展中心开幕。其中，在“宁德霞浦农民油画作品展”的展位前，几十幅洋溢着浓厚乡土气息的油画，还有正在现场作画的农民，吸引了大家的目光。

来自全国各地的嘉宾饶有兴趣地驻足观赏，全国政协副主席、民盟中央常务副主席陈晓光也在其间。在一位身材瘦削的农民画家稍作停笔的间隙，陈晓光俯下身子与他攀谈起来：“这几幅都是你画的吗？你叫什么名字？学画多长时间了？”

“是呀，我叫詹庆生，学了有半年多了，平常务农，闲时就画画。”

“画得不错，绿水青山，让人看到了闽东的美。希望你再接再厉，不断提高啊！”陈晓光竖起了大拇指，周围响起一片掌声。

“谢谢领导！画的都是农村的事，还能有收入，我很知足了。”

这个展区里的油画作品全部出自霞浦县松岗街道下村村、长沙村农民之手，内容多为山村常见的农具、村舍、山水、动物等，还有村民婚丧嫁娶、春种秋收的场景，朴实的画风、自然的景色，令人顿生亲近之感。

这与宁德市另一个文创扶贫先进县——屏南县的做法异曲同工，霞浦县农民画的出现也是源自外界的推动。它的幕后推手，就是这次文博会的带队人、下村村驻村第一书记黄小红。

选派党员干部驻村帮扶，是习近平同志在福建工作时亲自倡导、推动的一项重要工作。在脱贫攻坚决战决胜的时刻，福建第5批驻村第一书记选拔开始了。民盟福建省委会宣传部部长黄小红积极报名参加，于2017年被选派到霞浦县松港街道下村村担任党支部第一书记。

下村村位于霞浦县城北部，位置偏僻，山高地少，村民多数靠林地或者外出打工为生，空心化现象严重。平时温饱还行，但精神生活空虚。如何激发内生动力，提高村民们振兴乡村的热情，是她面临的难题。兄弟县市文创扶贫的做法，使颇有文艺素养的黄小红得到启发。她长期在省城民主党派部门工作，与一些书画艺术家是好朋友，便想到绘画成本不高，见效较快，可以从这里入手试试……

时任松港街道党委书记的周文玲，看名字容易被误认为是女士，其实是一位敢于担当的男子汉。他当过“霞浦滩涂”摄影重镇三沙镇的镇长，十分重视文化事业。得知下村村第一书记黄小红的想法后，周文玲双手赞成，立即着手帮助推进。

长沙村是霞浦县库区移民重点村，经过多年努力，社会得到全面发展，荣获“全国文明村”称号。村中那座藏书4000余册、兼有书法绘画展室的仿古式“长沙书苑”是村民们阅读学习、开展文化活动的重要场所。经过协调，长沙村与下村村结成了“互帮互学对子”。因下村村地处高山，长沙村在海滨滩涂，它们的“结合”被形象地称为“山海联动”。

2018 年夏天，在黄小红、周文玲等人联络下，福建省商盟公益基金会、省雕刻艺术家协会的多名民盟盟员来到长沙村、下村村两村考察调研，并与两村签订了“文化脱贫工程”项目合作协议，以乡村文化建设助推农民脱贫。培训村民学习油画，便是其中的一项重要内容。

万事开头难。培训的主要对象是留守村中的贫困户、低保户。项目是纯公益的，所需的学画材料和师资等费用由省商盟公益基金会、省雕刻艺术家协会承担。村民起初犹如听“天方夜谭”，不相信自己的耳朵。

“我们这拿锄头的手，怎么可能会画油画？”

“可以试试看嘛，学好了能卖钱呢！”黄小红挨家挨户地动员。

“真能有人来买画吗？”村民们半信半疑地说。

“当然，我们会帮助大家联系买主的。”

不用出村打工，还能学到画画本领，在家门口就能赚到钱，有些村民心动了。这天上午，黄小红带着愿意学习的村民们，参加了“山海联动·文化脱贫工程”启动仪式，开始了第一期培训班的课程。

农民绘画培训班的第一位老师，是特聘的山东师范大学美术学院教授邹光平。他来过闽东参观、写生，深深地爱上了这片土地，得知农民想学画，爽快地答应进行公益教学。他说：“我很高兴有这次将课堂从高等学府搬到农村实验田的机会。农民们掌握了一定的绘画技巧，描绘他们最为熟悉的生活场景，是能够创作出备受大众瞩目的优秀艺术作品的。”

果然，仅仅几个月的时间，这项活动就取得了令人惊叹的成效。一些村民参加培训班着了迷，掌握了基本的技巧之后，好像一下子把心中隐藏多年的梦想唤醒了。每天做完了农活，他们就坐在画架前，画山、画水、画村庄，调动起过往的生活感受，沉浸在自己的创作中。

身有残疾的村民詹庆生，变化更为明显。他平时干不了重活，无所事事，又爱喝酒，三天两头跑到小卖部赊酒，消沉地混日子。一天，黄小红走进了他那间四面透风的房子，与半倚在竹椅上的詹庆生交谈。她说："老詹哥，不能再这样过了，你得专心做些事情。"

"唉，我能做什么呢？田种不了，打工没人要，也就是喝点小酒，倒头睡觉吧！"

"你走动不方便，可以学画画啊，学好了在家安心画，卖出去有收入，日子慢慢就会好的。"黄小红苦口婆心地说。

"是吗？"詹庆生坐直了身子，说，"我从来没画过，能学会？画好了真有人要？"

"真的！只要用心学就行，到时候我们会来收的，城里有些人就喜欢农民画的画哩！不过你不能再多喝酒了，对身体没好处。"

良言一句三冬暖。曾经心灰意冷的詹庆生眼里闪过一丝亮光。第二天，他进入农民绘画培训班，接过老师发下来的画笔、颜料，坐在了画板前。这不同于美术系的教学，老师简要地讲了常识之后，就让大家自由发挥，而后再一一评点、修改。

学了一段时间，詹庆生竟深深地爱上了画画：不用出大力气，凭借多年的生活底子"天马行空"地想象，和做游戏一样。此后根本不用人催促，他按时上课，尽情涂抹，回到家也不歇着，继续学啊、画啊！他竟然把抱了多年的酒瓶子扔了，一心一意地画起画来。

周文玲、黄小红他们组队参加文博会时，惊喜地发现詹庆生已经画得有模有样了，当即决定，选派他作为"农民油画队"队员去福州现场作画。

在专家的指导下，热爱学习的村民们逐渐形成了自己的作画风格，相继创作出一批高质量的作品。黄小红、周文玲等人联系热心公益的企业家们前来参观并认购画作，当场就销售出去不少农民画。当过三沙镇镇长的周文玲与"霞浦摄影"的推动人郑德雄熟悉，想到他正在打造摄影和旅游产业，便打电话推介，立即得到了积极回应。

郑德雄在朋友圈发信一号召，为"大霞浦"摄影基地服务的几十位民宿老板闻风而动，开着车就来到了长沙村、下村村的“山海联动·文化脱贫工程”画展室，现场看画、订画，一次认购了一大批。他们纷纷表示：这些农民画富有闽东特色，挂在民宿房间里，既是高雅的文化作品，又宣传了家乡景观，还能帮助农民兄弟，真是一举多得啊！

两年过去了，这个项目已办了16期培训班，受训农民200多人，创作农民油画2000多幅，为贫困群众增收10多万元。由此，村民的心热了起来、手动了起来、脚迈了出去，绘画创作成了他们创造美好生活的一大推手。他们高兴地总结道：“放下锄头，拿起笔头，画出彩头，挣得票头，生活有盼头！”

四　放歌“三月三”

农历三月三，是我国多个民族的传统节日。农历又称夏历、汉历、华历，是中国传统历法之一。主要历法规则经历多个朝代逐渐完善形成，一直延续至今。平年为12个月；闰年为13个月。月份分为大月30天，小月29天，其平均历月等于一个朔望月。

汉族古时以三月第一个巳日为“上巳”。巳日多逢三月初三，“上巳”在汉代定为节日。《后汉书·礼仪志上》记载：“是月上巳，官民皆絜于东流水上，曰洗濯祓除。”祓除也叫祓禊，即去水边沐浴。“上巳节”正处于季节交替之时，冬去春来，去水边沐浴可以祛除病痛和灾祸，并祈求福祉降临，也叫“踏青节”。

魏晋时代，“上巳节”除了要祓禊之外，还演变为公卿大臣、文人雅士临水宴饮的日子，成为另一项重要习俗“曲水流觞”。永和九年（353年）三月三上巳日，晋代会稽内史王羲之偕好友齐聚兰亭，饮酒赋诗结集。他则挥毫作序，乘兴而书，写下了闻名后世的《兰亭集序》，被人誉为“天下第一行书”。唐以后，“上巳节”的习俗逐渐淡出。与此同时，寒食、清明、上巳三节呈现合并混同的趋向，最终寒食、上巳“并”入清明。

而在华夏大地的西南、东南部的一些少数民族地区，这仍是一个隆重而盛大的节日。其中以壮族最为典型，传说三月三是壮族始祖布洛陀诞辰日，是举行祭祖、祭拜盘古的重要日子。同时也是传统踏青歌节，人们聚集街头欢歌、会聚江边饮宴，抢花炮、抛绣球、吃五色糯米饭等。当然，最为有名的还是对歌谈情，“三月三”歌圩是男女青年交流、恋爱的好时机。

侗族“三月三”又名“播种节”“讨葱节”“花炮节”。侗家传说，古时他们总是以桐树开花时为插秧节。但有一年桐树没有开花，结果误了农时，只好逃荒到报京一带。为吸取过去的教训，每到三月初三人们便吹芦笙唱歌、走访亲友，并相互提醒该忙农事了。同时在这天举行抢花炮、斗牛、斗马、对歌、踩堂等活动，故亦称“花炮节”……

在这里，我们重点介绍的是畲族“三月三”。

与其他民族一样，这天也是畲族人民的传统节日，畲民对它的重视程度可与春节相媲美。每年在这一节日里举行盛大歌会，并祭祖先拜谷神，载歌载舞，热闹非凡。并且，还要吃乌米饭，缅怀前辈，款待来客，故“三月三”又称“乌饭节”。

相传唐代畲族起义军曾兵败退入深山，因缺乏粮草而采食一种称为“乌稔”的乌色野果充饥，而后军威大振，于三月初三冲出包围。以后每年三月初三畲民都要采乌稔叶煮出汁水，拌入米中烧饭，以示纪念，做乌饭、吃乌饭因而成为三月初三一项重要的活动。夜幕降临以后，畲民还要举办篝火歌会，会上互相对歌，表演传统歌舞及龙灯舞、狮子舞、鱼灯舞、火把舞等，同时举行传统的畲族体育竞技活动。

畲族“三月三”，内容丰富，场面热闹。畲族有本民族语言，没有文字，历来通用汉字。所以畲族民歌就是他们的口头文学和民族记忆，内容包罗万象，可谓是畲族的一部口头百科全书。无论是在田间劳动，还是走亲会友，畲族人都有歌声伴随。婚嫁、丧事、祭祖等风俗活动中，更离不了歌；青年男女谈情说爱，往往以歌为媒介。因此，“三月三”歌会已是维护畲族人民团结的重要纽带。

节日期间男女老少都穿上民族盛装，用畲族语歌唱，这有利于民族服饰和畲族语言的保护传承，在文化扶贫、振兴畲乡方面，也发挥着重要的作用。畲歌，传承着一代代畲族人的精神力量，乘着“三月三”的春风，响彻大地蓝天……

闽东是全省乃至全国最大的畲族聚居地。宁德市现有 42 个少数民族，共 22.3 万人，其中畲族 20.04 万人。宁德设畲族经济开发区 1 个（福安畲族经济开发区）、畲族乡 9 个、畲族村 238 个，迄今保留着浓郁的畲族风情。

早在 20 世纪 80 年代末期，习近平同志主政宁德时，就特别重视畲族经济社会发展，关心改善畲族群众的生活困难。他对畲族的文化习俗十分尊重，就像一家人一样。刚到任时，他带领地直机关一行人跑遍全区各县调研，来到福安县的坂中畲族村，正好是中午，村民用最高的礼节吃“糯米糍”招待。

“糯米糍”就是把大米煮熟，合着花生、芝麻一起做成团，滚成一块一块，取个“时来运转”的好兆头。一般只有欢迎贵客来，他们才这样接待，因为非常耗费精力，光是准备食材就得提前几天。用餐时，大家盘腿围坐在一起，一盘“糯米糍”放在中间，直接用手一个一个抓着吃。陪同的陈增光专员觉得不卫生，就说：“习书记，让人给你拿一双筷子吧。”

“那怎么行？”习近平同志摆摆手说，“人家用手抓，我们也用手抓，你拿了筷子不是让人家觉得，你当官的吃东西都和老百姓不一样吗。”

说着，他跟大家一样盘腿坐在那里，抓起一块，放进嘴里，还连连向畲族的群众竖大拇指，说好吃好吃。嗬，村民们感到十分亲切：哎呀，这个地委书记一点也不见外！一边喝茶，配着吃“糯米糍”，一边和大家拉家常，没有任何隔阂……

正是这样的深入基层，密切联系群众，使他对少数民族的福祉始终牵挂在心。习近平同志在地直会议上专门讲道：

“应该看到，由于历史的、地理的原因，畲族经济囿于区域性狭隘圈子，基本上停留在简单的物物交换，与外界的经济联系极为微弱。畲族经济要发展，一个关键问题是，走开放的道路，跨出自己的小天地。人类的历史就是在开放中发展的。任何一个民族的发展都不是只靠本民族的力量。只有处于开放交流之中，经常与外界保持经济文化的吐纳关系，才能得到发展，这是历史的规律。”

是的，畲族人民要真正摆脱贫困，过上小康生活，关键不仅是启动内生动力，更要走出观念上的深山大岭，拓展视野，找到新路，而这些就要靠文化。文化可以增强一个民族的自信心。对此，习近平同志有着细致而具体的思考。他说：

“闽东的文化建设方方面面，我们可以先办几件条件比较成熟、有代表性的实事。我建议，一是办一个畲族文化节，我们已经挖掘了不少畲族的民族文化，如新畲歌、民俗、民谚、民间音乐舞蹈、民间故事、民族工艺美术品、民族文物、民族武术等，完全有条件办一个文化节，搞一次畲族文化大检阅……”

果然，随后接班的一任任领导班子，按照老书记的设想和规划，高度关注畲族文化事业的保护与传承，不断开拓完善，选拔树立典型村落和人物，传承畲歌、畲舞、畲族服装、畲族银器手艺、畲族提线木偶等，并且筹办了畲族文化节，丰富了“三月三”的内容，成为引人入胜的畲乡品牌节庆活动。通过发展畲族文化，促进扶贫开发，振兴乡村。

宁德蕉城区八都镇猴盾村的雷美凤，就是国家级非物质文化遗产项目畲族民歌第三批国家级代表性传承人。畲歌俗称“歌言”，即以歌代言，内容多为族规记录和求偶情歌。唱法有真假声之分，其中二声部山歌“双音”即以假声唱法为特色，现仅留存于她所在的这个畲族村，被称为“活化石”。

生于20世纪70年代的雷美凤从小就喜爱畲歌，在父母亲的熏陶下，在村里浓厚的畲歌氛围里，耳濡目染，进步很快。13岁时，她就能够与大人对歌了。1986年，17岁的雷美凤代表畲族到乌鲁木齐参加了传统体育运动会，唱畲歌，跳畲舞。

后来，她分别师从老师钟仁速和雷珍琨，系统学习二声部山歌“双音”和畲族小说歌的歌唱技艺。在熟练掌握畲族民歌传统唱法和技巧的基础上，成功编创了《迎宾歌》《日月歌》《采茶歌》《拦路歌》等作品，充实了畲族民歌的文本内容。为更好地传播畲族民歌，雷美凤积极参与各种宣传活动，以清亮的演唱使听者感受到畲族民歌的魅力，从而达到扩大畲族民歌认知度的目的。

近年来，雷美凤先后参与“第五届(中国闽东)畲族‘九月九’古田翠屏湖歌会表演比赛”“中华畲族民歌邀请赛”，荣获“优秀奖”及演唱二等奖；2008年，她参加福建海峡电视台“畲歌双音”录制，被神舟七号飞船搭载；2011年，她参加“中国原生态民歌盛典暨中国民间文艺第十届山花奖”的比赛，获展演二等奖。

有记者采访时问道：“现在会唱畲歌的人多吗？”

她说：“村里老一辈人讲畲族语，大都会唱畲歌。如今大部分小孩子不会讲畲族语了，我怕失传，就一路坚持下来，自己唱，有机会也教歌。”

蕉城区民族实验小学，是畲族学生比较多的学校，专门开了一堂畲族文化课，聘请雷美凤为特约老师，每周二来给学生们上课。这天，她又照常走进教室，声情并茂地指点着，唱起了那首传递畲乡人盛情的《迎宾歌》：唱首歌言表个心，歌言迎接是贵宾；兄弟姐妹来接礼呀，千万回去要记心……

看着孩子们红扑扑的小脸、明亮亮的眼睛，听着认真而快乐的歌声，雷美凤心里比喝了蜜水还甘甜。

2018 年，村支委换届选举，众望所归，雷美凤当选为党支部书记。她感谢大家的信任，坚定地表示："我是一个普通的党员，在组织培养下，当选了村支部书记，我深感责任重大。我作为一个畲族文化的传承人，要把畲族非物质文化遗产进一步创新发展，还有村里面的旅游景点，带领贫困户共同脱贫致富。"

畲族风情和绿色生态是畲村的优势，也成为畲村群众发家致富的法宝。近年来，猴盾村围绕农业、文化等特色产业兴村富民，全力推进山地综合开发，发展茶叶、林果等主导产业，成立了平湖山茶园茶业合作社、农村林果合作社等，结合开发畲村生态旅游，以水果采摘、中草药观光等形式，提高农产品附加值，增加集体收入。现在，雷美凤决心利用畲族文化，带动经济更快的发展。

这几天在猴盾村的文化站里，新当选的村党支部书记雷美凤正组织党员们学习，用畲歌给大家宣讲党的十九大精神。雷美凤也是"巾帼理论宣讲轻骑兵""畲村畲语"小分队宣讲员，她创作畲族歌曲《畲歌喜迎十九大》，主动参与和组织了许多宣讲活动，在全市各地广泛宣讲党的十九大精神……

说起传承畲族文化，不能不提到半月里村和一个名叫钟其松的村民。

半月里，位于霞浦县溪南半岛镇白露坑行政村，是畲族聚居的村庄。东望玉兔山，背靠状如弯月的弥勒山麓，迄今已有 300 多年的历史，村民大多数姓雷。村里的龙溪宫属省级文物保护单位，雷世儒大厝、雷位进故居、雷志茂故居、秀才院、雷氏宗祠等建筑，则是龙溪宫的附属保护单位。这些建筑历经数百年的雨雪风霜，迄今依然能感受到昔日的辉煌。

村庄有如它的名字一般美好而又富有诗意，"半月里"山环水绕，钟灵毓秀，原叫"半路里"。清代雍正年间，先祖雷志茂根据地形犹如半月，改称“半月里”。这一来，名正言顺，极大提升了小山村的知名度和美誉度，半个月亮升上天，皎洁清辉洒下来，林壑幽深、山石多姿，一座座青砖青瓦的畲族古民居，古韵犹存，保存完好，被誉为“畲族历史文化名村”。

不过，长期以来，半月里村与诸多大山里的畲族村寨一样，是一个典型的贫困自然村。交通不便、观念落后是这里发展缓慢的重要原因。近年来，在闽东大打脱贫攻坚战中，县镇和村里充分利用特有的文化民俗，先后投入300多万元，完成了村落“五通”建设、入村古官道、村口广场整修和部分古建筑物的仿古修复，一步步实现了华丽转身，热情好客的村民展示着别样的风情，走上了文化扶贫的康庄大道……

钟其松是其中的优秀代表。他在半月里土生土长，从小就熟悉本民族的生活习俗，且对此充满了深厚感情，对畲族的文化历史风土人情都了如指掌，是远近闻名的畲族传统文化传承人。凡是村里办喜事搞嫁娶，大都由他来主持操办，穿上民族服装，抬上特色花轿，吹吹打打，红火热闹。

此外，他还在耕种打工之余，到处奔走，收藏畲族文物、用品，办起了一座“畲族民间博物馆”，自任馆长。博物馆坐落在村里的最高处，馆内集中了2600多件畲族衣帽鞋子、医书田契，以及背篓雨伞、织布机、床铺桌椅等，涉及畲族人民生产、生活的方方面面，每一件都诉说着畲族人的生存密码。

现年40多岁的他，为了收集许多已经过时不用的东西，从1989年开始，执着地花了20多年时间，几乎走遍了福建、浙江两省畲族聚居地，付出了相当大的家财和精力……

展厅里，大大小小的文物琳琅满目。

“你们看，这个是龙杖，是我们畲族权力、威望的象征。”钟其松兴致勃勃地介绍道。

“好啊，既威严又美观。那你当初怎么想到办博物馆的？”笔者一边参观，一边与他聊天。

“哦，是这样的，在很长一段时间里，我看到村民缺乏对畲族文物的保护意识，一些古民居和文物遭到盗卖和破坏。我十分心痛，就决心收集起来。”

“这期间遇到很多困难吧？”

钟其松点点头说：“开始很多人不太理解，想把古民居拆了建新房，还有些人想烧了没用的旧物。碰到这种情况，我就挨家挨户做思想工作，收集歌谱、畲服、瓷器、古籍、木雕等各式各样的畲族物件。有时候没钱了，我就出去打工，赚了钱再去买。”

东西有了，需要陈列摆放，他把自家祖厝拆去一半，搭建馆舍。如同愚公移山感天动地一样，他的行动终于感动了大家。在村镇乡亲和民族宗教部门的帮助下，他得以扩充地盘房屋，建起了这座建筑面积约 800 平方米的博物馆，让畲族文化遗产有了安全的“家”，也让这个深山小村更有了文化味。

纷至沓来的中外游客，带来了旅游收入，也改变了村民的思想观念，激发了大家守护畲族文化的热情。正是对民族文物的珍视，对古民居的保护，让半月里在拥有传统文化财富的同时，也拥有了珍稀的旅游资源。

每天从清晨到黄昏，来自四面八方的游人，特别是摄影爱好者，提着他们的“长枪短炮”，穿梭于半月里的大街小巷。老屋、山路、古寨墙，畲族民间博物馆的展品，甚至村民唱歌跳舞、插秧摘果，都成了大家眼中美轮美奂的风景，从小小的镜头里飞向了山外……

畲族传统的文化资源，正是畲族地区经济发展的要素之一，只要通过挖掘那些特色强、市场潜力大的文化资源，把它与其他发展要素结合起来，将文化资源转化为文化产品，就会极大地促进畲族地区扶贫开发、乡村振兴。

一年最好春三月，百族同欢庆佳节。

满头银丝的老者对起山歌，头顶银饰的少女穿上“凤凰装”，勤劳质朴的壮汉打起糍粑，畲族传统节日“三月三”到来了！2019年“三月三”，宁德畲乡处处上演民族文化盛宴，吸引远近游人走进畲乡畲寨，与当地民众一起欢度节日，体验独具魅力的畲族风情。

福鼎市太姥山镇方家山村，第六届“三月三”畲歌会尚未开始，村中的文化广场已是人山人海。广场一角，乌米饭、畲族糯米酒、秦屿鱼丸等畲族美食摊点前排起了长龙，食客们现场尝鲜之后，还不忘带些回家馈赠亲友。另一边，是畲族民俗展示区，打草鞋、织裙带、扎斗笠等畲族人民沿袭至今的手工技艺，让不少游人驻足观看。

随着大立鼓、中卧鼓、腰鼓等鼓声交错响起，《盛世锣鼓》拉开了畲歌会的序幕。舞蹈《盛世花开》、歌曲《白茶故里方家山》、提线木偶《春天畲乡采茶忙》……各种融合了白茶故里、畲族文化等元素的精彩节目轮番上演，将活动推向高潮。

在宁德福安市，“三月三”畲歌会也鸣锣敲鼓地开场了，有原生态的畲歌对唱、畲拳展示、快板等精彩节目轮番上演，畲族民众还唱着“三月三”节日欢歌，跳起民族风情特色舞蹈，展现不一样的“山哈”风情。人们已经形成共识：“三月三”是当地一张亮丽的文化名片，既展示少数民族乡村发展成就和畲族传统文化独特魅力，亦增进社会各界对少数民族及畲族文化的认知和情感。

规模最大、气氛最热烈的场景，当属由宁德市委统战部、宁德市市民族与宗教事务局、宁德市市文化和旅游局、宁德市蕉城区人民政府主办的活动了。4月3日，宁德市“三月三”畲族文化活动周启动仪式暨畲族歌会在宁德会展中心正式开幕了。宁德市委书记郭锡文、市长梁伟新、市人大常委会主任金敏、市政协主席兰斯琦等市四套班子领导，以及国家、省有关部门的代表参加，与畲族同胞们共度佳节。

这一天，畲族民众穿戴精美的畲族服饰，用欢歌笑语喜迎八方宾客的到来。上午9点30分,带有浓浓畲族风情的畲族歌会在古溪狮子和山哈线狮、舞龙中闪亮登场。《春颂吉祥》《山哈锦绣》《最美畲山金凤凰》《再唱山哈传家宝》等一个个精彩的畲族歌舞表演,都以独特的表现形式展示了畲族文化的魅力,全场掌声不断。

不用说,蕉城区八都镇猴盾村党支部书记、国家级非物质文化遗产畲歌传承人雷美凤,带领着村民演出队也精彩亮相了。他们用美妙的歌声、动人的舞姿,生动形象地讴歌了闽东扶贫开发和家乡变化:

三农政策讲你听,土地再包30年;
民族乡村大发展,山哈农民都喜欢。
精准扶贫进农家,乡村振兴希望多;
全面小康早实现,齐家有房也有钱……

作家采访札记:

扶贫先扶志,治穷先治愚,在物质、资金扶贫的同时,更应该注重文化、精神层面的扶贫,增强贫困人口的自我发展能力。

文化是真正的财富,具有永恒的价值。在一个急剧变动的时代,那些保留着民族记忆和民俗底蕴的文化,闪耀着独特的光芒……

伴随着我在宁德市福鼎、霞浦、福安、屏南、蕉城等市县区的深入采访,上述感受与思考日渐强烈而清晰起来。说来汗颜,虽说本身就是一名当代作家、一名文化工作者,也参加过种种诸如"三下乡"、助力乡村建设等活动,但长期来只是把这些看作一种"务虚"、一种"软实力",并没有真正认识到唱歌跳舞、摄影书画,抑或写诗作文对于脱贫攻坚起到的巨大作用。反躬自省,这不能不说是一种遗憾。

当我乘车穿越一道道山岭、一条条溪流,走进掩映在山林中的屏南县龙潭村,看到那一栋栋原本破败的古宅民居被改造成一处处书吧、画室和艺术馆时，看到那一个个放下锄头拿起笔头的父老乡亲坐在画架前屏息静气地绘制油画时，刹那间几乎不敢相信自己的眼睛，以为来到了真正的世外桃源。文化使这个人去屋空、濒临荒芜的古村落焕发了勃勃生机，文化使祖祖辈辈面朝黄土背朝天、满手老茧的农民兄弟改变了贫穷命运。

在这里，我与屏南文创产业的总策划、著名画家林正碌坐在“随喜”书吧里，品茶畅谈。人不可貌相。他的外表算不上高大帅气，一副近视眼镜后边却闪着睿智的光芒。谈起来到屏南做文创的初衷，他慢条斯理的话语里浸透着超前的思维，他说：“偏远山区由于自然条件差，不适合农耕，更不适合发展大工业，年轻人都往城市跑，农村就无解了、衰落了。不过，今天进入了智能时代，我们可以利用互联网改变现状，实现就地现代化，发展文创产品，使古村再次兴旺起来。”

谈到这里，他指了指陪我前来的屏南县委宣传部部长张德力、县文联主席郑剑海等人，说：“当然，这一切还要依靠当地党委、政府的大力支持才行。他们有眼光、有胆识，敢于拿出资金和时间来让我们做试验，才能有今天的成果。所有做文创的团队都很感谢他们，并以更加饱满的热情投入进去，文化扶贫，共创双赢……”

行走在霞浦县的山海之间，这种把精神财富转化为物质财富的画面更加清晰了。那天，我在霞浦县扶贫办主任叶其韦和三沙镇人大主任林凌骅的陪同下，专程来到建成不久的三沙光影栈道上参观。正值太阳即将西落之时，栈道上挤满了观光和摄影的游客，一片红火热闹景象。“光影小镇”真是名不虚传啊！

2016 年 9 月，三沙镇被列入福建省第一批特色小镇创建名单。为了突显光影特色，近年来镇政府充分利用海湾的天然资源，沿古桶至虞公亭之间的海岸线，依山傍海新建总长 2.3 千米、宽 2.5 米的休闲栈道，步道上分别设置了“错层摄影平台”“渔矾观景台”“余晖观景台”等 10 个摄影点及游人休闲地。在 2019 年祖国 70 华诞时，向游人开放。如今它已成为游客和摄影爱好者观赏海景及海上田园劳作的绝佳平台。

站在光影栈道上，凭栏远眺，海风吹拂着发丝衣襟，我被眼前的美景深深地陶醉了，情不自禁地长长舒了一口气，也拿出手机“啪啪”地拍摄起来。虽说不如专业摄影师的器材先进，但也切切实实地过了一把瘾，把那些美景长久地保留下来了：

海面如镜，波澜不兴。滩头沃口上，一条弯弯曲曲的水道沙滩，小溪流从中穿过，冲刷出一片复杂多变的纹理，柔美的线条在落日余晖照射下，呈现出不同暖色调和蓝色调的对比色，给多彩的沙滩增添了勃勃生机；近海布满了种植紫菜的竹排，远方是连绵叠加的夕阳染金的岛峰，“半亩方塘一鉴开，天光云影共徘徊”，真是美不胜收……

叶其伟见我流连忘返，说：“许老师，回县里我送你一本摄影集，就是《第五届‘海洋杯·我心中的那片海’中国霞浦国际摄影大赛作品集》，全是获奖作品，漂亮极了！”

“是啊，那太好了！叶主任，摄影可以扶贫，霞浦走在前面了，我一定要写到书里去。”

“好呀，在我们霞浦不仅是摄影，还有写诗作画，也大受欢迎呢！”

“对对，这就是文化的力量！”此时我想起，去年我的作品《第四极：中国“蛟龙”号挑战深海》荣获鲁迅文学奖，同时获得诗歌奖的著名诗人汤养宗就是霞浦人，马上打听他的情况。

“嗬，都是县里的老人了，很熟悉。他现任县政协副主席，我打电话联系一下，晚上一起坐坐。”说着，叶其伟就拨通了手机。不巧的是，汤养宗刚刚到外地参加一个文化活动，几天后才能回来。

听了叶其伟的介绍，汤养宗特意让他把手机转给我接听。互致问候后，他祝我在霞浦采访顺利，过得愉快，并表示后会有期。这通电话引发我的联想：霞浦文化繁荣不是偶然的，早在20世纪80年代，这里就涌现出了许多优秀的诗人作家，被文坛誉为“闽东诗群”。宁德地区文联成立当天，时任地委书记的习近平同志曾出席首届文代会，给文艺工作者以极大的鼓舞。大家谨记习近平同志倡导弘扬“闽东之光”的嘱托，以独特的诗歌视角、前瞻的艺术姿态、满腔的创作热情和对宁德这片热土的无比热爱，投入更加积极有为的创作中去。

其中，霞浦籍四位诗人汤养宗、叶玉琳、谢宜兴、刘伟雄是“闽东诗群”的突出代表，山海滋养，辛勤笔耕，他们均写出了许多讴歌家乡的佳作，获得过多个文学奖项。所以，在这片多彩而深情的山海之间，孕育出如此的诗情画意，并且促进了村民的文明进步，那就毫不奇怪了！

本来，我还与宁德的朋友们约定：转过年来，前来参加 2020 年“三月三”畲族文化节系列活动，现场观赏品味民族文化和畲族风情的独特魅力。谁知，一场突如其来的新冠肺炎疫情搅乱了计划，冰封了春天的歌喉与笑颜。好在我们有党中央坚强领导，举国上下团结奋战，很快扭转了局面，初战告捷。可是还须严加防范，节会取消，只能期待时日再欢聚了。

文化扶贫是精神的扶贫，是脱贫攻坚的重要抓手。文化在脱贫攻坚工作中的重要意义突出体现在“扶志”和“扶智”上面，同时闪耀着当地自然风景和人文精神的夺目光彩，能够引起外界关注并激发人民群众的自生动力，最终使他们的精神面貌焕然一新。如同当年习近平同志在宁德工作时所说：

“如果我们充分认识了闽东之光，并把闽东之光传播开去，使更多的人——外地区、外省市的朋友，海外的朋友，也对闽东之光有所了解，大家就会向往闽东，热爱闽东，把心血汗水浇灌在闽东。”

第六章　山海大合唱

一　新《山海经》

《山海经》具有非凡的文献价值。它包罗万象，涉及哲学、宗教、地理、天文、海洋学、心理学等。在古代文化、科技和交通不发达的情况下，《山海经》是中国记载神话最多的一部奇书，也是一部地理知识方面的百科全书。

时光转到 20 世纪 80 年代，在东南沿海的八闽大地上，一个“念好‘山海经’，建设新闽东”的热潮在蓬勃兴起。当然，这只是借其名而用之，一种形象的说法罢了。其根本是如何挖掘利用有利条件，摆脱贫困，发展经济，改变落后面貌。可以说，这是一部全新的“山海经”。

时任宁德地委书记的习近平同志经过深入细致的调查研究和深刻思考后，在地区干部大会上发表了《弱鸟如何先飞——闽东九县调查随感》的讲话。在谈到如何发展农业时，他掷地有声地说：

“闽东主要靠农业吃饭，我们穷在‘农’上，也只能富在‘农’上。小农经济是富不起来的，小农业也是没有多大前途的。我们要的是抓大农业。这就是说，在农业上，‘靠山吃山唱山歌，靠海吃海念海经’，稳住粮食，山海田一起抓，发展乡镇企业，农、林、牧、副、渔全面发展。‘吃山’，要抓好林、茶、果。林业是‘一封就成林’。周宁县的黄振芳家庭林场搞得不错，为我们发展林业提供了一条思路。茶叶是闽东的一大优势，产量占全省的1/4，现在的亩产比较低，提高亩产应该是一个主攻方向。当前重点要抓好老茶园的改造工作。种果也是很有前景的，特别是具有闽东特色的水果应大发展，如霞浦、宁德的晚熟荔枝，福鼎的四季柚，福安的芙蓉李，古田的油柰等。‘念海经’除继续抓海洋捕捞外，滩涂养殖也要挖潜力，提高单产；而发展滩涂养殖的关键环节是饲料工业如何与之相适应……”

语言朴实，方向明确，有实例、有观点，大家的劲头一下子鼓了起来。不久，习近平同志又专门把周宁县的种树能手黄振芳、福安县坦洋村开荒种茶的刘少如、柘荣县乍洋乡五蒲村党支部书记郑帮德等8位脱贫致富的农民，请到宁德地委行署来，给地区机关副科级以上干部介绍经验。用一村、一户、一人的变化，讲述了10年来改革政策给他们生活带来的巨大转变。他亲自主持报告会，逐个进行点评，肯定这8位农民的做法和经验，并号召大家向他们学习。

嗬，农民代表走进地委会议室做报告，这在宁德历史上还是第一次，在全省也是件新鲜事儿。过后，习近平要求地委政策研究室将这次会议典型材料汇编成册，取名就叫《滴水集》，还亲自写了编者按：

“在获取成就和推动变化的过程中，闽东人民的先进分子起着重要的作用。他们当中，有靠勤劳起家、科技致富的新型农民；有精明开拓、活跃在商品经济舞台上的企业家；有辛勤耕耘、几十年如一日的山村女教师；有把穷山沟引上致富路，树立了党的光辉形象的‘战斗堡垒’等等。在他们身上展示了‘不耻落后，意气奋发，放胆开拓，争先创优’的闽东风格。滴水聚成的涓涓细流，将汇成江河奔腾向前。《滴水集》的汇编，旨在讴歌时代精神，弘扬社会正气，发挥英模人物和先进集体的典型示范作用，将艰苦创业精神发扬光大，成为推动闽东各项工作的巨大力量。”

从战争年代走过来的福建连城人项南，在20世纪80年代初回到福建，先后担任常务书记和第一书记，敢为人先、大胆改革，功不可没。同时，他十分器重习近平同志，两人堪称“忘年交”，感情深厚。习近平同志初到厦门工作时，项南是时任省委书记，十分信任支持这位年轻有为的干部。而习近平同志也非常敬重父辈一样的老书记，以他的“为人为政”为楷模。

项南到福建工作后，时时牢记党中央关于“尽快开拓福建新局面”的嘱托，思考如何加快福建发展的步伐。喜欢博览群书的项南，从那本古书《山海经》中得到启发。书中所述的夸父追日、精卫填海等神话故事，充满了丰富的想象力和创造力。推动福建改革开放，不正需要这种能量吗？

1981年1月27日，项南同志在他主持召开的吹风会上，首次提出了大念“山海经”这个酝酿了许久的想法。他在发言中以商量、探讨的口吻说道：“大念‘山海经’是不是福建的根本出路？”与会的省领导展开了热烈的讨论。绝大多数同志对这个充满智慧和新意的想法表示赞同、支持。这让项南增添了信心，但为了稳妥，他认为还需要深入调查研究，再请教更多的领导和专家，集思广益。

2天后，他同省委常委温秀山、漳州地委书记刘秉仁等人乘一辆中巴车来到漳浦县考察。这里地处福建南部，属于亚热带气候。党的十一届三中全会之后，县委带领全县干部群众，从实际出发，调整生产方针，首先把粮食生产抓上去后，接着考虑向山向海发展，山上发展林、果、竹，海上发展鱼、虾、贝，耕地主攻粮、油、蔗糖，加上办好工业，让全县人民生活得到明显改善。县委书记黄步翔详细汇报了这些情况，并陪同他们到实地参观。

项南同志越听越高兴，越看越兴奋，说："你们的想法提得好，干得更好，你们是在干一个伟大事业。今后，在保证粮食稳定增产的前提下，就是要向新的领域进军，向山进军，向海进军，这样才能较快地发展。福建地少人多，这个历史状况短时间改变不了。因此，对粮食生产一定不能松懈，但领导的注意力要放在新的发展领域。"

他支持漳浦山上种果、海上搞养殖的做法，总结为念"山海经"，建议成立花果中心，并提笔书写了"大念山海经，黄土变成金"，作为花果中心大门的对联。从此，漳浦的山海开发热火朝天，开放的步伐加快，经济迅速发展，成为全省的先进典型。

漳浦县的成功实践，更加坚定了项南同志大念"山海经"的想法。可专家学者怎么看待呢？一贯尊重知识、尊重人才的项南同志带着这个问题向省里一些科研单位专家请教，也得到了高度认可，专家们还提供了坚实的理论依据。这使项南同志更加坚定地相信，新"山海经"是福建起飞发展的途径之一。

1981 年 3 月 14 日，项南同志在全省科技会议上明确地提出了要发挥福建优势，必须做好山和海的文章，向大山要财富，向海洋要财富。福建有山有海，这是许多兄弟省份比不上的。他进一步分析说，一是福建的陆地面积 12 万多平方千米，可以利用的渔场面积为 13.6 平方千米，比陆地面积多 1 万多平方千米。海阔凭鱼跃，天高任鸟飞，可以大有作为。

项南同志是个思想解放、很有见地的领导者，工作作风历来是认真严谨、有章有法的。这年的省五届人大三次会议上，他以《解放思想和特殊政策》为题做了发言：念"山海经"战略，其实是一种方法、手段，建设 8 大基地（即把福建建设成林业基地、渔业基地、经济作物基地、牧业基地、轻工基地、外贸基地、科技基地、统一祖国的基地），才是真正的目的。1981 年秋，福建省委正式做出大念"山海经"、建设 8 大基地的决定。

就是在这种时代背景下，习近平同志调任福建省厦门市委常委、副市长，直接在项南同志为班长的省委领导下工作，为特区建设做出了卓越贡献。3年后，他勇挑重担，来到全省排位最后的宁德地区任地委书记。面对全国18个连片贫困地区之一的闽东，他迎难而上，因地制宜，提出“靠山吃山唱山歌，靠海吃海念海经”……

山和海是宁德的资源优势。

“山”可以发展林业、茶叶、水果、养殖；“海”则可以进行海产品养殖和捕捞。习近平同志深刻意识到当时的闽东尽管贫困，却有许多可以利用的有利条件，辩证思维让他在谈面对一个落后地区的经济发展时，信心满满。

此前，项南同志壮志未酬，怀着对八闽大地深深的爱，在众多干部群众的依依深情中告别：改革开放的步子不能停，回头路不能走。你们放手干吧，5年内我不来福建！其意是指不干涉新领导班子工作。

回到北京后，项南被选为中顾委委员。他年事已高、身体不好，本应在家颐养天年，可又毅然接受了一项新任务，筹建我国第一个民间扶贫机构。在一无资金、二无办公机构和办公人员、三无办公场所的情况下，他迎难而上，联络一些老同志多方呼吁，于1989年3月成立了中国贫困地区发展基金会（中国扶贫基金会前身），他本人为第一任会长。他提出了“只服务，不营利；只帮助，不代替；多造血，少输液；多开发，少救济；要脱贫，靠自立；要致富，靠科技”的扶贫思想。

这些观念深深影响着主政一个贫困地区的习近平同志。

后来，习近平同志调任福州市委书记。项南同志没有食言，整整5年之后，才为了扶贫基金会的事情来到福州，与习近平同志见面畅谈。期间，项南同志讲起了一件终生难忘的事：

“有一次我去探望老帅聂荣臻。谈话间，聂帅提起河北阜平县，那是当年的晋察冀边区。聂帅说：‘老百姓保护了我们、养育了我们，我们打下了天下，是为老百姓打下的天下，阜平的乡亲们现在生活还没有明显改善，我于心不忍，一定要把老区的事情办好。'"

阜平位于河北省保定地区，是战争年代晋察冀军区司令部所在地，毛泽东等中央领导同志曾在县城南20公里处的城南庄居住过。那时，阜平人口不足9万，养活了超过9万人的部队，1/5的阜平人参军参战，5000多人牺牲在战场上。可是，中华人民共和国成立后由于种种原因，群众生活比较贫困。

"最后，他握着我的手动情地说：'阜平不富，死不瞑目！'说这话时，老帅流泪了……"项南讲到此，声音也有些哽咽，停了一会儿才接着说，"当时我郑重地表示：请聂帅放心，我们一定尽快帮助阜平人民脱贫致富。"

听了这个故事，习近平同志深受触动地说："是啊，我们对脱贫攻坚特别是老区脱贫致富，要有一种责任感、紧迫感，要带着感情做这项工作。"

所以，习近平同志在宁德工作期间，始终如一地扭住摆脱贫困、经济建设这个中心不放，扎扎实实地大念"山海经"，建设新闽东。后来，他离开宁德调任福州市委书记，就把围绕闽东发展思考与实践所写的一些文章和会议讲话，汇编成一部文集，取名《摆脱贫困》，于1992年由福建人民出版社出版。请谁作序呢？他自然想到了老书记项南最为合适。

果然，项南同志认真看完书稿后，十分高兴，欣然提笔，为《摆脱贫困》一书写了序言，其中讲道：

"近平同志和他的'一班人'，在宁德近两年的工作中，带头'四下基层'，对宁德的特点和历史，做了仔细的调查和认真的思考，所以提出的设想，比较切合实际。一扫时下那种说大话、说空话、说套话的弊病。虽然近平同志已经调离宁德，但今天是从昨天走过来的，他留下的这份精神财富，肯定会对继任者起承前启后的作用。

"他主张集中各方面力量，充分发挥宁德的山海优势，来个'经济大合唱'……近平同志有些想法，是想得很深、很细的。如提倡'滴水穿石'的精神、'弱鸟先飞'的意识等，目的都是为了发扬人的首创精神，不畏艰难的精神……同贫困做斗争，是一项长期的历史任务。贫困地区要收到经济、社会、生态三方面的效益，没有愚公移山的精神，不从治山治水这个'笨'工作上下功夫，是改变不了贫困落后的面貌的。"

这篇 2000 字的文章，言简意赅，情深意切，既肯定了习近平同志主政宁德 2 年所取得的成绩与做法，又进一步阐明了自己对扶贫工作的想法，给予为脱贫而艰苦奋斗的闽东人民以激励。

他在序言里还指出："一个担任重要职务的年轻干部，对改变本地区的落后面貌有什么抱负、有什么想法、有什么作风，关系着这个地区整个工作的成败。"

这句话在今天看来依旧充满力量。当年的"年轻干部"如今已掌舵"中国号"巨轮，他用扎实肯干的工作作风、立志摆脱贫困的担当抱负，带领中国人民实现了一个又一个与老百姓息息相关的心愿。

那些年里，项南同志拖着年老多病的身体，多次与基金会的同志深入"老少边穷"地区，访贫问苦，出谋划策。他甚至有时就悄悄地买上硬座车票，前往农村明察暗访。

曾有朋友私下跟他开玩笑说："你当上了中国最大的丐帮帮主。"

他若有所思地说："……我们对贫苦百姓欠账太多，现在总算有机会还点债了。"

项南同志对他工作过的福建情有独钟。1993 年 5 月 3 日，已经 75 岁的项南再一次来到宁德，参加"福鼎中国富民示范城"奠基典礼会，并且做了《抓住机遇，解放思想，促进闽东经济更快发展》的讲话。言谈间，充满了深厚感情和殷切期望。

这里的人们没有辜负项南同志的期望，在深化改革、扩大开放上迈开了新的步伐。经国务院批准，宁德地区列入全国农村改革试验区的序列，命名为“开放促开发扶贫综合改革试验区”，把对外开放与山区经济开发结合起来，逐步培育和完善市场体系的建设，充分利用沿海优势，扩大对外开放，加快经济建设的速度，为贫困地区脱贫致富奔小康提供经验……

1997年11月10日下午，已是福建省委副书记的习近平同志，应邀访问印度回到了北京。稍事休息，他叫上陪同出访的省委副秘书长李育兴去看望项南同志。

“好！”李育兴曾当过习近平同志在宁德时的办公室主任，深知他与项南的忘年友情，马上联系车辆一同前去。

当他们如约来到项南家时，看到他穿着西装打着领带，精神矍铄。原来，当天晚上他要参加2场有关扶贫基金会的接待活动，正做准备呢！

项南同志看到习近平、李育兴两人来了，非常高兴，连忙让他们坐下并安排家人沏茶倒水，谈笑风生地攀谈起来。习近平同志向他介绍出访情况、福建情况。项南同志饶有兴致地听着，不时地插话询问，对福建发展和扶贫工作关心备至。仨人谈兴很浓，一直谈了一个多小时。

最后，习近平同志端起面前的茶杯喝了一口，说：“时间不早了，您一会儿还有事情，我们这就告辞了。”

项南同志看看墙上的挂钟，点点头说：“好吧，每次见到你们就有聊不完的话，以后有机会再谈。走，我送送。”

“不用不用，您老留步吧。”

项南站起来，坚持把他们送到电梯口，互道保重分别了。

然而世事难料，万万没有想到：当天晚上，项南同志参加公务会谈之后，竟突发心脏病去世了！

噩耗传来，习近平同志惊愕而悲伤，十分沉痛又钦敬地表示：

“他（项南）给我们留下了宝贵的精神财富，也为我们留下一位共产党人、一位人民公仆的真实榜样。”

斯人已去，风范犹存。项南同志当年倡导的念好新“山海经”，经过习近平同志在宁德当地委书记的具体实践、在福建当省长时的大力推进，已经在八闽大地上落地生根，开花结果。习近平同志从全局的、战略的高度，倡导并建立了山海协作联席会议制度，亲任会议召集人，促进山海联动，实现共同富裕。

进入新世纪以来，福建省委、省政府出台了《关于深化山海协作的八条意见》，确定23个扶贫重点县作为福建农村扶贫开发工作的主战场，明确每个扶贫重点县由1个沿海较发达县（市、区）结对帮扶、1位以上的省领导联系帮扶、5个以上的省直单位挂钩帮扶，明确帮扶责任，细化帮扶措施，着重对扶贫重点县的产业发展、基础设施和社会事业予以扶持。

福州对口宁德，这两个城市正好是习近平同志主政过的地方，可以说偶然里边有必然，寄托着从这里走出去的党中央总书记的一份期待。这些年，“山海联姻”，一个个协作项目在宁德市结出了丰硕的果实。2012年以来，全市落实协作项目200多个，带动区域经济实现产值超千亿元。通过山海协作，宁德市一批产业“短板”得以补齐，经贸合作、农业发展、社会事业建设等方面都取得了明显的成效。

如此，福建省不断完善和丰富具有特色的“唱山歌”“念海经”等山海协作模式，走出了一条新时代精准扶贫、共同富裕之路……

二 “福茶”的春天

自古以来，我们的祖国地大物博、产品甚丰，各地都有不同的特产。别的不说，仅举人们日常生活所需的消费品为例：酒类有“贵酒”——以茅台为代表的贵州好酒，烟草有“云烟”——以“大重九”“红山茶”为品牌的云南名烟。那么,风靡世界不可或缺的茶叶以哪里为代表呢?

尽管大江南北有许多产茶胜地,但窃以为,位于东南沿海的福建省依山傍海,山清水秀,非常适合茶树的生长,已拥有1600多年的产茶历史。且品种众多,风味独特:武夷大红袍、安溪铁观音、正山小种、金骏眉、坦洋工夫、福鼎白茶等闻名中外。所以,“福茶”——福建的茶叶应名列前茅。

闽东有个福安市,早先是宁德地区的一个县,后改为县级市,这个名字取得那叫一个“好”!幸福安康,人们穷其一生的追求和祝愿,全都包括在里边了。此外,它在历史上是重要的水陆交通枢纽,也是中国著名的茶叶之乡,全国第二大茶叶主产市(县),最大的绿茶、花茶主产区和红茶原产地。

不过,说起当地的茶叶品牌,福安人必称“坦洋工夫”。这种茶叶的辉煌历史,是所有福安茶人心中的骄傲和光荣,也是美好梦想的起源。“坦洋工夫茶”名称,来源于福安西北约20公里处的社口镇坦洋村。它本是白云山麓一个名不见经传的小村子,清代咸丰元年,因首创一种后来有口皆碑的红茶,遂名闻天下。

从福安出发经社口镇,傍山缘溪而行,跨龙凤桥、真武桥,就到了桂香山下风光秀美的坦洋村。清人郭苹野在《坦洋村记》中说:“至坦洋,四山排闼,一水中流,鸡犬相闻,闤阓茂盛。产茶美且多,有武夷之风,外邦称为小武夷是也。”所谓“有武夷之风”,是说坦洋红茶的制艺源自武夷,在外国人看来,它是一种别具风味的武夷红茶。但坦洋人并不满意这种说法,直接把本村创制的红茶正名为“坦洋工夫”。

“坦洋”村名最早见于1762年的《福宁府志》,因村形如长块木板,又称“板洋”。村前清流如练,村后桂树飘香,隔岸松杉苍翠,远近茶园碧绿。在民国以前,载重量一吨多的小船可直抵坦洋村口,是一个有着悠久种茶和制茶历史的村庄。相传清咸丰、同治年间,坦洋茶商胡福四

(又名胡进四)、施光凌精工细作试制红茶成功,遂取名“坦洋工夫茶”,产品远销西欧,甚至得到英国王室的青睐,茶商接踵而来并设洋行,名声大噪。

1915年,在巴拿马太平洋万国博览会上,坦洋工夫茶与贵州茅台酒、杭州织锦等多种中国特色产品,同时获得了金质奖章。然而繁华如梦,盛极而衰。正值第一次世界大战愈演愈烈之际,欧亚海陆交通阻隔,加上政府苛捐杂税,商人掺杂作假,以及印度红茶、日本绿茶兴起等原因,坦洋工夫茶的市场迅速萎缩,坦洋村的百年鼎盛渐渐泛黄,淡入尘封的历史,茶村民生凋敝,唯余斜阳巷陌、古栈荒宅……

中华人民共和国成立后,百废待举,党和人民政府十分重视茶叶生产与加工。1952年7月,在坦洋村所在的社口镇原茶场旧址上,成立了“福建省农林厅福安茶叶试验场”,加强对当地特色农产品“福茶”的研究。后几经变更,于1975年9月改隶福建省农业科学院领导,称“福建省农科院茶叶研究所”。几十年来,由于种种原因,这里的茶山并未恢复昔日的茂盛,不少茶农依然在贫困线上徘徊。

进入改革开放的新时期,新政策、新气象如浩荡的春风春雨,使千山泛绿、万树抽芽,醒来的坦洋人和坦洋工夫茶犹如枯木逢春,渐次复兴。尤其是到了20世纪80年代末期,他们又迎来了新的机遇……

那是1988年秋季的一天,一行干部模样的人来到了坦洋村。其中一位个头高高,慈眉善目,穿着一件深蓝色衣服,脸上始终挂着笑容的人走在最前面。他就是任职不久的宁德地委书记习近平同志。

正值而立之年的刘智勇,刚刚被推选接替了他的父亲种茶能手刘少如,当上了坦洋村党支部书记,连忙走上前去迎接。不久前,县里镇上有关部门就通知他:地委书记可能要来村里调研,让他做好准备。现在说来还真来了。

初次见面,刘智勇寒暄着,把习近平同志一行人让进村委会办公室，心里暗想：地委领导竟然这么年轻，穿着也这么朴素。一行人坐定后，刘智勇特意沏上最好的坦洋工夫茶，拿出预先写好的汇报材料，清了清嗓子正要念，就被习近平同志微笑着打断了：

“不用念材料，我问你答就行了。”

“哦，那书记想了解哪方面的情况，问吧。”

“我听说，你父亲老支书带领村民开荒种茶，效果不错。你接任了这副担子，怎么才能更好地发挥农村党支部战斗堡垒作用呢？”

“是的，我任职不长，还没多想这个问题。不过，农村人常讲村看村户看户，大家看干部。只要党员干部干在前面，就有说服力，就能带动全村干大事。”

“不错。”习近平同志点点头，接着问道，现在村里种了多少亩茶，都是什么品种？怎么增加村集体收入？”

“我们大约有 480 多亩茶园，以坦洋工夫、乌龙等红茶为主，也有部分白茶和绿茶。村财主要靠加工茶叶，产量不大，再就是卖茶青了。”

习近平同志问得仔细，听得认真。刘智勇觉得心脏“怦怦”直跳，生怕答不上来。好在都是日常农事，实打实地说就行，他慢慢就不紧张了。座谈结束后，习近平同志说去看看茶园。刘智勇和会计胡晨潮等人在前带路，引领着大家沿着山路，爬上村后的一座茶山。

云烟缈缈，雨雾蒙蒙。天上下起了小雨，大家张罗着要给习近平同志打把伞，他爽快地摆摆手，迈开了大步，鞋子裤腿上都沾满了泥巴，登上了一处名为“流池坪”的山头。他深入茶园，听介绍、看茶树，当看到远处有的山头还是光秃秃的，便手指着问刘智勇：“为什么那里没有种茶？”

“唉，别提了，那片地上有庙有坟，村民觉得是‘祖宗山’‘祠堂山’不能动，只好长年荒着。”

“要做工作，坦洋茶园不是多了，而是少了，要大力发展特色茶、生态茶产业。农村党组织是脱贫第一线的核心力量，你们要发扬老支书的精神，站在改革的前头，带领大家脱贫致富。”

“好的习书记，我们一定这样办，不辜负领导和村民的期望。”刘智勇坚定地表态说。

考察完茶山，习近平同志一行人马不停蹄地回到村委会，召集村干部开会、研究具体措施。他要求干部带头，带动村民开垦荒山、种植茶树，鼓励他们紧紧抓住大好机遇，扩大种植加工能力，再创一个坦洋工夫茶的新辉煌。

临别时，大家来到村集体的茶叶加工站门前，坐在一条长凳上照了一张有历史意义的合影。照片上，习近平同志双手合拢放在膝盖上，是那样的年轻精神、真诚亲切。由于人多，凳子又短，大家挤得紧紧的，后边还站着一排村民，每个人的脸上都绽放着开心的笑容。

从那以后，习近平同志确定把社口镇坦洋村作为党建联系点，先后又来了几次，留下了一段“四进坦洋”的佳话。他说：闽东学“三洋”（福安社口镇坦洋村、福鼎叠石乡竹洋村、古田鹤塘镇西洋村），坦洋要当“领头羊”。不断放大“坦洋工夫”的品牌效应，因地制宜，壮大茶叶经济。进而指出：坦洋发展好了，还要与困难村结成对子，开展帮扶。

在习近平同志的鼓励下，刘智勇和村“两委”更有底气了，放胆提出“谁种谁所有”，鼓励村民垦荒种茶，使荒芜多年的“宗祠山”变成了茶山。很快，全村茶叶种植面积迅速增至1000多亩，村里的茶产业也初具规模。1989年仅村集体的坦洋工夫茶叶公司，净利润就达41万元。这在当时对一个小山村来说，堪称“天文数字”了。

如今，坦洋村茶叶种植面积增至3000多亩，村资产超过300万元，村党支部也被评为“全国先进基层党组织”，成了闽东明星村。2001年，福安市因拥有30万亩茶园和名茶坦洋工夫被国家命名为“中国茶叶之乡”。

民国以前，一吨以内船只可以沿溪通到坦洋村头，不仅方便茶叶交易，也使坦洋村成为热闹一时的乡镇。至今村内仍保留着古民居、古茶行、炮楼、廊桥、施氏祠堂、胡氏祠堂等清代风格建筑。游人徜徉在青砖黛瓦的坊巷间，重温坦洋工夫的坎坷，如同穿越了时光隧道。

2006 年，福安市委、市政府提出打造“坦洋工夫”品牌的战略目标，同年 10 月，在人民大会堂举办“中华名人共建海峡西岸和谐福安暨坦洋工夫茶系列活动”中，11 种以百年老字号“坦洋工夫”为统一品牌的茶产品同时亮相京城。其间，“坦洋工夫” 茶被中华名人协会指定为中华名人特供茶。2007 年 2 月“坦洋工夫”正式获得国家地理标志产品保护，12 月《坦洋村古村落建设和保护规划》编制完成，坦洋村被省人民政府评为第三批省级历史文化名村。

坦洋工夫——这位白云山麓的“红衣佳人”，终于重洗仙颜，再现芳华，以“生态、和谐、健康、高贵”的品格，醇厚的芳香和浪漫的红艳，走向了人间世界。村民们在党和人民政府的正确领导下，付出辛勤的汗水，将珍贵产品和品牌发扬光大，早已脱贫致富过上了小康生活。

如今年逾花甲，已经卸任村支书的刘智勇，望着满山翠绿的茶园，时常陷入当年的回忆中：“想起习书记冒雨走在山路上的背影，还有他鞋子上的泥巴，心里就暖暖的……”

闽东多好茶，除了“坦洋工夫”之外，还有一种享誉海内外的名茶——福鼎白茶。它与它的“兄弟”们类似，也走过了一条繁荣—衰落—重现芳华的路程。在新的历史时期里，它获得了勃勃生机，已成为广大农民脱贫致富的有力武器。

在中国茶家族里，名字五彩缤纷，有绿茶、红茶、白茶、青茶、黑茶、黄茶等，好比飞起了一道斑斓彩虹。事实上，并非因其外表颜色命名的，而是根据制作工艺和特点来区分，各有千秋。

绿茶是不经过发酵的茶，即将鲜叶经过摊晾后直接下到一二百摄氏度的热锅里炒制，以保持其绿色的特点，绿叶绿汤，口感清爽。红茶与绿茶恰恰相反，是一种全发酵茶（发酵程度大于 80%）。名字得自其汤色，红叶红汤，口感醇和。黑茶是在已经制好的绿茶上浇水，再经过发酵制成，有茶饼、茶砖，汤色红褐发亮，口感厚重。青茶即乌龙茶，是一类介于红绿茶之间的半发酵茶，汤色金黄，香气浓郁……

这里重点讲一讲白茶。它属微发酵茶，即鲜叶不用杀青或揉捻，只经过晒或文火干燥后加工而成。具有外形芽毫完整，毫香清鲜，汤色黄绿清澈，滋味清淡回甘的品质特点。因成品茶多为芽头，满披白毫，如银似雪而得名。它的主要产区在福建福鼎、政和、建阳等地，以福鼎最有代表性，产量、销量和名气均巨大。

福鼎现为宁德管辖的县级市，位于福建省东北部，东南濒东海，东北界浙江省苍南县，西接柘荣县，南连霞浦县，境内山海相间，云水环绕，著名的风景名胜——太姥山屹立在市境西南部，峰峦险峻、怪石嵯峨，以峰险、石奇、洞幽、雾幻四绝名闻遐迩。登临峰顶，眺望东海，星罗棋布的岛屿，风光旖旎的海湾，尽收眼底，有着“山海大观”和“海上仙都”之美誉。

如此美妙的自然生态环境，孕育了众多地方特产，“福鼎白茶”便是其中之一。据《宁德茶叶志》记载，太姥山古名才山，尧帝时有一老母在此居住，以种兰为业，为人乐善好施，深得人心，并曾将其所种绿雪芽茶作为治疗麻疹圣药，救活很多小孩，人们感恩戴德，尊其为“太姥娘娘”，并向她学习种茶。

剥去传说中的神话外壳，结合现实中的证据，我们不难发现其承载着太姥山先民识茶用茶的信息。唐人陆羽所著《茶经》，是中国乃至世界上现存最早、最完整、最全面的茶学专著，其记载：“永嘉县东三百里有白茶山。”据考证，此白茶山就是福鼎境内的太姥山。明末清初周亮工莅临太姥山，为福鼎大白茶母茶树题诗：“太姥山高绿雪芽，洞天新泛海天槎。茗禅过岭全平等，义酒还教伴义茶。”现鸿雪洞中尚留有摩崖石刻。

彼时，白茶作为高端茶叶出口欧美，英国贵族阶层仅在泡红茶时放入几根白毫银针，足见其珍贵。有人曾评说，福鼎白茶是典型的“墙内开花墙外香”一族。

然而近代以来，国内外战乱频仍，交往阻隔，福鼎白茶日渐式微，只能期待着新的召唤……

20 世纪 90 年代末，闽东地区扶贫开发的热潮有增无减，一浪高过一浪。福鼎白茶乘风而上，迎来了大发展的春天。有些民营茶叶公司大片大片地承包茶山，既拓展了生产经营业务、扩大了品牌知名度，又使当地山村和村民发了“茶叶财”，逐渐改变了贫穷落后面貌。

福建省天湖茶叶有限公司，就是这样一家有眼光、有爱心的民营企业。现任董事长林有希，1963 年生于福鼎制茶世家，17 岁进入县茶厂从事茶叶机械技术工作，在短短 12 年内成为业界的精英骨干。他的夫人施丽君也是茶叶科班出身，农校毕业后进入茶厂做技术员，两人志同道合。1996 年企业改制，他们创办福鼎惜缘茶厂，慢慢有了积累，并在北京马连道“茶叶一条街”上开了店铺，生意兴隆。

可是，林有希心中总还有些隐隐的遗憾，难以割舍对福鼎白茶的情结，就想把家乡的特产做大做强，同时也改变周边乡亲们的贫困状况。1999 年，他回到家乡考察，发现白茶的“老家”太姥山下的方家庄、大姥洋等村庄，村民们各自种茶，势单力薄，虽说建了个小茶厂，但缺资金少技术，管理也不行，茶叶卖不上好价钱。还有不少山坡地闲置着，没人打理，都荒芜了。

他想：这么好的水土环境，如果把茶厂办到山上去，减少中间环节，保障有机茶质量，可以把福鼎白茶的名号重新叫响起来。说干就干，林有希作为第一个“吃螃蟹”的人，决心回家承包茶园。这在当时成了茶商们的笑话，说他“太傻”了：那里的破山谁要啊，草比人高，肯定要破产的！

凭借着多年评茶师的经验和对茶业发展的观察，林有希相信自己的眼光。爱护自然，改良土壤，给子孙留一片净土是可持续发展之道，真正的有机茶园是未来茶业的发展趋势。他毫不犹豫地回道:“漫山遍野的草,没关系,我们用双手来除掉!”

不畏艰辛,林有希夫妇下决心成立了福建天湖茶叶有限公司,在太姥山以土地流转的方式,建立有机茶园1500亩,并以“公司+基地+合作社+农户”的形式,带动周边2367户农户发展有机茶、无公害茶园8730亩。他们雇用当地村民除草、种茶,到公司来打工,很快获得了可观的回报,拿到了有机茶园的认证证书,产品大受欢迎。“涵养大地,关爱生命”也作为天湖茶业的企业理念,享誉四方。

这里常年云雾萦绕,风调雨顺,纯净无污染。得天独厚的自然环境孕育了茶叶的优异品质,茶园全部选用国家级良种“福鼎太白”“福鼎大毫”种植。集天地日月精华,吸云水灵气,承天然甘露,加工为各类茶叶,蔚成珍品,颇受客户青睐。有了自己的有机茶园,林有希又把目光转向品牌化的道路。

来源于太姥娘娘传说中的“绿雪芽”,激发了他的灵感:一听到这个名号,就会使人产生“雪的清高、绿的生机、芽的形态”的印象,且当今还可在山上融雪洞旁找到生产绿雪芽的白茶古树,更增添了白茶“善文化”与“仁爱文化”的内涵。林有希夫妇认为,自己有责任对白茶的历史文化内涵进行挖掘、传承和发扬,打造“绿雪芽”品牌茶叶。

“林总啊,‘绿雪芽’诗意盎然,何以作为品牌为‘天湖’所得?”人们感叹之余,时常这样发问。

“呵呵,是太姥娘娘护佑!也是机缘巧合。”林有希看着窗外的远处,兴致勃勃地说,“1999年10月,我们公司成立后,想要一个茶叶品牌。正巧有先注册的人出让‘绿雪芽’,我们马上花几十万买到了。许多人不理解,一个空名字,值这么多钱吗?我就是觉得这个牌子不能流落在外,一定要在福鼎,在天湖生根。”

其实,“绿雪芽”这3个字有历史、有文化、有形象、有故事,加之天湖人赋予了它全新含义:绿,象征健康和生命;雪,象征天然纯净无污染;芽,象征不断进取的精神。如今“绿雪芽”茶叶已是价值连城的著名品牌了!先后荣获“中国驰名商标”“中国白茶标志性品牌”。林有希特意请了大书法家启功先生,题写了“绿雪芽”三个字,铭刻在太姥山融雪洞前古茶树旁,成为茶山一景。

尤为令人欣慰和称道是林有希和天湖公司在山上建立有机茶园的做法,也是直接参与到扶贫开发之中。不但将“绿雪芽”这一品牌做了起来,重现福鼎白茶的昔日辉煌,而且帮扶促进了当地贫困村庄整体脱贫。太姥山镇方家山村就是直接受益者。

“畲山无园不种茶,山上无茶不成村。”太姥山中的方家山村是一个畲族聚居地,自古以来就借助气候、土壤等优势,以种茶为主,是福鼎白茶的发源地。但长期以来因各自为战,无序竞争,茶叶有品质却无品牌,难以带动村民致富,成为宁德市级扶贫重点村。自从天湖茶叶公司入驻之后,承包大片闲置土地和荒山,建立了有机茶生产基地,投入资金、整合资源,把福鼎白茶重新叫响了!

如同一颗蒙上灰尘的珍珠,擦拭一新,光彩照人。方家山村借船出海,引进茶企,发展茶旅,山鸡变凤凰,成为远近闻名的富裕村。首先是不少人直接到天湖公司上班,在家门口打工挣钱;其次有村民从卖茶青到学习经营理念,自己办茶厂开店铺,当上了小老板;还有的干脆连茶园带人应聘到天湖公司,水涨船高,成为主管一方的“天湖人”。

村民陈青童,一直是村里的低收入户,夫妻俩种着几亩稻田和茶园,一年到头勉强“弄”个温饱。天湖茶叶公司来了,机会也来了。他们由公司提供技术指导,种植福鼎大白毫,5 亩地一年收入七八万元。农闲时夫妻俩还在公司打工,一个月也有六七千元收入,合起来一年能挣到十几万元。

“以前只能种些水稻,卖点茶青,仅够家人的口粮,现在有了企业的帮扶,生活真是芝麻开花节节高啊!”说起前后对比,陈青童笑得合不拢嘴。

这仅仅是开了个好头，几年后，天湖公司扩展有机茶基地，采取了新政策：村民可以把茶园租给公司管理，自己到公司上班，拿2份收入。林有希感觉陈青童踏实肯干，又曾经在镇上茶厂当过管理人员，便聘请他到加盟公司。林有希说："老陈啊，你连地带人都来吧，天湖不会亏待你的。"

"这可太好了，感谢林总！不过，没了园子，我老伴儿老闲在家里不行啊！"

"一起来！都是我们的员工，能干几年是几年，社保医保都给你们交上，退休时也发养老金。"

如此优厚条件，陈青童夫妻俩感激不尽，登时将自家6亩茶园交给天湖公司，高高兴兴地到公司上班了。一个担任行政管理，一个做后勤保洁。几年过去了，陈青童就像他的名字一样，回到了童年青年时代，甩开膀子勤勤恳恳干起来，升任了天湖基地茶场场长。

当然，最大的变化还是村集体打出了"白茶故里"的旗号，成立了"福鼎市方家山畲寨生态白茶合作联社"。这是村里21家茶企组成的一个茶叶专业合作联盟组织，村民5户至10户为一组，将全村建档立卡贫困户纳入其中。合作联社与茶农签订茶叶质量安全诚信自律承诺书，从茶园、茶青到生产加工、包装、销售等各个环节，形成严格的统一管理和市场推广机制，保证白茶的产、供、销等环节可监督、易追溯、保质量。

同时，他们将"白茶故里"作为公共品牌，加大了宣传力度。挂钩帮扶方家山的宁德市委办公室、宁德市市方志委、闽东日报社也分别利用各自媒体《宁德通讯》《宁德年鉴》《闽东日报》等进行了扶贫公益广告宣传。2018年4月18日，方家山村成功举办了首届"白茶故里"文化节，畲歌对唱、畲族舞蹈、生态白茶文化等轮番表演，吸引了众多游客流连忘返。村"两委"还积极参加茶博会，推广福鼎"方家山"白茶品牌，逐渐摸索出一条集"畲族风俗、茶产业、旅游业"一体的畲村经济的新路子，获得“福鼎生态白茶第一村”美誉，带动村民们脱贫致富……

不用说，创造了“绿雪芽”品牌、促进了福鼎白茶腾飞的天湖公司功不可没。天湖公司董事长林有希被评为中国白茶研发中心（福鼎）兼职研究员、国家高级评茶师、宁德市劳动模范，担任福鼎市第十二届政协常委。他的夫人北京公司总经理施丽君，被大家爱称为“茶娘”，荣获“国际十大杰出贡献茶人”荣誉称号。

其中，最令“天湖人”自豪和骄傲的是：公司先后通过了中农质量认证中心有机茶（OTRDC）、德国 CERES 欧盟有机认证、农业部良好农业规范（GAP）认证及国家质检总局的原产地注册等，造就了“绿雪芽”品牌，成为一家集茶叶种植、加工、销售、科研及茶文化推广为一体的农业产业化省级重点龙头企业。

早在 2005 年，国务院扶贫办就认定福建天湖茶叶有限公司为“国家扶贫龙头企业”，这在宁德市是第一家……

三　山绿了，水清了，民富了

时光回到 30 年以前，那是 1988 年 7 月的一天，正值炎炎盛夏，烈日当空，动一动就浑身冒汗的季节。地处闽东山区的周宁县七步镇后洋村后的炼山上，一片杉树林虽然长得不太高，却已经绿叶满枝能够遮阳挡雨了。

年已花甲的造林大户黄振芳正在山上查看，为下一步种树造林做着准备。突然，有位村民气喘吁吁地跑来了，急切地说：“阿爹、阿爹，习书记上山来看你了。”

“啊？是哪个习书记？”黄振芳一脸茫然地说。

“新来的地委书记，到周宁来调查，听说了你家造林的事，很高兴，说要来看看。这不已经来了。”

黄振芳急忙迎过去，果然见村干部带路引来了一帮人。经过介绍，那位个子高高的年轻人就是习近平书记。他满脸是汗，微笑着看着黄振芳，随意聊了起来。

“老人家，你辛苦了，哪些是你家造的林啊？都是些什么树种？”

“哦，这几个山头都是。”黄振芳挥手指了指周边的山峦说，“宁德这片山适合长杉树和枫树，也有茶树毛竹。”

习近平同志一行人饶有兴趣地看着眼前的树木，不时地摸摸已有胳膊粗的树苗。习近平同志说：“我听说你带着全家人干了5年了，干得好，为闽东植树带了个好头。穷不可怕，人穷不能志短，更要振奋精神往前奔。”

这次在周宁调研，黄振芳的林场给习近平同志留下深刻的印象。回到宁德之后，他召集地委行署干部会议，做了一次《弱鸟如何先飞——闽东九县调查随感》的讲话，在讲到“靠山吃山”时，特别表扬道：“周宁县的黄振芳家庭林场搞得不错，为我们发展林业提供了一条思路。”

1989年1月3日，刚刚过了元旦新年，习近平同志再次来到了周宁县黄振芳林场。他看到林场的面积又扩大了不少，听黄振芳说起新的计划：除了继续造林之外，还打算在林下套种马铃薯。他说：“这样就能以短养长，多元发展。”

习近平同志高兴地握住他的手说：“你这林场搞得好，值得推广。要好好总结。”

看到黄振芳一家正在育苗，他也挽挽袖子，拿起一把铁锹铲土挖坑，亲手种下了3棵小杉树。临别时，习近平同志看着远处的山山岭岭，转身对地区、县里陪同的领导说：“‘什么时候闽东的山都绿了，什么时候闽东就富了！’闽东群众的这句话，说出了一个很深刻的道理。”

脱贫致富，终究要靠贫困群众用自己的辛勤劳动来实现。习近平同志对矢志摆脱贫困、真正埋头苦干实干的奋斗者格外关注，不失时机地为其鼓劲，以此更好地调动广大干部群众的积极性和创造性，加速扶贫开发的进程。

2月23日上午，宁德地委行署召开改革10年形势报告会，习近平同志专门把黄振芳、刘少如等8位农民代表请来，为地直机关副科长以上干部做报告。这些人都是全区，甚至全省有名气的脱贫致富、改革创业的带头人。

30载寒暑过去了，周宁县、后洋村与闽东其他各地一样，都发生了翻天覆地的变化。已年近九旬的黄振芳曾连任几届市政协委员，身板仍很硬朗，走路不要拐杖。虽说不能干重活了，但时常现身说法“靠山吃山”脱贫，提到当年走上地区讲台的往事，总会说：

“1989年9月，地区在屏南召开全区开发性生产暨脱贫致富现场会，习书记在谈到自力更生、艰苦奋斗的精神时，再次表扬了我，说我是‘绿了荒山白了头’。我想，习书记为什么要不断肯定我、表扬我，为什么要在我家林场种下3棵杉树？他是鼓励我要继续艰苦奋斗，持之以恒，勤劳致富。”

“习总书记种的树还在吗？”

“在，在，长得可好哩！长成参天大树了！”

提起后洋村的家庭林场，那可就说来话长了。

早在南宋理宗嘉熙二年（1238年），闽东福安穆阳镇街上，有户名叫张太三的员外公。那年夏天突遇强降雨，溪流暴涨，穆阳一带遭受了严重洪灾。张公所有家产瞬间荡然无存，只好带着点抢出来的浮财，顺着古驿道背井离乡，来到了周宁县八浦村。

一家人在八浦后山的田洋上安顿下来，并且置下了广阔的山场，这就有了现在的后洋村。数年后，乡民越聚越多，争抢山林之事时有发生。张公之子华八公当家做主刻碑立约：“凡属众山均为公有，谁造林则造林收入归谁所有，砍伐后山权仍归公有。”

如今，这块原石碑还存放在村中。正因为有了这一背景，20 世纪 80 年代，渴望向大山要财富、改变贫穷面貌的后洋人行动了。

1983 年，黄振芳已经 55 岁了，一家 7 口人连肚子都吃不饱，是村里的贫困户，经常要借钱过日子。此时党的富民政策来了，各地搞家庭联产承包责任制，号召农民靠勤劳致富。他心里盘算着：如果只种承包的 20 多亩耕地，是难以致富的，既然村中有老祖宗留下的规矩——谁造林则造林收入归谁所有，只要承包山地开荒种树，充分利用资源创业，还是大有可为的。

于是，黄振芳与村委协商承包了大片荒山，并签订了个人得 95%、集体得 5%的合同，承包期限为 50 年。为解决发展资金，他做出了一个大胆决定——向信贷机构贷款 8 万元。贷款，这对当时山沟里的村民来说，完全是个新名词，且承包荒山收益周期长、效益低，充满了不确定性。家人朋友几乎齐声反对：

“靠种树太慢了，又是靠天吃饭，风险太大。”

黄振芳毫不动摇地说：“古人还讲究前人种树后人乘凉呢！咱们这样干，一是绿化了荒山，二是有收入。再说，现在政策这么优惠，政府会扶持咱们农民的。”

在他的一再坚持下，全家人最终同意加入了造林的行列。在银行小额贷款支持下（后来发展成推广全国的扶贫开发创新方法），从零开始，从小到大，黄振芳先开垦荒山 50 亩，带着全家人不辞劳苦地干在山上、住在山上，没白没黑地干。看着一棵棵小树苗活了，一年长得比一年高，心里踏实，干劲更足了。

渐渐地，他们一家人陆续开荒种树达到了 1207 亩，居全县第一。黄振芳还尝试在 110 亩森林中套种马铃薯、玉米、茶叶等作物。不到 3 年，原来地质灾害频发的荒山变得一片郁郁葱葱，而黄家不仅还清了所有贷款，还有不少盈余。

作为第一个“吃螃蟹”的人，黄振芳的造林行动带来了丰厚的经济收入，一下子甩掉了贫穷帽子。附近村民深受鼓舞，纷纷登门拜访取经，学习黄振芳造林脱贫致富。这不仅带动了产业发展，也使当地人的生活水平大大改善。

“没有苦，哪有甜，不种树，哪来富！大造林，不但让我脱贫了，而且让我出名了。”这是黄振芳常说的一句话。凭借着自己的辛勤劳动，他成为全县造林冠军，收获了人生的甘甜。1988年，他被推选为福建省第六届政协委员。他的事迹引起了习近平同志的关注，号召人们向他学习。

榜样的力量是无穷的。黄振芳越干越有劲，毫无保留地帮助别的农户。全村100多户人家，包山造林的就有75户，造林面积达2520亩，这极大促进了后洋村竹木产业发展。黄振芳敢为人先、艰苦创业的精神不仅为他自己带来了丰厚的财富，也为闽东的绿色添上了浓墨重彩的一笔。2014年5月27日周宁县委发出《关于开展向黄振芳同志学习活动的决定》《关于表彰周宁县开荒造林先进个人的通报》。

如今，黄振芳的创业故事早已载入周宁县的史册，他让后人永远记着：着力把生态环境优势转化为产业，走经济生态化和生态经济化的特色之路，才能让绿水青山源源不断带来金山银山……

俗话说“靠山吃山，靠水吃水”，然而人类的生存并非只是一味索取自然资源。在闽东摆脱贫困的努力中，始终面临着一项严峻考验，那就是在发展经济的同时，如何保护日益珍贵的生态资源，建造美丽家园。

与周宁相隔不远的古田县水口镇，因20世纪建设一座华东最大的水口水电站而闻名。它是世界银行贷款建设的项目，利用丰富的闽江干流水资源，装有7台大型轴流式水轮发电机组，水库总库容26亿立方米，为福建乃至周边省份提供了大量电力。

随着水位的不断上涨，附近村民先后2次移民11万人，不少土地变成了水面。靠水吃水，水口镇的溪岚村、湾口村等一些村庄村民尝试着在闽江里养殖淡水鱼。他们通过学习掌握了网箱养鱼技术，加之这片水域处于江水海水交汇处，适合草鱼、鲤鱼等鱼类生长，鱼鲜价高，辛辛苦苦一年下来，丰沛的闽江水给人们带来丰厚的收入。

溪岚村党支部书记黄建锋回忆说："那时候行情是非常好的，草鱼价最低时也有每斤4.3元。我们一条草鱼的纯利润就在5元以上。"

市场就是一只看不见的手，如此收入吸引了人们的目光，仅溪岚村就有85%以上的劳力从事养鱼业。宽阔的闽江面上布满了密密麻麻的网箱鱼排，每到收获时，人们乘着小船手拿渔网，一网网地从江水里捞鱼。上下蹦跳着的白亮亮的鱼儿，好似一个个银圆在闪耀。然而，在不断追求经济利润的同时，却隐藏着一场巨大的生态灾难。

2011年9月1日一大早，水口镇渔民林国伟、丁义华前去查看网箱时，突然发现出现了大片的死鱼，养殖的草鱼嘴唇凸出，全身发白，一条条地漂浮在水面上。

"啊，这是怎么了？"

"完了完了，这一年全白干了！"

他们返回村里通报，支部书记黄建锋和村民们立即赶到江边，眼前的场面惨不忍睹，不仅仅是他们两家，几乎全村人的养殖鱼都遭了灾。不到2天时间，网箱的鱼就死光了。有人捶胸顿足地痛哭，有人像傻了似的欲哭无泪。

此事引起了省、市、县委高度重视，当即派出海洋渔业和环保部门组成了调查组。他们一来到溪岚村村口，一阵刺鼻的腥臭味便扑面而来，越往村里走，腥臭味越重。村子里几乎看不到村民在村道上行走，户户门窗紧闭。在村外的湾口码头驻足眺望，只见原本聚集在网箱里的死鱼大都漂在了江面上，绵延数百米……

据专家调查结论：死鱼原因是网箱太多，水质严重污染，溶氧量很低，造成养殖的草鱼、鲢鱼、白刀鱼等大面积窒息而亡。仅水口、黄田两镇就有9万箱鱼死亡，直接经济损失超过2亿元。作为村里带头人的黄建锋家放养的5万尾鱼苗，自然也未能幸免，几十万的投资打了水漂。

这是大自然的警告！闽江是福建境内最大的河流，流经全省在马尾注入东海，是沿江地市包括省城福州的重要饮用水来源，可以说是福建人的母亲河。死鱼事件说明了水生态问题已经相当严重，地方政府不得不采取断然措施，严格控制网箱养鱼数量。古田县从高峰期的8850箱，直线下降至2160箱。

不久，闽江又变得明澈起来，清清的水流泛着白白的浪花，庆幸恢复了往日的洁净。可是，原本依靠养殖鱼类为生的村民们，又陷入了生计危机之中。古田县、水口镇党委政府积极探求新的扶贫之路，引导网箱养殖户转变生产经营方式，向周宁县的黄振芳学习，开荒种树，争取把荒山变成“绿色银行”。

作为村支书的黄建锋率先带头上了山，经过实地查看摸索，在自家承包的山地上种了500株脐橙。不过，种植业和养殖业一样，也会经受天灾的考验，即使种植成功有了收获，经营销售也不容易。想来想去，他动员大家组织起来抱团发展，增强抵御风险的能力。

离水上岸，靠江“吃山”。就这样，一个由网箱养殖户组成的脐橙合作社应运而生，近1500亩的脐橙在他们精心照料下，长势喜人，收获季节，一树树、一个个黄澄澄的橙子像金元宝似的，从山里飞向了城镇。溪岚村人找到了一条兼顾生态效益和经济效益的致富途径。

这天，黄建锋带领工友把几十箱脐橙装上卡车，运往省城福州。这是他们脐橙合作社在年前发送的最后一批鲜果。随着新春佳节一天天临近，脐橙的市场行情也一路看涨，价格不断走高，村民们的收入着实增加了不少。大家忙得高兴，干得带劲。

“路上开得别太快，果子装在纸箱里，经不起磕碰。”黄支书交代着司机。

“好咧！货好才能卖上好价钱。支书你就放心吧！”

看着满装果品箱的卡车飞奔而去，黄建锋和乡亲们露出了欣慰的笑容……

“有一种芙蓉，择木而栖;有一种颜值，烟尘不染。一笑倾城，古田银耳，古法种植，温润如玉，甘爽泌心，不同凡‘飨’。”

青翠的山林耸立着，清澈的溪水流淌着，一片片一朵朵饱满丰硕的银耳，如同白牡丹花似的绽放在山村中。一排身穿民族服装的少女，端着盛满银耳的竹箩，迈着轻盈的脚步娉娉婷婷地走来……

这是继寿宁高山茶于 2018 年 4 月亮相央视后，宁德市第二个入选中央广播电视总台“国家品牌计划——广告精准扶贫”的农产品。唯美的画面、典雅的文字，配上悠扬动听的音乐，把闽东古田特产——银耳展现在世人面前。

银耳又称作白木耳、雪耳、银耳子等，属于真菌类银耳科银耳属，是门担子菌门真菌银耳的子实体，有“菌中之冠”的美称。它表面为纯白至乳白色，半透明，柔软有弹性，由数片至 10 余片瓣片组成，形似菊花、牡丹或绣球。银耳既是名贵的营养滋补佳品，又是扶正强壮的补药。

银耳是中国的特产，主要分布于四川、浙江、福建、江苏等省份。野生银耳数量稀少，在古代属于名贵补品。中华人民共和国成立以来，人工栽培技术成功，使银耳“旧时王谢堂前燕，飞入寻常百姓家”，普通人皆可品尝了。而闽东古田县人工栽培银耳最早，产品朵形圆整、色泽鲜艳、口感滑嫩、营养丰富而深受广大消费者的青睐，获得“银耳之乡”“中国食用菌之都”的称号。

不用说，“古田银耳”与“坦洋工夫”“福鼎白茶”“霞浦紫菜”“柘荣太子参”“宁德大黄鱼”一样，成为闽东人民大唱“山海经”、扶贫开发的“拳头武器”。许多贫寒农家依靠从事上述特色产品，摆脱了贫困，实现了丰衣足食。其中，古田县大桥镇沂洋村叶家三代人悉心栽培银耳，带领乡亲们脱贫致富的故事，尤为典型。

食用菌最早的人工栽培方法为“原木自然引种法”，产区被严格限制在有天然种源的山区。古田县菇农于 20 世纪 60 年代末引进银耳菌种，采用段木打穴接种栽培，模拟食用菌在自然界的生长环境。

而今年过八旬的沂洋村民叶玉春，是古田较早一批以段木栽培银耳的菇农，他对生产流程记忆犹新："就是说，把砍回来的木材截成约一米长的段木，用凿子打穴，接入菌种后按'井'字形堆叠，菌丝培养成熟后，将段木'人'字形架起，放置在天井、空房里……"

由于段木栽培的银耳产量极低（每立方米木材仅产450克干耳），且生产周期长达3个月至7个月，经济效益十分有限，还需要不断砍伐林木，破坏了生态。古田县林业局数据显示：由于栽培银耳和其他菌菇，全县森林覆盖率一度由51%下降到37%。如何在发展经济的同时保护山林资源，无疑是摆在人们面前的重要课题。

聪慧的古田人一直在探索更加高效、环保的栽培技术。这一切在解放思想之后，得到了根本性的突破。1977年，古田人试验成功了银耳瓶栽，即菇农利用罐头瓶装木屑栽培银耳，尤其是瓶内种耳、瓶外"开花"技术，克服了破瓶取耳的问题。产量比段木银耳提高15倍至20倍，生产周期缩短至40天左右。从此，古田银耳逐步进入商品化生产。

叶玉春眼见瓶栽银耳的朵形更大、产量更高，也加入瓶栽银耳的热潮中，他东拼西凑了300个瓶子，在自家灶台上搭了一个简易高温灭菌灶，就这样开始转型到瓶栽生产。1979年，古田县银耳干品产量6.8吨，生产规模尽管没有巨大的飞跃，但是菇农的生产基地逐渐从林下、天井、庭院转移到农舍，银耳产业静待"蝶变"。

瓶栽技术获突破以后，创新成果接踵而至，先是古田菇农在全球首创食用菌袋栽技术，后又引进棉籽壳试种银耳取得成功。银耳袋栽省去了瓶栽的繁杂工序，以聚乙烯塑料薄膜袋替代瓶子，灭菌后打孔接种，以卧式排架出耳，每袋可长银耳4朵至5朵。

在开发出袋栽银耳技术之后，香菇和竹荪的室外栽培技术也获得提高，由此掀起了古田菌菇产业的发展热潮。用新技术栽培的菇类产量大、质量高、生产周期短，更重要的是节约了大量木材，保护了生态环境。20 世纪 80 年代初，随着银耳生产规模不断扩大，叶玉春的大儿子叶下洋接棒成为家族的第二代菇农。正值改革开放春风劲吹之时，农产品被大量摆上集市，古田银耳市场逐渐解冻，叶下洋和村里菇农们生产热情十分高涨。

然而，食用菌袋是新鲜物件，市场上少有供应，年轻的叶下洋像许多菇农一样，用熨斗自制。遗憾的是，自制袋子密封性不佳，导致银耳棒的细菌感染率非常高，产量受到影响。到了 20 世纪 90 年代后期，食用菌袋可以成批生产了，可简陋的栽培场所和设施又不能满足银耳生产需求。于是，一些菇农开始将闲置的房屋进行改造或在房前屋后的空地上，建起土木结构的银耳专用栽培房。

“专用房的硬件条件和简易菇棚相比有明显提升，对银耳产量和质量都大有帮助。”叶下洋在村里率先盖起专用菇房，使银耳生产从一年 3 批次扩大到 5 批次，一跃成为村中的银耳种植大户。

银耳专用房的推广使用，结束了在农舍内栽培银耳的历史，为古田县银耳栽培向规模化、标准化、现代化发展奠定了基础。至 2000 年，古田县累计建成银耳专用栽培房 8000 座，银耳干品年产量突破 1 万吨。

过了不久，叶家的第三代菇农叶建洪又感到不满足了。他从小看着爷爷、父亲种植食用菌，说不清是“他看着银耳长大，还是银耳看着他长大”，银耳种满了村前屋后。刚满 20 岁，叶建洪就担起了家族的银耳事业。2010 年，因银耳生长需要相对优质的环境，他突发奇想把菇棚搬到了山上。

“那时山上没水没电更没有路，第一年投入了 10 多万元做基础建设。”父亲极力反对，叶建洪坚持自己的想法，说，“我相信人们对食材品质要求会越来越高，绿色无公害一定是方向。”

执着的叶建洪一头扎进山里，熬过艰难的创业期后，第二年他的无公害银耳种植大获成功，一斤售价能比普通银耳高出 5 元。年轻人创新意识很强，他说：“传统银耳专用房的温湿度，需要手动调节，精度不高且费时费力，为什么不引进更为先进、自动化程度更高的‘智慧菇房’呢？”

这种想法很快得到了有关部门支持。为了进一步把银耳产业做大做强，从 2013 年开始，古田县与福建林业大学开展战略合作，共建古田菌业研究院，食用菌专家胡开辉教授带领团队进驻古田，通过技术研发和推广，帮扶菌菇种植户。县委政府又安排了 1000 万元资金，用来扶持食用菌产业发展。

叶建洪成为这项政策的受惠者之一。他获得 50 万元专项补助，用于引进带有智能综合监控系统的菇房。这种菇房可自动监测并调节菇房的温度、湿度、二氧化碳含量，银耳可实现全年全天候生产。同时，胡教授团队还给予他技术上扶持，使其产量质量都获得了极大提高。

眼下走进叶建洪的现代化专用菌房，一排排木架上整齐地摆放着一个个菌包，一朵朵大直径的银耳花正在盛开怒放。这正是他和研究团队合作的成果。新的菌包里使用造价更加低廉的玉米芯替代棉籽壳。相较于上一代菇房，管理人员除了可以在系统前端控制菇房，还可利用电脑、手机 APP 实现远程监控与操作。与此同时，客户也能通过互联网观看菌菇的生长过程，令采购者更加放心。

即便如此，叶建洪丝毫不敢懈怠，每天要在菇房转悠三四趟。他说：“银耳很娇贵，高温高湿，三四个小时可能就全军覆没了，虽有了自动化设备，但还是要有专业人员精心管理。”目前，叶建洪设在沂洋村的生产基地完整保留了银耳专用栽培房、银耳标准栽培房以及“智慧菇房”，立体呈现了古田食用菌生产条件的变革历程。

2018 年 6 月，央视摄制组来到古田拍公益宣传片，大桥镇沂洋村成为主要取景地。摄影师深入银耳种植、加工现场及农户家中，进行多镜头的组合拍摄。叶建洪作为古田菇农的代表，一家三代人一起在镜头前露出了灿烂的笑容。

经过 50 多年的发展，全县形成了 100 多个银耳栽培专业村，银耳栽培标准化专用房1万多间。食用菌产业已经形成从原辅材料供应、制种、栽培、加工、销售到科研、机械设备、技术推广的完整产业链，各环节实现了社会化服务、专业化分工，形成独具特色的“县域工厂化”生产模式。

特别是近年来，古田银耳产业加快推动规模化、标准化、品牌化发展，取得了跨越式发展。2017年，古田食用菌产量80.77万吨，生产产值51.68亿元，其中银耳产量35万吨，占全球90%以上，居世界第一位，已是当地的主导产业，成为农民脱贫致富奔小康的重要途径。

更为令人欣喜的是：在这些食用菌大规模栽培的同时，古田县的林木资源不但得到了有效保护，而且显著增长，森林覆盖率恢复到了68%，超过了全省平均水平……

四　“中国大黄鱼之乡”

“爸、妈，我们来了，这是小林！”

“伯父好、伯母好！我、我是小林……”

“来了，大老远的，坐下歇歇吧。”

“好好，谢谢，一点心意不成敬意……”

这是一户平常人家的女儿领男友第一次回家见父母，也就是民间常说的“毛脚女婿”上门拜望未来岳父、岳母的情景。这对于年轻小伙子来说，等于一次大考，还不知能否获得女方家族的认可，往往显得手忙脚乱、坐卧不安，只有赶紧奉上丰厚得体的礼品，才能掩饰内心的紧张。

闽东一带的风俗，除了时令年节常备的鸡鸭鱼肉、月饼元宵以及礼金红包以外，还有一项必不可少的礼物——大黄鱼！

此鱼非同一般，含有丰富的蛋白质、微量元素和维生素，对体质虚弱和中老年人来说，食用黄鱼肉会收到很好的食疗效果，增强抵抗力，益寿延年。因此，宁德本地人都喜欢送长辈大黄鱼，以表示一份美好的祝愿。更有机灵的年轻人，首次探望女方家长的时候，以大黄鱼作为见面礼，表达孝心，从而巩固千金难买的缘分。它承载着古老中国薪火相传的传统美德。

大黄鱼，又名黄鱼、大王鱼、大黄花鱼、石头鱼、黄瓜鱼，为传统“四大海产”（大黄鱼、小黄鱼、带鱼、乌贼）之一，是我国近海主要经济鱼类。它体长丰满，表面呈金黄色、有光泽，鳞片完整，不易脱落；肉质坚实，富有弹性；眼球饱满凸出，角膜透明；鱼鳃色泽鲜红或紫红，尾柄长约为高的 3 倍；头较大，具发达黏液腔；下颌稍突出，前端圆形；头颅内有 2 块白色矢耳石。

大黄鱼能发出强烈的间歇性声响，同时对音响也很敏感。它的主要发音器官是鳔及其两侧的声肌。当声肌收缩时，压迫内脏使鳔共振而发声。在生殖季节鱼群终日发出“咯咯”“呜呜”的叫声，声音之大在鱼类中少见。这种发声一般认为是鱼群用以联络的手段，在生殖时期则作为鱼群集合的信号。中国渔民早就懂得以此习性判断大黄鱼群的大小、栖息水层和位置，以利捕捞。

虽说鱼类学上对大黄鱼有种种专业描述，可这里的渔民只需要通过它们体下侧两旁的金黄，就可以轻易地辨认出它们。大黄鱼中的公鱼有一种清香黄瓜味，故产地居民称之为“黄瓜鱼”。在民间，金色代表着吉祥和喜庆，金色的“黄瓜鱼”也因此而更受青睐。每年的四五月份，水温达到 7℃至 10℃的时候，是它们与当地人民“约定”好的交会时间。

生活在我国沿海的大黄鱼可分为 3 个种群：一是东海黄鱼—东海地理种群（第一地理种群），分布于黄海南部至台湾海峡北部，包括吕泗洋、岱衢洋、嵊山渔场、猫头洋、洞头洋、福建的官井洋直至闽江口海域，是中国大黄鱼的主要群体；二是台湾海峡南部—粤东地理种群（第二地理种群）；三是粤西地理群（第三地理种群），主要分布于珠江口以西至琼州海峡的南海区。

由北向南，盛产大黄鱼的渔场可谓不少，然而独有的大黄鱼内湾产卵场，且首先试行人工养殖成功，还是全国最大的大黄鱼网箱养殖基地，被中国渔业协会授予“中国大黄鱼之乡”称号的，当属宁德市蕉城区。环绕蕉城区、霞浦县、福安市和福州市罗源县的三都澳水域，是大黄鱼最喜欢的洄游栖息海湾。

三都澳又名三沙湾，位于福建省宁德市东南部，为中国1.84万公里黄金海岸线的中点。距宁德市区30千米，为闽东沿海的“出入门户，五邑咽喉”，是世界级天然深水良港，犹如一颗璀璨的明珠，在浩瀚的东海之滨散发出和谐柔顺的光彩。澳内主要有白马港、官井洋、东吾洋、覆鼎洋、鲈门港、盐田港等。这里的水温、水流、水质，非常适合大黄鱼繁衍生息。

大黄鱼全身都是宝，甘咸、性平，有和胃止血、益肾补虚之功效；对贫血头晕、肾虚体弱及妇女产后体虚有良好疗效。其肉质细嫩鲜美，鱼鳔可干制成名贵食品“鱼肚”，又可制“黄鱼胶”。大黄鱼经济价值甚高，是上等佳肴、海产珍品，在港、澳、台地区被誉为“黄花小姐”。闽东群众称之为“长寿鱼”，婚庆、走亲、访友多要送大黄鱼，作为兴旺发达、岁岁有“余”的象征。

据统计：宁德官井洋历史上的野生大黄鱼产量，1935年曾达到35000吨，为历史最高；1955年的产量达25000吨。然而，好景不长，毫无节制的滥捕滥捞，野生大黄鱼的数量越来越少，昔日依靠打鱼发财的年代早已不再了。

在20世纪70年代以前，大黄鱼的全国年均捕捞量约12万吨，其中福建省占约3万吨。后来，机帆船和探鱼仪在海洋捕捞业上广泛使用，越冬大黄鱼被大量捕捞。1974年之后，浙江舟山各产卵场的大黄鱼均形不成鱼汛了，福建地区的大黄鱼资源也急剧下降。

水低船落，三都澳一带的渔民生活一落千丈，特别是一些以江海为家的连家船民，更是陷入了贫困之中……

如何才能使大黄鱼重现辉煌呢？

从20世纪中期开始，闽东渔业部门就开始高度关注并千方百计想办法。除了制止掠夺性的捕捞之外，最有效的措施应该是走人工养殖的路子。一个被人们誉为“大黄鱼之父”的人物挺身而出了。

他名叫刘家富，1940年出生在福州连江县黄岐半岛的一个渔村，对海洋有着一份特殊的情感。1969年，他从上海水产学院毕业后，被分配到连江县水产局技术推广站，一辈子与渔业结下了不解之缘。看到由于过度滥捕，闽东大黄鱼出现了濒临绝迹的状况，他深感忧虑：

“小时候跟着父亲出海，经常可以听到一种像青蛙叫的声音，父亲告诉我那是大黄鱼在洄游产卵期间的叫声。成千上万条鱼儿被渔民从网中倒进渔舱满载而归的情景深深地印在了我的脑海里，可是后来眼看野生大黄鱼逐年减少，我心里着急呀！”

回忆起闽东大黄鱼由盛转衰的情景，刘家富总有无尽的惋惜。

此时，他便萌生了通过人工繁殖途径拯救与保护我国大黄鱼资源的念头。

位于宁德三都湾内的官井洋，是当年我国唯一的内湾性大黄鱼产卵场，由当时的宁德地区水产局管理。要进行大黄鱼人工繁殖研究，就必须去这里。1981年底，刘家富主动请缨，带着几大缸的鱼类标本和几纸箱鱼类养殖资料，调到了设在海边的宁德地区水产技术推广站，一头扎进了人工培育大黄鱼的试验中。

那时候的水产界普遍认为：大黄鱼作为洄游性中下层海水鱼类，人工繁殖技术难度很大，少有成功的例子。有人劝刘家富不要白费力气。可他却毫不为之所动，数十年如一日，与同志们风餐露宿在育种场，废寝忘食在实验室……

为了大黄鱼，刘家富付出了无数艰辛的汗水，妻子、女儿也跟着吃了不少苦。他的妻子长年病瘫，生活无法自理，平常白天请保姆帮忙，晚上都是他下了班后照顾。有一段时间，因为大黄鱼试验正处于关键阶段，刘家富须出海采集数据，只好把妻子留在医院，而年仅 6 岁的独生女儿，则跟着他随船奔波。

那一次搞标志放流，试验小组在海上一连漂泊几个昼夜，船在风浪里颠簸，像片跷跷板似的忽高忽低，大人都受不了，别说小孩子了。女儿晕船晕得厉害，连黄疸都吐出来了，连连哭喊：

“爸爸，呜呜……我要回家，爸爸……”

有的船员听了心里难受，劝着刘家富说：“站长，快别干了，收拾收拾返航吧。”

“不行，不能返航！”刘家富抹了一把脸上的海水，坚定不移地说，“这时候停止，实验数据就不精准了。”

“那……那，孩子会闹病的！”

“我知道，顾不上了。咱们出一趟海不容易，不能前功尽弃。”

就这样，他硬是咬紧牙关，硬着心肠，坚持把试验做完，拿到准确的数据才下令回程。是刘永富不心疼女儿吗？肯定不是！他那一颗心首先放在养殖事业上了。当他回到船舱，抱着已经哭得没声的孩子，眼泪不由自主地涌出眼眶……

心血的付出没有白费。1985 年，刘家富开始保活驯养 150 克至 200 克大小的野生鱼。到 1986 年春季，大的已超过 500 克，有的已经成熟了。他就用这些鱼进行人工催产试验，其中一尾还产了卵，但因为雌雄大黄鱼亲鱼发情效应不同步，所产的鱼卵没有受精。

刘家富并不气馁，1987 年春继续进行催产试验。他挑选了 10 对大黄鱼亲鱼进行人工催产，从其中 1 对成功地获得了几万颗受精卵，最终育出了 100 多尾全长 20 毫米以上规格的鱼苗，首获大黄鱼人工培育成熟亲鱼与人工催产成功！

“这 100 多尾鱼苗量虽很少，但却是质的飞跃，因为这是全人工育苗得来的。”

“有了人工培育成熟亲鱼与人工催产的全人工繁殖技术，就有了大黄鱼‘香火传承’的保障……”

1987 年 5 月 9 日，用野生鱼培育的亲鱼 20 尾做分组催产试验，其中一组自然产卵了，并于当年育出第一批 7374 尾鱼苗。

为了获得更大的支持，1988 年 12 月，刘家富他们起草了一份《关于开发闽东海水鱼类养殖技术的报告》，这引起任职不久的地委书记习近平高度重视，立即批示道：要充分利用、集中资源进行科研攻关，及早解决大黄鱼不能人工养殖的问题。

这一来，有关部门的资金、设备及时到位，使得研究人员如虎添翼。刘家富带领大家斗志昂扬连续奋战，一道道技术难题相继攻破，1990 年终于实现了百万尾规模的大黄鱼全人工批量育苗，首创人工批量育苗的核心技术。

大黄鱼育苗成功了，但能否成为海水鱼养殖的新品种，实现让渔民增收？这在当时，仍是个未知数。为了将大黄鱼人工繁育研究成果应用与推广，1991 年，刘家富带领团队又展开了大黄鱼养殖中间试验与深化研究的新一场战斗。1992 年，宁德地区水产技术推广试验场成立，成为大黄鱼养殖产业化和宁德地区水产技术推广站的实验与服务基地。

然而开拓之路经常不是一帆风顺的。

“苦点累点都没什么，我什么都可以不要，只要能继续我的研究。”这是 1992 年，大黄鱼养殖中间试验与深化研究课题受阻，面对 20 多万元的债务，已是年过半百的刘家富向上级部门汇报时说的一句话。

这深深打动了有关领导，他紧紧握着刘家富的手说：“好，刘老师你辛苦了！我们一定尽力支持。”

迎难而上，全力以赴。当时宁德还是个穷地区，缺乏资金建实验与生活用房，只能靠微薄资金买下一艘破旧的退役客船，用石头架出水面既当食堂又当宿舍；没有现成的育苗池，刘家富带领大家动手挖土坑、抹上薄薄的水泥浆，就可用来育苗；利用山头凹穴涂上一层水泥浆建造了沙滤池、蓄水池；买不起塑料管，就砍毛竹替代。

历尽千辛万苦，排除千险万难，刘家富和同事们一同解决了养殖大黄鱼生长速度慢的难题，确立了网箱和池塘养殖技术与工艺，为大黄鱼养殖产业化奠定了坚实基础。进入20世纪90年代之后，人工养殖大黄鱼在闽东首先获得了成功。

科技是第一生产力。

伴随着大黄鱼金色的身影，重又欢快地游弋在三都澳海域，海上养殖业悄然兴起，给贫困中的闽东人带来了福音。茫茫海域，海上渔排网箱养殖区渔户相连，绵延数十平方公里，形成了全国最大的大黄鱼养殖基地。在这片美丽又浩大的“海上浮城”生活着近2万名渔民，流动着十几亿元资产。沿海许多人家依靠养殖脱贫致富。

海上渔排交织，网箱罗列，“小楼”林立，宛如海上渔村，蔚为壮观。远眺渔排，人忙鱼跃成为一道独特的风景线。凌晨4点，东方微微泛白，万余座渔屋在海风中轻轻晃动，漾起波光粼粼，三都澳渔排的渔民开始了一天的生活。运送饵料的船只往来穿梭，随处可见，工人们忙于饵料搬运、过驳，交易红火。

人称卡老大的福鼎沙呈港渔民，从15岁就在海上打鱼讨生活，凭着多年历练的捕捞技艺和敢于搏风斗浪的胆识，曾经为自己“打捞”到不错的日子。但随着大黄鱼的日渐稀少以致近乎绝迹，他们一家几乎断了生计，不得不学着铲紫菜养海带赚点小钱……

直至看到人工养殖大黄鱼可获大利，他兴奋得直蹦高，立即借助政府的扶贫贷款开始了养殖生涯。几经风吹雨打，波翻浪涌，从几只网箱一点点做起，如今已经发展成拥有上百只4米×4米网箱的养鱼专业户了。这天凌晨，他带着几个帮工摇着船，摸上捕鱼的工具，来到了养鱼点上。

他对新手说:“捕捞一定要选在天不亮的时候，因为白天的捕捞会使‘黄瓜鱼’的金黄色褪色,身价也随之降低。”

“那咱们太辛苦了！”

“嗨,不辛苦就挣不到大钱啦。”

大家说笑着,打开手电照着亮,唰唰地下网了。而在这个时刻,“黄瓜鱼”们还在水下寻找着底质沙砾的场所产卵呢！刹那间,它们就不得不提前结束这场“分娩之旅”,一抛一拉一扯,在手电筒的反射下,满满的一片“金黄”被带上渔盆渔桶中。渔排上变得光闪摇曳起来,令人感到一种窒息的美。

就这样,水产专家刘家富创造了一个原来被认为是不可能的奇迹。一度濒危的珍贵鱼种——“国鱼”大黄鱼被他从灭绝边缘拉了回来,成为我国最大养殖规模的海水鱼和8大优势出口水产品之一,到2016年形成了年产16.55万吨、产值百亿元的大黄鱼产业,推动了我国“以大黄鱼等多种类为代表的海水养殖第4次浪潮”。他也被业界称誉为“大黄鱼之父”。

数据显示:2016年，宁德大黄鱼产量约11.8万吨，占全国70%以上;2017年,产量继续增加,达13.6万吨,占全国近80%。2018年,中国渔业协会授予宁德市蕉城区“中国大黄鱼之乡”称号。2019年,中国渔业协会又授予宁德市“中国大黄鱼之都”称号。

闽东的这片海当之无愧,而刘家富先生更是功不可没。虽说他已年过七旬退休多年了,但始终没有忘记身为科技工作者的职责,仍在做着推广、示范水产科学技术的工作,尽心尽意为群众服务,在当地渔民眼中,他就是“大富大贵之星”。

现在的三都澳海上渔城,大半是用塑料泡沫浮球和木板搭建,下为网箱养殖,上面可以住人,渔户相连,列队成阵,阡陌纵横,海风吹过或船只驶过,渔排随波荡漾。渔城内有街巷、门牌,有社区管理机构、海上110,还有超市、酒楼、卡拉OK厅等。这里既是养殖鱼类的基地,又是渔家游的观赏点。

饵料代理商高飞的住所，是渔城里最漂亮的渔屋之一，宽敞的客厅，木质吊顶、独立小隔间，杉木茶几、电视音响等家具电器应有尽有。高飞很健谈，毫不掩饰地告诉大家：他来三都澳有十几年了，先是搞养殖，后来专营饵料，一直生活在海上。

他也是每天早上 4 点起床，开始到饵料店批发交易，然后将饵料卖给周边海域的养殖户。闲下来就是看看电视、打打纸牌，平时吃住都在渔排，10 天半个月偶尔上岸走走。“海上生活最怕就是台风了，台风一来什么都没有了，虽然收入高，但风险也非常的大。”

高飞笑着说，腥味、枯燥、寂寞就是海上生活的写照，但毕竟可以得到可观的收入，所以还是乐此不疲。

海边的城澳村，是海上养殖户的物资基地之一。从海上养殖区乘船仅需 10 分钟的时间，暮色下，码头船只运输繁忙，往来车辆嘈杂，随处可见正在兴建的渔排木阁，渔家乐小酒馆生意兴隆。

今年 69 岁的陈文先，早些年就在宁德三都澳搞养殖，是第一批养殖渔民。由于海上湿气很重，夏天如火炉，冬天如冰窖，他年龄大了身体吃不消，就把海上养殖交给儿子经营，自己上岸开起“两岸商行”生活用品店。

面对前来采访的人员，他说：“海上渔民经济条件好，购买能力强，小店每年虽只能挣小钱，但闲暇之余，摆起茶盘与朋友客商喝茶聊天，生活蛮好的。”

“是啊。”采访人员点点头说，“渔民都住上了小楼，家境不错，看来养殖水产品真挺赚钱的。”

“对，三都澳地域条件好，最适合大黄鱼生长，十几年前是大黄鱼养殖最好的时期，大黄鱼产业成为当地主要支柱产业之一。如今不大行了……”

原来,自从 20 世纪 90 年代起,人工养殖大黄鱼获得成功,加上紫菜、海带、海参、鲈鱼等海水养殖业越来越兴旺,宁德沿海成为广大群众脱贫致富之地,曾为“连家船民”转产转业、摆脱贫困做出了重要贡献。

但随之而来的是:海上养殖业的盲目扩张,无度、无序、无质等问题愈加突出,传统粗放的养殖方式导致产业每况愈下,生态环境遭到了严重破坏。

2018 年 7 月,在福建省委、省政府的高度重视和省海洋与渔业局的大力支持下,宁德决定在 4 个沿海县(市、区)开展为期 2 年的海上养殖综合整治行动。至 2020 年 6 月底,全面清退禁养区内的渔排和藻类养殖,全面改造升级养殖设施,推进传统养殖业转型升级,保护海洋生态环境和人民群众根本利益。

三都澳海域是宁德海水养殖的主产区, 年养殖产量占全市的 70%以上,也是这次清理整顿的重点区。一场由海洋与渔业、公安、环保、市监、海事等多部门联合开展的海上养殖综合整治行动, 简称 “清海行动”,在闽东 4.46 万平方公里的海域上打响了。

按计划 2 年之内,禁养区内海上养殖全面清退,力争升级改造渔排 44.4 万口和藻类 47 万亩。任务是艰巨的,方法则富有人性化。首先要讲清政策,制定措施,保证养殖专业的利益不受损失,不能因为清海使沿海渔民再返贫,而是要获得生态和经济双丰收。

在福安市、蕉城区、霞浦县、福鼎市等沿海县(市、区),海上养殖整治全面展开,陆地海上双管齐下。一方面,加强对陆上、海上运输非环保设施等进行查扣,从源头上斩断泡沫网箱下海;另一方面,出台《宁德市三都澳海域环境保护办法》,采取禁养区全面清退、限养区适度养殖、养殖区全面升级的措施,大力推进海上清理整治,规范海上养殖。

蕉城区是宁德撤地改市的原县级宁德市, 在此行动中一马当先走在前面。他们把成建制包干的“大征地”做法,运用到清海工作中来,负责渔排调查摸底、退养协议签订等工作。清海指挥部现场“流水线”办公，为养殖户理赔提供“一站式”服务，上下一盘棋，全力攻坚；实行“拉网式、全覆盖、每日清”工作机制，实施“海域承包到户，藻类种苗下海”举措，稳妥推进“四权”“两证”改革。

大海生养了三都澳的子民，一辈子靠海吃海。虽说他们也都清楚无序、无度的养殖，已经把这片海糟蹋得不成样子，但在经济利益面前，又都不愿意轻易退让。而且放弃泡沫竹木升级为塑胶材料，又需花一笔钱。开始时难以推动，工作人员每天上渔排找养殖户讲政策，可往往是一次次扑空。那就带上干粮下功夫等，直到见上人不厌其烦地做工作。

“你看，传统渔排寿命是 4 年左右，新型塑胶渔排高达 10 年以上，不仅抗风浪性能好，到期后还可按比例回收再利用。”

“好是好，就是投入成本有点高啊！”

“这个政府都考虑到了，每平方米补助 150 元到 170 元，早改造早得利，一点也不吃亏。”

“那……只要政府的补偿政策到位，那就干吧！”

苦口婆心，金石为开。清海的目的不是让渔民失去生计，而是让他们更好地养殖，脱贫致富。尽管总有个别人斤斤计较，拖着等等看，但大多养殖户通情达理，服从清海指挥部的管理，自觉选择了新的养殖措施。

七星海域养殖户老董就是较早地改造升级的人。这天一大早，他在转移的可养海域，把新型养殖设施——40 口 18 米×18 米的塑胶深水大网箱送下了海。阳光照射下，那一口口网箱“框”住的海，倒映出一片金黄，外人看到的是美景，而他看到的是希望。

“怎么样？老董，投入这么多钱有把握吗？”有人前来观望，疑虑重重。

“有啊！”老董伸出手指算了一笔账，说，“深水大网箱养出的鱼质好，价格是原来网箱的 2 倍以上。再说，它不怕大风浪，可以多用四五年呢！再说政府还有补助金，这还不赚了！”

那人点点头说：“这样算的话，肯定行！我也换了。”

“快换吧，以后都是现代化养殖，你晚一步就掉队了。呵呵……”

大自然的考验说来就来了。这年的“玛利亚”台风掠过三都澳海面，掀起了狂风巨浪，摧毁了许多尚未更换的老式渔排，网箱散架、浮球泡沫到处漂浮，满目疮痍。与此形成鲜明对照的是，新型塑胶围成的方形、圆形的深海网箱，同样经过15级强台风的肆虐，岿然不动，没有损坏分毫。

现实最有说服力。此后不用人催，养殖户退海清理、更新换代养殖设施全面铺开了。

随着时间的推移，宁德市各级海洋与渔业主管部门，尤其是蕉城区、三都镇以及福安、霞浦等县市全体行动起来，利用双休日、休渔等各种契机，下基层、上渔排，解读政策，耐心动员，加上积极分子的现身说法，养殖户开始从抵触到理解，从理解到接受，到后来自发清退违规渔排、主动对接升级改造、深夜冒雨申领塑胶养殖设施……

通过“宣传动员、调查摸底”“集中整治、修编规划”“规范养殖、常态管理”三个阶段，达到了清退三都澳禁养区内水产养殖设施；规范养殖区内水产养殖行为；全面取缔岸上渔排加工点；禁止生产销售泡沫浮球、渔排用木质品，以此确保内湾航道畅通、船只锚泊安全。成立养殖设施升级改造验收小组，把好产品质量关，确保新型养殖设施绿色环保。

一晃2年过去了，宁德逐渐走出了一条科学用海、依法用海、多方共赢的改革之路，渔旅结合、海清水净的海上田园风光的整治目标正在实现。“清海行动”取得了可喜的胜利。

而今再来三都澳，海天相接间充满着勃勃生机，蓝色的浮球在海面起伏荡漾，水下成群的大黄鱼、成片的龙须菜，长势喜人；加工厂里，工人们仔细切割组装；一口口塑胶网箱成功下水；航道畅通了，海水清净了，养殖户们开心地笑了。

天蓝蓝，海蓝蓝，天然良港三都澳，又恢复了往日的碧波荡漾，又重现了久违的美丽富饶。值得一提的是:2019 年 5 月 28 日,接连 2 天,在宁德蕉城三都海域中,有 2 只中华白海豚欢快地畅游,在蓝天碧海和沿岸村庄映衬下,构成一幅人与自然和谐共生的美妙画卷。

白海豚回来了!

这说明闽东沿海海域污染得到有效控制,海水水质明显改善,为许多像中华白海豚这样的哺乳类动物提供了良好的嬉戏环境……

山青了,水绿了,民富了。

几十年来, 闽东人正是沿着当年习近平同志指引的路, 从摆脱贫困、乡村振兴,到走向全面小康社会。

2005 年 8 月 15 日, 时任浙江省委书记习近平同志来到安吉县天荒坪镇余村考察,得知村里关闭矿区、走绿色发展之路的做法后,给予了肯定,首次提出"绿水青山就是金山银山"。这也就是后来提炼引申出来的:既要经济高速发展又要保护生态环境,二者相辅相成、互为促进的"两山"理论,在全国乃至世界上产生广泛影响。实际上,它的起源地就在有山有海的闽东。

在宁德紧锣密鼓地工作了近 2 年时间,习近平同志又挑重担,调任省会福州市委书记。就要离开闽东了,依依不舍,虽说时间并不很长,但在这里他以自己的人格魅力和工作作风,得到了大家的真诚爱戴,经受了独当一面的磨砺,结下了深厚的情意。临别时,他与接任地委书记的陈增光举行了别开生面的交接"仪式",令人耳目一新。

2017 年 6 月 2 日,记者田玉珏、薛伟江、李政在福州市采访了从福建省政协退下来的陈增光副主席,特意请他谈了那一段不平常的往事,题目就是《我与习书记交接在基层》。为了保持原汁原味的真实亲切,笔者摘录在此:

采访组:您刚才提到,当年习近平同志离开宁德的时候,是您接任的地委书记。我们从材料上看到，你们前后任地委书记的交接很特别。请您讲讲这段经历。

陈增光：我和习书记的工作交接，是我人生中最为难忘的一段经历，也是我从政以来最受教育、最受感召的一次工作交接。这件事社会上传播得比较广，今天我根据记忆讲一讲。

1990年5月，福建省委决定调习书记到福州市任市委书记，由我接任宁德地委书记。5月4日青年节这一天，习书记说："我们地委班子交接也搞个创新吧，今天不在办公室交接，到基层去！"

我当时一听，觉得很意外。以前离任领导交接都是在办公室，一杯清茶，几粒糖果，话别嘛。可他不这样做，他说要下基层，我觉得很有深意，当即表示没问题，我陪到底。我跟他说："你可以看看路线怎么走，我组织地委几个有关部门的同志一起出发。"他说："福安县是我的挂钩联系点，就从福安开始，然后再去寿宁。"我说："就按你说的办。"

就这样，5月4日早晨，下着蒙蒙细雨，我们一行冒着春雨到了福安。我们先来到他挂钩的一个企业，叫赛岐铁合金厂，当时是我们闽东一个比较重要的支柱企业。座谈会上，厂领导介绍了这几年习书记挂钩之后给厂子发展带来的变化，副厂长和其他骨干人员也谈了习书记挂钩以来帮助解决厂里具体问题的事例，一桩桩，一件件，非常详细。厂长对习书记说："我们厂今天取得的成绩都有您的一份辛劳，一份汗水。听说您要离开闽东了，我们从心里舍不得。千言万语化成一句话：厂里的全体职工感谢您。"

习书记听了以后，也很动情。他肯定了厂子两年来的发展变化，并提出要进一步抓好企业党建工作，力争生产上新台阶；要珍惜来之不易的企业声誉，提高产品质量和生产效益；要进一步增强工人的主人翁意识，为国分忧，多做贡献。他满怀深情地说："我就要离开闽东了，许多工作只是开了个头，来不及展开。增光同志会一如既往地关心你们，支持你们。”

离开铁合金厂，我们来到坂中畲族乡，乡党委书记、乡长以及很多群众代表都赶到现场，回顾了习书记在这里挂钩以来关心他们特别是爱护、培养畲族干部的情况。随后我们到福安县城召开座谈会，县几套班子领导汇报工作，畅谈与习书记接触和交往的逸事。习书记当场也做了讲话，不长，核心内容主要是四个方面。他讲福安地理位置重要，是宁德的中心县市，也是闽东重镇，他之所以要挂钩在福安，就因为福安对整个闽东影响很大，一举一动都牵动宁德的9个县市。因此，福安一定要明确自己的地位，发挥自己的作用。这是其一。第二，福安要想带动其他县市，首要的就是靠实力，靠经济发展，一定要立足开发致富，善于把科技示范、推广与创新相结合，走出一条有闽东特色的科技兴农路子。第三，他勉励同志们一定要珍惜现在已经取得的成绩，再上一层楼。最后他强调了党建工作，指出党的建设是关系成败、关系发展、关系人民群众幸福安康的关键，一定要紧紧围绕和依靠党的领导，推动坂中更好发展。

短短一上午跑了3个地方。中午简单吃了个饭，我们下午又来到坦洋村，这是习书记的党建联系点。坦洋工夫茶是福建的三大工夫名茶之一，在国际上获过奖，英国女王都曾喝过这种茶，名气很大。所以习书记讲，一定要珍视、保护、发展、应用好这个品牌，让坦洋工夫茶走向全国、走向世界。

在坦洋村，习书记和当地干部群众袒露心扉，他说：“原想安排一段时间到村里住一阵，走走家，串串户。没料到这次走得这么匆忙，心里很遗憾。青山不老，绿水长流，喝过坦洋工夫茶，人走情常在。我的心和你们的心是永远贴在一起的。”他讲得很多干部都动容了。

5月5日，交接工作的最后一站安排在寿宁县。习书记在那里也是听汇报、谈交情、话离别，大家的心情都特别激动。寿宁的干部都情不自禁地说："习书记，我们碰到你太迟了，你早几年来，我们可以在你的领导下多干几年。你来的时间这么短，我们非常舍不得啊！"他也很受感动，说："听了大家的汇报，感到我们寿宁这几年有了非常大的变化，我也很高兴。但是客观地说，寿宁还是'小个子'，发展较慢，总量也好、人民群众生活水平也好、交通设施也好，都还处在贫困状态。寿宁有一片大好河山，但只是条件太差了。要路没有路，要钱没有钱，要电没有电，这样的地方引进外资很困难。所以，寿宁发展慢，我完全不怪干部，也不怪群众，不是你们不努力，是我们的客观条件制约了发展。现在我们取得的成绩要肯定，但是千万不要沾沾自喜，一定要看到我们才刚刚走出第一步。"他这样一讲，不少干部群众都眼含热泪，他们说从来没有领导讲过这样的话，都是说我们思想保守、思想落后、干劲不足，可习书记今天讲的话，对我们却是一种鼓舞。我本人也是寿宁人，听他讲这些话，也非常感动。这种对基层干部的肯定和理解，就是调动大家积极性最好的方法。感慨之中，我即兴作了一首打油诗送给习书记：夏日怀情迎君到，春风化雨惜别离。千言万语终有限，唯有岁岁报丰年。

采访组：在工作交接中，习近平同志有没有和您单独说些什么嘱托的话？

陈增光：我们单独聊天的时候，他对我说："我把这个担子放心地交给你，你要认识这副担子的分量。你是闽东本地人，有优势，土生土长，对情况比较熟悉，可以放手工作。但也要看到不利因素，本地人有许多难处，期望你能团结大家，共同把工作做好。今后你有什么难处，有什么需要帮助，就及时找我，我们可以通电话，你也可以直接来找我，我都会热情接待你。"

过了这么多年，这些话我一直记在心里，从没忘记。我也一直按照他的嘱托，尽力多为宁德、为宁德百姓做一些事情。

采访组：后来习近平同志就直接到福州上任了吗？

陈增光：我们从寿宁出来，回宁德召开地直机关领导干部告别会，第二天上午习书记就直接去福州了。那天，我家属特地煮了六个红鸡蛋送行，表示“六六顺”。我们地委办的同志也对他依依不舍，大家都想送一程，于是就默默地跟在他的车后面，一直送到飞鸾岭，距离宁德城关有十几里吧。他的车突然停下来，他出来讲：“你们不能再送了，就到这儿。你们有时间到福州来走一走，我有空也回来看你们。”他还叫我说：“增光，你动员一下，让大家都回去。”

当时去送的大概有30多个人，都被习书记劝回去了。我们下车过去跟他握了个手，我说：“在这里跟你告别了，祝你旗开得胜，常回闽东看看我们。”

就这样，习书记连续两天与我以“清茶、叙话”的方式交接在基层的经历，一直被传为佳话。之后很多年直至今日，宁德的干部提拔也好、调动也好，都是简化迎来送往，可以说恢复了我们党最早的优良传统和作风，轻车简从，不搞吹吹打打甚至放鞭炮什么的，在群众中的形象树立起来了。

交接在基层这一崭新方式，我体会有三点意义：一是习书记亲力亲为，是践行“四下基层”理念的典范；二是作风建设永远在路上的政治嘱托；三是调离宁德，他最牵挂的还是基层干部群众。这就是“交接在基层”留给我们最珍贵的精神财富。

作家采访札记：

我的家乡在山东，那里也是有山有海、山海相依。古往今来，山和海养育了这方土地上的人们……

走访闽东，我感到像回到家乡一样亲切，只不过这里的山更高大、路更险峻，气候也阴晴多变。在当地朋友的陪伴下，我们行走在山海之间，一会儿艳阳高照，一会儿细雨绵绵。

每到一处，我不仅听情况介绍，看扶贫项目和村容村貌，更要找出重点户询问访谈，或者召开小型座谈会。晚上则在住处整理采访记录和手机照片，回味参观场景，考虑第二天行程，常常夜深而人不寐，沉浸在采撷到珍贵素材的兴奋之中。

“靠山吃山唱山歌，靠海吃海念海经。”

这是30多年前，年轻的习近平书记主政半山半海的宁德，为改变闽东地区的落后面貌提出的口号。他鼓励地方开创“绿色工程”，依托荒山、荒坡，发展立体种植业，利用海湾优势，发展水产品捕捞、养殖，率先提出向海洋进军。他倡导发展“生态型大农业”“组织经济大合唱，念好‘山海经’”，真正摆脱贫困。

此后遍及全国的因地制宜、一县一策，“精准扶贫”“不让一个贫困户掉队”等举措，可以说均起源于八闽大地。尤其发挥好本地资源和传统技艺优势，从事扶贫开发，闽东更是走在了前面。就拿名闻遐迩的“福茶”来说：实际上名气更大的是闽东南的铁观音、武夷山的大红袍、正山小种等，而闽东的福鼎白茶、坦洋工夫茶、茉莉花茶等则随着新时期的改革开放、脱贫攻坚重新叫响，既是迎宾送礼的“高大上”香茗，又是当地村民尤其是畲族群众靠山吃山的致富佳品。

2019年11月27日上午，我来到了位于风景名胜太姥山上的“福鼎白茶”基地——天湖茶庄。接送我的汽车沿着曲曲弯弯的山路行驶，窗外一片山清水秀，阳光透过树叶的缝隙柔和地洒下来，掩映在山林中的仿古建筑时隐时现，不由得使人产生了“清晨入古寺，初日照高林。曲径通幽处，禅房花木深”的意境。

很快，一座斗拱飞檐的山门出现在眼前，门楣上刻印着著名书法家启功先生的3个大字——绿雪芽。哦，这就是著名的福建省天湖茶业有限公司所在地。尽管我初次前来，却早已从案头资料中了解了创始人林有希董事长和夫人施丽君的不凡事迹，甚而想起了林有希董事长的一句广告语:白茶就是绿雪芽;绿雪芽就是白茶。

“绿雪芽”一名本是来自美丽神奇的传说,却被这对既有商业头脑又热爱中华文化的茶人夫妇捷足先登做成了自己公司的白茶品牌。韵味深长,价值连城,让人佩服不已。当天林有希夫妇因事未在茶庄里,总经理、支部书记蔡善峰热情接待了我。他得知我来自山东青岛,曾在济南军区空军服役,便介绍自己也当过兵,而驻地就在海军航空工程学院青岛校区。真是越说越近了,我们都倍感亲切。

没说的,蔡总亲自当起了导游,边讲解边领着我参观起来。他首先概述了“老总”林有希夫妇的创业史和企业发展史,言谈话语间充满了敬佩,继而指点着山庄如数家珍。山水相连、翠屏叠嶂、暗香疏影、花径蜿蜒,远方太姥娘娘半隐在茶园绿影之中,近处高山平湖碧波荡漾,倚山而建的茶室、厅堂、展示馆,古香古色、清静典雅,彰显了设计者的艺术匠心和审美情趣。漫步山庄茶园,大有超凡脱俗、飘飘欲仙之感。

这里不仅是大规模、高质量的有机白茶生产基地,还是依托世界地质公园太姥山和方家山畲族村寨的旅游景区。天湖公司投入巨资打造茶叶博物馆、富有特色的竹木客房,完善基地园区建设,赞助畲族文化节活动,增强茶旅互动融合发展。如此,“绿雪芽”白茶庄园年接待观光游客 2.5 万人次,这不仅推动了白茶产业和环太姥山旅游经济圈的同步成长,而且让茶农增收、企业增效,带动了区域经济发展。

然而,最使我感兴趣地还是画在墙上的那幅企业扶贫示意图表。上面简要而清晰地介绍了天湖茶业公司积极参与社会扶贫,充分激发市场活力,通过在太姥山、磻溪、管阳、硖门等乡镇建设有机茶基地 5 个,带动周边农民 2367 户发展有机茶、无公害茶园 8730 亩,并扶持方家山、太姥洋、孔坪等村贫困户参与茶叶生产经营的情况。

蔡善峰总经理见我看得出神,进一步指点着说:“我们还将太姥山基地及合作社基地周边的 103 户建档立卡贫困户纳入公司档案管理,根据不同的贫困原因,采取针对性的帮扶措施。使他们家庭年收入,由原来的6000多元提高到了现在的28000元以上。”

“太好了！你们真是一家有社会责任心的企业，为闽东脱贫做出了自己的贡献。”我由衷地赞道。

“这是我们应该做的。林总经常说：绿雪芽茶树是太姥娘娘亲手所栽，太姥娘娘乐善好施，我们要传承这样的精神。茶农生活艰苦，我们做好有机茶，就可以让社会效益变大，做到精准扶贫。他给公司立下了2个愿景：一个是让老百姓过上好日子；一个是让企业做强做大。这些年，我们就是这样做的！”

如此，我更加对这位尚未谋面的林有希董事长肃然起敬，感叹道：“从茶园建设和你蔡总身上，我已经看到了天湖公司的责任感和使命感，不愧是国家级重点扶贫企业。可惜，这次无法与林总夫妇面谈了。”

“没关系。我们经常举办各种文化活动，有诗会笔会，还有接待采风写作。下一次你有时间可以来住几天，跟董事长见面座谈。”

“好好，再联系吧！代我向林总和施总问好！”

依依不舍地告别了天湖茶庄，我又接连上山去了福安坦洋村，现场体味了习近平同志说的“喝过坦洋工夫茶，人走情常在”。下海乘船到了三都澳的三都镇、沙呈湾、连家船民溪坯村等地，实地参观采访水产品养殖基地，以及“清海行动”的效果。收获巨大，感慨良多。

山，还是那些山；海，还是那片海。

从30多年前的宁德地区，到历经春风秋雨的现代闽东，“山歌”唱得响亮，“海经”念得真诚，山村、渔民已将愁苦容颜远远地甩到东海里，绽放出无比欣慰的笑脸……

第七章　宁德时代

一　多抱几个“金娃娃”

初秋时节，神州大地上处处金风送爽，山清水秀，一片丰收在望的喜人气象。几辆中巴公务车行驶在闽东山水之间，车上的人们望着窗外怡人的风光，欣喜地指指点点交谈着……

前面不远出现了一个欣欣向荣的村庄：一条宽敞平坦的柏油马路穿村而过，两边是一排排整齐划一的别墅式楼房，门前停放着几辆私家小汽车。村边有一处湖光山色、亭台楼阁的乡村公园。村口矗立着一座挂着红灯笼的牌坊似的大门，上书3个大字：柏洋村。

是的，这就是荣获宁德市“文明村”、福建省“新农村建设示范村”“美丽乡村示范点”称号的宁德福鼎市柏洋村。它位于福鼎市硖门乡西北边，距集镇5公里，县道桐松线、福宁高速公路和温福铁路横穿境内。走近细看，这里与传统印象中的村落大不一样，俨然是一个功能齐全、文明富裕的城市社区。

这是2010年9月上旬，时任中共中央政治局常委、中央书记处书记、国家副主席习近平同志，在福建省委书记孙春兰、省长黄小晶的陪同下前来闽东，围绕深化改革开放、推动科学发展、加强和改进党的建设进行调研。这天，一行人兴致勃勃地来到了柏洋村。村支部书记王周齐，是远近闻名的新农村建设带头人，早早地带领村“两委”成员和乡亲们等在村口欢迎了！

“习主席好！习主席好……”

“习主席好！欢迎您来我们村视察！”

“乡亲们好，我们来看看大家！”

一片掌声、欢呼声冲上云霄。习近平同志微笑着与村干部和村民代表一一握手，走进村委会。在这里，他和省市领导认真听取了王周齐的汇报。

20年前的柏洋村还是一个贫穷村，25个自然村犹如一把散沙分散在各山头，村民来村部办个事、盖个章都得在崎岖的山路上走半天。当时全村唯一的产业就是农业种植，被形容为“家家竹木房、顿顿难揭锅”“村组织涣散，干群关系紧张”。村财政不仅一分钱没有，还欠着43万元债务，村民的人均年收入不到600元。

“要想富，首先有个好支部。”连年的贫穷日子，逐渐使村民们明白：甩掉“贫困帽”，必须要找对领路人。1994年，正在外地商海驰骋的王周齐接受村民的信任和组织的重托，放弃经营多年的生意，回村挑起党支部书记的担子。

经过调研熟悉村情后，王周齐以其敏锐的“商人”意识，决定将“清债”作为第一个突破点。当年3月，他将多年积攒的9.8万元无息借给村里做周转的启动资金，同时带头3年内不领乡村2级给村干部的补贴。此外，他还将原有的茶果厂等亏损的村办企业转让经营或租赁承包，甩掉包袱轻装上阵。

经过3年的打拼，柏洋村终于清掉了43万元的债务，村财收入还略有结余。王周齐又顺势把调整产业结构作为第二个突破点，引导群众种植经济效益高的东魁杨梅、中药材、优质蔬菜等，在沿海滩涂上养殖弹涂鱼。念活“山海经”，拓展收入渠道，柏洋村种养业不再挤在一个“篮子”里，村民们的“钱袋子”渐渐鼓起来。

“山海并进”也要“工业强村”，这是王周齐带领柏洋村加快发展的第三个突破点。2000 年，他提出利用 150 亩高速公路弃渣地，建立柏洋工业小区的设想，并立即落实。建立村级工业区，此前在闽东地区还从未有过。

王周齐是个实干派，一次又一次地北上江浙、南下广州招商引资，当年就引进了 2 家企业。到浙江出差时，他和村委几个人住在廉价的小旅社。为了省下几元钱的车费，王周齐让朋友的儿子开着三轮车接站。不料在途中翻了车，他被撞得头破血流，昏了过去，把开车的小伙子吓坏了：

“王叔王叔，你醒醒啊！呜呜……”

“快别喊了，赶快打 120，要救护车！”

“呜哇、呜哇……”急促赶来的救护车把王周齐送到了医院。

清醒过来后，王周齐稍休养了一下，就咬着牙出院去为村里奔波了，他因此留下了严重后遗症，前后医治了 3 年，直到现在，腰椎旧伤还时常隐隐作痛。

就是这种不服输的劲头和改变穷村面貌的信念，使他咬紧牙关坚持了下去。柏洋村 70%以上的村民分散居住在条件落后、环境恶劣的偏僻山区，生活十分不便。2002 年，福鼎市决定将以户为单位的“造福工程”上升为整村推进。王周齐抓住这个有利契机，计划将偏远的自然村陆续搬下山来，集中到距离高速公路不远的平地上。

为了劝说群众走出大山，他带领村“两委”成员和党员干部挨家挨户做工作，足迹遍及柏洋各村，甚至创下了一个月内开 21 场群众会议的记录。王周齐和同志们的努力没有白费，山民逐渐明白了村支书的苦心。短短几年里，散落在 19 个自然村的 287 户 1220 口人，全部搬迁至统一规划设计的公寓小区——永和新村。

整体搬迁下来，有了土地流转、劳动力集中的资源。恰逢国家重要交通项目——“沈海高速”规划经过柏洋村，公路建设需要大量碎石，村里引进企业，以矿石折股15%比例合办材料公司，为村财政创收20多万元，积累下第一桶金。公路建设不仅使柏洋村的交通便利了，也为村集体经济提供了创收资源。

此后，柏洋村又确定了“工业富村”的发展思路，通过“筑巢引凤”，招商引资的方式，先后引进了“永宝特钢”“国新阀门铸业”“宁德核电站后勤基地”等项目，带动1000多村民转岗就业，还有近百人成为个体户、专业户和民营企业主，使得更多贫困户变工人、变商人、变股东。实现了村强民富，负债村摇身一变成了明星村。

王周齐说：“当时农民的收入，还是以福鼎白茶为主，各村响应市里提出的‘小小一片树叶，造福一方百姓’口号，每年各户收益6万元至8万元。但这只是‘脱贫’，还不能达到‘致富’。后来我们借修路和建设核电站的时机，采取‘用地引企’的做法，建设工业区，既解决了剩余劳动力就业，又吸引了很多外来人口，带动了本地经济发展。现在我们村财收入有550万元，人均年收入超过了2万元。”

“干得不错！宁德核电站离这儿远吗？”

“不远，主体在附近的太姥山镇。现在还在建设中，计划2013年首台机组投产。”

“好，核电作用可大了，有了它可以办很多大事。你这个村支书有头脑有办法，真心为大家抓住了机会。”

王周齐受到了勉励，心里很激动，继续汇报道：“这些年，我们村‘两委’始终本着‘办事有公心，工作有信心，发展有恒心，为民有爱心，团结有诚心’这‘五心’做事，村民们就有劲头跟着干！”

习近平同志听到这句话，十分高兴地说：“这个‘五心’好！基层党组织、党员干部就应做到‘五心’，时刻把群众的事挂在心头。”

实际上，这就是延续着习近平同志在闽东工作时的实事求是、“四下基层”的作风：当年他一次次强调“滴水穿石”的精神，一次次把摆脱贫困作为闽东人民发展的大事，一次次深入县乡把矛盾化解在基层，就是用一颗赤诚之心，在做一件件党和祖国认可、人民需要的实事。

这次习近平同志到福鼎柏洋村调研村情、看望群众，正是在兑现自己当年告别闽东的诺言。习近平同志青年时期把对党和人民的赤胆忠心，留在贫困地区的土地上。当他回来时看到翻天覆地的变化，内心自然是倍感欣慰。

习近平同志一直牵挂着闽东。他在柏洋村，充分肯定党支部和村干部们的“五心”做法，正是表露着自己的一颗爱闽东、爱老区人民的“真心”。当王周齐和村民提出合影的愿望时，他欣然答应，让摄影师留下了一张有纪念意义的照片。

值得一提的是：习近平同志一行人回到住处，公务活动结束之后，又想起了柏洋村的“五心”。已是深夜 11 点多了，他还特意让秘书给王周齐打电话，详细询问“五心”的具体内容……

“老书记回来了！走，去看看他。”

“对对，我也接到了通知，一起聚一聚。”

2010 年 9 月 5 日中午，习近平同志和夫人彭丽媛回到了宁德，下榻在三都澳迎宾馆。这是他离开宁德十几年、就任国家副主席之后，第一次重返 20 世纪 80 年代工作生活过的地方。

“千里来寻故地，旧貌变新颜。到处莺歌燕舞，更有潺潺流水，高路入云端。”看看眼前，想想当年，他心中感慨万端，特别是想起过去朝夕与共的老同志们，尤为挂念。习近平同志是个念旧的人，更是珍重感情的人，特意提出与过去的班子成员见见面。

曾经前后任职的原宁德地委书记——现已 84 岁的吕居永和刚满 71 岁的陈增光来了，还有当年的地委秘书长林思翔，纪委书记钟雷兴，统战部部长姚智梅，行署副专员汤金华等人都高高兴兴地来了。其中有一位不是党政领导，而是与习近平同志结下特别友情的记者朋友——邢常葆也来了。

老朋友们相见，分外亲切。大家在饭桌上畅谈往事，共叙友情，抚今追昔，无限感慨。其中有一盘宁德当地家常菜，叫作“地瓜粉扣”，即用地瓜粉丝与鱿鱼虾米切碎炒在一起，一根根粉丝上沾着肉末，类似北方的一种叫“蚂蚁上树”的菜肴。当年习近平同志刚到宁德时，初次品尝就感到好吃不贵、富有特色，这回特意点了它。

“习书记，你还是喜欢这个菜啊！”

“是啊，虽说是一道简单的小吃，但它风味独特，吃到嘴里就想起了宁德，我和丽媛都爱吃。”

“看来这么多年，你不管在哪里工作，还是忘不了闽东啊！”

“忘不了，永远忘不了！福建是我成家立业的地方。”

此话颇有意味——习近平同志当年与彭丽媛同志在厦门结婚，后来调任福州市委书记时生了女儿，而勇挑重担、全面负责一个地区党政工作，那正是在宁德开始的。难怪他曾多次表示：福建，是我的第二故乡；宁德，是让我魂牵梦萦的地方。

这是一句很有分量、很有感情的话，人们深受感动，一位位两鬓斑白的老同志，眼眶里亮闪闪的。少顷，坐在一旁的彭丽媛同志端起酒杯站起来说：“近平说的是心里话，当年在宁德大家给了我们很多帮助，来，我敬大家一杯。”

“好好，谢谢彭老师！当年你来宁德可轰动了，我们还记得你上街买菜，人们都围着看呢！”大家说着纷纷站了起来。

“对，那个时候，她比我有名气。”习近平同志笑着补充道。

大家说笑着，氛围欢快而亲热。

此时有人指着窗外说：“习书记，你还记得这块地方吗？当初我们挑化肥上山去劳动，就是在这里。”

"记得，现在是一片高楼了！宁德发生这么大变化，是一任接着一任干出来的。但是宁德跟发达的地方比还是有距离，所以还得继续花气力认真地去做。"

一句话，说得大家频频点头。

话题转到宁德的经济社会发展上来，看到如今的巨大变化，更是万千思绪奔涌而来，这里的人们没有辜负老书记的期望。

当年习近平同志调任福州市委书记时，专门在《闽东报》上发表了一篇文章《同心同德　兴民兴邦——给宁德地直机关领导干部的临别赠言》，摘要如下，以飨读者：

近两年来，经过全区上下的共同努力，宁德地区的工作，取得了一些成绩，发生了一些变化：党的建设初步形成了大气候，安定团结的政治局面得到了有效维护；治、整、改正在深入进行，经济建设稳步前进，脱贫工作取得了阶段性的胜利；精神文明建设进一步推进，社会治安问题已经引起了各级党委的重视，并采取了一些有效的措施；工作作风和工作方法出现了可喜的转变，"四下基层"已经形成风气。闽东的这些变化应当归功于十一届三中全会以来的路线、方针、政策的作用，这是最主要的一条，应当归功于省委、省政府的正确领导、关心和支持；同时，也是与历届地委、行署领导为全区各级各部门打下的良好基础分不开的，是在座的同志和全区人民努力工作的结果。而我作为一个党员、一个领导干部，只是做了一些职责要求的分内事。因此，在这里，我要向理解和支持我工作的地县各级、各套班子、离退休老同志、驻军指战员以及默默奉献的闽东广大干部群众，致以衷心的感谢和诚挚的敬意！

……我在闽东工作的近两年里，尽管也看到了落后的一面，看到了存在的困难和问题，感到自己肩上的重担，同时我也看到了"不耻落后，意气奋发，放胆开拓，争先创优"的闽东风格。正是这种精神，深深地感染了我，给我带来了无穷的力量和勇气，给我留下了美好的回忆。闽东是一片饱含深情的土地，闽东有一批兢兢业业的干部，有可爱可敬的人民。我对闽东的发展是充满信心、充满希望的。我们曾经同心同德为闽东地区的兴盛，为闽东人民的兴盛竭尽努力，我们没有理由不做得更好。我们完全有理由相信，“闽东精神”将会发扬光大，闽东各项工作将会一步一步推向前进……

闽东的山海资源十分丰富，这是我区的长处，但开发得不够，做好山海资源综合开发的文章，意义十分重大、十分深远。去年，我区林业工作取得了较大成绩，今后要扎扎实实地抓下去，经过几年的努力，闽东的山会更青，水会更绿，人民会更富裕。在农业资源综合开发的基础上，大力发展利用本地资源的加工工业，闽东的工业方能形成一定的实力。在治理整顿期间，要注意调整产业结构，狠抓企业基础建设。

……纵观历史，得天下者无不因为得到民心。古人云：“善为国者，爱民如父母之爱子、兄之爱弟，闻其饥寒为之哀，见其劳苦为之悲。”古人尚知如此，何况我们共产党人？中国共产党的性质决定了我们党的各级干部都是人民公仆，必须密切联系群众，党的宗旨就是全心全意为人民服务。人民群众是我们党的力量源泉，群众路线是我们党的根本工作路线。因此，我们没有任何理由脱离群众，只有相信群众、依靠群众、关心群众的生活，我们的工作才能得到群众的理解和支持，我们的事业才能立于不败之地。

在闽东，提倡转变工作作风，密切联系群众，更有着重要的现实意义。因为闽东各方面的条件比较差，基层工作存在很多困难，人民群众的生活比较艰苦。这就更需要我们到基层去了解社情民意，体察群众的冷暖疾苦，帮助群众解决实际问题。去年我们开展的“四下基层”工作，取得了一些成绩，得到了人民群众的欢迎和称赞。今后，要继续坚持下去，并注意在实践中不断完善，还要不断探索密切联系群众的新途径、新方法。

…………

人们常说“铁打的营盘流水的兵”。一个人的工作变动是十分正常的。但是我们的事业不仅不会停止，而且必定会一步一步地向前进。我深信，新的地委领导班子，一定能在党的基本路线的指引下，在省委、省政府的正确领导下，团结全区人民，再接再厉，把闽东的各项工作搞得更快、更好。

讲到这里，我想起了一则故事：印度著名诗人泰戈尔访华回国之际，友人问他，你到中国丢失了什么？他回答：什么也没丢，就是留下了一颗心。我也有同样的心情，人虽然即将离开闽东，但我留下了一颗热爱闽东的赤诚之心。离开以后，我会时常牵挂、关注着闽东的工作，积极为闽东的发展进言献计。闽东的点滴变化，都会给我带来无比的喜悦和欣慰。

我衷心地祝愿闽东明天更加美好！

我真诚地相信闽东明天更加美好！

这是时年38岁的习近平同志的手笔，言之殷殷，情之切切，充满了对党和人民事业的热忱，时隔几十年重新来看，仍然闪烁着思想的光芒。

就在他刚刚离开闽东到福州赴任时，恰巧《人民日报》发表了一篇报道——《闽东脱离贫困线》。一位朋友看到后立即给习近平同志打电话通报并祝贺。可习近平同志却没有丝毫轻松之感，因为他深知：相距于真正意义上的“脱贫”，这只能说是起步。但他坚信“亿万百十，皆起于一”，闽东跨越了这一条贫困线，若能继续卧薪尝胆、矢志如初、再接再厉、奋斗不息，必能彻底摆脱贫困。

现在，这个目标已经越来越近了。

回顾过去，展望未来，人们豪情满怀。习近平同志对吕居永、陈增光、汤金华等人说："过去我说，宁德不能指望一下子抱个'金娃娃'。这些年，一任接着一任干，高速公路、高速铁路都通了，三都澳部分开发了，2000年底也撤地改市了，闽东人的愿望大都实现了。"

"是啊，当时闽东人有三大梦想，一是建设中心城市，二是通高速公路、建铁路，三是开发三都澳。你来了，都盼望你向中央要钱要项目，来个大突变呢！"陈增光回忆道。

"我知道，但一口吃不成胖子。当时的情况是，国家治理整顿不能上大项目，三都澳是台海前线，要顾全大局，只能实实在在地把群众贫困问题先解决。现在看来，我们当初坚持'不烧火'，提倡'滴水穿石'，带领群众摆脱贫困这条路走对了。"

"对对……"

"如今条件具备了，在加强脱贫攻坚、乡村振兴的同时，可以加快经济社会发展的步伐，多上几个大项目，多抱几个'金娃娃'了！"

这是希望，也是进军号角。

此后，一届届宁德市委、市政府牢牢记住习近平同志的话，一方面继续抓好扶贫开发工作，争取早日各县全部摘掉贫困帽子，实现整体脱贫；另一方面，抓紧招商引资的步伐，尽量上大项目、好项目，高歌猛进，开辟一个宁德新时代。

二　今昔"三都澳"

如今，当你走进闽东"首府"宁德市时，在城区街头、商业广场、公交汽车抑或高大建筑物上，时常会看到一行醒目的标语：全面实施"一二三"发展战略，开发三都澳，建设新宁德。

倘若与本地人聊天、叙家常，他们张口就会说上这几句话，如数家珍。可见这几句话已深入人心，且赢得全市上下认可，市民群众坚信。可以说，围绕着“开发三都澳”而进行的经济社会大发展，是闽东人脱贫攻坚、乡村振兴乃至全面建设小康社会的重要代表。

那么，“一二三”发展战略主要内容是什么呢，具体来说就是：

“一”，围绕“一个中心任务”，即“开发三都澳、建设新宁德”；“二”，做到“两个坚持”，即坚持开发与保护并重、坚持沿海与山区联动；“三”，建立“三个生态”，即建立高质高效的经济生态、山清水秀的自然生态、风清气正的政治社会生态。其中，“一” 是战略核心， 居于统领地位；“二”是战略导向，是必须遵循的基本原则；“三”是战略重点任务，是具体实践路径，三者构成了不可分割的有机整体。

这个发展战略总体思路，来源于 2018 年 10 月 17 日召开的宁德市委四届十次全会。会上， 市委书记郭锡文代表市委常委会向全会做报告。市委副书记、市长梁伟新做有关文件说明。明确提出：

宁德是习近平总书记工作过的地方，习总书记一直心系宁德发展、情系闽东人民。我们要把坚持高质量发展、落实赶超作为树牢“四个意识”、坚定“四个自信”、做到“两个维护”的具体实践，以更高的政治站位、更强的政治担当、更坚定的政治自觉，沿着总书记为宁德指引的方向继续前行，真正实现“跨越式发展”。

根据省委部署，联系宁德实际，总的要求是：以习近平新时代中国特色社会主义思想为指导，全面贯彻党的十九大和十九届二中、三中全会精神，认真落实省委十届六次全会部署要求，坚持党的全面领导，坚持稳中求进工作总基调，坚持新发展理念，坚持质量第一、效益优先，统筹推进“五位一体”总体布局，协调推进“四个全面”战略布局，以供给侧结构性改革为主线，打好防范化解重大风险、精准脱贫、污染防治三大攻坚战，紧紧围绕坚持高质量发展落实赶超，全面实施“一二三”发展战略，努力开创新时代宁德发展新局面。

千言万语凝结成一句话：开发三都澳，建设新宁德。

在中国近代史上曾被聚焦过的三都澳，曾经回荡在闽东人心中多少年的美好梦想，再次闪耀着升上了宁德的天空。沧海桑田，它已经具备了天时、地利、人和的条件，真正成为“梦开始的地方”。正如一首名为《三都澳畅想》的歌里唱的那样：

一个海浪载着一片月光，
一片月光载着一个渴望；
啊，三都澳，三都澳！
你的灯塔，你的航标，
沐浴着月光心潮荡漾。
你的深沉，你的壮阔，
蕴藏着多少故事源远流长。

一个海浪载着一片阳光，
一片阳光载着一个向往；
啊，三都澳，三都澳！
你的港湾，你的航道，
期待着五洲朋友帆来船往。
你的追求，你的涛声，
呼唤着海的儿女从这里起航……

“谁控制这个港湾，谁就可以控制整个西太平洋。”

多年以前，一位美军将领来到福建宁德的三都澳考察后，说出了这样一番语惊四座的话。或许有人认为此语纯粹是“天方夜谭”，因为这里不像上海港、广州港，抑或天津港、青岛港那样，以吞吐量惊人而闻名全国。正相反，相当长的一段时期内，在中国长达 18000 公里的海岸线上，宁德三都澳港的名号显得“平淡无奇”,沉浮在历史的海洋里。

事实上,三都澳曾经有过耀人眼目的辉煌,甚至曾经让美国为在此攫取利益,谋划了 20 余年……

这是一座十分奇特的港湾：地形口小腹大，水域面积 714 平方公里,出水口只有唯一的东冲口,宽度仅 2.6 公里,是世界上少有的海湖。三都澳深水域面积和航道水深都堪称“世界之最”,10 米以上深水海域达 173 平方公里，是欧洲第一大港荷兰鹿特丹港的 8 倍，可随时停泊 30 万吨至 50 万吨级巨轮。且避风良好,不冻不淤,被孙中山先生在《建国方略》中,盛赞为世界“最深不冻良港”。

如此得天独厚的优势，是不会逃过勤劳智慧的中国先民眼光的。早在唐代以前,三都澳就已被使用;五代时,闽王王审知执政,就注重港口建设和与北方的海上沟通；经过近千年的开发，到了清康熙年间,三都澳已是宁德税务总口,下辖 9 个口岸,每年征税达 12000 两白银。

只是,当帝国主义开始觊觎这个港口时,看中的不仅仅是它天然良港的特点,还有它重要的战略位置:地处中国黄金海岸线的中点,是闽东沿海的“出入门户,五邑咽喉”。它与台湾仅一水之隔,距离港、澳相对较近。不仅是中国南北海运的要道,也是许多国际航线的航途。以三都澳为据点,进可面向整个西太平洋,退则背靠江西、湖南等中部省份的广阔腹地。如此,这里便成了西方列强在华的必争之地。

鸦片战争之后,英国就对三都澳进行了勘测并绘制航海图;意大利也想把三都澳变成自己的租借地；德国在独占威海卫之后又欲占三都澳;“近水楼台”的日本将其看作是自己的势力范围。而美国,更是为了将三都澳据为己有,贿赂了当时晚清监国摄政王载沣之弟载洵,初步议定一笔海军借款,图谋在三都澳建军港。

清光绪二十四年(1898 年),三都澳正式开放,成为中国对外贸易的港口。意大利、英国、美国等在此修建杂货码头,设办事处。国内的达官买办也纷纷来三都澳占地开业。钱庄、商铺、各种娱乐场所应运而生，一派繁荣。1905 年，三都澳铺设海底电缆，成立电报局，形成了设施完备的商港，人称“小上海”或“小青岛”。

不过，这一切犹如昙花一现。抗日战争爆发后，三都澳作为华东海上抗日的前沿阵地，惨遭日军的侵占和 2 次大轰炸，往年建设起来的基础设施也遭受彻底破坏，一片废墟残垣。

中华人民共和国成立后，三都澳成了直接面对台湾的海防前线，由于当时台海局势剑拔弩张，三都澳这片尚未修复的港湾，也无法全面开发，就此封闭于东海之滨……

三都澳再次引起人们高度关注，得益于一首诗歌。

1962 年 12 月，郭沫若偕夫人来福建参观考察，受到各界人士的热烈欢迎。当来到宁德三都澳时，他久久伫立，心潮翻涌。因为早在 1927 年，郭沫若参加南昌起义失败后潜往香港，一年后又乘船经闽东回上海，曾经驻足三都澳，旧地重游，已是换了人间，自然感慨良多。

当时，郭沫若夫妇下榻在三都罗厝里后门山，这里原是天主教堂神父居住的地方，四周花果飘香，松竹环抱，环境优美，空气宜人。居高临下可俯视全岛景观，还可远眺笔架山和青山港口的山光水色。

郭沫若在福州军区副政委卢胜陪同下，看望了驻地海军水警区官兵，游览了三都岛、青山岛和著名的官井洋等地，触景生情，题诗四首。其中的《在三都澳水警区》，是郭沫若在海军水警区政治部会议室里，欣然命笔挥毫而就的：

良港三都举世无，
水深湾阔似天湖。
岛山环拱忘冬夏，
潮汐翻腾有减除。

建设已然清障碍，
经营还要费工夫。
护航卫国兼朝夕，
保障和平在海隅。

这首诗的手迹为横幅，书法雄奇豪迈，用玻璃框镶嵌，长久悬挂在三都海军水警区的水兵俱乐部前厅内，供人欣赏。郭沫若先生在三都澳居住时间不长，却给人们留下了永久的纪念。三都澳从此有了一个美丽而雄奇的别称：天湖。

今天，距离郭老第二次游三都澳又过去了50多个春秋，“海上天湖——三都澳”已成为人们的共识。宁德人民话改革、谈开放、奔小康，提出的口号正是“开发三都澳，建设新宁德”。

20世纪末的三都澳，在大家的共同努力下渐渐恢复元气。1991年，三都澳大黄鱼人工养殖获得成功，海上养殖业在这片曾经是外贸港口的海域悄然兴起。海上渔排网箱养殖区和渔户们的“海上住宅”连成一片，绵延数十平方公里，这里成了全国最大的大黄鱼养殖基地和一座渔民们休养生息的“海上浮城”。

与此同时，由于历史底蕴深厚，岛上风光秀丽，三都澳开始受到游客的关注。三都澳海岸周围有许多形态奇特的礁石，游人在那里可以见到“金龟伏珠”“鲲鹏展翅”“烈马回首”“古猿人”“螺壳岩”等几十个自然景观。在斗帽山右侧的山坳里由许多石头组成的礌厝，颇像一个迷宫洞，也称斗姥迷宫，是三都澳斗帽山的一大奇观。

青山岛虾荡尾东侧，有一石壁临海兀立，岩石石纹隐隐显出关云长骑马持刀的雄姿，阴霾雨雾时，由于水汽折射，形象更加清晰，俗称“仙人画”。泛舟“天湖”般的三都澳水面，当您在惊叹万吨巨轮轻松游弋的同时，举目四望，还可看到雄浑粗犷的群山奇峰、古朴典雅的连家船、隽永奇特的水中石，以及造型别致的古建筑……

这些不仅令人赏心悦目，还可以充分领略大自然的造化和古文化的神韵。一批批前来观赏的游客，在某些程度上改变着三都澳渔民的生活。游客们把酒临风，品尝即捞即烹的海中美味，垂钓、赏鱼、看风景，十分惬意。服务业成了渔排生活的另一种副业。不过，由于海上养殖无序，垃圾管理不善，生态环境不断恶化，游客们的到来加剧了海域的污染程度。

于是，这就有了大规模的“清海行动”……

时代的航船乘风破浪，一路前行，驶入了21世纪。宁德市委、市政府一张蓝图绘到底，一任接着一任干，率领人民群众和社会各界，以“弱鸟先飞”的意识、“滴水穿石”的精神，在各个县摘掉了“贫困”帽子，基本完成了“摆脱贫困”任务之后，肩负着习近平同志和全体闽东人的重托，擂响了“开发三都澳，建设新宁德”的进军战鼓。

这里地处长江三角洲、珠江三角洲及台湾地区三大经济区的中间地带，背靠赣东北、浙西南，与台湾地区隔海相望，独具“北承南联、西进东出”的区位优势。港口岸线富集，境内海域面积4.45万平方公里、海岸线长1046公里，占福建省的1/3。拥有被誉为“全球不多、中国仅有”的东方大港——三都澳，是布局临港装备制造业的理想选址。

这里山海资源丰富，拥有丰富的滩涂、淡水、矿产等资源及良好的产业基础，是“中国化油器名城”“中国中小电机之都”“中国食用菌之都”“中国太子参、大黄鱼、刀剪、白茶、海带、紫菜、晚熟龙眼、南方葡萄之乡”，同时也是福建最大的民营修造船基地和电力能源基地。

随着衢宁铁路、屏古联络线等一批交通基础设施项目的建设推进，宁德正成为海西东北翼现代化综合交通枢纽和重要的出海口。国家明确宁德作为“海峡西岸经济区”重点培育壮大的集中发展区，享受先行先试优惠政策；福建省出台专门政策，支持宁德军民融合、产业转型、加快发展。

当前，宁德市正乘着“一带一路”倡议的东风，对接福建省委、省政府“再上新台阶、建设新福建”总体部署，深入贯彻“创新、协调、绿色、开放、共享”五大发展理念，全面实施“一二三”发展战略，积极开发建设三都澳新区，实施一批重大项目。

这些项目建好后可新增近 30 平方公里建设用地，有效拓展宁德中心城区发展空间，拓宽三都澳港区客货流输送通道，为宁德市临港先进制造业集聚、战略性新兴产业崛起、传统产业提升和现代服务业发展提供更为广阔的平台支撑，打造绿色宜居的滨海休闲度假海湾新城。

蓝图已绘就，重在抓落实。为保障新区建设进展顺利，宁德市成立了三都澳新区建设工作领导小组和建设工程指挥部，编制了有关总体设计方案，组建宁德市三都澳新区开发建设有限公司，主要承担这里的开发建设任务。

2019 年盛夏的一天，前来参观采访的记者团，乘车沿着宁德市学院路一路前行，到达路的尽头，眼前豁然开朗。只见广阔的三都澳新区启动区内，工程车辆来回穿梭，工人们冒着高温奋战在建设一线，抓紧路网、防洪防潮工程等项目建设。

其中，路网（一期）工程、宁德市后湾片区海堤加固及河道建设（一期）工程截至 2019 年 6 月 30 日已完成投资 10225 万元，占年度投资计划的 44.5%。

这边启动区配套设施建设热火朝天，那边金蛇山市政填海造地工程进度也不甘落后。项目用海总面积 615 亩，陆域总面积 434 亩，概算投资近 3.4 亿元。截至 2019 年 8 月初，已完成陆域吹填砂 98.5 万方。项目计划于 2019 年底完成总体建设。

“这个启动区和市政填海造地工程，都是三都澳新区的重要组成部分，也是我们宁德未来的城市主中心。”新区开发建设有限公司总经理徐庆蕊介绍道。

“好啊，那总体要求和目标是什么呢？”记者们一边追问，一边打开了摄像机、照相机和录音笔。

徐庆蕊侃侃而谈："今年市两会上，政府工作报告提出：'要增强湾区经济驱动力，主动融入闽东北协同发展区建设，高起点规划、高标准配套、高效率推进三都澳、福宁湾、沙埕湾三个湾区发展。'我们新区的建设是加快构建环三都澳区域产业带、城市圈、生态链的重要一环……"

是的，翻开最新修订的新区规划图可以看到：未来的三都澳新区以山水人文资源为基础，以锂电新能源、冶金新材料等大型产业为支撑，着力打造集总部经济、科创研发、商务金融、文化体育、科教培训、旅游休闲、配套居住等功能为一体，宜居宜业的宁德新中心区。由此带来的，是宁德城市拓展骨架、绕海发展的万丈雄心。

可以预见在不远的将来这里会成为中国东南沿海一张亮丽的名片、一扇迷人的窗口，也一定会成为产业发展与宜居环境相互辉映的"人间仙境"，同时会吸引国内外有识之士接踵而来投资兴业。

三都澳，中国黄金海岸线上一块迷人的处女地，正在谱写全面大开发的新篇章……

三　走进"宁德时代"

金风送爽，硕果飘香。

这是人们常用来形容金秋、赞美丰年的词句。确实，尽管此类描绘早已不新鲜了，但却十分形象准确地述说了人们的期盼和喜悦。

2017 年 10 月 8 日上午，在宁德市蕉城区漳湾镇——也是三都澳新区一座刚刚落成的雄伟壮观的大楼前，张灯结彩、鼓乐喧天。中央大道两侧高高悬挂着大红灯笼，下面拖带着长长的红绸竖幅，分别写着吉祥祝贺的标语。道路尽头矗立着一颗圆圆的镏金镂空的大球,好似千山万水均在眼前;而在大门正中则鼓荡起一座红色的拱形彩门,上写“CATL科技大楼入驻仪式”。

CATL是宁德时代新能源科技股份有限公司英文名称Contemporary Amperex Technology Co.Limited的简称,这是一家专做汽车电池的中国公司,成立于2011年,原来租用其他公司的楼宇办公,如今入驻自己新建的现代化大楼,标志着公司的迅猛发展,当然要热烈庆贺一番了。公司总裁周佳、副董事长黄世霖及部分总监出席仪式,与现场员工共同见证这一重要时刻。

身穿天蓝色衬衣、胸前戴着一朵红花的总裁周佳,走到发言台前发表了简短而热情的祝词。他说:

“今天,秋高气爽,万里和风,科技大楼四处是风景,但我相信,我们CATL人最美的风景永远在路上。让我们以乔迁为新契机和新起点,开启新征程,谱写新篇章。”

一片掌声响起。副董事长黄世霖也做了祝贺发言:

“我们公司从创业开始,每进一步就会搬一个新地方。搬一个新地方,意味着更上一步,从白马起,到松山湖,再到宁德,房子越来越高,今天终于我们搬到了20层楼高的CATL新‘家’(科技大楼),希望大家在新‘家’工作更加愉快,成绩要上一层楼。”

随后,几名身穿白衣黑裙的漂亮女员工,拉起一条长长的红绸子,中间结着几个大花球。总裁周佳、副董事长黄世霖、江苏分公司总经理吴映明以及党委书记陈元太共同为CATL入驻仪式剪彩。

大家站好互相看了看,一齐动手挥起剪刀,红花球齐刷刷掉在托盘里。同时,“咚、咚”,几声礼炮突然响起,五颜六色的礼花升上天空,漫天色彩缤纷的花雨洒落下来。

“好啊!”一阵欢呼伴随着鼓掌声响彻天空……

这座科技大楼是宁德市最高的纯钢结构建筑,集办公、资源监测及科研、宣教等多功能于一体，体现了 CATL“修己、达人、奋斗、创新”的企业价值观，同时坚持绿色和健康理念，创造环保、节能、安全、健康、方便、舒适的环境空间，注重人文关怀，致力打造绿色办公区域，以期彰显出标杆性高端办公楼的文化气质。

不过，今天有一个重要人物没有出场。他就是 CATL 宁德时代新能源科技股份有限公司的创始人、董事长曾毓群。他是一个行事低调的人，不是重要会议或工作，很少出头露面，显得有几分神秘。实际上，他性格坚毅、思维敏捷，而且情感深沉，敢于开拓创新。

宁德时代，正是在他的带领下，一路披荆斩棘走了过来，他为家乡父老脱贫致富、为宁德经济社会发展立下了汗马功劳……

说来话长。

在宁德市蕉城区飞鸾镇辖区，有一个远离城市喧嚣又倚山面海的山村——岚口村。它位于宁德、罗源交界处的凤凰山之麓、东海明珠三都澳港之滨，植被茂盛，空气清新。传说古时有一只凤凰在此涅槃后，化作这座秀丽的山脉而得名。

岚口村坐拥名山环抱中，有名山则有名寺，一座古刹——炊云寺就在凤凰山前的巅坡上。每当早春来临时，皑皑白雪才刚刚融化，那山坡就披上绿茵茵的春装、绽放着丛丛的映山红。此时，上山烧香敬佛者、登山旅游者，络绎不绝。

与之相映成趣的，这里还矗立着一座清康熙年间建的岚口天主教教堂，建筑风格兼具闽东古民居传统特色与西洋教堂艺术风格。坐北朝南，两侧是高高的马头墙。正面墙体开口的门窗呈几何图案，既有东方方形构图又有西方圆弧形。墙壁顶部竖着红色十字架。庭院两边的门楣上分别有写着“崇正”“黜邪”的牌匾。

1968 年春天，曾毓群就出生在这个偏居一隅的岚口村里，父母都是面朝黄土背朝天的农民。由于周边山高地寒，耕地贫瘠，而溪畔农田又常受山洪淹没，农作物收成没有保障。加上古道朱溪岭交通运输极其不便，所以长期以来，村民生活处于贫困之中。

好在曾家重视孩子的教育，再苦再难也要供子女上学。曾毓群从小聪颖懂事，十分清楚父母的辛苦，抓住机会好学上进，高中时考上了当地最好的中学——宁德一中。后来成为宁德时代副董事长的黄智霖是他的同学。曾毓群通过自己坚实的努力终于走出了大山，但不管走到哪里，景色不错却并不富裕的家乡始终让他魂牵梦萦。

1985 年夏天，曾毓群以优异成绩考入上海交通大学船舶工程系，成为飞鸾镇岚口村的骄傲。而他告别父母亲友，背着行李卷前往上海就学时，也暗暗发誓，一定要学有所成，有机会回报家乡的父老乡亲。

4 年后，21 岁的曾毓群大学毕业，被分配到了福建的一家国企当技术员。可仅仅干了 3 个月，他那不甘平庸、敢于挑战的性格便令他做出了大胆的选择：不顾家人的强烈反对，毅然放弃国企的“铁饭碗”，只身前往改革开放最前沿的广东，进入了东莞新科磁电厂。新科是日企 TDK 的全资子公司 SAE 旗下的代工厂，后来的全球最大独立硬盘磁头供应商。在此，外企的产品技术和生产模式让曾毓群大开眼界。

他在这里学习认真、工作努力，备受顶头上司陈棠华的青睐。10 年间，曾毓群从技术员做起，一路得到提拔，31 岁就成为新科工程总监。后来，他的中学同学黄智霖也追随他来到新科。面对风起云涌的电子市场，曾毓群那不安于现状的心又活动了。

1999 年，新科实业 CEO 梁少康敏锐地从 MP3、手机电池上捕捉到了小而薄的电池有巨大商机，他向总公司提交了开发新产品提案，却遭到否定，于是萌生退意，另起炉灶自行研发。他与老领导陈棠华、技术专家曾毓群商量，一起成立了新能源科技有限公司，在香港地区注册，而首家工厂建在东莞白马社区。其英文全称为 Amperex Technology Limited，其中 Amperex 是 ampere（安培）和 excellent（优秀）的合成词。其后数十年，响彻业界的 ATL 就是这几个英文单词的首字母缩写。

不过，曾毓群对 ATL 有另一种解读——“A Thin Little Battery”，即一块轻薄小巧的电池。以后他的风云之路，正是从 ATL 开始的。千禧之年，手机并不常见，诺基亚还是市场份额第一的手机品牌，那年它推出的翻盖式手机备受追捧，其配套的电池正是索尼的聚合物电池。这种聚合物电池轻薄、短小，便于携带，还能灵活地封装成不同的尺寸，满足不同电子产品的创新设计。

创业团队觉得，这很可能是未来的一个发展方向！

就此确定了他们的目标，曾毓群带着 100 多万飞到美国，购买了贝尔实验室的聚合物理电池的专利授权。然而，谁都没有想到，这种高价出售的专利配方根本没有成熟，其中暗藏着致命缺陷——只能制造出反复充放电后会鼓气变形的残次品电池。这还了得！曾毓群跑到美国讨个说法。结果对方此时才说：电池鼓气是一个本质问题，目前无能为力。

从美国回来后，曾毓群彻夜难眠。刚成立的 ATL 公司资金本就不宽裕，初创团队的薪水都只能减至原来的一半，募得的 250 万元，大都用来购买专利授权了。一旦项目失败，将是对年轻的 ATL 致命一击。认命吗？好胜要强的曾毓群实在不甘心。

他对照带回来的电解液手册，苦苦思索电池为何会鼓气，问题到底出在哪儿呢？锂电池使用的温度上限是 85 摄氏度，贝尔实验室电解液有些成分的沸点约在 93 摄氏度，非常接近锂电池的温度上限。会是电解液的配方有问题吗？

ATL 创业团队按照曾毓群的思路讨论了一个下午，联系电解液生产企业，又弄出了排除低沸点化学物质的 7 个新配方。之后，便是紧锣密鼓地准备样品、进行测试。“置之死地而后生”，2 周后，不鼓气的电池配方还真被他们找到了！趁热打铁，曾毓群带着团队一鼓作气地重新研发了大部分生产制程，终于实现了聚合物软包电池的产业化！

历经磨难，ATL 成为全球二十几家拿到贝尔实验室专利授权的企业中唯一攻克技术难题、成功实现量产的公司。2002 年 6 月，ATL 首次实现了单月盈利，最终全年盈利超过 500 万美元。ATL 险中取胜，一炮而红，靠一块小小的电池撬动了市场。

这一仗赢得潇洒漂亮。多年之后，曾毓群回想往事，直言，1999 年辞职放弃到深圳掘金转而去做电池，"完全是一种冲动"。这一路走来，"我们不知道别人，也不敢评价，我们做得满头大汗，觉得非常辛苦"。

在智能手机全面普及以后，ATL 势头更盛，相继成为苹果、三星、华为、VIVO 手机的电池供应商。遗憾的是，ATL 当年引入过多风投资金，创始团队占股比例很小。2005 年三大投资机构一同提出要撤出资金。最终，曾毓群的老东家——日本 TDK 集团以一亿美金的价格收购了 ATL 的 100%股权。

但这并不影响 ATL 的飞速发展。在成立的第 17 个年头，ATL 的消费类软包锂电池市场份额直逼 50%。杀出重围，ATL 俨然已做到全球第一。2008 年，董事长陈棠华决定扩大规模，创办分公司，委托曾毓群在全国考察投资设厂地点。当时，各地掀起招商引资热，广东广州、辽宁大连、山东青岛等地都开出了优厚条件。

然而，曾毓群那萦绕于心的家乡情结又冒了出来。这些年虽说一直在外闯荡，可逢年过节他都要回到宁德岚口村，探望父母亲友。看到乡亲们还没有摆脱贫困，心中总是沉甸甸的。在与宁德市党政领导和有关部门接触时，他们对于大项目的渴望和期待时时感动着他。所以，在讨论新厂址选在何方的会议上，他郑重提出：

"我看就选在宁德三都澳，那里正在设立新区，一切都很优惠。"

不料并没有得到响应，有人说："宁德？无名小地方，交通不便，怎么扩展业务？ 不行不行！"

"是啊，曾总，知道那是你家乡，可不能太本位主义啊，咱们应该从公司的发展考虑问题。"

"不错！我是有家乡观念，但这与公司发展并不矛盾。三都澳湾区曾经很繁荣哩，如今局势平稳，港口铁路也都连通了，在那儿办厂很合适，地方上也大力支持。一举两得嘛!”曾毓群认真阐述着,至此稍停了一会儿,猛然站起来说,“我坚持选在宁德。如果你们不同意,我辞职退出,自己办个公司去。”

语惊四座。大家没想到曾毓群决心这么大,不禁面面相觑。他的同乡同学黄智霖,当然也是全力赞同。最后还是陈董事长拍板了,说:“热爱家乡是好事,同时又有利于 ATL 的整体布局,可以! 我们就按曾总的意见办,定在宁德! ”

于是,由 ATL 投资全国最大的聚合物锂离子电池项目,落户在宁德蕉城区漳湾镇。总投资超过 2 亿美元,占地面积 500 亩。随后,ATL 总部由东莞迁到宁德。与其配套的塑胶、电子、元器件以及包装等产业工厂也纷纷在周边设立起来,并形成与电池产业相关的庞大产业供应链,为当地发展新能源电池提供了很好的产业配套、产业集群。

地处闽东的边城宁德,相比福州、厦门以及因鞋业闻名的泉州、因服装闻名的石狮而言,人们还是比较陌生。在历史上,抗倭名将戚继光曾在宁德驻军,至今尚有一座纪念戚继光的公园。今天,这座边城又将在宁德时代公司的“作用”下,再次进入大众视野。

宁德一下子抱了个“金娃娃”。人们知道这是老乡曾毓群的功劳,纷纷竖起了大拇指。可他还是心事重重:引进了大项目只是表面现象,关键是要大发展,争取大效益。他暗暗发誓:宁德,你的儿子回来了! 我拼命也要干好这个产业,为改变家乡面貌出一份力!

2008 年,在新中国历史上是风起云涌的一年。5 月发生了空前的汶川大地震,举国上下抗震救灾。8 月成功举办了北京奥运会,影响震撼全世界。而以电动为主的新能源汽车, 也在这一年受到政府的高度关注,富有眼光的企业家看到了广阔前景……

宁德 ATL 管理层决定,在大力发展原有手机、电脑等电池业务基础上,正式成立动力电池事业部,积极探索下一个“蓝海”——新能源汽车动力电池的商业机遇。大家已经看到，新能源汽车是未来的发展趋势。时光到了2010年，困扰动力电池生产的专利门槛不存在了，磷酸铁锂电池的制备成本大幅降低，形势大好。

这时，ATL创始人之一梁少康，离职担任了另一家公司的首席执行官，另一位创始人、董事长陈棠华又不幸病逝。昔日ATL创业的核心团队只有曾毓群了，他自然成了宁德ATL公司的领导人。国家公布的《外商投资产业指导目录》为中资动力电池企业营造了得天独厚的发展环境。

2011年，曾毓群主导开辟新“战场”，成立了一家中资公司，专门做汽车电池，黄智霖等人也都表示支持。他用家乡的名字，将这家公司命名为“宁德时代”，英文名字叫作CATL(Contemporary Amperex Technology Co.Limited)——比ATL多的这个C是英文“时代”一词的缩写，但更多时候，外界把这个C理解为China，以此区分中资的CATL和外资的ATL。

由此，宁德时代走进了闽东。同样，闽东也迎来了一个新的“宁德时代”。成立初期，曾毓群担任宁德时代公司的董事长兼总裁，但并没有完全脱离ATL，继续任总裁兼CEO、董事及下属子公司的高管。同时他也从ATL带过来一大批技术人员，如黄智霖、吴凯、赵丰刚、项延火、胡建国、唐红辉等。两家公司像一家人一样，优势互补，携手并进。

宁德时代缺乏相关专利，ATL鼎力相助，2015年10月、2017年9月，CATL与ATL及下属企业签署了许可协议，取得了ATL所积累的动力电池相关的知识产权、技术的使用许可，获得502项专利技术(含在申请专利)以及非专利技术的使用权，并对部分项目进行共同研发，进入了发展的快车道。

一直以来，人们疑惑于船舶系毕业的“外行人”曾毓群，为什么能在技术取胜的电池领域，带领团队攻克一个个难关，所向披靡?实际上，还在新科任职时，陈棠华就有意栽培曾毓群，曾先后多次派他前往国外考察学习，使其接触到了世界最先进的电池生产技术。曾毓群自己也抓紧更新知识。1997 年，他拿下了华南理工大学电子与信息工程系的工程硕士学位；2002 年，他坚持在职攻读中科院物理研究所凝聚态物理专业博士学位。

曾毓群靠不断学习、不断积累，低调地完成了从“外行”到“内行”的蜕变。2011 年前后，动力电池界龙头大哥的位子属于国际巨头松下，比亚迪则执国内的牛耳。而宁德时代还势单力薄，籍籍无名。随后，宁德时代进行了两大成名之战：一是在“路线之争”上赢了比亚迪；二是在技术上解决了宝马公司那 800 多页的文档需求。

当时动力电池主要有两大种类：磷酸铁锂电池密度低、稳定性好；三元锂电池密度高、体积小，但稳定性差。一部分人从专业的角度认为三元锂电池更有前途、更符合未来新能源汽车的发展方向，而另有一部分人考虑三元锂电池技术难度高，专利被日、韩把持，磷酸铁锂电池更易突破。

比亚迪最终拍板定论，说：“比亚迪只有做车载磷酸铁锂电池，在世界、在中国才有出路。”

宁德时代的曾毓群则另辟蹊径，选择押注更高端的三元锂电池：“他们不做我们做！三元锂电池要求高、难度大，但前景远大。”

生逢其时。华晨宝马出现在了宁德时代的面前。

2012 年，合资企业华晨宝马推进纯电动汽车，希望可以采用国产动力电池。对于宁德时代而言，这是一次千载难逢的机遇与挑战，于是千方百计去争取。宝马汽车提供了一份约 800 页的全德文动力电池生产标准，要求之高之细，令人咋舌。曾毓群带领着宁德时代以排除万难的决心立刻上马。同时聘请一位宝马高级别工程师，在宁德时代长期出差，一待就是 2 年。

功夫不负有心人。经过种种不懈努力，宁德时代成功了！当他们与华晨宝马汽车的合作公布后，引起强烈反响。能够进入宝马的供应链对于品牌本身就是背书，这给了宁德时代快速成长的机会。有位专家说："通过这次合作，宁德时代就像是经过'魔鬼训练'的参赛选手，技术水平得到质的提升。"

随后，上汽、北汽、长安、吉利、长城、东南汽车、宇通、重汽、东风等多家国内车企都与之建立了合作关系。在工信部公布的新能源车目录中，3200 款车型有 500 款由宁德时代提供电池。宁德时代从此声名鹊起，迅速打开了市场。短短 6 年间，他们就坐上全球新能源电池第一供应商交椅，7 年后，又以独角兽身份在 A 股创业板快速上市，最高市值超过 3700 亿元……

为何能够如此高歌猛进？有一个小故事或许可以窥见其成功的"秘诀"：人们走进宁德时代董事长曾毓群的办公室，会看到正中墙上挂着"赌性更坚强"5 个大字，无一不被其气魄所震慑。

有宾客好奇问道："福建人不是喜欢'爱拼才会赢'吗？"

曾毓群正色道："我感觉光拼是不够的，那是体力活，'赌'更需要动脑子。"

当然，他说的"赌性"指的是敢冒风险、不断开拓创新……

只有一个宁德时代公司，还不算进入了宁德新时代。闽东人牢牢记住习近平同志的嘱托：现在具备条件了，可以多上几个大项目，多抱几个"金娃娃"，加快跨越式发展的步伐。

在宁德时代带动下，厦钨新能源、杉杉科技、东莞凯欣、卓高新材料、科达利等知名材料及结构件企业相继布局宁德。一个龙头企业可以促生一个产业集群，其裂变效应是巨大的。

对此，现任宁德市委书记郭锡文深有体会。2017 年春天，他从福建省省国资委主任位置上调任宁德市市长，由此深深爱上了这片热土。通过深入调研，他首先看到了宁德时代公司巨大的潜力，可以借助其王牌产品——动力电池，发展新能源汽车及配套产业。

事不宜迟，在做好其他扶贫开发、综合发展工作的前提下，郭锡文立即行动起来。恰巧，此时上海汽车集团计划扩大新能源汽车产能，全国布局生产基地，而其“心脏”——电池正是宁德时代的强项。郭锡文携手宁德时代董事长曾毓群，一同抓紧联系，希望上汽落户宁德。

巧合的是，郭锡文原籍福建福清县，与曾毓群同龄，都是生于1968年，而且还是校友，毕业于上海交大船舶工程专业。只不过郭锡文后来又读了在职研究生，获经济学硕士、工商管理硕士学位，经历了种种岗位的历练，增长了行政领导才干。在新世纪里，他们同为八闽家乡建设尽心尽力。

不过，如此一个“上汽”大项目，会带来聚集效应，各地都在争取，互不相让，条件一个比一个优惠。一时间，上汽公司举棋不定。这天，他们一位负责人前来宁德洽谈业务。正在福州出差的郭锡文听说了，连夜驱车返回，叫上曾毓群和一位常务副市长，前去其下榻的万达宾馆拜访。

据说这位负责人刚刚用完晚餐回房间了。“当当当……”秘书上前敲门，“×总在吗？我们市长来看你了！”

等了一会儿，没有回音。

“当当当、当当当……”

再敲，还是没有回音，可能休息了。是不是先回去？大家看着市长。

郭锡文志在必得，定要见上一面。他说：“没关系，我们等！”

一直等了半个多小时，里边的人开门出来了，得知市长在等他，连声道歉，说喝多了，刚刚迷糊了一会儿。郭锡文他们丝毫不在意，请他到楼下茶座边喝茶边谈。

整整一个晚上，宁德方面表现出了足够的诚意，地址选择、政策优惠、基础建设、后勤保障、海港公铁便利等，均讲得清清楚楚、明明白白。最后，还有一个“撒手锏”，那就是宁德时代新能源动力电池。这位上汽负责人动心了：如果在这里生产新能源汽车，可以就近装配车用电池，减少中间环节，降低成本，且便于研发。

他一口气喝完杯中坦洋工夫茶，像放下酒杯一样，豪气地说："诸位说得不错，宁德有优势，我回去就向董事会汇报，争取落地。"

果不其然，他们很快做出了在宁德建厂的决策，并派人来具体考察协商有关事宜，争取共创双赢，抱团发展。郭锡文这才松了一口气，他深知上汽花落宁德，将带来怎样的成效！他立即主持开会，号令全市特别是三都澳所在地蕉城区全力搞好配合。

一波刚平，一波又起。上汽项目部在选址过程中，看中了一块1000多亩的地块，背山面湖，拆迁较少，适合大干快上。可这块地已经批给宁德时代公司了，他们准备在这里建二期、三期项目。

难题反映到市政府，希望予以协调。郭锡文想来想去，感到还是与曾毓群好说话，便找到他一一说明缘由，最后说："曾总，为了家乡，你让一让好吧？"

"市长啊，咱们都是一个心愿，尽快让'上汽'进来。我同意！"曾毓群深明大义，爽快地答应了，并风趣地说，"人生从此无大事，只为家乡办好事。"

"好好！难得你大度，市里给你们另外再批一块地。"郭锡文深受感动。

一切都在紧锣密鼓中。2017年10月开始洽谈、考察协商，2018年2月正式确定了下来，3月23日举行了上汽宁德项目签约仪式，4月28日就打下第一根桩，全面开工建设了。

红旗招展，桩机林立。

位于宁德蕉城区七都镇三屿村的一片荒地上，突然热闹起来了。一个个头戴红色安全帽的工人排列成行，一台台挖掘铲车如同大战前的坦克一样严阵以待。临时竖起的背景板上书写着一行红地黄字：上汽集团乘用车宁德基地项目建设动员大会。

2018年4月28日上午，上汽集团乘用车宁德基地项目在宁德三屿园区正式奠基。这标志着宁德乃至福建又抱回一个“金娃娃”，将对全省产业结构调整、实现高质量发展具有里程碑式的意义。

这个项目位于宁德市三屿园区，整体属于三都澳新区之内，总用地约6000亩，整车项目一期总投资约50亿元，具备整车生产的冲压、焊接、涂装、总装等4大工艺，主要生产荣威、名爵等品牌的新能源及传统能源乘用车，加上配套厂项目，总投资约100亿元，计划于2019年10月正式投产，年产量可达30万辆。二期预留同样规模产能，全部建成投产后，可形成千亿新能源汽车产业集群。

上汽集团是国内汽车制造商的领头羊，是我国迈向汽车强国的主力军，在全国乃至全球汽车行业中都具有举足轻重的地位。上汽集团与宁德时代新能源公司强强联合、优势互补，将填补宁德新能源整车制造空白，对宁德的产业布局、结构优化、长远发展产生深远影响和重要作用，也将推动福建机械装备制造业转型升级，带动新能源企业全产业链发展，助力福建成为东南沿海新能源汽车产业基地。

同时，上汽宁德基地是一个可以助力闽东摆脱贫困、支撑宁德提质赶超的大项目、好项目，得到了福建省委、省政府的大力支持与帮助。这天，省委书记于伟国、省长唐登杰和省委常委、宣传部部长梁建勇等省领导专程赶来参加开工动员仪式。他高高兴兴地手持铁锹，与上汽集团董事长陈虹等一起为项目奠基培土。

动员会上，于伟国书记还做了简短有力的致辞：“希望各级各有关部门增强大局意识、责任意识，紧盯项目建设序时进度，撸起袖子加油干，确保明年10月份如期投产。”

这就等于关死后门，倒排工期，一声令下，“战役”全面打响。宁德组成了项目建设领导小组，郭锡文任组长，各有关部门负责人分别牵头，设置统筹协调、融资保障、征迁指导、安保维稳、宣传动员等职能部门，全力以赴，毕其功于一役。

承担具体保障任务的蕉城区委、区政府，一马当先，迅疾召开推进上汽宁德基地建设动员大会，传达学习省、市领导关于上汽宁德基地项目的重要讲话精神，通报上汽宁德基地项目概况和项目建设情况，动员全区上下进一步统一思想、明确任务、落实责任，确保高效推进上汽宁德基地项目建设工作。

区里同样成立了由党政主要领导担任组长、第一副组长的项目推进领导小组，下设办公室和现场指挥部，由区规划、财政、国土、土地收储中心、商务、林业、环保、海洋与渔业、水利、交通等部门及环三公司、宏鑫公司、城发公司等区属企业组成项目服务专班，由“一把手”直接负责，施工保障组、征迁动员组、安保维稳组 3 支队伍由 2 名区领导带队率先上阵。

犹如新时代的“淮海战役”一般，一切为了前线，为了前线的一切，宁德人民打响了一场项目落地的突击攻坚战。

七都镇作为上汽宁德基地项目建设的“主阵地”，及时做好项目征迁“公平账”“暖心账”“好人脉账”三本账。项目征迁中，面临诸多历史遗留问题引起的土地纠纷，征地组干部发动乡贤、老人会等力量深入群众，动员他们及时进行现场解决，征地组干部以公平公正的方式处理纠纷，促进征地协议的签订及土地补偿款的发放。

为了确保按时完成项目临时用水需求，在新能源产业链红色驿站（即项目临时党支部）的党员干部，深入涉及用水管道铺设的东岐、河乾、贝河、大厅 4 个村的村民家中，与他们沟通协商：

“乡亲们，上这项目每个人都会受益，上得越快越好。我们先让施工单位干起来，过后再根据量好的数据补偿好吧！”

“好好！这是大好事，别耽误了时间！补偿的事往后放放，政府不会亏待我们的。”

双方通情达理，目标一致，迅疾达成了先提供土地、后进行土地补偿的共识，确保了在规定的时间节点前完成临时用水管道铺设，保证了工期不受影响。

漳湾镇的安征迁工作亦是如火如荼。任务下达后，项目涉及的乡村支部书记纷纷表态：要上下精诚团结，强化责任意识、赶超意识，再接再厉、迎难而上，全力全速推进项目建设。同时，镇政府对可能出现的非法炒作买卖土地、抢建违建、抢栽抢种现象予以严厉打击。

除此之外，蕉城区及时完成三屿新区控制性详细规划、总体规划、防洪排涝规划等，园区内市政道路、临时施工便道、防洪排涝、潮污水处理厂、临水临电、岙村变电站至三屿园区 110KV 变电站线路、排水明渠等配套设施建设工程抓紧实施；配套企业的供应商配套厂房、员工宿舍等建设及综合整治等工作也在稳步进行中。

天公不作美。正在施工队伍夜以继日大干快上时，南方雨季来了，而 2018 年夏秋之际，像是特意给上汽项目考验似的，雨水特别多，两三个月几乎没有一个晴天，工地上一片泥泞。各承包单位如同立下军令状的战士一样，“下刀子也要冲上去”，人和机械一身泥水一身汗地干起来。

此时，郭锡文接任宁德市委书记，仍然兼任项目领导小组组长，一有空就跑到工地上检查督战、解决问题。福建省经信委副主任梁伟新当选新一届宁德市市长，很快进入状态，同样高度重视这个新能源基地项目，把它作为市政府头号工程来抓。

生于福建南平的梁伟新，原籍在山东半岛的莱州，父亲是当年的解放大军南下干部。北方的血脉基因加上南方山水的哺育，使他在八闽大地上踏实成长。他先后任南平团市委书记、市政府办主任，漳州市委常委、常务副市长，曾经 2 次下乡扶贫，对基层工作熟悉、有感情。

而今，他与郭锡文书记密切配合，一来就投入了“开发三都澳，建设新宁德”的热潮中，按照市委统一部署的“一二三”工程，具体狠抓落实。上汽新能源汽车基地项目是他就任市长的第一个硬仗，等于一进入阵地就冲了上去。

到一线去，实现精准帮扶，已成为各级各部门的工作常态。宁德市委、市政府主要领导与市政府分管领导每日一会商，确保及时掌握项目进展情况、议定相关事项，并不定期召开专题会议，协调解决困难；工程建设指挥部建立周例会制度，解决具体问题。

主将当先，三军用命。当项目进行到一定程度时，宁德市委、市政府提出“大干 100 天，坚决打赢攻坚战”，喊出了“大干晴天、巧干雨天、抢干阴天、干好每一天”的口号。上汽宁德基地项目部以及各建设队伍纷纷表示：一定保质保量保工期。

截止到 2018 年冬季，项目主机厂冲压车间已完成冲压一、二线主体浇筑和屋面防水，冲压一线下部侧壁防水完成 80%，公用管道预埋完成 60%，墙檩安装完成 40%；车身车间地坪混凝土浇筑完成 4%，网架吊装施工完成 60%，屋面檩条安装完成；涂装车间一层地坪施工完成 42%，二层柱混凝土施工 47%；总装车间基础承台施工完成……

说话间，来到了 2019 年春节，为了能按时竣工投产，指挥部出台了《上汽宁德基地项目工程建设指挥部关于开展上汽宁德基地项目“春节不停工”工作实施方案》，蕉城区、东侨区、港务集团等有关部门全力落实。从思想上重视，从生活上保障，超常规大马力干了起来。

按计划，有 30 个重中之重项目“春节不停工”，抢回因天气因素耽误的工期。为确保打好这一仗，宁德市指挥部办公室同样不放假，并实行主任负总责，副主任轮流带班，全天 24 小时值班制度。遇到问题，以“第一时间协调，第一时间解决，问题不过夜”的原则处理。

大年三十，在基础设施配套工程——三屿互通项目部里，有 60 多位工人放弃返乡机会，聚在一起包饺子，吃完年夜饭又上一线岗位了。记者来采访，问道：“过年不能回家，感到苦不苦？”

来自河南的钟兆珅说：“不苦！过年是小事，项目是大事。我负责拌和站混凝土加工，一定站好每一班岗。”

苍天不负有心人。

就凭着这样的干劲，在中华人民共和国成立 70 周年前夕，2019 年 9 月 28 日，上汽宁德基地项目正式竣工投产了，首款车型——一辆紫红色造型典雅时尚的插电混动名爵 eHS 下线了。这标志着宁德乃至福建的高端制造、智能制造迈上了新台阶。

仅仅 17 个月，从一片荒芜的不毛之地崛起一座现代化汽车城，创造了令人惊叹的“宁德速度”和“宁德奇迹”！福建省委书记于伟国、省长唐登杰再次前来，与上汽集团董事长陈虹、宁德市委书记郭锡文、市长梁伟新一同出席竣工仪式并共同启动基地投产。他们应邀在新车上签名留念。

于伟国在致辞中代表省委、省政府，向项目竣工投产表示祝贺，向上汽集团、支持项目建设的社会各界和奋战在建设一线的同志们表示感谢和问候。他说：“上汽宁德基地项目是福建坚持高质量发展、大力发展高端制造、智能制造的一个标志性项目。项目动工以来，在国家有关部委的大力支持下，省、市、区各级与上汽集团携手并肩、推动建设，创造了令人鼓舞的‘宁德速度’和‘宁德质量’。”

陈虹代表上汽集团感谢省、市对项目的大力支持，向辛勤劳动的项目建设者致敬。他表示：“上汽宁德基地高效率、高质量的建设过程，充分展现了‘意气风发、放胆开拓、争先创优’的闽东风格。我们将以项目竣工投产为新起点，充分发挥产业优势，进一步深化双方合作，加大投入，加快导入 SUV、轿车等多款新能源车型，积极拓展金融服务、汽车后市场、移动出行等现代服务业的发展空间，形成产业大集群，更好发挥辐射效应，为福建经济社会发展做出更多贡献。”

这是一个令人惊叹的工程项目。上汽宁德基地，约 200 亿元的重大投资项目，6 个月完成项目安征迁，2 个月完成 43 个前期要素保障。

这是一个令人惊艳的发展奇迹。上汽宁德基地从开工到投产，仅仅用了 17 个月，就实现了从 0 到 24 万辆的跨越。

目前，首批 30 家配套供应商已同步完成建设并投产，为当地创造就业岗位近万个。首款车型名爵 eHS 是与电动化相融合的一款主力车型，将为当地制造业高质量发展提供新助力，为脱贫攻坚、全面建成小康社会做出新的贡献……

哈！宁德又抱上了一个“金娃娃”。

之所以说“又”，是因为在那个不平凡的2008年，除了宁德人曾毓群振臂一呼，将新能源科技（ATL）公司引到家乡，迅猛发展成为宁德时代（CATL），打造国内外著名的新能源小镇之外，还有一个影响巨大的好项目，选中了宁德福安县湾坞镇。它就是浙江青山钢铁有限公司旗下的大型不锈钢生产企业，名字叫作“青拓集团”。

历史上的湾坞半岛，滩涂遍布、可耕地少，没有什么生产企业，村民生活普遍贫困。穷则思变，一张白纸可画出最美的图画，当地各级政府和人民群众不断积极探索摆脱贫困的道路。2004年，大唐火电斥巨资在这里建设临海火电厂，提供了源源不断的电力保障，使湾坞有了电力资源优势。同时，它地处环三都澳区域核心海域，有港口有公路，吸引了青拓集团落户湾坞。

青山巍巍，碧海滔滔。十年淬炼，青拓集团磨砺出一柄惊艳世界的不锈钢之“剑”，改写了全球不锈钢产业格局。几年间，青拓迅速“开枝散叶”，鼎信实业、青拓镍业、青拓科技、青拓物流、青拓设备等10余家子公司蓬勃而生，并以商招商、以业兴业，吸引了宏旺、甬金、克虏伯、海利等一批产业链重大项目在此集结，建成集镍铁加工、不锈钢冶炼、棒材热轧、板材热冷轧以及海运物流码头于一体的综合性不锈钢新材料产业园，发展成为全国乃至全球最大的不锈钢生产和深加工基地。

湾坞半岛迅速成为一片投资兴业的热土，一座座现代化的厂区拔地而起，奏响了经济发展的最强音。时至2018年，青拓集团一飞冲天，产值达到了1038.91亿元，提前实现千亿元产业集群的目标，成为宁德市首个千亿元产业集群、福建省首家年产值超千亿元民营企业。

无独有偶，另一家具有千亿产值潜力的项目——中铝东南铜业有限公司，也在2015年12月31日注册成立，落户宁德（漳湾）临港工业区冶金新材料产业园，紧邻三都澳港区漳湾作业区 8 号、9 号泊位，占地面积 1300 余亩。项目总投资近 50 亿元，建成投产后，可提供就业岗位达 1000 多个。

这是中铝集团与福建省人民政府共同出资组建的合资公司。在各方一致努力下，2016 年 9 月 2 日开工建设。东南铜业以进口铜精矿为原料，冶炼工艺采用世界上先进成熟、环保、具有规模优势的富氧强化悬浮冶炼技术，充分利用所在地优良港口资源及其他优势条件，力争建设当今世界上单系统规模大的铜冶炼生产线，成为一个具有强大竞争力的现代化铜冶炼企业。

说到做到，这就是宁德人在“多抱几个‘金娃娃’”的感召下，团结拼搏、背水一战，与前面建设“上汽宁德基地”一样，上下一致、干群用力，超常规大跨越地干起来。东南铜业顺风顺水，在当地各级政府的大力支持配合下，牢记中铝集团、中国铜业“干一件成一件”的要求，与总承包方长沙有色冶金设计研究院有限公司以及设计方、施工方、监理方等所有参建单位共同努力，奋发图强。

从 2017 年 2 月 5 日开始打桩施工，历经 17 个月的艰辛努力，终于成功刷新了同行业的建设速度，如期在 2018 年 6 月 30 日上午，隆重举行了中铝东南铜业有限公司宁德 40 万吨铜冶炼基地项目点火试车启动仪式。瞧，也是一个 17 个月，当然它在前边，为上汽宁德基地开了个好头……

这一天，中铝集团党组书记、董事长葛红林，福建省副省长郑新聪，中铝集团党组成员、副总经理张程忠，中铝集团党组成员、副总经理、中国铜业董事长刘建平，宁德市委书记郭锡文，以及项目股东方、总承包单位、设计单位相关负责人及东南铜业员工代表等人参加了点火试车仪式。

当葛红林董事长和郑新聪副省长，代表大家把手放在台前硕大的圆球上时，顿时红光闪耀，马达轰鸣，场内响起了一片热烈的掌声。中铝东南铜业项目达产后，将有力推动了宁德产业转型升级，成为宁德的“四梁八柱”产业，带动产业集群的生成……

“宁德时代”公司真是取了一个好名字，似乎从它开始，诸多企业大项目便接踵而至，掀开了宁德新时代的篇章。曾毓群的家国情怀抒写到了实处，而他自己并没有躺在功劳簿上睡大觉，而是意气风发地不断开疆拓土、创新前进。

2015 年下半年，ATL 逐步退出新能源汽车动力电池业务，其子公司将所持宁德时代 15%的股权，转让给了宁波联合创新新能源投资管理合伙企业（简称宁波联创）。至此，宁德时代（CATL）股权实现 100%中国化。

2017 年 3 月，曾毓群辞去了 ATL 所有的职务，专心致志做 CATL 董事长，主攻汽车用动力电池。曾水乳交融的 CATL 和 ATL，从此少有交集，但仍然保持着良好的关系，共同精心打造国内重要的宁德锂电基地。

2017 年 3 月 21 日，在华晨宝马之诺 60H 上市发布会上，总裁魏岚德邀请曾毓群到场，分享了双方合作的故事。是的，这种合力共创双赢，使宁德时代走完了动力电池研发、设计、开发、认证、测试的全流程，也为它后续的发展积累了经验、品牌背书，成为当时唯一一家走入跨国汽车企业动力电池供应链的中国企业。

这年 11 月 3 日，宁德时代首次提交招股书，计划登陆 A 股创业板。招股书显示，宁德时代此次发行股份不超过 2.17 亿股，募集资金 131.2 亿元。发行后总股本为 21.7 亿股，新股占发行后总股本的比例不低于 10%。这也意味着，一旦 IPO（首次公开募股）顺利，宁德时代总市值将达到 1300 亿元。

奋斗才会有收获。2018 年 6 月 11 日，“宁德时代”在深圳证券交易所挂牌上市！公司举行了隆重的庆贺酒会，难得有时间娱乐的董事长曾毓群，心怀激动地走上前台，拿起话筒唱了一首 Beyond 乐队的《海阔天空》：

“风雨里追赶，雾里分不清影踪，天空海阔你与我，可会变（谁没在变），多少次，迎着冷眼与嘲笑，从没有放弃过心中的理想……”

这是他的心里话，也是他不断走向成功的秘诀。

然而，虽然动力电池行业前景依旧天空海阔，市场环境却发生了巨大的变化。政策保护的“温室”悄然消失，刚刚首次公开发行股票的宁德时代面临着最残酷的竞争。

2018 年 5 月，随着工信部《汽车动力蓄电池和氢燃料电池行业白名单》的发布，三星、LG、松下等外资电池企业纷纷入围，国外竞争对手卷土重来。一年后——2019 年 6 月，工信部彻底废除《汽车动力蓄电池行业规范》，国资动力电池企业的温室不再。

与此同时，昔日的电池大王回过神来，将发展战略转移到三元锂电池身上。比亚迪还推出了一种名为“刀片电池”的技术，让曾被认为“过气”的磷酸铁锂电池重新焕发出青春，不仅满足 600 公里续航，成本也节约了 30%！

国内老牌电池企业也在虎视眈眈，万向、孚能、星能等国内电池企业都在积极扩产。在一众对手的围追堵截下，宁德时代的发展势头有所减缓。不过，曾毓群一直居安思危、砥砺前行。他给员工群发了一封内部邮件《猪真的会飞吗？当台风走了，猪的下场是什么？》，提出了警告：

“因为国家希望电动汽车上能有颗中国芯，因为中国政府提供了丰厚的补贴政策，因为中国是世界上最大的汽车市场，所以我们才是行业的佼佼者。当我们躺在政策的温床上睡大觉的时候，竞争对手正在面临生死关头、玩命地干，一进一退期间的差距可想而知。我们有无想过，如果外国企业下半年就回来，我们还可以蒙着眼睛睡大觉吗？国家会保护没有竞争力的企业吗？答案不言自明。”

新的变局，有危有机。正是因为时刻保持着这样清醒的头脑，曾毓群和他的宁德时代，才未被时代的车轮甩下。他们百尺竿头更进一步，不断寻求新的效益增长点。

庚子鼠年以一种不寻常的姿态到来了，新冠肺炎疫情突然而至，给这个春天蒙上了阴影。武汉封城，各地隔离，人们的生产生活按下了暂停键。好在举国上下在党和政府的指挥调度下，团结一致，众志成城，力挽狂澜。

疫情牵住了世界的目光，信奉“赌性更坚强”的曾毓群却逆流而上，打出了一张大牌。2020 年 2 月 3 日，宁德时代发布公告：拟与特斯拉签订协议，为后者供应动力电池产品，并且非公开发行股票募集资金不超过 200 亿元，全部用于产能扩建、前沿技术研发和补充流动资金。预计合计扩产 97GWh，相当于再造 2 个宁德时代！

特斯拉这个名字在新能源汽车业如雷贯耳。它是美国一家产销电动车的公司，以电气工程师和物理学家尼古拉·特斯拉的名字命名，总部设在美国加州的硅谷地带。它是世界上第一个采用锂离子电池的电动车公司，自出道便大受欢迎，一跃而成为全球最大新能源车企。

2018 年 7 月 10 日，特斯拉落户中国上海，投资建厂扩大产能。

新能源汽车最核心的技术、最赚钱的板块之一就在动力电池领域。整个电池系统占据整车成本的 30%至 50%，所以，物美价廉的配套电池供货商，是其梦寐以求的合作对象。曾毓群和宁德时代能够与新能源车企巨头特斯拉牵手，可见其后劲充足，有信心续写新的传奇……

宁德时代，名不虚传。

近年来，宁德市牢记习近平同志“多上几个大项目，多抱几个‘金娃娃’”的殷切嘱托，全面实施“一二三”发展战略，挖掘资源禀赋，放大山海优势，科学谋划、主动作为，一批气质颜值俱佳的“金娃娃”接踵落地闽东。

按照“一个龙头企业打造一个产业集群”的思路，宁德集中力量、集聚资源，全力扶持龙头企业做大做强，同时针对产业集群核心链条，开展“一把手”招商、以商招商、产业链招商，吸引上下游企业纷纷入驻，推动产业链条化延伸、规模化集聚、高端化发展。目前，宁德已初步培育形成具有国际竞争力的锂电新能源、新能源汽车、不锈钢新材料、铜材料四大主导产业集群，搭建起了宁德高质量发展落实赶超的“四梁八柱”。

在宁德时代的智能工厂里，平均每1.7秒下线一个锂离子电池电芯，每20秒装配成一个电池模组。过去一年，宁德时代已为全球43.7万辆电动汽车提供了宁德制造的“中国芯”，宁德已成为全球最大聚合物锂离子电池生产基地。

同样是抓住了“高技术”这个“牛鼻子”，青拓集团的龙头效应也越发明显，宁德不锈钢新材料产业先后引进海利、上克、奥展等一批下游精深加工项目，打造从“原料—冶炼—热轧—冷轧深加工—各类不锈钢制品”的不锈钢全产业链，湾坞半岛已成为全国乃至全球最大的不锈钢生产和深加工基地。

得益于宁德时代的磁吸效应，在省市领导的关心支持下，上汽集团将乘用车基地落地宁德，成就了“龙头招龙头”的典范，加上周边集聚的近40家上下游配套企业，锂电新能源产业集群已颇具规模，新能源汽车产业逐渐成形。

栽下梧桐树，引得凤凰来。四大主导产业的魅力，吸引着更多的相关产业链龙头企业，并从沿海向山区布局延伸，改变了过去扎堆海滨的不平衡局面。随着高速公路、铁路、港口等交通基础设施的进一步完善，从宁德、福安到福鼎、霞浦、柘荣、周宁、屏南、寿宁、古田，实现全市县域全覆盖，彰显山海大格局——

规划年产量5万吨的杉杉锂电池负极材料项目落户古田大甲，周宁不锈钢产业园进展顺利，柘荣乍洋不锈钢产业园稳步推进，霞浦时代一汽主厂房全面动工。占地3300亩的周宁县李敦工业园区已经初具规模，首批入驻40多家企业……

在淮海战役中，刘伯承司令员曾经打过一个形象的比喻：吃一个夹一个看一个。意思是指歼灭眼前的敌人，包围旁边的敌人，监视远处的敌人。好比下棋看五步，任何时候都要未雨绸缪，不断前进。而今，宁德人在产业发展方面就是这样做的。

2019年6月，UPS不间断电源巨头深圳科士达与宁德时代合作，成立了时代科士达公司，将储能产品研发制造项目正式落户宁德霞浦县。如此，在动力电池供不应求的同时，另一个万亿级的大市场——储能市场开始启动。10月，宁德出台了《宁德市促进锆镁新材料产业发展的六条措施》，将目光瞄准了第五大主导产业布局。

战略规划，共赢未来。当前，宁德工业经济逐步形成了“3个3000亿”的滚动连续态势，即在2018年工业产值3000亿元的基础上，2019年在建项目达产产值达到3000亿元，对接洽谈项目建成达产后又可形成3000亿元的工业增量，宁德开启了“万亿工业时代”的“加速跑”。

好啊！“金娃娃”的辐射带动作用，犹如一轮冉冉升起的朝阳，在闽东的山海之间放射出耀眼的光芒。工业反哺农业，城市助力农村脱贫，一个欣欣向荣的新宁德正在崛起。

四　党旗下：2020决战决胜

北京的秋天，可谓一年之中最美好的季节，不冷不热，少雨少风，天空显得蔚蓝高远，云彩尤为洁白轻柔，就连夜空中的星斗，也是分外明亮璀璨……

“天阶夜色凉如水，坐看牵牛织女星。”虽说古都之秋很快就会过去，可它的美还是足够惊艳的：香山的红叶、钓鱼台的银杏、陶然亭的芦花，移步换景，山水宜人。这座古老而年轻的都城啊，在秋光里特别醉人心扉，近代许多著名作家、学者都毫不吝惜笔墨地赞叹过。

“民族魂”鲁迅先生曾在北京生活多年，写下过这样的句子：“秋天的月，无论是瘦弱的，还是丰满的，总是最明亮的。俯瞰北京古城的色彩，紫禁城的红墙、金色的琉璃瓦、深红的廊柱、墨绿的古柏、汉白玉的雕栏……这些色彩总是异常分明。”

江南才子郁达夫则回忆道：“每每到初秋总会想起北京。在天高云淡的季节，清晨起来，泡一碗浓茶、向院子一坐，你也能看得到很高很高的碧绿的天色，听得到青天下驯鸽的飞声……”

“老北京”老舍先生说得更到位了：“中秋前后是北平（旧称）最美丽的时候。天气正好不冷不热，昼夜的长短也划分得平匀。没有冬季从蒙古吹来的黄风，也没有伏天里挟着冰雹的暴雨……”

2015 年 11 月 27 日，就是这样一个风景如画、美不胜收的秋日，位于北京天安门广场的人民大会堂会议厅内，金色的菊花盛开绽放，此时这里迎来了一位位豪情满怀的与会代表。中央扶贫开发工作会议正在这里召开。中共中央总书记、国家主席、中央军委主席习近平出席会议并发表重要讲话。

其中，他着重强调：“这次中央扶贫开发工作会议是党的十八届五中全会后召开的第一个中央工作会议，体现了党中央对扶贫开发工作的高度重视。党的十八届五中全会从实现全面建成小康社会奋斗目标出发，明确到 2020 年我国现行标准下农村贫困人口实现脱贫，贫困县全部摘帽，解决区域性整体贫困。会议的主要任务是，贯彻落实党的十八届五中全会精神，分析全面建成小康社会进入决胜阶段脱贫攻坚面临的形势和任务，对当前和今后一个时期脱贫攻坚任务做出部署，动员全党全国全社会力量，齐心协力打赢脱贫攻坚战。

“新中国成立以来，我们党带领人民持续向贫困宣战。经过改革开放 37 年来的努力，我们成功走出了一条中国特色扶贫开发道路，使 7 亿多农村贫困人口成功脱贫，为全面建成小康社会打下了坚实基础。我国成为世界上减贫人口最多的国家，也是世界上率先完成联合国千年发展目标的国家。这个成就，足以载入人类社会发展史册，也足以向世界证明中国共产党领导和中国特色社会主义制度的优越性……”

随后，中共中央政治局常委、国务院总理李克强，中共中央政治局委员、国务院扶贫开发领导小组组长汪洋等，也在会上做了讲话，强调打赢脱贫攻坚战是实现全面建成小康社会目标的重大任务，全党要认真学习贯彻习近平总书记重要讲话精神，切实把思想和行动统一到党中央决策部署上来，确保扶贫工作沿着正确方向推进。

中共中央政治局委员、中央书记处书记，国务委员等出席会议。

各省、自治区、直辖市和计划单列市、新疆生产建设兵团党政主要负责同志，中央农村工作领导小组、国务院扶贫开发领导小组成员，中央和国家机关有关单位、全国人大和全国政协有关专门委员会、部分中管企业、军队和武警部队负责同志等参加会议。中西部22个省区市党政主要负责同志向中央签署脱贫攻坚责任书。

由此可见，这是进入新世纪以来，我们党中央和国务院针对扶贫工作专门召开的一次规格高、范围广、决心大的重要会议。会后，正式颁布了《中共中央国务院关于打赢脱贫攻坚战的决定》，成为指导当前和今后一个时期脱贫攻坚的纲要性文件，自2015年11月29日起实施。

《决定》提出的目标是：到2020年，稳定实现农村贫困人口不愁吃、不愁穿，义务教育、基本医疗和住房安全有保障。实现贫困地区农民人均可支配收入增长幅度高于全国平均水平，基本公共服务主要领域指标接近全国平均水平。确保我国现行标准下农村贫困人口实现脱贫，贫困县全部摘帽，解决区域性整体贫困。简称“两不愁、三保障”。

消除贫困、改善民生、逐步实现共同富裕，是社会主义的本质要求，是我们党的重要使命。全面建成小康社会，是我们对全国人民的庄严承诺，也是对国际减贫事业的重要贡献。举国上下立下愚公移山志，咬定目标、苦干实干，坚决打赢脱贫攻坚战，确保到2020年所有贫困地区和贫困人口一道迈入全面小康社会。

正像习近平总书记所说：“脱贫攻坚已经到了啃硬骨头、攻坚拔寨的冲刺阶段,必须以更大的决心、更明确的思路、更精准的举措、超常规的力度,众志成城实现脱贫攻坚目标,决不能落下一个贫困地区、一个贫困群众……”

冲锋号吹响了,总攻令下达了!

神州大地上,从白雪皑皑的松花江畔,到椰风阵阵的天涯海南,从七沟八梁的黄土高坡,到林密水深的闽东山海,打响了一场轰轰烈烈的脱贫攻坚战。不用说,飘扬在最前面的是镰刀锤头旗帜,战斗在第一线的是中国共产党人。大干5年,目标直指2020,脱贫攻坚决战决胜。

宁德,习近平总书记工作过的地方,种种精准扶贫理论的起源地,新时代全国扶贫开发的缩影。早在当年他任宁德地委书记时,就在《摆脱贫困》一书中写道:

“党对农村的坚强领导,是使贫困的乡村走向富裕道路的最重要的保证……如果没有一个坚强的、过得硬的农村党支部,党的正确路线、方针政策就不能在农村得到具体的落实,就不能把农村党员团结在自己周围,从而就谈不上带领群众壮大农村经济,发展农业生产力,向贫困和落后作战。”

闽东的脱贫攻坚战,正是在鲜红党旗引领下的冲锋陷阵。前面各章节内容中,始终凝聚着许多优秀党员、党组织的心血汗水,这里再讲述一些“党建扶贫”的典型事例……

2016年9月15日凌晨,第14号台风“莫兰蒂”登陆厦门,进而横扫闽东南。强风、暴雨、山洪,犹如疯狂而来的猛兽,嘶吼着扑向大地。全省多地气象、水文记录被打破。从14日晚上8点到15日早上7点,宁德古田县卓洋乡累计降水量达到了127毫米。

天刚蒙蒙亮,顶着如注的暴雨,卓洋乡庄里村党支部书记周炳耀深一脚浅一脚地来到村老人活动中心。按照预先制定的防台风部署会预案,他和村干部要在此集合,对全村再次开展巡查,排除隐患点,转移住处地质危险的群众。

狂风裹挟着暴雨，打得人眼睛生疼。周炳耀发现老人活动中心路边菇棚损坏，竹子、菇筒等堆积物散落下来，堵住小桥的涵洞，导致水流受阻、水位暴涨。庄里村地势低，部分临河边的房子已被淹了近 1 米深。若不尽快疏通被堵的涵洞，后果不堪设想！

周炳耀立即跳进水中，奋力疏通桥洞里的杂物。庄里村支委张华忠也来了，紧跟在后面清理。此刻，周炳耀抹了一把脸上的雨水说："下游土房子有危险，我先走一步。"又蹚着水流去疏通第二个桥洞。

"那边危险，你要注意啊！"张华忠说着，拿出手机为他拍了一张穿着雨衣走在风雨中的照片。不料，这竟成了一张遗照！

周炳耀没走几步，突然，一根毛竹被溪水冲击后打在他的后腰上，使他失去平衡落入水中，湍急的水流瞬间将他吞噬。

"不好了，周支书落水了！"

"炳耀、耀仔……"

张华忠与闻信赶来的乡亲们叫着他的名字，冒雨在溪流沿线寻找周炳耀的身影。直到 1 个多小时之后，在下游距事发位置约 5 公里的树兜村溪段上，他的遗体被发现了，身上满是石块、树条撞击的累累伤痕，年仅 45 岁。人们失声痛哭……

第二天，省报记者闻信赶到庄里村现场采访。曾和周炳耀一起巡逻的村支委张华忠，站在支部书记牺牲的石板桥上悲痛不已，桥下就是一片塌方的河岸。他说："你看，要不是周书记及时把涵洞疏通，水势继续往上涨，下游的房子和里面的人就危险了。"

"这么多年来，从没见过这么大的水。"村民周传仓说，"耀仔是用生命换回了庄里村的安全，全村人永远忘不了我们的好书记。"

谈到周炳耀的为人，村主任刘长务连连竖大拇指说："他连任三届村书记，在村民中口碑很好，满意度很高。直至生命最后一刻，他心里想的全是群众，他是我们的英雄！"

是的,周炳耀出生在一个普通的农民家庭。父亲周新柜曾长期担任村干部，耳濡目染使周炳耀从小就懂得要做个好人，为大家做好事。2003 年,他光荣地加入了中国共产党,事事处处自觉起模范带头作用。2009 年起,在全村党员的推选下,年轻的周炳耀担任了庄里村的党支部书记,此后更是牢记为人民服务的宗旨,带领村民脱贫致富。

古田县是著名的菌菇之乡,不少乡村依靠这项农产品脱了贫。周炳耀响应县乡号召,积极动员村民们种蘑菇。为了打消不必要的疑虑,他自己第一个试种,可有些人还是担心技术不行,不敢种。周炳耀拍着胸脯打包票:“你放心去种,我去请人来指导,要是赔了就算我的。”

“那万一……失败了怎么办？”

“没关系,如果你做了 1 万筒(菇),明年挣不了 2 万块钱,我给你补上！”

在他如此带动下,庄里村走上了种植菌菇脱贫致富的道路。

平时,村里人都亲切地喊周炳耀为“耀仔”。他有一部二手汽车,大家谁有事谁用,成了村里的“公车”;原先村里只有主干道是水泥路面,他怕泥巴路难走,坚持集资把水泥路铺到了村民家门口,自己还欠着 6 万元贷款,却自掏腰包垫上 3 万元……

2015 年,周炳耀看到村里 70 多位老人的温饱问题解决了,却没有娱乐休闲的场所,便与村“两委”商量,共同垫资 17 万元建设了老人活动中心,赢得一片叫好声。

这次台风来临前,周炳耀又张罗给全村安装路灯,买来了 15 个路灯杆堆在村委会楼下,准备继续筹资购买套管、灯头等设备。可是,他没等到村路上灯亮就离开了……

以民之心为心,以民之苦为苦。担任村支书 9 年来,周炳耀始终不忘入党初心,践行为民承诺。平日里,为了全村发展,为了帮助困难村民,他自家的日子过得很清贫;危难处,为了全村的安全,为了解救危境中的村民,他把自己的生死置之度外。

周炳耀不幸殉职后，市、县有关部门负责人纷纷来到周炳耀的家中探望慰问，对他的离去表示悲痛。人们发现，在周炳耀卧室的桌子上，还放着时常捧读学习的几本书，其中一本就是习近平总书记当年在宁德写的文集《摆脱贫困》……

9月19日上午，为村民而牺牲的村支书周炳耀的追悼会隆重举行，告别厅内摆满了花圈。县乡领导和卓洋乡各村的党支部书记、庄里村的百姓们都来到告别仪式上，面对躺在花丛里的周炳耀遗体三鞠躬。一副副挽联、一条条横幅寄托了人们的哀思，低回的哀乐中，许多人潸然泪下。

英雄已逝，精神永存。带着庄里村420位村民的无限眷恋，周炳耀抱憾而逝。几天前还肆虐的洪水已经退去，村民们将周书记的恩情永存于心，未来的日子里他们将百折不挠、勇往直前，用辛勤的劳动重建美好家园。

事后，从宁德市到福建省再到全国的新闻媒体，纷纷报道了好支书周炳耀的事迹，感动了千万人。为了村民脱贫致富、为了百姓平安幸福，从平日小事做起，并把每件平凡的事情做好，就是不平凡。他的先进事迹，值得全体党员、干部学习。

《人民日报》客户端专门发表了记者短评：

> 周炳耀感人故事的背后，蕴含着一个深刻道理：小康不小康，关键看老乡，农村富不富，关键看支部……贫困落后不可怕，怕的是安于现状；艰难险阻不可怕，怕的是畏难退缩。脱贫攻坚任务固然繁重，但人们在周炳耀身上看到的是“人穷志不短”。实践证明，火车跑得快，全靠车头带，只要基层党组织始终保持“弱鸟先飞”的精神、“滴水穿石”的韧劲，因地制宜，久久为功，广大群众的积极性必将被激发，农村社会发展必将充满活力。

宁德市周宁县县域的最北面，从西至东依次是后溪、林源、桃园、祖龙4个行政村，桃园村居中，海拔860米。发源自大山深处的湫溪从村旁流过，经桃坑、禾溪最后汇入芹山水库，因桃园地处湫溪上游，俗称上湫溪，禾溪称下湫溪，中华人民共和国成立后上湫溪改了个富有诗意的名字：桃园。

战争年代，红军闽东独立师曾经在这里战斗过，得到过当地群众的支援和帮助，是一个革命老区行政村，共327户1589口人。虽说在桃园村看不到桃花，但村容村貌还算整齐安宁，透着世外桃源的意境。只是由于地处偏僻，交通不便，村民生产生活所需的物品，都要靠肩挑手提进出，长期戴着“老少边贫”的帽子。

2014年4月，根据统一部署，福建省委再次选派51人，与宁德市委选派的33名党员干部一同到宁德市9个县（市、区）83个扶贫开发重点村，担任党组织第一书记。在省外事办公室工作的年轻共产党员许茂林，受命来到周宁县纯池镇桃园村，当上了驻村第一书记。

开始，大家抱着怀疑的眼光看着这位年轻干部：他能改变贫穷的面貌吗？殊不知，不久，他就用实际行动给贫穷落后的山村带来了温暖的春风。

“咱们村最大的困难是什么？最迫切需要解决的难点在哪里？”许茂林上任后，首先跑遍了全村的街头巷尾、山地水塘，搞调研、查问题、集思广益。

“没公路最头疼。”村民许陈强的话最有代表性，他说，“车进不来，商贩就很少来村里，农产品收购价都很低。我们村锥栗个大饱满、味道香甜，可是每公斤收购价却要比其他地方低2元左右。”

“那过去怎么没想办法修呢？”

“唉，早就想修了，可就是罗锅子上山——前（钱）紧哟！”

许茂林在小本子上写上2个字：公路！还重重打上了感叹号。于是，他决定把修路作为扶贫工作的首要抓手，立即积极行动起来。跑县里、进省城，他带着村委成员四处奔走呼吁，积极寻求支持帮助，先后争取到省、市、县各级部门相关帮扶资金1000多万元，当年国庆节就启动了修路工程。

这条名为国坪线的3级公路，起点在桃园村，终点在周宁与寿宁两县交界处，全长5.3公里，宽6.5米，全部水泥沥青铺设。一年以后，“天堑变通途”，硬化路面风雨无阻，汽车可以一直开到村头上。桃园村群众心中乐开花。

村民出行买卖方便了，外地客商来得也多了。村里农产品销售出现量价齐升的好势头。村主任林商章高兴地说：“村里有3000多亩锥栗，平均亩产1500多公斤，每公斤收购价在12元左右，去年让村民增收700多万元。今年的‘明前茶’，茶青也卖出了每公斤36元的好价钱。”

路通了，可扶贫工作中又出现了新问题。从地理环境看，湫溪是周宁北部的一条溪，桃园村在湫溪上游，桃坑村在中游，禾溪村在下游。以前，湫溪流域3个村庄各自为政，有的村庄直接把垃圾倒进溪里，3个村因为垃圾问题经常引发矛盾。在生产方面，3个村都种植高山锥栗、茶叶等，同业竞争、内部压价的现象严重，群众收益打了折扣。

怎样打破各自为政的不利局面呢？

许茂林深入思考，多方征求意见，决心搞一个党建创新大动作：把桃园、桃坑和禾溪3个村党支部合组1个党总支，集中人财物，团结一致，上下齐心，做大项目体量，做强产业支撑，做优共同环境，抱团发展。

这可是在组织架构上动“手术”啊，上级能批准吗？许茂林出于公心，设想好了方案，积极向镇、县党委和本单位省外办汇报：按照“三变三不变一统筹”的原则成立湫溪党总支，即改变组织机构，不变行政区域；改变干部职责，不变干部职数；改变资源资产，不变债权债务。在这个规则之下，厘清村与村的权属边界，加强村与村的利益联结。

实事求是，切实可行。在各级党委、政府的支持下，这一方案获准试行。2015年11月，湫溪党总支成立了，许茂林当选首任书记。这是周宁县第一个村党总支，开创了党建扶贫的新路子。

漈溪党总支成立后，3个村子形成了拳头，许茂林带领大家在农产品种植营销、新农村建设等方面，分工合作、互相支持，立即呈现出一种新局面。他们开展了漈溪流域清洁及整治，同时在溪水两旁、房前屋后种植穆阳水蜜桃1万多株。这一来，漈溪变美了，收入增加了，村民的心情更舒畅了。

茶叶与锥栗是当地群众的两大产业，党总支经过调研制定出三村产业发展重点：抓“两大”、合理顾“三小”（水稻、马铃薯、干货）的思路，邀请省农科院、福建农林大学茶学系的专家前来指导茶叶加工技术，根据各村茶叶生产优势，制定出差异化发展战略。

看到打破了三村茶叶生产壁垒，桃坑村支书徐殷宗高兴得合不拢嘴，说：“党总支根据各村优势，分工合作，桃园茶厂主要制作红茶，桃坑茶厂加工绿茶，禾溪村主要负责提供茶青。这样分工，3个村实现了联合发展。”

同时，许茂林还与各支部协商，采取“支部+产业+农户”的形式，在产业链条上建立党小组，引导村民合资创办农业专业合作社5家，带动联建村党员群众创业就业。至2016年底，3个村的农业总产值同比增加200多万元，大家都实现了脱贫“摘帽”。

总结成立漈溪党总支的好处，纯池镇党委书记刘荣生说：一是地域联片，党总支的成立客观上促成3个村更加紧密地联系在一起；二是环境联治，3个村按照党总支的统一部署，集中对村域环境卫生进行整治；三是经济联合，3个村依托各自的优势产业，更加注重经济合作，做大做强主导产业；四是政策联动，上级部门对一个村的帮扶政策可以同时辐射其他2个村，形成政策红利叠加的效果。

“下一步，我们将在发展生态旅游上做文章，制定《周宁县漈溪流域休闲农业与生态旅游发展规划》，让桃园村成为‘看得见山、看得见水、记得住乡愁’的地方。”说起桃园村的发展，许茂林踌躇满志。这里，已然成为他永远忘不了的乡情。

3年来，许茂林把驻点村当成自己的故乡，时刻心系群众，紧盯发展方向，打开山门修路致富，特别是创新基层党组织设置模式，发起成立周宁县首个农村基层党总支，形成农村党建扶贫"331"模式，为贫困区域连片发展做出了积极探索。

2017年5月，宁德市委、市政府召开第四批省市下派驻村任职党员干部座谈会，省外办驻村第一书记许茂林在会上受到嘉奖，荣立个人二等功……

柘荣，位于宁德市东北部的内陆山区县，原称柘洋，是革命老区，当年闽东苏维埃政府主席马立峰就牺牲在这里。它曾经是福建省23个省级扶贫开发工作重点县之一，有"中国太子参之乡""中国民间文化艺术（剪纸）之乡"之称。

在脱贫攻坚战中，柘荣县上上下下与各地一样，一改往昔的"大水漫灌"，而是开始了建档立卡"精准扶贫"。其中，富溪镇富溪村有一个建档立卡户，户主名叫赖长福，这几天一脸愁云，向前来走访的村支书吴雄英诉苦：

"孩子上不了户口，9月份马上就该上初中了，这学都上不了，还怎么走出山沟沟啊？"

"长福啊，别着急。我们一定帮助你想办法解决。"吴雄英一边安慰他，一边开动了脑筋。

这是怎么回事呢？原来，赖长福因为家里穷，老大不小的还打着光棍，十几年前经人介绍，与一个外乡来的妇女结了婚。为了省钱，婚礼从简，连结婚证都没有办，就住到一起过日子了。

冬去春来，他们接连生了3个儿女。现今最大的是一对龙凤胎12岁，最小的也有10岁了。由于日子过得一直不景气，妻子嫌赖长福穷，前几年就离开了他。他又当爹又当妈很不容易，不过没有结婚证，3个孩子都属于“黑户”，勉强在村里上了小学，可上中学必须要户口证明。他这才急了眼……

这年“七一”党的生日即将到来了，富溪镇党委、政府组织各村党支部、党员干部和群众，挨家挨户落实贫困户的家庭情况，建立困难帮扶台账，确立脱贫期限，并且参照建档立卡贫困户的脱贫方案，排列困难等级，接“急诊”，看“急病”。

赖家的情况摸排上来了，富溪村支书吴雄英立即去派出所、公安局联系，反映这家贫困户的实际情况，希望尽快解决孩子的户口问题，不耽误他们到镇上读中学。谁知，按程序需要证明是其亲生子女，方可办理。

“这确实是老赖亲生的，我们村的人都知道，只是他老婆早就跑了，是他一人拉扯大的。你就当特殊情况办了吧。”

“不行啊！口说无凭。孩子出生时没有及时上户口，现在应该父母到场，还要做亲子鉴定。”派出所民警按章办事。

上哪儿去找孩子母亲呢？吴雄英犯愁了：扶贫先扶智，这家建档户的孩子如果辍学，下一辈还是摆脱不了贫困。经过反复协商，公安方面同意特殊对待，只要赖长福的子女与他的DNA相吻合，就可以证明是亲生，可这需要一笔不菲的化验资金。吴雄英立即返回村里，与“两委”委员们商量，决定争取一些扶贫资金，专款专用，送赖长福一家去了县医院。

1个大人3个孩子一起做了DNA鉴定。几天后拿到了权威机构签发的鉴定报告：基因序列99%相似，证明了都是老赖亲生子女。孩子可以开证明上学了。赖长福眼含热泪感激地说：

“吴支书啊，谢谢谢谢了，我这压在心头10多年的石头一下子放下了。”

吴雄英拍拍他的肩膀：“不用谢我，是党的扶贫政策好！孩子上了学就有奔头了，今后你好好干，一定会像你的名字一样，长福长福，长久幸福！”

“一定，一定……”

此后，赖长福像换了一个人似的，走路挺着腰，干活也更有劲了，早晨天不亮就上山，伺候茶园、养太子参。

当地特产“柘荣太子参”，是国家地理标志产品，历史悠久，其特点是色泽晶黄、块根肥大、质地坚硬、有效成分高。柘荣县以发展太子参生产作为扶贫重点项目，种植面积逐年扩大，已成全县的农业支柱产业。柘荣百姓一句俗话说明了它的重要性：“家家户户都种参，盖房娶媳皆靠它。”

赖长福也不例外。解决了孩子们户口问题，就解除了他的后顾之忧，心服口服听从吴支书等村干部的号召，依靠种植太子参和茶叶的收入，成功实现了脱贫……

富溪镇的农村基层党支部为推进农民脱贫致富，就是这样实打实、硬碰硬地干工作的。他们除了对建档立卡户精准帮扶以外，还从技能扶困、产业扶困、搬迁扶困入手，落实“雨滴计划”，加强困难党员的生产技能培训；落实“产业辐射”，带动片区产业共同致富。

近年来，柘荣县在全县范围内陆续抽调精干力量，组建了党建指导员、农技特派员、扶贫监督员“三员”队伍，进一步发挥党建引领作用，力促农技服务进村入户，扶贫监督常态化开展，扶贫资金向贫困村贫困户聚集、帮扶力量向贫困对象聚集，加快脱贫致富奔小康的步伐。

从县委政法委下派到楮坪乡坑头村的第一书记陈福，主动要求留守村里当党建指导员。在他那间 8 平方米的小房间里，挂满了村庄地图和简介标志：产业发展关键、村民家中情况备注、近 3 年发展规划要点等。

在陈福的带动下，坑头村党员积极创建“党建+产业”的发展模式，借助村中党员农技能手、产业发展大户，以抱团发展的形式，着力推动“一村一品”特色优势农业产业发展。村内现已种植太子参 200 亩，生态茶园400亩,水果、食用菌、多肉植物等10余亩。

县委组织部部长说:“村民富不富,关键靠支部;农村奔小康,党员来示范。组建党建指导员队伍,就是要强化基层党组织党建工作水平,切实抓好社会组织党的建设和工作全覆盖,进一步提升扶贫攻坚能力。”

通过党建带动扶贫,找准党建与产业发展、扶贫工作的结合点,破除“两张皮”,切实做到党组织建在产业链、党员聚在产业链、群众富在产业链。这是柘荣县的做法,也是宁德市“党建扶贫”的优秀范例……

“‘弱鸟先飞、滴水穿石’精神浸润着闽东大地,已经成为闽东人民的精神特质,不断引领宁德发展迈上新的台阶……”

在福建省政府新闻发布厅里,身穿整洁的深色西装、年富力强的宁德市委书记郭锡文,正在胸有成竹地侃侃而谈。

2019年9月16日下午,福建省庆祝中华人民共和国成立70周年系列主题新闻发布会宁德专场在省会福州举行。宁德市委书记郭锡文,市委副书记、市长梁伟新,市委常委、常务副市长曾智勇出席。现场气氛十分热烈。来自《人民日报》、新华社、《香港镜报》等70多家媒体的记者参加了发布会。

会上,郭锡文书记做主题发布并回答记者提问。他首先向广大媒体记者长期以来对宁德各项事业发展给予的关注和支持表示感谢,而后从“续写‘摆脱贫困’新篇章”“抱好‘金娃娃’、发展大产业”“构筑宁德绿色发展新优势”“不断完善基础设施配套”“增进人民群众新福祉”等5个方面,介绍了70年来宁德经济社会发展有关情况。

他说:“宁德是全省最年轻的城市,也是习近平总书记曾经工作过的地方,是习近平新时代中国特色社会主义思想的重要萌发地。中华人民共和国成立70年来,在党中央、国务院和省委省政府的正确领导下,宁德历届党委、政府团结带领广大干部群众顽强拼搏、克难奋进,唱响了‘弱鸟先飞、滴水穿石’的奋斗赞歌，经济社会各项事业发生了翻天覆地的变化。特别令人引以为傲的是，习近平总书记在宁德工作期间留下的好思想、好传统、好作风，以及他在离开宁德后对这片土地寄予的殷切期望，都成为宁德极其宝贵的思想财富、理论财富和精神财富，始终指引推动着宁德各项事业发展……”

接下来，郭锡文一五一十地具体讲道：

一是综合实力变强，丰满了“弱鸟的羽翼”。70 年来，宁德经济实力大幅跃升，2018 年全市 GDP 和财政收入分别达到 1942.8 亿元、200.77 亿元，比 1950 年增长 420 倍、5396 倍。宁德立足山海，搭建产业平台，抱回一个个“金娃娃”，全力做大做强 4 大主导产业集群，推动“宁德制造”加速崛起。

短短不到 10 年，诞生一个个全国乃至全球之最——全球最大的动力电池生产基地，全球最大的消费类聚合物锂离子电池生产基地，全国规划布局最合理、装备水平领先的整车生产基地，全球最大的不锈钢生产及深加工基地，世界纯度最高的氧化锆系列产品生产基地，全国抗乙肝病毒药物领域产品线最全的生产基地……

二是人民生活变富，踏上了“幸福小康路”。70 年来，农民人均可支配收入从 1978 年的 98 元提高到 2018 年的 16147 元。屏南县、霞浦县、古田县、寿宁县 4 个省级扶贫开发工作重点县实现脱贫摘帽。

三是产业结构变优，奏响了“经济大合唱”。70 年来，三次产业全面发展，与 1950 相比，2018 年第一产业比重下降 60.3 个百分点，第二、第三产业比重分别提高 37.2 和 23.1 个百分点。2018 年，宁德农林牧渔业增加值同比增长 4.3%，增速居全省第二位；规上工业增加值增长 9.2%，增速居全省首位；服务业增加值增长 9.7%，增速居全省首位。

四是城乡面貌变美，实现了“旧貌换新颜”。70 年来，交通路网穿山越海，城乡面貌焕然一新，全市建成区面积从 4.3 平方公里，扩大到近 120 平方公里。其中，中心城区建成面积扩大到 34 平方公里，锂电新能源小镇成为全省唯一入选第一轮全国特色小镇典型经验名单。

一座宜业、宜居、宜游的新兴港口城市加速崛起。温福铁路、合福铁路建成通车，衢宁铁路加快建设，县县通高速、镇镇通干线、村村通客车，全市公路里程突破 1.2 万公里，铁路运营总里程 216 公里；港口从全封闭逐步走向对外开放，万吨级以上码头 10 个，货物吞吐量突破 3000 万吨。

其中，在宁德发展的历史性变化中，百姓脱贫致富的变化最为亮眼。因为从某种意义上来说，我国新时期大规模启动扶贫工作，就是从 30 多年前来自宁德山区的一封信开始的。中国扶贫第一村——赤溪村，就坐落在闽东福鼎县磻溪镇。这些年来，宁德市始终把脱贫攻坚作为头等大事，续写了“摆脱贫困”新篇章，取得了令世人惊叹的丰硕成果。

扶贫先扶志。宁德通过组建理论轻骑兵，选取数百个“扶贫团队”、百名“扶贫先锋”、百个“脱贫之星”，实施科技特派员制度等，破除贫困户“等靠要”思想，增强“敢脱贫”信心，提升“能脱贫”本领。

对于“一方水土养活不了一方人”的贫困乡村，宁德大力实施造福搬迁，帮助 40.4 万人“挪穷窝、拔穷根、换穷业”。而对因贫无力上学的家庭，宁德实行从幼儿园到大学毕业，全程实行 2000 元至 5000 元的差别化资助，不让一个孩子因贫辍学。

脱贫攻坚，发展产业是根本之策。宁德因地制宜、精准施策，大力推行金融扶贫、科技扶贫、龙头带动、造福搬迁等扶贫模式，重点开展“一户一增收”产业扶贫行动，选准选好适合群众发展的产业项目，使 90% 以上贫困户都有一项脱贫增收的稳定项目。

宁德通过每年统筹 1.5 亿元以上财政产业扶贫资金、建立扶贫小额信贷风险资金池等措施，帮助群众解决资金难题；通过“龙头企业+基地+农户”“专业合作社+农户”等方式，带动 1.5 万户贫困群众发展产业。

为了打赢脱贫攻坚战，宁德实施脱贫攻坚“市县抓落实”工作机制，在全省率先出台具体实施意见，推出“1+8”政策制度体系和“十个一批”具体举措，着力配强基层扶贫队伍、夯实基层组织基础、发展壮大村级集体经济，不断加强脱贫一线核心力量，为脱贫攻坚提供坚强保障。

目前，宁德全市贫困人口从20世纪80年代中期的77.5万人下降到2019年上半年的75人，贫困发生率降至不足万分之一，到2019年底实现所有贫困县全部摘帽、贫困人口全部脱贫。闽东人民正在从摆脱贫困向乡村振兴，再到全面建成小康社会奋力前行!

随后，有记者提问：“今年8月，习近平总书记给下党乡亲们回信，期望走出一条闽东特色的乡村振兴之路，对此如何解读呢？”

市委副书记、市长梁伟新同样豪情满怀地回答：“还是遵照当年习总书记提出的‘唱好山歌、念好海经’，扎实推进‘五个振兴’。眼下宁德正全力做大茶叶、水产、食用菌、水果、蔬菜、中药材、畜牧、林竹花卉和乡村旅游‘8+1’特色产业，构建起‘一县一特色’‘一乡一业’‘一村一品’发展格局，以产业振兴撬动乡村全面振兴。

“现在，一尾鱼、一叶茶、一朵菇、一个果、一根参等，已成为宁德特色农产品的响亮名片，是农民增收致富的重要产业。比如，一尾大黄鱼，2018年产量达14.65万吨，约占全国的80%，产业链产值超100亿元。此外，我们注重培育文化产业融合发展新模式，筑牢‘文化魂’。比如，屏南龙潭村通过引进一个文创团队，兴旺了一个村，带动了一片区域发展。霞浦半月里村，通过‘摄影导游团队+公司+村民+文化’运行模式，让半月里走进摄影爱好者的视线，村民在家门口实现增收……”

总之，乡村振兴既是一场攻坚战，更是一场持久战。梁伟新最后介绍道：“推动乡村振兴，需要不断推进工作创新，做到‘机制活’。如建立带动帮扶机制、人才引育机制、绩效考核机制。宁德已筛选出306个产业薄弱村，通过市4套班子领导挂钩乡镇帮扶，努力实现‘抓两头，带中间’，确保‘乡村振兴一个村都不落下’。同时，市财政3年安排1亿元，带动各县(市、区)以及社会各界更多的资金投入农业农村中去。”

记者接着问道:“宁德在乡村振兴和发展经济的同时，如何守护好青山绿水、碧海蓝天呢?”

“这些年，宁德坚持开发与保护并重，构筑了宁德绿色发展新优势。”郭锡文书记说,“从全省角度看,宁德经济体量不大,但前些年淘汰落后产能任务尤为艰巨。因此,我们算好生态账、长远账,果断关闭18家‘地条钢’企业、化解407万吨钢铁产能,并关闭221家石材企业。虽然牺牲了一时的GDP,但换来生态的持续好转。目前,宁德重点流域优良水质100%,县级以上集中式饮用水水源地水质达标率100%,中心城区空气质量优良天数比例99.1%,生态环境质量持续位居全省前列。

“宁德海域面积4.45万平方公里、海岸线1046公里,都占全省的三分之一。在这片海上,有近14万人从事海上养殖,2018年全市渔业产量近100万吨,产值200多亿元。但因长期盲目扩张、无序养殖,三都澳生态环境遭到破坏，每次台风过后，海面上漂满白色泡沫浮球和木板。为此,自去年7月起,宁德市委、市政府下定决心,力争用两年半实现全市禁养区内海上养殖全部清退，养殖区和限养区内养殖设施全面改造升级,海上垃圾得到及时收集处理。

“截至目前,宁德已累计投入32.5亿元,清退渔排13.9万口、藻类2.4万亩,升级改造渔排20.3万口、藻类30.6万亩,清理海漂垃圾近2万吨,无度无序养殖局面得到有效扭转。升级改造后的塑胶养殖设施成功经受住今年‘利奇马’等台风考验,白点病大量减少,海产品品质与效益不断提升。欢迎大家有时间来宁德霞浦、福鼎、福安等地海域看一看,你会惊喜地见到国家一级保护动物——中华白海豚又回来了，那美丽的身影在向人们发出热情邀请呢!”

“哗——”整个新闻发布大厅内鼓掌声、欢笑声一齐响起来,如果没有天花板的阻挡,声浪就会飞到九霄云外去了……

随着时光列车的前进，2020年底越来越近了，中国脱贫攻坚战，在党中央、国务院直接指挥下，已经到了决战决胜的时刻。曾经是习近平同志扶贫实践和理念萌发地的闽东地区，没有辜负老书记的期望，历届领导一任接着一任干，带领人民群众团结奋战，改地换天，昂首阔步走在了前面。

中华人民共和国成立70周年之际：2019年10月17日，是全国第6个扶贫日，也是第27个国际消除贫困日。首都北京举行了隆重的“全国脱贫攻坚奖表彰大会暨先进事迹报告会”，来自全国各地的扶贫事业先进单位和先进个人代表，兴致勃勃、喜笑颜开地欢聚一堂。

此次表彰分设：全国脱贫攻坚奋进奖、贡献奖、奉献奖、创新奖和组织创新奖5个奖项，从各省市自治区直到各县乡镇村庄共评选出2019年获奖个人和获奖单位140个。福建省宁德市扶贫开发领导小组办公室，是代表市委市政府组织协调全市扶贫工作的“指挥部”，荣获组织创新奖。

人民网刊登宁德市“扶贫办”主要事迹，全文如下：

福建省宁德市扶贫开发领导小组办公室牵头探索信贷扶贫新模式。以“小额信贷促进会”推介担保贷款模式，建立扶贫小额信贷风险资金池1.4亿元，达到年推介担保10亿元的能力，目前已为建档立卡贫困户推介担保8.2亿元贷款，受贷覆盖率超过50%。创新精准扶贫落实机制，不下指标、不限规模，整合工商、人社、银行、保险、税务、计生、残联、医保、林业、公安等部门的信息，探索建立网底工程大数据平台，精准识别7.2万贫困人口。推动全市1.2万名党员干部、专业技术人员挂钩帮扶2.27万户贫困户，一户一策精准制定帮扶措施。重点考核增收项目及成效，防止贫困群众“被脱贫”。深入开展“一户一增收”产业扶贫行动，实现90%以上的贫困户都有一个以上产业增收项目，年人均可支配收入达

10500元。

太好了！太棒了！

这是我们党和国家，以及广大人民群众给予的褒奖啊！

虽然重点指出近年创新的“信贷扶贫新模式”，实际是对于他们几十年来探索开展的产业扶贫、文化扶贫、党建扶贫、异地搬迁扶贫、山海协作扶贫等种种方式方法的认可。

虽然此次表彰的只是一个单位：宁德市扶贫开发领导小组办公室，实际是对于全市各级党政部门、社会各界人士和奋战大山的村民、结束漂泊的连家船民等“闽东精神”的肯定。

此前，宁德市还有其他单位和个人荣获此项殊荣：

2016年，屏南县扶贫开发领导小组副组长胡小青，获评全国扶贫系统先进工作者；

2017年，宁德市诚信促进会常务副会长、闽东日报社原总编辑王绍据，获全国脱贫攻坚奖奉献奖；

2018年，寿宁县下党乡获全国脱贫攻坚奖组织创新奖；

2018年，福鼎市硖门畲族乡柏洋村党委书记王周齐，获全国脱贫攻坚奖奋进奖。

他们实至名归、当之无愧！

2019年10月17日晚上，中央电视台在《新闻联播》中报道了“全国脱贫攻坚奖表彰大会暨先进事迹报告会”的消息，随后又播出了国务院扶贫办与央视联合录制的特别节目：《攻坚的力量——2019年全国脱贫攻坚奖》。

颁奖会由央视著名主持人主持，以一场激情澎湃的歌舞开场，配合视频和现场采访，讲述了获奖者的先进事迹与感人故事。国务院扶贫办主任刘永富、全国总工会副主席闫京华等领导向各位获奖代表颁奖，其间穿插着声情并茂的朗诵和演唱，现场气氛逐渐达到了高潮。

宁德市扶贫办二级调研员林洪章出席会议，在喜庆的音乐声中走上领奖台，代表宁德人接过了组织创新奖的奖杯。大会最后，响起了优美激昂的歌曲《我和我的祖国》，所有获奖代表与全体来宾起立，手挥国旗一同引吭高歌。歌声中，响起三位主持人激情澎湃的声音：

“2019 年是中华人民共和国成立 70 周年华诞，脱贫攻坚决战决胜号角声声嘹亮。2019 年有一种不忘初心的信念，在每一个中国人心中汹涌激荡；有一种众志成城的力量，在中国脱贫攻坚的战场上披荆斩棘。这就是攻坚的力量，这就是打赢脱贫攻坚战，实现全面小康，拥抱幸福的力量……”

作家采访札记：

深入宁德采访座谈、体验生活的日子里，我的身心时刻被一种澎湃的激情激荡着。犹如当年著名作家魏巍在《谁是最可爱的人》一文中所说：“在朝鲜的每一天，我都被一些东西感动着；我的思想感情的潮水，在放纵奔流着；我想把一切东西都告诉给我祖国的朋友们……”

是啊，此时此刻，我也有这样一种冲动和欲望：十分急切地想把在山海闽东的所见所闻、所思所想，一股脑倾吐出来，与广大读者分享。虽说前后 2 次前来时间并不很长，但我却好似穿越了时光隧道一样，从 20 世纪 80 年代中期，沿着一路铺满荆棘也开放鲜花的征程，走到了今天的庚子鼠年。收获丰硕，感慨良多。

当初我一人背着采访包走进闽东，为了从面上了解宁德的扶贫概况，寻找具有代表性的采访线索，首先联系了宁德市扶贫开发领导小组办公室（简称“宁德市扶贫办”），年轻的扶贫开发科科长夏睿热情接待，介绍了基本情况，提供了大量资料。这个扶贫工作班子成立于 20 世纪 80 年代中期，习近平同志任职宁德地委书记时曾兼任领导小组组长，几经变更，现与农业农村局合署办公，由党组书记、局长俞道雄兼任主任。

30多年来，他们始终传承和弘扬习近平同志在宁德工作期间留下的好思想、好传统、好作风，坚持发挥扶贫开发“参谋部”“指挥部”作用，特别是脱贫攻坚战以来，坚持精准方略，注重因地制宜，创新经验做法，加快建立挂钩帮扶、协同推动、典型示范等工作机制；着力推动精准识别、产业扶贫、搬迁扶贫、助医助学、保障兜底等重点工程，推动全市累计完成脱贫77多万人，其中“十三五”期间完成建档立卡对象脱贫7.25万人，贫困发生率降至万分之一以下，全市扶贫工作取得决定性进展。

毋庸讳言，在新时代脱贫攻坚战中，宁德是全国的一个缩影。不仅是因为一封人民来信起源于此，也不仅是因为习近平同志曾经在此担任过地委书记，而是这里的党政干部和人民群众“滴水穿石、久久为功”，做了许多开创性的工作，才取得了令世人瞩目的成就。今天的闽东，应该说发生了沧海桑田的变迁。

诸多感人至深的生动故事和壮美传奇，读者从阅读各个章节中会感受到的。我想强调的一点是：最为动人心弦的还是这里人们的精神面貌。整个采访过程中，不管是在大山上畲族村落的茶园里、连家船民上岸定居的楼房中，还是在三都澳海湾养殖区的新式渔排上，以及新能源汽车基地的生产车间中，我所遇到的村民、渔民、村主任、支部书记、下派的第一书记、养殖户、企业家、扶贫办工作人员和县乡镇领导干部，都是那样的阳光向上、精神饱满，谈起现在的生活，眼睛发亮、笑容可掬，充满了自信和希望。

十分巧合的是，我在霞浦县采访时，恰逢福建省作家协会、《福建文学》杂志社、福建省文学院主办的“中长篇小说创作高研班”在此开班，来自全省各地40多位作家参加学习，我意外地遇到了不少新老文友。

那天晚上，福建省作协主席、著名作家陈毅达，宁德市作协主席、著名诗人刘伟雄，还有前来授课的《长江文艺》杂志社社长、鲁迅文学院的同学胡翔等朋友邀请我聚会。谈话间，大家对我正在采写的反映闽东脱贫攻坚的作品赞赏有加，寄予厚望。曾经著有长篇小说《海边春秋》并获得第十五届精神文明建设“五个一工程”优秀作品奖的陈毅达主席，特意表示了福建作协系统将会全力支持，并提出了具体建议。这都使我受益匪浅，同时愈加意识到在这场伟大的人类减贫事业中，中国闽东值得大书特书一笔，我肩负的任务光荣而艰巨。

这种感觉在随后与宁德市委书记郭锡文、市长梁伟新的交谈中，更加强烈起来。那是我已到一些县乡村走访一段时间之后，经宁德市扶贫办和市委常委、市宣传部部长谢再春，文联主席叶玉琳具体联系，分别采访了现任市党政“一把手”。

两位领导都是“60后”，具有研究生学历，经历过自下而上的磨炼，工作起来得心应手。他们白天十分繁忙，日程安排得很满，只有晚上才抽得出时间与我面谈。关于脱贫攻坚、关于实施“一二三”战略、关于“开发三都澳，建设新宁德”，我在前面章节中均有所展示，此处不再赘述。唯其一点印象十分深刻：那就是他们这些年一直不忘初心、牢记使命，没有辜负老书记和闽东人民的期望！而这也正与我行走在山海之间，认真采访与观察得到的结果所吻合，对构思写作这部纪实文学作品大有裨益。

从习近平同志当年深入调研、深刻思考，提出要有“弱鸟先飞”意识、“滴水穿石”精神和“四下基层”工作方法，进而彻底摆脱贫困，到长期以来创造性开展“造血”“换血”式扶贫、异地搬迁造福工程、“靠山吃山唱山歌，靠海吃海念好经”、大念“山海田经”，以及扶贫先扶志、乡村振兴奔小康、大力弘扬闽东之光、多抱几个“金娃娃”、绿水青山就是金山银山等，我尽量用全景式概览和具体细节描绘出来。

另外，此行我还有一个重大收获：本来主要是采写宁德脱贫攻坚事迹的，然而在此过程中，却时时处处听到诸多习近平同志担任地委书记时的故事，鲜为人知、生动感人。他的工作作风、他的为人处世、他的人格魅力等，均如强力磁石一样深深吸引着人们、感染着人们。他摆脱贫困、精准扶贫、生态与发展、奔向小康社会等治国理政的思想，那时候已见端倪。所以，此书从某种意义上来说，也一定程度上反映了“习近平同志的宁德岁月”。

尽管我作为作者的笔力还不是十分遒劲和丰富，但扪心自问，确实是用心去做了，希望能够使广大读者加深理解“伟大出于平凡、历史孕育未来”……

第八章 “宁德模式”——中国扶贫的闽东样本

在宁德市蕉城区闽东东路会展中心里边，有一个全国独树一帜的展览馆——“摆脱贫困”主题展览馆。

走进大门，首先映入眼帘的是一尊意气风发、器宇轩昂的大型群雕——有挥着铁镐的山民、有戴着斗笠的渔户、有怀抱书本的知识分子,也有挥手向前的领导干部……

啊! 形象鲜明,栩栩如生,这是社会各界代表人物的缩影,体现了闽东 300 多万人民艰苦奋斗、吃苦耐劳的精神。在他们中间,高高矗立着一部书籍的造型雕塑,上面醒目地铭刻着几个大字:摆脱贫困!

前来这里参观的人们,立即被一种庄重、深邃、神奇的氛围所笼罩,跟随着讲解员一步步走进那不同凡响的时光隧道、走进那情牵梦萦的宁德岁月。

这是在 2018 年 10 月 17 日——第 5 个全国扶贫日，也是第 26 个“国际消除贫困日”，由宁德市委宣传部组织有关人员精心设计建成投用的。市委书记郭锡文、市长梁伟新、市委副书记林文芳、市人大副主任陈梅等共同为展示馆揭牌,市委常委、秘书长陈其春主持投用仪式,并率先入馆参观展览。

展示馆占地面积约2500平方米，以时间为线，分布“越过温饱线”“蓝图绘到底”“打赢攻坚战”3大展览板块，共15个单元、63个篇章。本着“节俭、朴实、不奢华”的原则，通过图文展板、实物展陈、模型展示、场景还原等多种形式，综合运用声光电技术，集中展现了在习近平总书记扶贫开发战略思想指引下，30年来宁德全市上下坚持滴水穿石、久久为功，扎实推动精准扶贫脱贫的生动实践。

这里既有20世纪80年代初期，山村群众和连家船民处于贫困状态的真实报道；又有党中央、国务院以及各级党政领导了解实际情况后，下大力气全面开展扶贫开发的决心与行动；更有习近平同志担任地委书记以来，一系列深入调研、现场办公，提出的实事求是、因地制宜的工作思路，描绘的摆脱贫困、经济社会全面发展的宏伟蓝图。甚至在日后的岁月里，全国各地不断深化扶贫工作，推出精准扶贫、异地搬迁、绿水青山就是金山银山等理论和方法，都可以在这里找到思想之河的源头，几十年来一脉相承。

花开花落，云卷云舒。宁德人民认真贯彻党中央、国务院和省委、省政府部署要求，秉持“弱鸟先飞、滴水穿石”的闽东精神，立下愚公移山志，“不贪一时之功，不图一时之名，一张蓝图画到底，一任接着一任干”，坚持精准方略、强化精准施策，集各方之智啃“硬骨头”、举全市之力攻坚拔寨，形成了富有特色的精准扶贫的典型范例。

久久为功，功到自然成。

2019年底，他们先后摘掉了“连片特困地区”、6个“国定贫困县”、52个省定贫困乡镇的“帽子”，累计脱贫77万多人、造福搬迁40.4万人，总体完成现行标准建档立卡贫困人口脱贫任务，成为我国特色扶贫开发道路的优秀典范。

这个“摆脱贫困”主题展览馆全面、系统、形象地总结概括了新时期以来，闽东地区所走过的脱贫攻坚、乡村振兴到全面建成小康社会的征程。从闽东看福建，从福建看全国，可以说这里是全国扶贫开发事业的一个缩影，创造了“宁德模式——中国扶贫的闽东样本”。

说到宁德模式，还是5年前——2015年12月7日，国家在福建宁德召开东部地区扶贫工作座谈会上最先提出的。时任中共中央政治局委员、国务院副总理汪洋出席会议。他与大家一起深入福安、福鼎、霞浦等市县贫困村，详细了解群众生产生活情况，考察整村搬迁“造福工程”、乡村旅游扶贫、特色产业扶贫等工作并听取有关汇报之后，做了重要讲话。

汪洋副总理充分肯定宁德扶贫工作取得的成效，指出“宁德模式”是精准扶贫、精准脱贫的成功实践，是中国特色扶贫开发道路的典范，值得认真总结学习。他说：“要认真贯彻落实中央扶贫开发工作会议精神，深入学习领会习近平总书记扶贫开发战略思想，进一步增强使命感和责任感，充分发挥政治优势和制度优势，不断提高扶贫开发精准度和有效性，坚决打赢脱贫攻坚战。”

那么，究竟什么是“宁德模式”呢？这里，我们综合社会科学工作者的研究成果，再简要介绍一下：

“宁德模式”，概括说可以分为精神内核和具体内容两个方面。精神内核是指习近平同志主政宁德期间所做的实践和思考，也就是所倡导的“弱鸟先飞”意识、“滴水穿石”精神、“久久为功”的态度和“四下基层”的作风。它充分显示一切从实际出发、理论联系实际、实事求是的思想路线，展示了尊重客观规律性和发挥主观能动性的辩证关系，体现了以人民为中心的发展理念和积极激发干部群众内生动力的良苦用心。

具体内容是指：一是解放思想，因地制宜，积极调整行业结构，大念“山海田经”，在贫困地区发展独具优势特色产业促进经济发展、群众增收。二是凝聚力量，有针对性地通过专项扶贫解决特殊贫困，如“造福工程”赋权贫困群体，解决生存困境；组织机制创新推进普惠金融，给贫困户提供融资便利。三是将脱贫致富融入“三农”工作、“争创小康村”、新型城镇化、美丽乡村建设。四是科技投入，开发智力，激发内生动力，推进内源性扶贫。五是党建促脱贫，加强党的基层组织建设，推进政府市场社会大扶贫格局建设。

就这样，他们依照“因地制宜、分类指导、量力而行、尽力而为、注重效益”的指导思想，脚踏实地地处理好长期目标与近期规划、资源开发与产业结构调整、生产力布局的山区与沿海、改革开放与扶贫、科技环保与经济发展的 6 种关系，宁德面貌发生了翻天覆地的变化。

说到底，宁德的扶贫开发既有与其他地区类似的一般规律，也有其自身的特点，其中最关键的就是 3 条：一是坚持党的领导，二是坚持改革开放中的创新，三是贯穿了一任接着一任干的“滴水穿石”精神。

一花引来百花开，万紫千红春满园。

人们有理由相信，这种“宁德模式”，将会对其他地方的扶贫开发与全面振兴起到至关重要的学习借鉴作用。在 2020 年脱贫攻坚决战决胜时刻，我们应齐心协力，奋发有为，争取取得灿烂辉煌的全面胜利，向人类减贫事业贡献宝贵的“中国方案”。

习近平总书记曾深情地说：“福建是我的第二故乡，宁德是我魂牵梦萦的地方。”是啊，他走遍了宁德的山山水水，与闽东人民群众结下了深厚情意。如今的人们牢记总书记的殷殷嘱托，正以“只争朝夕，不负韶华”的姿态，从脱贫攻坚走向乡村振兴，再到全面建成小康社会的路上迅速奔跑。

结束采访、观察和体验，即将离开宁德了，我走上位于福鼎的太姥山，凭栏远眺，山海交响，胸中激荡着滚滚春潮。眼前青山葱茏，瓜果飘香；海上家园，渔歌阵阵；美丽乡村建设如火如荼，特色产业发展风生水起；搬进新居的贫困户喜笑颜开，领到小额贴息贷款的农民对未来充满期盼……

闽东有山有海，而山与海的拥抱，将迸发出旺盛的生命力，奏响震天撼地的交响乐章。这里身处长江三角洲和珠江三角洲之间，曾经因经济落后被称为中国沿海经济的“黄金海岸断裂带”，经过30多年漫长的扶贫开发历程，而今正在昂然崛起，向着“黄金海岸隆起带”的目标阔步进发。

年头岁尾，北国风光已是冰封雪飘，南方八闽依然绿树红花，姹紫嫣红的三角梅像火焰一样燃烧着，映红了闽东、映红了天地……

后　记

庚子年的“三月三”，我本应邀再次奔赴八闽大地的宁德市（即人们俗称的闽东），参加盛大而热闹的“畲族文化节”，可惜受突如其来的新冠肺炎疫情影响，活动被暂时取消了。虽说人没有前往，可我的心却始终牵挂着那片温馨的土地、那片壮阔的山和海……

在全国脱贫攻坚决战决胜的时刻，中国作协与国务院扶贫办共同开展“脱贫攻坚题材报告文学创作工程”，组织一批优秀作家深入第一线，采访写作反映脱贫攻坚题材的报告文学作品。我有幸入选，并受委派前往福建省宁德市深入采访、体验生活、构思写作。2019 年 11 月，我整理好手头的工作，便兴致勃勃地出发了……

整体脱贫、全面小康，史无前例、功德无量。作为一名当代中国作家，有责任与义务用笔抒写这人类史上的伟大创举和中国贡献。而我受邀所写的选题更加光荣而艰巨，并且具有特殊的意义：1988 年 6 月至 1990 年 4 月，习近平同志曾出任当时经济排名处于全省末位的宁德的地委书记。2 年间，他深入调研，潜心思考，团结一班人带领广大人民群众奋发图强，提出“弱鸟先飞、滴水穿石”的闽东精神，制定了因地制宜的脱贫措施，开启了闽东扶贫开发的创新实践，留下了宝贵的精神财富。此后一张蓝图绘到底，一任接着一任干，至 2019 年底，全市所有建档立卡贫困户、贫困村全部实现脱贫，经济社会也取得了高速发展，一个欣欣向荣的新宁德出现在世人面前。同时，也为全省乃至全国扶贫开发走出了“闽东之路”。

通过基本的案头准备和深入了解，我认识到这是一个难能可贵的脱贫攻坚题材，必须深入进去扎实采访、精心构思，方能写出一部精品佳作。为此，来到宁德之后，我在福建省委宣传部、省扶贫办、省作家协会与宁德市委宣传部、市文联、市作协和市、县扶贫办等有关部门大力支持帮助下，沿着习近平总书记走过的路，登山入海，走村串户，深入采访，深刻感悟，取得了大量第一手素材，同时也受到了深刻的教育和启迪。

这期间，中国作协党组书记钱小芊特意将我约到他的办公室面谈，听取了我的详细汇报。他给予热情勉励并提出了具体要求，使我深受鼓舞，进一步增强了写好这部作品的信心。此外，中国作协书记处书记、副主席李敬泽，中国作协创研部主任何向阳、副主任李朝全，还有《中国作家》杂志社主编程绍武、副主编高伟、纪实版副主任佟鑫等有关部门领导和编辑都及时提供了指导与帮助。春种秋收，2020年遇到了不平常的春天，各地均封闭管理，这反而使我集中精力、平心静气地投入思考和写作之中。

“守得云开见月明”。在以习近平同志为核心的党中央坚强领导下，举国上下团结战“疫”，终于初战告捷。此时，《山海闽东》也完成了初稿，并请有关部门认真审阅。我则根据相关意见，潜心修改，争取不负重托，写出一部无愧于时代的优秀作品。当然，由于本人才疏学浅，其中肯定存在着种种不足与缺憾，希望各位方家不吝赐教。

令我感动的是，百花文艺出版社一开始就高度重视此部作品，从社长薛印胜、总编辑汪惠仁到责任编辑徐福伟等同志均积极联系，对于作品结构、立意和编辑、设计等方面考虑周到、精益求精。还有福建省作家协会主席陈毅达，宁德市委常委、宣传部部长谢再春，宣传部副部长郑健，文联主席叶玉琳，市扶贫办科长夏睿以及各市县有关部门同志，都给予了极大支持和帮助。在此，我对他们的工作态度和敬业精神深表敬佩与感谢，尤其是郑健副部长受领导委托，不辞辛劳，做了许多具体工作，特别致意。

作品中引用了一些国家领导人的讲话和事迹，均是新华社、《人民日报》《光明日报》、中央电视台等媒体和中共中央党校出版社等出版社公开发表和出版过的，书后附有详细的资料来源。

习近平总书记曾经说过“宁德是我魂牵梦萦的地方”。是啊，他走遍了宁德的山山水水，与干部群众结下了深厚情意。这里的人们牢记习总书记的嘱托，正以“只争朝夕，不负韶华”的姿态，从脱贫攻坚走向乡村振兴，在全面建成小康社会的路上迅跑……

2020 年 6 月 2 日

主要参考文献

1.《摆脱贫困》,习近平著,福建人民出版社 1992 年版。

2.《习近平的七年知青岁月》,中共中央党校出版社 2017 年版。

3.《习近平总书记的扶贫情结》,《人民日报》2017 年 2 月 23 日。

4.《习近平自述：我的扶贫故事》,《人民日报海外版》"学习小组" 公众号 2017 年 5 月 22 日。

5.《习近平在厦门》系列采访实录,中共中央党校出版社 2019 年版。

6.《习近平在宁德》系列采访实录,中共中央党校出版社 2019 年版。

7.《习近平在福州》系列采访实录,《学习时报》2019 年 12 月。

8.《超越贫困:闽东地区的发展及探索》,陈增光著,红旗出版社 1997 年版。

9.《滴水筑梦——宁德扶贫开发记忆》, 宁德市政协文史和学习委员会编, 福建人民出版社 2016 年版。

10.《宁德市精准扶贫典型案例选编》(第一、二辑),宁德市扶贫开发领导小组编,(宁)新出内书 2017 版。

11.《赤溪:"中国扶贫第一村"纪实》,王绍据著,福建人民出版社 2016 年版。

12.《宁德市扶贫惠农文件选编》,宁德市扶贫开发领导小组办公室,(宁)新出内书 2015 版。

13.《脱贫路上有你——宁德市抓党建促脱贫攻坚典型事迹选编》, 中共宁德市委组织部,(宁)新出内书 2018 版。

14.《滴水集》(一九九〇年中共宁德地委工作会议典型材料汇编), 地委工作会议筹备领导小组主编。

15.《滴水缘》杂志(合订本),福建省扶贫基金会福建省扶贫办主办。

16.《小康路上——联赞霞浦脱贫攻坚》,《霞浦楹联》2018 年第 2 期特刊。

17.《山海的跨越——实施"一二三"发展战略,坚持高质量发展落实赶超,新闻报道汇编》,中共宁德市委宣传部编,2018 年 12 月。

18.《福宁府志(上下)》(清)李拔纂,李怀先点校,福建省宁德地区地方志编纂委员会 1990 年点校本。

19.《寿宁待志》校译,(明)冯梦龙编,陈元度译文,李安编校,海峡文艺出版社 2018 年版。

20.《宁德市建档立卡：农村贫困人员医保政策十问十答》，宁德市医疗保障管理局、宁德市医疗保障基金管理中心编。

21.《学习关键词》，《人民日报海外版》"学习小组"编著，人民出版社 2016 年版。

22.《弘扬滴水穿石精神，坚决打好脱贫攻坚战》，宁德脱贫攻坚工作情况总结汇报材料，宁德市扶贫办(2018 年 12 月)。

23.《从摆脱贫困到乡村振兴的恢弘篇章——宁德 30 年脱贫致富的实践探索与经验启示》，执笔：中共福建省委党校社会与文化学教研部叶志坚肖剑南。

24.《精准扶贫的"宁德模式"》，叶兴建著，厦门大学出版社 2018 年版。

25.《新世纪闽东诗群》作品卷、评论卷二册，叶玉琳主编，长江文艺出版社 2016 年版。

26.《论"精神扶贫"的知行渊源及本质内涵——以"宁德模式"为例》，赵秀华，《福建行政学院学报》2016 年第 6 期。

27.《逻辑起点与四个维度：扶贫开发"宁德模式"的哲学解读》，陈书纪，《哈尔滨学院学报》2017 年第 6 期。

28.《习近平扶贫思想探源》，陈芳，凤凰资讯，2016 年 9 月 18 日。

30.《全面实现小康，少数民族一个都不能少——习近平同志帮助福建少数民族群众脱贫致富纪事》，本报采访组，《福建日报》2015 年 11 月 23 日。

31.《国务院扶贫办：重点攻坚 334 个深度贫困县》，来源：央视网 2019 年 6 月 27 日。

32.《2019·习近平的信札》之下党乡亲篇|此情绵长暖茶乡，来源：央视新闻 2020 年 1 月 7 日。

33.国务院：《中国农村扶贫开发纲要(2011—2020 年)》，来源：中国政府网 2011 年 12 月 1 日。

34.《习近平扶贫开发战略思想研究——以宁德模式为视角》，李宪建，《中共云南省委党校学报》2017 年第 5 期。

35.《福建扶贫史》，福建省脱贫致富办公室、中共福建省委党史研究室编著，中央文献出版社 2001 年版。

36.《二〇一五年宁德市科学扶贫精准扶贫研讨会论文集》，中共宁德市委办公室、中共宁德市委政策研究室 2015 年汇编。

37.《闽东老区扶贫之路》，宁德市社会科学界联合会、宁德市老区建设促进会编,海峡文艺出版社 2017 年版。

38.《蔚蓝闽东——作家笔下的宁德海洋》,宁德市海洋与渔业局、宁德市文学艺术界联合会编,海峡文艺出版社 2019 年版。

39.《我心中的那片海,中国·霞浦国际摄影大赛作品集》,福建省海洋与渔业厅、霞浦县人民政府、福建省摄影学会编。

40.《逐梦山海》,大型高清纪录片,中央电视台、中共福建省委宣传部、福建省广播电视局、福建省广播影视集团、中共宁德市委、宁德市人民政府 2017 年联合摄制。

41.《山海的交响——闽东抒怀》电视音乐片脚本,宁德地区文学艺术界联合会,中国音乐家协会福建分会 1990 年 10 月编。

42.《福建:宁德》,《中国国家人文地理》编委会编,中国地图出版社 2019 年版。

43.《闽东日报社焕发党媒强力量:扶贫攻坚党报为先》,张福财,《中国新闻出版广电报》2016 年 8 月 16 日。

44.《山海情怀 赤子初心——习近平总书记在福建的探索与实践·党建篇》,兰锋、郑昭、林蔚、单志强,《福建日报》2017 年 7 月 13 日。

45.《熬:极地求生 700 天》,(美)阿尔弗雷德·兰辛著,岱冈译,上海译文出版社 2017 年版。

46.《女性贫困》,(日)NHK 特别节目录制组编著,李颖译,上海译文出版社 2017 年版。

47.《宁德壮丽 70 年 奋进新时代 1949—2019》,宁德市统计局编。

48.《朋友——习近平和贾大山交往纪事》,李春雷著,中国言实出版社 2014 年版。

49.《在习近平新时代中国特色社会主义思想指引下——新时代新作为新篇章·总书记关心的百姓身边事:留住乡愁 绽放新颜——传统村落保护激发乡村活力》,记者李自良、丁怡全、施雨岑、董建国、柳王敏,新华网 2019 年 8 月 18 日。